Um toque de vermelho

DA SÉRIE
RENEGADE
ANGELS

SYLVIA DAY

Um toque de vermelho

Tradução
ALEXANDRE BOIDE

Copyright © 2011 by Sylvia Day

Todos os direitos reservados incluindo o direito de reprodução
integral ou parcial em qualquer formato.
Edição publicada de acordo com NAL Signet, um membro da Penguin
Group (USA) Inc.

A Editora Paralela é uma divisão da Editora Schwarcz S.A.

*Grafia atualizada segundo o Acordo Ortográfico
da Língua Portuguesa de 1990, que entrou em vigor
no Brasil em 2009.*

TÍTULO ORIGINAL A Touch of Crimson

PREPARAÇÃO Gabriela Ghetti

REVISÃO Juliane Kaori e Gabriela Morandini

Dados Internacionais de Catalogação na Publicação (CIP)
(Câmara Brasileira do Livro, SP, Brasil)

Day, Sylvia
    Um toque de vermelho / Sylvia Day ; tradução
Alexandre Boide. — 1ª ed. — São Paulo : Paralela, 2013.

    Título original: A Touch of Crimson.
    ISBN 978-85-65530-29-3

    1. Ficção norte-americana I. Título.

13-01872   CDD-813.5

Índice para catálogo sistemático:
1. Ficção : Literatura norte-americana 813.5

[2013]
Todos os direitos desta edição reservados à
EDITORA SCHWARCZ S.A.
Rua Bandeira Paulista, 702, cj. 32
04532-002 — São Paulo — SP
Telefone (11) 3707-3500
Fax (11) 3707-3501
www.editoraparalela.com.br
atendimentoaoleitor@editoraparalela.com.br

Este é para os leitores da minha série Marked.
Espero que gostem.

Glossário

CAÍDOS — os *Vigias* depois de deixarem de ser anjos. Eles perderam as asas e a alma, e se transformaram em criaturas imortais bebedoras de sangue, que não podem procriar.

LACAIOS — mortais que foram *Transformados* em *vampiros* por um *Caído*. A maioria dos mortais não lida bem com a mudança, e se transformam em criaturas raivosas. Ao contrário dos *Caídos*, não suportam a luz do sol.

LICANOS — um subgrupo dos *Caídos*, que foram poupados do vampirismo em troca do compromisso de servir aos *Sentinelas*. Seu sangue foi misturado ao dos demônios, o que tornou sua alma mortal. Eles podem mudar de forma e procriar.

NEFIL — singular de *nefilim*.

NEFILIM — filhos de mortais com *Vigias*. O fato de beberem sangue inspirou o castigo vampiresco imposto aos *Caídos*.

("eles se voltaram contra os homens, a fim de devorá-los" — Enoque 7:13)

("Nenhuma comida eles comerão; e terão sede" — Enoque 15:10)

SENTINELAS — uma tropa de elite de *serafins*, cuja missão é garantir o cumprimento da punição imposta aos *Vigias*.

SERAFINS — membros das mais altas fileiras na hierarquia angelical.

TRANSFORMAÇÃO — o processo ao qual um mortal é submetido para se tornar um *vampiro*.

VAMPIROS — termo que se refere tanto aos *Caídos* como a seus *lacaios*.

VIGIAS — duzentos anjos *serafins* enviados à terra no princípio dos tempos para monitorar os mortais. Eles violaram a lei ao se acasalarem com os mortais e foram condenados a viver eternamente sobre a terra como *vampiros*, sem possibilidade de perdão.

Vai e diz aos Vigias dos céus, os quais desertaram o alto céu e seu santo e eterno estado, os quais foram contaminados com mulheres, e fizeram como os filhos dos homens, tomando para si esposas, e os quais têm sido largamente corrompidos na terra; que na terra eles nunca obterão paz e remissão de pecados. Pois eles não se regozijarão com sua descendência; eles verão o extermínio daqueles que amam; lamentarão a destruição dos seus filhos e seguirão em súplica para sempre; mas não obterão misericórdia e paz.

Livro de Enoque 12:5-7

1

"Phineas está morto."

A notícia atingiu Adrian Mitchell como um soco no estômago. Trêmulo, agarrado ao corrimão, ele deu meia-volta na escada e encarou o serafim que vinha subindo logo atrás. Nessa nova situação, Jason Taylor assumiria o antigo posto de Phineas como o segundo no comando da cadeia hierárquica de Adrian. "Quando? Como?"

Jason não teve dificuldade em acompanhar o passo sobre-humano de Adrian em direção ao topo do prédio. "Há mais ou menos uma hora. O fato foi reportado como um ataque vampiresco."

"Ninguém percebeu que havia um vampiro por perto? Como assim, porra?"

"Foi isso que eu perguntei também. Mandei Damien ir até lá investigar."

Chegaram ao último patamar. O segurança licano que ia à frente abriu a pesada porta de metal, e Adrian pôs os óculos escuros antes de sair sob o sol do Arizona. Ele observou a reação de desagrado do segurança diante do calor implacável e ouviu um resmungo de reclamação do outro licano, que protegia a retaguarda. Criaturas reféns de seus instintos, eles eram bastante suscetíveis a estímulos físicos, ao contrário dos serafins e vampiros. Adrian nem notou a mudança de temperatura — a perda de Phineas tinha feito seu sangue gelar.

Um helicóptero estava à espera logo adiante, com as hélices girando pelo ar opressivamente seco e carregado de poeira. Na lateral da aeronave, havia a inscrição MITCHELL AERONÁUTICA e o logo alado da empresa de Adrian.

"Então você tem dúvidas." Ele preferiu se concentrar nos detalhes, porque aquele não era o momento de deixar transparecer sua fúria. Por dentro, estava sendo consumido pela perda de seu melhor amigo e braço direito. Mas, como líder dos Sentinelas, ele não podia demonstrar suas emoções em público. A morte de Phineas certamente causaria alvoroço entre as fileiras de sua unidade de elite de serafins. Os Sentinelas recorreriam a ele como exemplo de fortaleza e liderança.

"Um dos licanos sobreviveu ao ataque." Apesar do som do motor do helicóptero, Jason não precisou levantar a voz para ser ouvido. Seus olhos azuis também estavam descobertos, deixando o par de óculos escuros no topo da cabeça. "Achei meio... *suspeito* o fato de Phineas estar investigando o crescimento da matilha do lago Navajo e sofrer uma emboscada no caminho de volta. E depois um dos cães consegue sobreviver e diz que foi um ataque vampiresco?"

Fazia séculos que Adrian utilizava os licanos como seguranças para os Sentinelas e como cães pastores a fim de conduzir os vampiros a determinadas áreas. No entanto, alguns sinais de descontentamento entre os licanos mostravam que era hora de reavaliar sua estratégia. Eles haviam sido criados com o único objetivo de servir à sua unidade. Caso fosse necessário, Adrian os faria lembrar do pacto firmado por seus ancestrais. Eles corriam o risco de se transformar em vampiros sem alma, sugadores de sangue, mas poderiam ser poupados caso se comprometessem a cumprir sua antiga função. Alguns licanos achavam que sua dívida já havia sido paga pelas gerações anteriores e tinham dificuldade em aceitar o fato de que este mundo fora feito para os mortais. Eles jamais conseguiriam viver em meio aos humanos. O único lugar possível para os licanos era o que Adrian tinha designado para eles.

Um dos seguranças se abaixou e adentrou a turbulência criada pela hélice do helicóptero. Ao chegar à aeronave, o licano abriu a porta.

Os poderes de Adrian o protegeram do vendaval, permitindo que seguissem em frente sem esforço. Ele olhou para Jason. "Preciso interrogar o licano que sobreviveu ao ataque."

"Vou dizer isso para Damien." O vento atingiu os cachos dourados do tenente, mandando seus óculos escuros pelos ares.

Adrian os apanhou em pleno voo com um movimento absurdamente veloz. Dentro da cabine, ele assumiu seu lugar num dos assentos que ficavam virados para trás.

Jason se sentou no outro. "Mas eu sou obrigado a perguntar: para que serve um cão de guarda que não consegue proteger nada? Talvez você devesse sacrificá-lo, para servir de exemplo."

"Se a culpa for mesmo dele, esse cão vai preferir morrer." Adrian jogou os óculos escuros no colo de seu tenente. "Mas, até descobrirmos o que aconteceu, ele é uma vítima, e minha única testemunha. Vou precisar dele para pegar e punir quem fez isso."

Os dois licanos se posicionaram nos assentos em frente. Um era baixo e atarracado. O outro tinha quase a altura de Adrian.

O mais alto ajustou o cinto e falou: "A parceira daquele cão morreu tentando proteger Phineas. Se ele pudesse fazer alguma coisa para evitar, certamente teria feito."

Jason abriu a boca para falar.

Adrian o silenciou com um aceno de mão. "Então você é Elijah."

O licano confirmou com a cabeça. Tinha os cabelos escuros e os olhos verdes incandescentes de uma criatura maculada com o sangue dos demônios. Um dos motivos da relação conflituosa entre Adrian e os licanos era que ele havia misturado o sangue de seus ancestrais seráficos ao dos demônios quando eles juraram servir aos Sentinelas. Esse toque demoníaco foi o que os tornou metade homens, metade animais, e o que fez com que suas almas sobrevivessem depois da amputação de suas asas. Com isso os licanos também se tornaram mortais, com ciclos de vida finitos, e muitos deles se ressentiam disso.

"Você parece estar mais bem informado do que o próprio Jason", assinalou Adrian, enquanto observava o licano. Elijah tinha sido mandado até Adrian para ser vigiado, pois demonstrava inaceitáveis atributos de macho alfa. Os licanos eram treinados para obedecer cegamente aos Sentinelas. Se algum deles ganhasse proeminência sobre os demais, poderia dividir o sentimento de lealdade da matilha e liderar uma potencial rebelião. A melhor maneira de lidar com esse problema era cortando o mal pela raiz.

Elijah olhou pela janela e viu o teto do edifício se afastar cada vez mais à medida que o helicóptero subia pelo céu azul e sem nuvens de Phoenix. Seus punhos estavam cerrados, evidenciando o pavor inato de voar de sua espécie. "Todos nós sabemos que, depois que encontra seu parceiro, uma criatura da nossa espécie se torna incapaz de viver sozinha. Licano nenhum deixaria seu parceiro morrer deliberadamente. Por razão nenhuma no mundo."

Adrian se recostou no assento, tentando aliviar a tensão de suas asas recolhidas, que queriam se abrir e mostrar o quanto ele estava magoado e furioso. O que Elijah falou era verdade, e isso o deixava diante da perspectiva de uma ofensiva vampiresca. Ele apoiou a cabeça no assento. Dentro dele, o desejo de vingança queimava como ácido. Os vampiros já tinham lhe tirado tanta coisa... a mulher que amava, seus amigos, seus companheiros Sentinelas. Ele sentia a morte de Phineas como se tivesse perdido um pedaço de si mesmo. Quem quer que fosse o responsável por seu assassinato iria sofrer tudo isso e muito mais.

Consciente de que os óculos escuros eram incapazes de esconder suas íris flamejantes, que revelavam a turbulência de seus sentimentos, ele olhou para o outro lado...

... e por pouco não viu o brilho da luz do sol sobre a superfície da prata.

Ele se desviou para o lado por instinto, e a adaga passou a milímetros de seu pescoço.

Não demorou muito para que ele se desse conta do que acontecia. *A pilota.*

Adrian apanhou o braço que se esticava por cima de seu encosto de cabeça e provocou uma fratura no osso. Um grito feminino ecoou na cabine. O braço quebrado da pilota estava apoiado sobre o couro num ângulo nem um pouco natural. A lâmina foi ao chão. Adrian se soltou do cinto e se virou, mostrando suas garras. Os licanos partiram para o ataque, um de cada lado.

Sem uma mão que o guiasse, o helicóptero se sacudiu e perdeu o rumo. Bipes frenéticos começaram a ressoar pela cabine.

A pilota ignorou o braço inutilizado. Usando o outro, investiu com uma segunda adaga de prata pelo vão entre os dois assentos virados para trás.

Presas escancaradas. Boca espumante. Olhos vermelhos injetados.

Uma maldita vampira. Abalado pela morte de Phineas, Adrian tinha se descuidado feio.

Os licanos estavam em pé, liberando toda sua ferocidade diante da ameaça. Seus rugidos ferozes reverberavam naquele espaço confinado. Elijah, encurvado sob o teto baixo, sacudiu o punho fechado e atacou. O impacto a derrubou sobre o manche cíclico da aeronave, empurrando-o para a frente. O nariz da aeronave embicou para baixo, em direção ao chão.

Os alarmes que soavam no painel eram ensurdecedores.

Adrian atacou, atingindo a vampira com um golpe no abdome e a arremessando através do vidro da frente da cabine. Em queda livre pelos ares, eles se atracaram.

"Isso é só o começo, Sentinela", ela soltou enquanto espumava pela boca, com os olhos arregalados, tentando mordê-lo com os caninos afiados.

Ele a esmurrou nas costelas, atravessando a carne e estilhaçando os ossos. Agarrou o coração dela com a mão, e abriu um sorriso.

Suas asas se abriram em uma explosão ofuscante de branco manchado com vermelho. Como se tivesse aberto um paraquedas de dez metros de largura, a queda foi interrompida de maneira abrupta, fazendo com que o órgão pulsante fosse arrancado do corpo da vampira. Ela se desintegrou enquanto ia ao chão, deixando um rastro de fumaça ácida e cinzas pelo ar. Na mão de Adrian, o coração ainda batia, cuspindo um sangue viscoso pela última vez antes de pegar fogo. Ele espremeu o órgão até que se transformasse numa massa disforme e o descartou. Ardendo em brasas, o coração se desfez numa nuvem incandescente.

O helicóptero rugia e caía numa espiral rumo ao chão do deserto.

Adrian fechou as asas e mergulhou na direção da aeronave. Na cabine já sem vidro, um licano apareceu pálido e com os olhos verdes em chamas.

Jason voou do helicóptero destruído com a velocidade de uma bala. Depois deu meia-volta no céu com suas asas cinzentas e avermelhadas. "O que está fazendo, capitão?"

"Salvando os licanos."

"Por quê?"

A ferocidade do olhar de Adrian foi a única resposta que ele se limitou a dar. Prudente, Jason se posicionou a seu lado.

Adrian sabia que aquelas criaturas precisariam ser compelidas a enfrentar seu terrível medo de altura, então ordenou ao que estava na cabine: "Pule."

A ressonância angelical de sua voz retumbou pelo deserto como um trovão, e não tinha como não ser obedecida. Sem nem parar para pensar, o licano se arremessou pelo ares. Voando diretamente em sua direção, Jason apanhou o segurança em pleno voo.

Elijah não precisou nem ouvir a voz de comando. Demonstrando uma coragem admirável, lançou-se da aeronave em queda com um mergulho elegante e calculado.

Adrian se posicionou debaixo dele, soltando um ruído quando o licano musculoso se espatifou contra suas costas. Estavam a poucos metros do chão, por isso as batidas de suas asas faziam levantar poeira.

O helicóptero caiu no deserto uma fração de segundo depois, e sua explosão levantou uma coluna de chamas que podia ser vista a quilômetros de distância.

2

A personificação de um sonho erótico estava circulando pelo Aeroporto Internacional de Phoenix.

Lindsay Gibson o viu no portão de embarque, ao dar uma olhada rápida ao redor. Aturdida por sua sensualidade crua e escancarada, ela se deteve e soltou um suspiro baixinho de admiração. Talvez sua sorte enfim estivesse mudando. Ela bem que precisava de alguma coisa para alegrar seu dia. A decolagem em Raleigh havia atrasado quase uma hora, e ela perdeu a conexão. Pelo número de passageiros se preparando para embarcar, uns minutinhos a mais e ela não teria conseguido uma passagem para o voo seguinte.

Depois de examinar a multidão ao redor, Lindsay voltou sua atenção para o homem mais indecente que já havia visto na vida.

Ele zanzava de um lado para outro num canto mais afastado da área de espera, com uma passada precisa e controlada, demarcada pelas longas pernas vestidas num jeans claro. Os cabelos grossos e escuros ligeiramente compridos, emoldurando seu rosto másculo. Uma camiseta creme com gola em V escondia seus ombros fortes, um sinal de que as partes que as roupas ocultavam faziam jus às que deixavam expostas.

Lindsay afastou da testa uma mecha dos cabelos molhados para apreciar melhor os detalhes. *Sex appeal* da cabeça aos pés, era o que aquele cara tinha. Do tipo que é impossível de fingir ou imitar — do tipo que transformava a beleza física num simples bônus.

Ele se movia por entre a multidão sem nem levantar os olhos, e mesmo assim foi capaz de se desviar de um homem que cruzou seu caminho. Sua atenção estava toda concentrada num BlackBerry, demonstrando tamanha habilidade na digitação que o ventre de Lindsay se contraiu.

Uma gota de chuva desceu por sua nuca. O contato suave com água fria fez com que a experiência de observá-lo se tornasse fisicamente mais intensa. Atrás dele, os vidros transparentes revelavam o céu cinzento do fim da tarde. A chuva escorria pelas janelas do terminal. Aquele mau tempo era inesperado, e não apenas porque o relatório meteorológico não previa chuva. Ela sempre tinha sido capaz de sentir a proximidade das chuvas com uma precisão incomum, mas essa tempestade lhe havia passado despercebida. Fazia sol quando ela aterrissou, e pouco depois o céu desabou.

Ela adorava chuva, e em outra ocasião qualquer não se importaria de sair no meio do aguaceiro para pegar o ônibus que a levaria até o avião. Naquele dia, porém, o mau tempo parecia carregar consigo um mau agouro. Uma sensação de melancolia, ou de luto. E ela havia se deixado levar por isso.

Desde que era capaz de se lembrar, Lindsay sentia que o vento se comunicava com ela. Fosse gritando em meio a uma tempestade ou sussurrando através de uma brisa, ela sempre conseguia decifrar a mensagem. Não por meio de palavras, mas de sensações. Seu pai chamava isso de sexto sentido e fez de tudo para demonstrar que era uma coisa exótica e interessante, e não alguma espécie de aberração grotesca.

Esse radar interior era o que direcionava seu olhar para aquele homem no portão de embarque, mais ainda que a beleza dele. Em sua aparência, havia algo de melancólico que a fazia lembrar a tempestade que tomava força atrás da janela. Era aquela qualidade que a atraía... além da ausência de uma aliança no dedo dele.

Lindsay se virou, ficou de frente para o homem e desejou que ele a olhasse.

Ele ergueu a cabeça. Seus olhares se encontraram.

Foi como se ela tivesse recebido uma rajada de vento no rosto, fazendo com que seus cabeços se arrepiassem. Mas a sensação não era de frieza, e sim de um calor úmido e sedutor. Lindsay manteve os olhos fixos nele por um instante que pareceu infinito, hipnotizada por seus olhos azuis cintilantes, que demonstravam sintonia com a fúria ancestral da tempestade lá fora.

Ela respirou fundo e tomou o caminho de uma lojinha de *pretzels* ali ao lado, dando a ele a oportunidade de retribuir o óbvio interesse manifestado por ela... ou não. Meio que por instinto, ela sabia que ele não era o tipo de homem que corria atrás de mulher.

Lindsay foi até o balcão e olhou o cardápio. O cheiro da massa quentinha e macia e da manteiga derretida era de dar água na boca. A última coisa de que ela precisava antes de ficar sentada por mais uma hora num avião era uma bomba calórica como um *pretzel* gigante. Por outro lado, talvez uma boa dose de serotonina fosse capaz de acalmar seus nervos exaltados pela sensação de estar espremida numa multidão.

Ela fez o pedido. "Palitinhos de *pretzel*, por favor. Com molho marinara e um refrigerante diet."

A moça do caixa informou o valor. Ela remexeu na bolsa em busca da carteira.

"Pode deixar."

Minha nossa... aquela voz. Sedutoramente sonora. Lindsay tinha certeza de que era *ele*.

Ele se inclinou em sua direção, e ela sentiu o perfume exótico dele. Não era colônia. Era um cheiro de homem. Natural e viril. Puro e límpido, como o ar depois de uma tempestade.

Ele fez a nota de vinte dólares deslizar pelo balcão. Ela sorriu e deixou que ele pagasse.

Era uma pena que estivesse vestida com um jeans velho, uma camiseta larga e coturnos. Nada poderia ser mais confortável, mas para aquele homem ela preferia estar bonita e arrumada. Ele evidentemente pertencia a um outro mundo, o que ficava claro pela beleza de astro de cinema e pelo relógio Vacheron Constantin que ostentava no pulso.

Ela se virou e estendeu a mão para ele. "Obrigada, senhor...?"

"Adrian Mitchell." Ele aceitou o cumprimento e aproveitou para acariciar seus dedos com os polegares.

Lindsay sentiu uma reação visceral ao toque dele. Ficou quase sem fôlego, e seu coração disparou. Visto de perto, ele era irresistível. Ferozmente masculino e terrivelmente lindo. Impecável. "Olá, Adrian Mitchell."

Ele se agachou e pegou a etiqueta da mala dela com seus dedos longos e masculinos. "Prazer em conhecê-la, Lindsay Gibson... de Raleigh? Ou está voltando de viagem?"

"Estou indo para o mesmo lugar que você. No mesmo avião."

Os olhos dele tinham um tom de azul muito pouco habitual. Como a coloração cerúlea que se vê no coração das chamas. Combinados com a pele morena e emoldurados pelos cílios compridos, eram simplesmente deslumbrantes.

E estavam concentrados nela como se não houvesse mais nada no mundo para se ver.

Ele a observou da cabeça aos pés com um olhar intenso. Lindsay se sentiu exposta e envergonhada, como se ele a tivesse despido em pensamento. Seu corpo reagiu à provocação. Os seios incharam, a tensão nos músculos foi se dissipando.

Qualquer mulher teria amolecido toda diante dele, porque não havia nada naquele corpo que denunciasse um sinal qualquer de insegurança. Dos ombros largos e os bíceps delineados até as feições milimetricamente esculpidas do rosto, cada ângulo do corpo dele parecia afiado e preciso.

Ele se inclinou sobre ela para pegar o troco, movimentando-se de maneira ágil e naturalmente elegante.

Aposto que ele deve ser um animal na cama.

Excitada pelo próprio pensamento, Lindsay apanhou a mala pela alça. "Então você mora no Orange County? Ou está viajando a negócios?"

"Estou indo para casa. Para Anaheim. E você?"

Ela foi até o outro balcão, para pegar seu pedido. Ele a seguiu com uma passada mais comedida, mas que não escondia a determinação de ir atrás dela. Essa característica um tanto predatória fez com que ela ficasse ansiosa. Sua sorte enfim havia mudado — seu destino final também era Anaheim.

"O Orange County é o meu futuro lar. Estou me mudando para lá, a trabalho." Ela preferiu não entrar em detalhes, como a cidade em que ia morar. Sabia bem como se proteger quando era necessário, mas não estava disposta a arrumar mais problemas além dos que já tinha.

"É uma grande mudança. Para o outro lado do país."

"Estava na hora de mudar."

Ele abriu um leve sorriso. "Vamos jantar juntos."

O tom aveludado da voz dele fez o interesse dela crescer ainda mais. Ele era carismático e tinha uma personalidade magnética, duas qualidades capazes de produzir relacionamentos memoráveis, ainda que de curta duração.

Ela pegou o saquinho de papel e o refrigerante que a atendente entregou. "Você vai direto ao ponto. Eu gosto disso."

A chamada para o voo fez com que sua atenção se voltasse para o portão de embarque. Na verdade era o anúncio de um pequeno atraso, o que deixou os passageiros um tanto inquietos. Adrian não tirava os olhos dela.

Ele apontou para uma fileira de assentos logo adiante. "Ainda temos tempo para nos conhecer melhor."

Lindsay o acompanhou até lá. Deu outra espiada ao redor, e viu que não eram poucas as mulheres com os olhos vidrados em Adrian. A sensação de que ele era como uma tempestade em pleno curso não parecia mais tão intensa, e a chuva lá fora se tornou pouco mais que uma garoa forte. A correlação entre os dois eventos era intrigante.

A reação feroz que sentiu ao ver Adrian Mitchell e aquela capacidade sem igual de despertar seu radar meteorológico interior foram determinantes para a decisão de deixá-lo se aproximar. As anomalias de sua vida sempre mereciam uma maior investigação.

Ele esperou que ela se sentasse antes de perguntar: "Algum amigo vai buscar você no aeroporto? Ou algum parente?."

Não havia ninguém à espera dela, apenas uma van reservada para levá-la ao hotel onde se hospedaria até encontrar um apartamento. "Não é aconselhável fornecer esse tipo de informação a um estranho."

"Então vamos amenizar os riscos." Ele se inclinou com um gesto fluido, levando a mão ao banco de trás para pegar a carteira. Tirou um cartão de visita e entregou para ela. "Ligue para quem estiver à sua espera e diga quem eu sou e como entrar em contato comigo."

"Você é bastante determinado." *E claramente está acostumado a dar ordens.* Ela não se importou. Lindsay tinha a personalidade forte e, se não encontrasse resistência, acabava ela mesma assumindo o comando. Homens dóceis e gentis eram desejáveis em certas situações, mas não em sua vida pessoal.

"Sou mesmo", ele concordou, sem hesitação.

Lindsay apanhou o cartão. Seus dedos se tocaram, e a eletricidade subiu pelo braço dela.

Ele respirou fundo, pegou a mão dela e acariciou a palma com os dedos. Parecia que estava mexendo entre suas pernas, porque o nível de excitação foi o mesmo. Ele a olhava com um desejo sexual quase palpável, intenso e implacável. Como se soubesse exatamente o que fazer para deixá-la toda entregue... ou estivesse prestes a descobrir.

"Você está me parecendo encrenca certa", ela murmurou, fechando a mão para que ele não tirasse os dedos.

"Vamos jantar. E conversar. Prometo que vou me comportar."

Sem largá-lo nem por um minuto, ela pegou o cartão de visita com a outra mão. O sangue pulsava com força em suas veias por causa daquela excitação tão imediata e imprevista. "Mitchell Aeronáutica", ela leu. "E você está viajando num voo regular."

"Eu tinha outros planos." O tom de voz dele ficou sério. "Mas meu piloto me deixou na mão."

O piloto *dele*. Ela abriu um sorrisinho. "Você não odeia quando isso acontece?"

"Geralmente, sim... Mas aí apareceu você." Ele sacou o Black-Berry do bolso. "Use o meu telefone, assim quem atender já vai ter o número."

Não sem alguma relutância, Lindsay o soltou e pegou o celular, apesar de poder muito bem usar o seu. Deixou o refrigerante no chão acarpetado e levantou. Adrian fez o mesmo. Ele era rico, elegante, educado, solícito e lindo de morrer. Apesar de parecer um sujeito civilizado, havia um quê de perigo pairando sobre ele, algo que apelava para os instintos mais elementares de uma mulher. Talvez o aeroporto lotado tivesse aguçado seus sentidos. Ou talvez fosse o indicativo de uma química sexual volátil entre os dois. Fosse o que fosse, ela não estava achando nada ruim.

Deixando o saquinho com os *pretzels* no assento, ela se afastou um pouco e digitou o número da oficina mecânica de seu pai. Enquanto isso, Adrian foi até o balcão do portão de embarque.

"Linds. Você já chegou?"

Ela ficou surpresa com o modo como ele atendeu. "Como você sabia que era eu?"

"Eu vi o número que estava ligando. O código é da Califórnia."

"Ainda estou em Phoenix, na conexão. Estou ligando de um celular emprestado."

"O que aconteceu com o seu? E por que ainda está em Phoenix?" Eddie Gibson criou sozinho a filha durante vinte anos, e era um pai superprotetor, o que não era de se estranhar ao levar em conta as circunstâncias terríveis da morte de Regina Gibson.

"Não aconteceu nada com o meu, e eu perdi a conexão. É que conheci uma pessoa." Lindsay explicou quem era Adrian e passou as informações contidas no cartão de visita. "Não estou com medo. É que ele é o tipo de cara que parece estar precisando de um freio. Acho que não está acostumado a ouvir a palavra 'não' com muita frequência."

"Acho que não mesmo. Mitchell é uma espécie de Howard Hughes."

Ela levantou as sobrancelhas. "É mesmo? Dinheiro, filmes, estrelas de cinema? Ele está metido com tudo isso?"

Lindsay observou Adrian por trás, aproveitando a chance de estudá-lo melhor enquanto estava distraído. Era tão atraente como de frente, tinha as costas largas e um traseiro apetitoso.

"Se você conseguisse se concentrar em alguma coisa por mais de cinco minutos, saberia disso", respondeu seu pai.

De fato, ela não era capaz de se lembrar da última vez que tinha lido uma revista, e havia desistido de assinar a tevê a cabo fazia muitos anos. Alugava filmes e temporadas inteiras de seriados, porque não queria perder tempo com os intervalos. "Não estou conseguindo dar conta nem da minha vida, pai. Onde é que vou arrumar tempo para cuidar da vida dos outros?"

"Da minha você está sempre cuidando", ele provocou.

"Você eu conheço. E amo. Mas celebridades? Não é a minha praia."

"Ele não é uma celebridade. Na verdade sabe proteger muito bem sua privacidade. Vive numa propriedade enorme no Orange County. Eu vi na tevê uma vez. É tipo uma maravilha da arquitetura. Mitchell parece o Hughes porque é um zilionário recluso que adora aviões. A mídia fica em cima dele porque o pessoal adora aviadores. Isso sempre foi assim. E dizem que ele é bonitão também, mas isso eu não sei julgar."

E ela o havia distinguido no meio de uma multidão. "Obrigada pela informação. Eu ligo quando chegar."

"Eu sei que você pode muito bem se cuidar sozinha, mas juízo."

"Claro. E você, nada de porcaria no jantar. Faça uma comida de verdade. Ou melhor, arrume uma gata para cozinhar para você."

"Linds...", ele começou, fingindo irritação.

Aos risos, ela encerrou a ligação, depois acessou o histórico de chamadas do celular e apagou o número.

Adrian apareceu com um resto de sorriso ainda nos lábios. Seus movimentos eram tão fluidos, demonstravam de tal forma sua força e sua confiança, que ela os considerava ainda mais atraentes que sua aparência. "Tudo certo?"

"Certíssimo."

Ele estava segurando um cartão de embarque. Lindsay viu seu nome nele e franziu a testa.

"Eu tomei a liberdade", ele explicou, "de pegar assentos vizinhos para nós."

Ela pegou a passagem. Primeira classe. Assento número dois, mais de vinte fileiras à frente do que ela tinha reservado. "Eu não tenho como pagar por isso."

"Você não precisa pagar por uma passagem que foi mudada por iniciativa minha."

"Não dá para mudar a passagem de alguém sem ter um documento com foto."

"É, mas eu mexi uns pauzinhos." Ele pegou de volta o celular que ela entregou com a mão estendida. "Tudo bem para você?"

Ela acenou com a cabeça, mas seus sinais de alerta estavam todos acionados. Com as normas de segurança em aeroportos mais rígidas do que nunca, seria preciso um ato divino para alterar a passagem sem sua permissão. Talvez a atendente da companhia aérea tenha sucumbido ao charme de Adrian, ou talvez ele tenha molhado a mão dela pra valer, mas Lindsay não tinha o costume de ignorar seus sinais de alerta. Ela teria que repensar sua atitude com relação a ele, e reavaliar as expectativas de um caso breve e ardente, algo passageiro e sem maiores consequências.

Na verdade, um cara como Adrian nem precisava se esforçar tanto para levar alguém para a cama. Todas as mulheres do aeroporto estavam vidradas nele, lançando olhares que diziam: "Se você quiser, eu sou sua". Ora, até alguns homens estavam olhando para ele daquele jeito. E ele conseguia manter um clima de sedução com tamanha maestria que Lindsay sabia que já devia ser considerada presa fácil para ele. Adrian estava distraído, com o olhar perdido e um ar de indiferença que parecia funcionar como um escudo. Ela o havia encarado diretamente, em um convite sexual explícito, mas não acreditava que ele tinha mordido a isca. Ela estava molhada de chuva e malvestida. A confiança era um fator que atraía os homens poderosos, claro, e isso Lindsay tinha de sobra, mas ainda não era uma explicação plausível para o fato de estar se sentindo cortejada.

"Só para deixar tudo bem claro", ela começou. "Fui criada para querer que os homens abram a porta para mim, puxem a cadeira e paguem a conta. Em troca, eu fico bonita e tento ser agradável. É assim que funcionam as coisas. O dinheiro para mim não compra o sexo. Tudo bem para você?"

Ele curvou os lábios em um sorriso leve que já estava se tornando familiar para ela. "Tudo perfeito. Vamos ter uma hora para conversar no avião. Se você ainda estiver incomodada com alguma coisa quando chegarmos, eu me contento só em pegar seu telefone. Caso contrário, nós podemos ir embora juntos do aeroporto no meu carro."

"Combinado."

Ele a olhou com o que parecia ser uma pontinha de satisfação. Lindsay retribuiu com um olhar parecido. Quaisquer que fossem seus motivos, Adrian Mitchell era um mistério que valia a pena desvendar.

3

Ela é minha. Adrian saboreou aquela sensação avassaladora de triunfo.

Se Lindsay Gibson soubesse o instinto predatório e brutalmente sexual que havia por trás daquela conquista, talvez pensasse duas vezes antes de aceitar jantar com ele. A primeira coisa em que ele pensou quando a viu foi prensá-la contra a superfície plana mais próxima e possuí-la com ardor e vontade. Do ponto de vista dela, era a primeira vez que se viam. Na verdade, estavam se reencontrando depois de duzentos anos de separação. Dois malditos séculos de espera e sofrimento.

E logo naquele dia. A vida sempre arrumava um jeito de produzir surpresas nos momentos mais inconvenientes, puta que pariu. Mas disso ele não podia reclamar — e jamais iria.

Shadoe, meu amor.

Eles nunca tinham ficado separados por tanto tempo. Seus reencontros eram sempre aleatórios e imprevisíveis, mas nunca deixavam de ser arrebatadores. Eram almas gêmeas, apesar dos caminhos opostos que suas vidas tomavam.

O interminável ciclo de mortes imposto a ela, e sua incapacidade de lembrar o que significavam um para o outro, era seu castigo por não respeitar a lei que ele havia sido criado para pôr em prática. Era uma repetição dolorosamente eficaz. Ele estava morrendo aos poucos. Sua alma — o cerne de sua existência angelical — estava sendo devastada pela tristeza, raiva e sede de vingança. A cada vez que perdia Shadoe, e a cada dia que era forçado a viver sem ela, sua capacidade de cumprir sua missão se perdia um pouco. A ausência dela eclipsava seu comprometimento com a tarefa que definia quem ele era — um soldado, um líder, o senhor do destino de tantos seres.

Duzentos malditos anos. Era tempo suficiente para transformá-lo num sujeito perigoso. Um serafim com o coração endurecido era um perigo para todos ao redor. Inclusive para *ela*, porque seu desejo era tão voraz e urgente que ele não sabia se era capaz de controlá-lo. Quando ela se foi, o mundo acabou para Adrian. O silêncio dentro dele se tornou ensurdecedor. Então ela retornou, e tudo voltou à vida com uma explosão — o coração disparado dentro do peito, o calor de seu toque, o poder de seu desejo. *A vida*. Tudo o que desaparecia quando ele a perdia.

Quando eles se sentaram de novo, Lindsay comentou: "Meu pai disse que você é o Howard Hughes da minha geração".

Ele sentiu a impaciência tomar conta de seu corpo. Conversar sobre seu necessário porém sem sentido disfarce depois de tudo o que tinha acontecido naquele dia lhe parecia um castigo cruel e angustiante. Ele estava mais do que agitado, com o sangue pulsando nas veias, de raiva e desejo.

"Prefiro acreditar que não sou tão excêntrico", ele respondeu num tom de voz que denunciou sua inquietação. Cada célula de seu corpo estava concentrada em Lindsay Gibson — o corpo que carregava a alma que ele amava. As necessidades físicas de sua fachada humana se impuseram de maneira furiosa, lembrando-o que fazia tempo demais que não a tomava nos braços. Ele jamais se esqueceria do quanto aquela sensação era maravilhosa. Um simples olhar podia desencadear um desejo inflamado que demoraria horas para ser dissipado.

Ele ansiava por aqueles momentos de intimidade com ela. Ele ansiava por *ela*.

Apesar de a aparência física de Shadoe ser resultado da linhagem genética da família de Lindsay, ele a sentia e reconhecia independentemente do corpo em que tivesse nascido. Ao longo dos anos, a aparência e a etnia dela variaram bastante, mas seu amor por ela não diminuía nem um pouco apesar disso. Sua atração vinha da conexão que sentia com ela, da sensação de encontrar sua alma gêmea.

Lindsay encolheu os ombros. "Eu não me incomodo com a excentricidade. Ela pode deixar as coisas mais interessantes."

As gotas de chuva brilhavam no cabelo dela. Nessa encarnação era uma loira, com cachos naturais absurdamente sensuais. Mas não eram compridos, não chegavam nem até os ombros. Ele teve que segurar a vontade de agarrá-los e mantê-la imóvel para beijá-la na boca e aplacar a sede que sentia pelo gosto dela.

O amor que nutria era pela alma de Shadoe, mas Lindsay Gibson estava despertando nele um desejo luxurioso. A combinação das duas coisas era devastadora, especialmente naquele momento de vulnerabilidade. Ele sentia um desconforto nas costas, vendo-se obrigado a segurar suas asas, que desejavam se abrir numa demonstração de prazer ao vê-la e sentir seu cheiro. Ficar sentado ao lado dela no avião seria como estar no paraíso e no inferno ao mesmo tempo.

Ele tinha a vantagem de se lembrar de suas relações anteriores, enquanto Lindsay contava apenas com seus instintos, que claramente estavam mandando mensagens que ela não sabia muito bem como interpretar. A respiração dela parecia acelerada, as pupilas estavam dilatadas, e a linguagem corporal confirmava a reciprocidade da atração. Ela o observava com atenção, avaliando-o. De tímida não tinha nada. Era confiante e corajosa. Bastante segura de si. Ele gostou dela logo de cara, e sabia que sentiria o mesmo independentemente de seu histórico com Shadoe.

"Para que lugar do Orange County você está indo?", ele quis saber. "E por que está de mudança?"

Apesar de saber tudo a respeito de sua mulher, em certo sentido Adrian estava sempre começando do zero quando a reencontrava. Do que Lindsay gostava ou não gostava, sua personalidade e seu temperamento, suas *lembranças*, tudo isso era desconhecido para ele. Cada reencontro era uma redescoberta.

Ela tirou a tampinha plástica do copo de refrigerante e deu um gole. "Anaheim. Trabalho no ramo de hotelaria, e a indústria do turismo da Califórnia é a minha cara."

Ele pareceu estar remexendo no bolso traseiro da calça. Com a mão atrás de si, sacou um canudo e entregou para ela. "Você trabalha em restaurante ou hotel?"

Como ela preferia o café? Será que ela gostava de café? Dormia de bruços ou de barriga para cima? Onde gostava de ser tocada? Acordava cedo ou era uma criatura noturna?

Lindsay olhou para o canudo e ergueu uma sobrancelha. Ela o pegou e rasgou o invólucro de papel, mas claramente estava se perguntando de onde ele o havia tirado. "Obrigada."

"Disponha."

Havia tanta coisa a assimilar, e o tempo durante o qual ficariam juntos era sempre incerto. Uma vez, ele a teve de volta por vinte minutos. Em outra, por vinte anos. Mas o pai dela sempre a encontrava. O líder dos vampiros era obcecado por ela assim como Adrian, e Syre estava determinado a concluir o que havia começado. Ele queria que sua filha se tornasse imortal através do vampirismo, o que mataria a alma que a ligava a Adrian.

Isso jamais iria acontecer enquanto Adrian fosse vivo.

"Hotel", ela respondeu, retomando a conversa. "Adoro a energia desses lugares. Eles nunca dormem, nunca fecham. O fluxo contínuo de viajantes garante que sempre vai haver um desafio a superar."

"E qual hotel?"

"O Belladonna. É um resort novo, perto da Disney."

"Propriedade da Gadara Empreendimentos." Não foi uma pergunta, foi uma afirmação. Raguel Gadara era um magnata da construção civil que rivalizava com Steve Wynn e Donald Trump. Todos os seus empreendimentos eram amplamente anunciados pela mídia, mas, independentemente da publicidade, Adrian conhecia Raguel muito bem. E não apenas sua vida corporal, mas também a celestial. Raguel era um dos sete arcanjos terrestres, e estava muitos degraus abaixo de Adrian na hierarquia angelical.

Os olhos escuros de Lindsay se acenderam. "Pelo jeito você já ouviu falar."

"Conheço Raguel há um bom tempo." Ele começou a pensar na pesquisa que faria sobre ela, desde o dia de seu nascimento até o reencontro dos dois. Coincidências eram algo que não existiam no mundo. Ele encontrou Shadoe em todas as suas reencarnações não por acaso, mas porque o destino determinara. Ela estava se mudando para sua cidade, e iria trabalhar para um anjo...? Raguel tinha propriedades no mundo inteiro, incluindo resorts na Costa Leste, bem mais próximos da cidade natal dela. As circunstâncias que a conduziram ao Orange County não pareciam ser meramente acidentais.

Adrian precisava descobrir as intenções e as decisões que a levaram até ele. O processo de investigação era a primeira coisa que ele fazia quando ela voltava. Procurava por hábitos ou padrões aplicáveis às existências anteriores de Shadoe. Obtinha os conhecimentos necessários para ganhar a confiança e afeição dela. E pesquisava possíveis sinais de manipulação, porque não iria demorar muito para seus excessos cobrarem um preço. Ele havia cometido o mesmo deslize pelo qual fazia os outros pagarem: tinha se apaixonado por Shadoe — uma nefil, filha de uma mortal com o anjo que o pai dela um dia fora — e sucumbido, inúmeras vezes, ao pecado decadente da carne.

Adrian havia punido pessoalmente o pai dela pela mesma transgressão. Amputou as asas do anjo caído, um ato que aniquilou a alma de Syre e o transformou no primeiro dos vampiros.

As consequências de sua hipocrisia um dia se voltariam contra ele — era algo inevitável, com o qual Adrian já havia se conformado fazia tempo. Se o Criador queria que Raguel fosse o responsável por sua punição, ele precisava saber, e se preparar. Precisava garantir que Shadoe ficaria em segurança quando sua hora chegasse.

Adrian olhou para seus seguranças licanos, que estavam sentados a algumas fileiras de assentos de distância. Eles estavam atentos, curiosos. Não conseguiam deixar de notar que o comportamento dele com Lindsay era diferente em relação às outras mulheres. Na última vez em que Shadoe tinha voltado, nenhum dos dois licanos era nascido, mas eles conheciam os hábitos de Adrian. Sabiam que ele não demonstrava muito interesse pelo sexo oposto.

Ele precisaria de mais que dois seguranças agora que retomaria a caçada a Syre, e Lindsay também necessitaria de proteção. Adrian sabia que teria que ser cauteloso nesse sentido. Ela era jovem — no máximo vinte e cinco anos — e estava indo morar sozinha num lugar desconhecido. Vivia um momento de ampliar seus horizontes, não ia gostar de saber que seu novo amante pretendia monitorar sua vida.

Lindsay começou a brincar com o canudo e ficou um instante com a boca aberta antes de dar mais um gole.

Uma onda de calor tomou conta dele. Mesmo sabendo que acabaria perdendo-a de novo, que iria negligenciar sua função mais uma vez, ele não conseguia conter o desejo que fazia seu coração acelerar. Ele queria aqueles lábios em sua pele, queria que eles deslizassem por seu corpo, sussurrando palavras obscenas e afetuosas enquanto o provocavam sem piedade. Embora os Sentinelas fossem proibidos de amar e fazer sexo com mortais, nada era capaz de convencer Adrian de que Shadoe não havia sido feita para ser possuída por ele.

Ela conversou com o pai ao telefone...

Ele ficou paralisado.

O rosto de Adrian permanecia impassível, mas seus pensamentos estavam alertas. Em suas várias encarnações, Shadoe tinha sempre sido criada pela mãe, nunca pelo pai. Era como se Syre houvesse marcado sua alma quando deu início à Transformação que a tornaria uma vampira, impedindo que qualquer outro homem cumprisse o papel da figura paterna na vida dela. "Os seus pais vivem em Raleigh?"

De repente ela ficou bem séria. "O meu pai. A minha mãe morreu quando eu tinha cinco anos."

Ele começou a mexer os dedos, inquieto. A ordem em que os pais dela morriam nunca tinha mudado antes.

A estabilidade de seu mundo havia sido abalada naquela manhã, e Lindsay Gibson era mais uma ameaça a seu equilíbrio, fazendo com que as coisas ao redor dele começassem a sair de seu lugar predeterminado. Os licanos estavam cada vez mais agitados, os vampiros tinham cruzado uma linha perigosa com a morte de Phineas e o ataque ao helicóptero, e para completar Shadoe estava de volta depois de uma ausência interminável, e os padrões mais elementares presentes nas reencarnações dela foram alterados.

"Sinto muito pela sua perda", ele murmurou, apelando ao comentário que sempre fazia aos mortais que encaravam a morte como o melancólico fim de tudo.

"Obrigada. Mas e a sua família? É grande ou pequena?"

"Grande. Tenho um monte de irmãos."

"Que inveja. Eu não tenho nenhum. Meu pai não se casou de novo. Ele nunca esqueceu minha mãe."

Adrian tinha se tornado um especialista em ganhar a confiança das mães. Com os homens, porém, nunca conseguia se dar bem, por mais que tentasse deixá-los à vontade. Eles instintivamente se intimidavam diante de seu poder. Só podia haver um alfa em um determinado círculo de convivência, e ele era sempre Adrian. Conseguir a aceitação do pai dela poderia demorar, mas valeria a pena investir seu tempo nele. O apoio da família era um dos muitos caminhos que ele precisava percorrer para que ela se rendesse por inteiro, e era assim que ele a queria. Sem nenhuma barreira entre os dois.

Ele tocou as costas da mão dela, apoiada sobre o encosto de braço do assento, e desfrutou do prazer que conseguiu extrair desse simples contato. Ouviu o coração dela disparar como se estivesse com o ouvido colado em seu peito. Entre informações sobre os voos, chamadas para embarque e mudanças de portões e terminais, o ritmo constante e pulsante do coração de Lindsay era um deleite audível. "Certas mulheres são inesquecíveis."

"Não sabia que você era do tipo romântico."

"Ficou surpresa?"

Ela abriu um sorriso. "Nada me deixa surpresa."

Ele sentiu um aperto no coração ao ver aquele sorriso. Tinha ficado tempo demais sem ela, e a espera enfim chegava ao fim. Mas, apesar de se sentir atraída por ele, ela não o amava. Ele teria apenas o corpo dela por um tempo, o que aplacaria seu desejo, mas não era suficiente para satisfazê-lo por inteiro.

Sua atenção se voltou para Elijah, que tinha ficado de pé e saído da área de espera acarpetada. Os licanos se sentiam desconfortáveis em espaços confinados e cheios de gente. Adrian podia ter fretado um jatinho, ou então esperado por uma aeronave sua — qualquer uma das duas coisas aliviaria o mal-estar de seus seguranças —, mas precisava mandar uma mensagem para algum vampiro que fosse idiota o bastante para pensar que ele estava se sentindo acuado pela emboscada ou pela perda de seu tenente: *Podem tentar de novo.*

"Você adora surpresas", ela tentou adivinhar.

Adrian a encarou. "Detesto. A não ser quando a surpresa é você."

Lindsay riu baixinho. Um calor havia muito não sentido se espalhou por seu peito.

Uma jovem empurrando um carrinho vazio com um bebê chorando no colo se dirigiu para o portão de embarque pelo caminho acarpetado em que eles se encontravam. Enquanto ela brigava com seu outro menino, que arrastava uma mala de rodinhas, o telefone de Adrian tocou. Ele pediu licença e se afastou alguns passos.

O identificador de chamadas do celular mostrava um número, mas sem nenhum nome vinculado. "Mitchell", ele atendeu.

"Adrian." Aquela voz fria e maligna era inconfundível.

O coração de Adrian se acelerou ao sentir um desejo primitivo de ataque. Um relâmpago cortou o céu, seguido pelo estouro de um trovão. "Syre."

"Você está com uma coisa que me pertence."

4

Virando a cabeça com uma despreocupação fingida e calculada, Adrian olhou ao redor para ver se estava sendo vigiado. Syre teria encontrado a filha primeiro e estava rastreando seus passos? "E o que seria?"

"Não se faça de desentendido, Adrian. Não combina com você. Uma linda morena. Pequenina e delicada. E você vai devolvê-la para mim... sem nenhum arranhão."

Adrian relaxou. "Se você está se referindo à vadia raivosa que me atacou hoje cedo espumando pela boca, saiba que eu parti o coração dela. Esmaguei com as minhas próprias mãos, para ser mais exato."

Houve um longo e tenebroso período de silêncio, e depois: "Nikki era a mais doce das criaturas entre nós".

"Se essa é a sua definição de doçura, acho que fui até bonzinho demais. Mais uma gracinha dessas", ele avisou, sem se alterar, "e eu acabo com vocês todos."

"Você não tem autoridade nem permissão para isso. Tome cuidado com essa sua vontade de querer ser Deus, Adrian, ou vai acabar como eu."

Dando as costas para o olhar vigilante de Lindsay, Adrian respirou fundo para tentar se acalmar. Ele era um serafim, um Sentinela. Não devia se deixar levar por esse tipo de sentimento humano. Deixar transparecer isso — pelo tom de voz ou por suas ações — significava transmitir uma vulnerabilidade inconcebível. O que estava feito não podia mais ser desfeito. Seu amor mortal o rebaixou ao nível terreno, era impossível para ele manter a serenidade celestial.

"Você não tem ideia do que eu possuo autorização para fazer", ele disse, tentando manter o controle. "Ela me atacou em plena luz do dia, o que prova que ingeriu o sangue de um dos seus Caídos, talvez até o seu, há menos de quarenta e oito horas. Isso abre uma brecha para que eu ou qualquer um dos meus Sentinelas possamos nos defender da maneira que quisermos. Pense duas vezes antes de mandar outra lacaia suicida cruzar o meu caminho. Eu não sou como Phineas. Você sabe muito bem que não tem como me vencer."

O que era verdade... mas não exatamente. Syre não tinha o mesmo treinamento formal para o combate que os Sentinelas, mas havia aprimorado suas táticas de guerrilha ao longo dos séculos. Além disso, estava mais velho, seus erros o tinham tornado mais sábio e, assim como os licanos, parecia cada vez mais inquieto. Seus vampiros o seguiriam até o Inferno se fosse preciso. Tudo isso o tornava um oponente perigosíssimo. Adrian se sentia capaz de derrotar Syre de novo, mas sabia que essa tarefa seria mais difícil do que nunca.

E ainda havia o risco de Lindsay Gibson ser pega no fogo cruzado.

"Talvez meu objetivo não seja vencer", provocou Syre.

Lançando um olhar possessivo em direção a Lindsay, Adrian imaginou o sofrimento que em breve imporia à vida dela. Mas ele não podia voltar atrás. Entre ele e Syre, a vida com os Sentinelas era o menor dos males.

"Se você está querendo morrer", Adrian falou, e um trovão retumbou no céu, "venha me fazer uma visita. Ficarei feliz em ajudar."

Lindsay franziu a testa por algum motivo, e ele olhou para o que tinha chamado a atenção dela. A mulher com as crianças barulhentas ainda estava repreendendo o menino mais velho. E ele começou a gritar, atraindo os olhares de todos ao redor.

O líder dos vampiros deu risada. "Só quando eu tiver certeza de que a minha filha está livre de você."

"Isso a sua morte pode resolver."

Adrian nunca iria deixar de condenar a fraqueza que o obrigou a recorrer a Syre quando Shadoe foi mortalmente ferida. Ele erroneamente acreditou que o amor do líder dos Caídos pela filha o faria agir de acordo com os interesses dela, mas a sede de vingança de Syre era tão implacável quanto a sede de sangue. Ele faria de tudo para impedir que a filha trouxesse alguma felicidade para o Sentinela que o havia punido. Syre preferiu tentar transformá-la numa vampira como ele —

uma sanguessuga desalmada que passaria toda a eternidade nas trevas — a permitir que ela entregasse sua alma mortal ao amor por Adrian.

Quando Adrian se deu conta das intenções de Syre, ele interrompeu a Transformação, produzindo consequências inesperadas — o corpo dela morreu, mas sua alma de nefil tinha sido imortalizada. Graças à Transformação apenas parcial, Shadoe foi condenada a voltar e voltar e voltar num ciclo infindável de reencarnações. Sua alma era imortal, mas ela não era dotada de asas. A alma de um mortal morria com a Transformação, e a de um anjo, com a perda das asas, mas nenhuma das duas coisas se aplicava aos nefilins. Quando o corpo de Shadoe foi impedido de se Transformar, a alma dela sobreviveu e continuou vinculada ao indivíduo que a iniciou no vampirismo. A morte do pai a libertaria do poder que ele detinha sobre sua alma. Apenas o vampiro que tinha começado a Transformação era capaz de concluí-la.

O tempo, porém, não colaborava com os propósitos de Adrian. Ele só podia agir durante o período de tempo em que Lindsay estivesse viva, algo terrivelmente diminuto para um imortal.

"Seu egoísta desgraçado", sibilou o vampiro. "Você prefere que Shadoe morra em vez de viver para sempre."

"E você quer que ela pague pelo seu pecado, apesar de não merecer. Foi você que desrespeitou a lei, não ela."

"Tem certeza, Adrian? Ela não fez o mesmo com você?"

"Essa decisão quem tomou fui eu. Portanto, a culpa é toda minha."

"E mesmo assim você não sofre o que nós sofremos."

"Ah, não?", Adrian rebateu sem se exaltar. "Como é que você sabe o que eu sofro ou deixo de sofrer, Syre?"

Ele olhou para Lindsay mais uma vez. Ela o observava com seus olhos escuros e parecia compreender tudo. Aqueles olhos tinham sabedoria demais para uma pessoa da idade dela.

Ela ergueu as sobrancelhas, como se o questionasse.

Ele respondeu com um sorriso fingido. Ela estava em sintonia com ele, da mesma forma como ele se sentia ligado a ela, mas não se lembrava da história que havia entre os dois, o motivo daquela afinidade. Ele precisaria tomar cuidado para não deixá-la preocupada ou abalada demais. Tamanho nível de ansiedade era uma prova do quanto ele havia decaído. Uma prova de como aquele amor o tinha tornado parecido com um humano. E os céus lamentavam sua fraqueza através do clima — chovia quando ele se entristecia, trovejava quando ele ficava furioso, a temperatura oscilava de acordo com sua disposição.

"Você quer a alma dela", murmurou Syre, "porque é a única coisa que a prende a você."

"E a você."

"E mesmo assim você não quer que eu a desperte. E por quê, Adrian? De que você tem medo? Que ela torne você vulnerável de novo?"

Perto dele, o menino rebelde deu um chute na canela da mãe. Ela gritou. O bebê se agitou no colo dela e se jogou para trás. Sem equilíbrio e seriamente abalada, a jovem deixou o pequeno escorregar de seus braços.

Adrian saiu correndo, esforçando-se para não exceder a velocidade de um humano normal...

... mas Lindsay foi mais rápida e pegou o bebê primeiro. Um feito impressionante. Tão impressionante que nem pareceu que aquela criança tinha corrido o perigo de se espatifar no chão. A jovem mãe piscou os olhos, confusa e boquiaberta, ao ver que Lindsay estava de pé ao lado dela, e não mais sentada a alguns metros de distância.

"Não se esqueça", continuou Syre, "que essa alma que você tanto ama fica a cada encarnação mais próxima de descobrir a verdade, com ou sem a minha ajuda. Você vai conseguir me pegar antes que a minha filha recobre a consciência? O que você acha que Shadoe vai pensar quando se lembrar do sofrimento que você causou para ela em tantas existências diferentes? Acha que ela ainda vai amá-lo depois disso?"

"Eu nunca me esqueço de nada. E não vou me esquecer de que você é o culpado pelas perdas que sofri hoje." Adrian desligou o celular e passou a se concentrar exclusivamente na tremenda complicação que significava aquela capacidade de se mover numa velocidade sobrenatural. Os poderes de Shadoe, uma nefil, manifestavam-se de maneira mais forte em Lindsay, sugerindo uma afinidade maior com o próprio corpo do que em suas encarnações anteriores.

O tempo estava contra ele. As almas ficavam mais poderosas com o tempo e a experiência. Era inevitável que um dia Shadoe tivesse força suficiente para transcender o corpo que ocupava.

Nenhum dos dois estava preparado para aquilo.

Adrian enfiou o telefone no bolso e foi até ela.

Adrian Mitchell tinha pés perfeitos.

Acomodada em seu absurdamente confortável assento de primeira classe, Lindsay observava as extremidades das longas pernas de Adrian, e se deu conta de que nunca tinha reparado nos pés de um homem antes. Em geral, ela os achava feios: a pele cheia de calos, os dedos tortos, as unhas mal cortadas e amareladas. Mas os de Adrian não eram nada disso. Eram impecáveis. Na verdade, tudo nele parecia ser simétrico e bem-acabado. A *perfeição* dele era arrebatadora.

Ela olhou para cima, percebeu que ele a encarava e sorriu. Ela nem se preocupou em explicar por que estava observando os pés dele, que pareciam bem acomodados na sandália. Parecia algo desnecessário, considerando a maneira como ele a olhava. A atração sexual era nítida. Era excitante e palpável, e provocava uma reação forte dentro dela, mas aquele olhar tinha algo de terno também. Afetuoso, quase íntimo. E ela correspondia com satisfação. Uma parte dela parecia vibrar com o pensamento: *Ele é meu.*

"Você não está comendo os *pretzels*", ele comentou com sua voz grave e sonora, que fazia com que ela não quisesse sair mais de lá.

Ele parecia tão contido, tão controlado. Mesmo quando ela sentia que havia alguma agitação dentro dele, sua aparência não denunciava nenhum sinal disso. A voz era sempre suave e tranquila, e a postura, relaxada e confiante. Mesmo quando estava em movimento, ele jamais parecia tenso. Aquela combinação de boas maneiras e desejo sexual intenso causava um efeito poderoso sobre ela.

Era algo inerente a sua natureza causar agitação e deixar as coisas de pernas para o ar, e era isso o que faria com ele. Ela iria escavar aquela superfície de tranquilidade, porque tinha certeza de que dentro dele encontraria águas bem mais turbulentas.

"Você quer?", ela ofereceu. "Não queria estragar meu apetite."

Os olhos deles brilharam, e Lindsay se deu conta de que ele ainda não havia revelado todo seu sorriso para ela. De amargo já bastava a vida — ela gostava de caras bem-humorados e divertidos. O fato de a seriedade dele não ter diminuído seu interesse era mais uma prova do quanto Adrian a atraía.

"O que você vai querer jantar?", ele perguntou.

"Qualquer coisa. Eu topo tudo." Ela se arrependeu dessas palavras logo depois de proferi-las. "Não foi bem isso o que eu quis dizer."

"Não se preocupe com o que vai dizer para mim, desde que seja sincera."

"A sinceridade é a minha marca, mas às vezes me mete em encrenca."

"Um pouco de encrenca não faz mal a ninguém."

Ela se ajeitou no assento, ficando com o corpo virado para ele. "Em que tipo de encrenca você costuma se meter?"

"Do tipo épico", ele respondeu num tom sarcástico.

Um toque de humor, era o que faltava para envolvê-la de vez. "Fiquei curiosa. Conta mais."

"Isso é conversa para um terceiro encontro. Você vai ter que insistir um pouco mais."

Como seria namorar um homem como Adrian? *Só mais um pouquinho, talvez...* "Isso é chantagem."

Ele parecia impassível. "Eu não costumo voltar atrás no que falo, o que me remete à pergunta do que fazer para o jantar. Do que você mais gosta?"

"Você vai cozinhar para mim?"

"A não ser que você não queira."

Ela abriu um sorriso. Adrian claramente estava acostumado a fazer as coisas do jeito dele. "Eu sei que preciso dizer não em algum momento, para pôr você no seu devido lugar."

O olhar dele parecia faiscar. "E que lugar seria esse? Onde você quer me pôr."

"Num lugar onde quem determina o ritmo das coisas sou eu."

"Eu gostei disso."

"Ótimo." Lindsay balançou a cabeça num sinal afirmativo. Ele baixava mais a guarda a cada minuto. E se tornava mais real. "Quanto a jantar na sua casa, estou de acordo. Mas quem define o cardápio é você. Me surpreenda."

"Você tem alguma restrição? Alguma coisa que não suporte?"

"Não gosto de fígado nem de insetos nem de carne sangrando." Ela franziu o nariz. "Fora isso, você tem carta branca."

Ele abriu um sorriso de verdade pela primeira vez ao ouvir aquilo. "Eu também não gosto de sangue."

A curvatura sensual dos lábios de Adrian provocou um calor dentro dela, se espalhando do ventre para os membros como uma droga potente. Ela estava nitidamente abalada.

Ao que tudo indicava, ele era capaz de mexer com ela como ninguém, e tinha qualidades que iam muito além da aparência...

Como se só a aparência não bastasse...

"Por que você precisa de guarda-costas?"

Adrian encolheu os ombros sem tirar os olhos de Lindsay, o que vinha fazendo desde que eles entraram na mercearia de produtos orgânicos. Ela era alta, esguia e atlética. Seu corpo era uma dádiva do Criador, e ela sabia como mantê-lo em forma. A maneira como ela distribuía o peso sobre os pés era notável e graciosa. Apesar de parecer relaxada, ele sentiu que estava mexendo com ela, mas ela seguia em frente mesmo assim, demonstrando uma dose admirável de autocontrole.

Estava conseguindo se controlar bem melhor que ele.

O retorno de Shadoe havia abalado suas estruturas. Comprar ingredientes para o jantar parecia algo absurdo, levando em consideração o desejo violento que comprimia cada músculo de seu corpo. Enfim ele estava frente a frente com a mulher insubstituível de quem tanto precisava. A mulher que o fazia lembrar dolorosamente de cada segundo de seus duzentos anos de celibato... e ele não podia tê-la. Pelo menos não por enquanto.

"A fama traz uma notoriedade indesejada", ele explicou com uma calma fingida.

Era por isso que ele evitava aparecer em público quando não estava com Shadoe. Mas fazia aquilo por mais de um motivo — para manter seu objetivo de parecer inabalado pelo ataque daquela manhã, para estabelecer uma intimidade e uma relação de normalidade com Lindsay e para dar a ela a oportunidade de escolher seus ingredientes preferidos.

Ela olhou para os licanos, posicionados dos dois lados da seção de produtos frescos. "E essa notoriedade é perigosa? Esses seus seguranças são bem grandinhos."

"Às vezes. Mas não se preocupe. Você está segura."

"Se eu fosse do tipo que se assusta com qualquer coisa", Lindsay comentou enquanto punha uma batata-doce num saco plástico, "não teria saído do aeroporto com um desconhecido estando tão longe de casa."

Mas ela o conhecia, apesar de não saber como nem por quê. Era óbvio que estava se valendo mais de seus instintos do que do raciocínio, e que sua intuição agia a favor dele. Ela o olhou e com isso deixou tudo bem claro. Sem hesitações. Só um olhar direto e reto, um *eu estou na sua*, que fez com que não restassem dúvidas sobre o próximo passo a tomar.

Lindsay apontou para a sacola cheia que ele estava carregando. "Quero ver como é que você vai usar tudo isso, e também ver se me ensina a fazer tempura, que é um dos meus pratos favoritos."

"Você cozinha?"

Ela deu risada. "Só o básico. Nada muito complicado. Fui criada pelo meu pai, e sempre gostei muito de estudar, então quase nunca comia em casa."

"Nós podemos mudar isso." Ele pegou uma cebola e propositalmente deixou que escapasse de sua mão.

Ela a apanhou no ar quase com a mesma velocidade que ele mesmo tinha usado para pegar os óculos escuros de Jason horas antes.

"Aqui está." Lindsay jogou a cebola para ele e virou as costas como se nada de mais tivesse acontecido.

Ele fechou a mão, e a cebola se esfacelou como um ovo cru. Quando o fluido malcheiroso escorreu por seus dedos, ele soltou um palavrão e despejou tudo numa lixeira a um canto, praguejando mentalmente.

Ao ouvi-lo, Lindsay se virou de maneira tão fluida que sua bolsa de lona não se desgrudou de seu corpo nem por um minuto durante o giro. Ela a tinha retirado da mala assim que a pegou da esteira de bagagem do aeroporto. Esse gesto despertou a curiosidade dele. Por que não carregar a bolsa também no avião, já que era algo tão essencial?

Adrian a observou. Aquela economia de movimentos era notável. E preocupante também. "Você tem ótimos reflexos."

Ela olhou para o chão. "Obrigada."

"Você poderia ser uma atleta profissional."

"Eu até pensei nisso", ela respondeu enquanto punha um saco com cenouras na cesta de compras. "Mas não tenho muita resistência."

Ele sabia por quê. O corpo mortal de Lindsay não tinha sido projetado para lidar com as capacidades de nefil de Shadoe. O que ele não sabia era se a velocidade era o único dos talentos dela.

Adrian se viu envolvido por uma forte sensação de urgência. Ele precisava acabar com Syre o quanto antes.

Apesar de saber que a morte do líder dos vampiros poderia trazer consequências drásticas, senão catastróficas, Adrian estava decidido. Shadoe era mais importante que qualquer outra coisa. Ele havia cometido o erro de se preocupar primeiramente consigo mesmo na noite em que tentou evitar a morte dela, mas não se deixaria levar pelo egoísmo de novo.

Mesmo sabendo que o preço a pagar seria alto.

Sua missão era conter e controlar os Caídos, não exterminá-los. Quando pusesse um fim à vida de Syre, ele seria expurgado da terra por descumprir suas ordens, deixando os Sentinelas sem o capitão que os comandava desde que foram criados. As duas facções — os vampiros e os anjos — ficariam sem liderança por um certo período, e o mundo mergulharia no caos. Mas a alma de Shadoe estaria enfim desvinculada da alma do pai, e a hipocrisia de Adrian seria exposta. O erro que ele cometeu tanto tempo antes enfim seria corrigido.

Em certo sentido, essa atitude ajudaria a restabelecer o equilíbrio das coisas. Tanto ele como Syre se mostraram indignos de exercer sua liderança. Tanto os Caídos como os Sentinelas tinham líderes de conduta reprovável, que não deveriam servir de exemplo para ninguém.

O celular de Adrian tocou, e ele viu que quem ligava era Jason. Pediu desculpas e licença para atender, mas Lindsay pareceu não se importar e continuou a fazer as compras sem ele.

"Mitchell", ele atendeu.

"O avião de Damien já vai decolar. Ele chega em umas duas horas."

Adrian sabia que todos estavam fazendo o possível, mas isso não diminuía sua impaciência. A morte de Phineas exigia uma retaliação imediata, mas ele precisava de mais informações antes de começar a empreender sua caçada. Damien foi o primeiro Sentinela a chegar à cena do crime, e devia estar trazendo o licano sobrevivente consigo. Eles seriam seu ponto de partida. "Eu estou com Shadoe."

Uma pausa. Depois um assobio. "O momento não podia ser melhor. Permite uma margem de manobra para nós, caso Syre enfim decida partir para o confronto."

"Pois é." As costas de Adrian se contraíram de tensão. Por mais detestável que fosse usar Lindsay como uma isca para chegar até Syre, não havia como negar que atingir sua filha era a melhor maneira de conduzir o vampiro a uma situação de vulnerabilidade. "Estamos em público ainda."

"Digo para Damien ir ao seu escritório amanhã de manhã?"

"Quero falar com ele assim que chegar. É nossa prioridade até descobrirmos o responsável."

"Certo."

"E o piloto? Já temos alguma notícia sobre o que aconteceu por lá?"

"Ele foi jogado de cima do prédio enquanto subíamos pela escada. Hoje em Phoenix ninguém fala de outra coisa."

Merda. Adrian corrigiu a postura dos ombros. "Diga para o RH me mandar a ficha dele. Quero que a família receba todo o apoio. E mande a assessoria de imprensa frear o apetite da mídia. Não quero que os parentes dele sejam importunados pelos jornalistas num momento como esse."

"Pode deixar, capitão. Daqui a pouco ligo de volta."

Ciente da necessidade de levar Lindsay até a Morada dos Anjos o quanto antes, ele voltou sua atenção para ela e percebeu que não estava mais por lá. Adrian foi falar com o segundo licano. "Por que não foi atrás dela?"

"Elijah está com ela."

"Vá buscar o carro e fique esperando lá fora."

O licano acenou com a cabeça e saiu. Adrian se dirigiu à parte da frente da loja, olhando em cada corredor em busca de cachos loiros e uma figura esbelta. Encontrou Elijah encostado numa parede, uma visão interessante com seu corpo largo e braços cruzados. Lindsay não estava com ele.

Chegando até o licano em um piscar de olhos, Adrian perguntou: "Onde ela está?."

"No banheiro. E Trent?"

Adrian mais uma vez ficou impressionado com a confiança e o autocontrole com que o licano se comportava, o tipo de atitude capaz de fazer alguém se jogar de um helicóptero em queda apesar de morrer de medo de altura. Por outro lado, isso tudo também atraía uma atenção negativa para Elijah, como um potencial alfa nas fileiras dos licanos.

Para testá-lo, Adrian respondeu de maneira vaga e provocativa. "Obedecendo ordens."

Elijah limitou-se a um aceno de cabeça, escondendo qualquer eventual contrariedade por não ter obtido uma resposta. "Tem um demônio na loja. Um dos atendentes do turno da noite."

"Isso não é problema nosso." A América do Norte era o território de Raguel Gadara. Era responsabilidade dos sete arcanjos policiar os demônios. Adrian havia sido criado unicamente para caçar anjos renegados. A não ser por Sammael — ou Satanás, como ficou conhecido entre os mortais —, a maioria dos demônios era pura perda de tempo para um Sentinela.

"Acho que esse pode criar problema para nós. Estava seguindo a mulher pela loja."

"Fique de olho nele. E leve Lindsay até mim assim que ela sair."

"Quer que eu fique de olho nela? Mas e você?"

Adrian virou a cabeça e encarou o licano, ambos parados lado a lado. Ele sabia que, mais do que preocupado com seu bem-estar, Elijah estava era curioso a respeito de Lindsay. "Eu consigo me virar sozinho por cinco minutos."

Ele foi em frente, parando um pouco na seção de comida asiática antes de contornar a prateleira. Estava no meio do corredor de artigos de forno e fogão quando Lindsay apareceu. Elijah estava em seu encalço.

"Já pegamos tudo de que precisamos", disse Adrian, "a não ser que você tenha algum pedido especial."

Ela parou de repente. Apesar de demonstrar uma aparente tranquilidade, ele sentiu um acúmulo de tensão dentro dela. Uma inexplicável brisa fez com que um cacho de cabelos loiros lhe caísse sobre a testa.

Ele sentiu a presença do demônio atrás de si antes que Lindsay abrisse a boca.

Os olhos castanhos dela ficaram escuros e implacáveis como ônix negro. "Nem pense em chegar perto dele, seu cretino."

Uma onda de energia subiu pela espinha de Adrian e se espalhou pela loja na forma de um pulso de eletricidade, desativando o circuito fechado de tevê. Elijah arreganhou os dentes e soltou um rosnado selvagem.

"Diga para o seu cão e a sua cadela se acalmarem, serafim", sibilou o demônio atrás dele. "Eu não estou querendo encrenca."

"Não o cacete", rebateu Lindsay. "Estou sentindo suas más intenções."

Adrian virou um pouco o corpo a fim de poder olhar ao mesmo tempo para Lindsay e para a criatura com quem ela havia implicado — um dragão com as mãos flexionadas na parte posterior das coxas, preparando-se para expelir uma quantidade nada desprezível de fogo, pelo que Adrian foi capaz de sentir. Para alguém com a idade e o poder de Adrian, aquele demônio não passava de um mero contratempo, mas a maneira como olhava para Lindsay e a falta de respeito com que se dirigiu a ela eram intoleráveis.

"Se você pedir desculpas para a moça pela falta de educação", Adrian falou sem se alterar, "de repente pode escapar de ser eviscerado aqui e agora."

"Caralho." O dragão levantou as mãos, com os olhos faiscando. "Me desculpa, moça. Diga para ela ficar tranquila, serafim, e eu sumo daqui agora mesmo."

A forma mortal do demônio era a de um adolescente de cabelos castanho-claros e rabo de cavalo, vestindo roupas largas e ostentando um crachá com o nome SAM, mas a frieza reptiliana de seu olhar denunciava o que se passava dentro dele. Os dragões eram um tipo bem desagradável de demônios, que gostavam de aterrorizar os mortais por pura maldade antes de devorá-los. Mas aquele sujeito era problema de Raguel. Adrian tinha uma presa mais importante para caçar.

Adrian o dispensou com um movimento de pulso, já aborrecido pela perda de tempo. "Suma daqui."

"Ah, nada disso", rugiu Lindsay.

O vulto de um objeto prateado passou brevemente diante dos olhos de Adrian. Ele o seguiu com o olhar na mesma velocidade.

O dragão cambaleou ao sentir a adaga arremessada romper sua testa, abriu a boca e manteve um olhar incrédulo no rosto. Logo depois, seu corpo se desintegrou em brasas, deixando uma pilha de cinzas de quase metade de sua altura. Sem ter mais o que a brecasse, a adaga atravessou os restos do demônio e caiu no chão em meio a um silêncio de perplexidade.

Adrian agachou e apanhou a pequena lâmina, que na verdade não deveria ser capaz de aniquilar um dragão — aquela espécie tinha uma carapaça impenetrável. Caso "Sam" suspeitasse que seria atacado, teria mudado de forma para se proteger. Mas Lindsay tinha conseguido ser mais rápida que os olhos dele, e que os de Adrian também.

Uma onda de desejo tomou conta de Adrian, seguida pela fúria de um homem que acabou de ver sua razão de viver se expor a um perigo incalculável. Ele levantou e a encarou.

Ela retribuiu a encarada com um sorriso amarelo. "Acho que nós dois temos explicações a dar."

5

"Você está planejando usar tudo isso?"

Lindsay passou o dedo por uma das facas que carregava na bolsa sem nem tentar escondê-las. Quando aterrissaram no aeroporto John Wayne, ela foi apresentada aos seguranças de Adrian e percebeu que não eram humanos. Mas também não eram inumanos ou malignos, isso ela teria sido capaz de sentir — como no caso do atendente da mercearia, que chamou sua atenção como um luminoso de neon. Para se sentir mais segura, ela preferiu pegar a bolsa com seu arsenal particular assim que apanhou a mala da esteira de bagagens.

Ela deu de ombros, tentando parecer despreocupada como ele. "Fico mais tranquila com isto aqui ao alcance da mão."

Ela vinha matando criaturas inumanas e malignas desde os dezesseis anos, e fazia muito tempo que não perdia o sono por isso. Sua preocupação naquele momento era Adrian. Aquela coisa horrenda o conhecia... e o *respeitava*... e ficou com medo quando foi ameaçada por ele. E ela, enlouquecida como estava, ainda se sentia segura ao lado de Adrian, uma sensação que não experimentava desde os cinco anos de idade.

Minha nossa... Ela sabia como ignorar certas coisas, esperar por uma melhor oportunidade. Já tinha descoberto onde Sam trabalhava, podia ter feito tudo de uma forma mais discreta. Em vez disso, preferiu se expor completamente, como se de repente tivesse decidido ficar nua em público.

Ela havia feito aquilo porque não podia deixar de fazer. Era nova demais para conseguir salvar sua mãe, mas desde então jurou que nunca mais veria outra pessoa inocente ser morta na sua frente. O olhar no rosto de Sam quando desistiu de atacá-la dizia tudo: ele estava procurando encrenca. Ela não ia permitir que ele fosse embora com um pensamento como aquele na cabeça. Não conseguiria parar de pensar em quem ele iria descontar aquela humilhação e frustração, e que ela teria sido capaz de impedir que aquilo acontecesse.

"Você fica mais tranquila carregando uma arma", repetiu Adrian, observando-a a seu lado no banco traseiro do carro. Seu Maybach preto subia pela encosta de um morro, vencendo a estrada sinuosa e deixando a cidade para trás.

"O que você é?" O coração dela estava disparado, forçando-a a admitir o quanto estava abalada. Com um esforço tremendo, conseguiu fazer com que seu cérebro parasse de especular sobre coisas que ela não entendia.

Não era o momento de correr de volta para o precipício escuro dentro de sua mente, para o lugar onde a insanidade sussurrava em seu subconsciente como um amante carinhoso. Seu terapeuta da infância a considerava um dos casos mais bem-sucedidos da carreira dele. Achava que ela era uma mulher muito bem resolvida para alguém que havia testemunhado o assassinato brutal da própria mãe aos cinco anos de idade. Ele só não sabia que, quando um dos pilares de sustentação de sua vida fora arrancado, ela mesma havia criado outro. Uma existência na qual criaturas com poderes inexplicáveis trabalhavam em mercearias e cortavam a garganta das pessoas na frente dos próprios filhos. Ela havia se tornado uma guerreira nesse mundo em preto e branco, onde humanos enfrentavam inumanos ferozes.

Mas a existência de Adrian e seus guarda-costas punha um ponto de interrogação em uma afirmação que até então ela aceitava como verdadeira. O que ele seria? E o que *ela* seria? Onde ela se encaixaria num contexto no qual criaturas inumanas não eram necessariamente malignas?

Lindsay sentiu um nó apertando na garganta, o nó da incerteza e da confusão.

Adrian curvou os lábios de maneira quase imperceptível. A energia quente e pulsante que preenchia o ar ao redor parecia estar em completa oposição com aquela postura insolente e relaxada. Ele estava elegantemente acomodado no assento, com uma aparência graciosa porém mortal. Quando dirigiu sua ameaça a Sam sem alterar o tom de voz, ela conseguiu entender por que a tal criatura quase se mijou toda. Embora parecesse impassível por fora, Adrian ressoou como um tornado para ela, uma força destrutiva, violenta e implacável.

Se a morte tinha um rosto, era o de Adrian quando estava irritado: e sua beleza inacreditável só servia para tornar esse fato ainda mais assustador.

"Você não sabe o que eu sou", ele falou, e a voz ressoou dele como nunca, "mas sabia o que era o atendente lá da loja?"

"Eu só me arrisco a descobrir quando estou com a faca na mão."

Ele se moveu absurdamente depressa. Num momento, estava a um braço de distância. No instante seguinte, ela estava sendo imobilizada por ele. A mão que segurava a faca estava prensada contra o assento de couro, enquanto a outra era mantida sob controle diante de um punho de ferro. Os olhos azuis de Adrian brilhavam, literalmente reluziam na escuridão.

O coração de Lindsay estava disparado, de admiração e de medo. Não fazia ideia de quem ele era, mas sabia que era capaz de liquidá-la sem esforço. Sua força irradiava como uma onda, fazendo sua pele esquentar e seus olhos arder. "Me solta."

O olhar de Adrian era uma mistura de raiva e excitação. "Você vai ver que eu sou extremamente permissivo com você, Lindsay. Vou deixar que você faça coisas que não admito que ninguém mais faça. Mas, no que diz respeito à sua segurança, a coisa fica bem séria. Você matou um dragão sem que ele tenha feito nada contra ninguém. Por quê?"

"Um dragão?" Ela quase perdeu o fôlego. "Está falando sério?"

"Você nem sabia o que ele era e já quis matá-lo?"

Ao perceber que ele estava, sim, falando sério, Lindsay desabou no assento e abandonou todo e qualquer impulso de resistência. "Eu sabia que ele era maligno. E que não era humano."

Assim como Adrian não era, ela também sabia. Ele não era humano, mas também não era cruel. Era assustador, mas não provocava aquele medo paralisante que a afligiu quando sua mãe foi morta. Lindsay procurou dentro de si, esperou que o pavor aparecesse e a sufocasse. Mas isso não aconteceu. A turbulência que sentia haver dentro dele não era um arroubo de violência. Até isso nele era diferente, o modo como acionava seu radar interior. Lindsay o compreendia da mesma maneira como compreendia os eventos climáticos, como se ele fosse um dos ventos que se comunicavam com ela desde sempre. Havia algo familiar em Adrian, algo que ela não era capaz de explicar nem de negar. E, apesar de estar submetida a ele, sentia que seu toque era firme porém suave, que o olhar no rosto dele era de desejo e tormento... Tudo o que ele fazia para ela só o tornava mais humano a seus olhos.

Ele podia ser o que fosse, mas ela o via como um homem. Não um monstro.

Adrian a encarava com os dentes cerrados. Sobre eles, o teto de vidro do carro revelava o céu escuro e estrelado. Os segundos foram se passando, e ambos se mostraram incapazes de desviar o olhar. Por fim, ele sussurrou algo num idioma que ela não conhecia, com a voz trêmula de emoção que provocou nela um estremecimento de surpresa. Ele inclinou a cabeça. Encostou a têmpora na dela e começou a acariciá-la com o rosto. Roçou a orelha dela com os lábios, e os cabelos sedosos dele eram como fios de seda contra a testa de Lindsay. O cheiro dele — um aroma de terra molhada depois da chuva — a envolveu. Seus lábios se abriram, sua respiração se acelerou e ela buscou cegamente pela boca dele, tomada por uma necessidade inexplicável de sentir o gosto dos lábios de Adrian.

Ele recuou e se recostou no assento. Virou a cabeça para o lado e perguntou num tom absolutamente controlado: "Como você sabia?".

Lindsay permaneceu imóvel, devastada pelo fim de um momento de ternura tão fugaz que ela chegou a se perguntar se não o havia imaginado. Teve que se esforçar para se recompor, e engolir em seco para recuperar a voz. "Eu consigo sentir essas coisas. Sei que você também não é humano."

"E pretende me matar?"

Aquela insinuação ameaçadora a deixou arrepiada. Ela se ajeitou no assento. "Se for preciso."

"E está esperando o quê?"

"Mais informações." Ela começou a virar deliberadamente a pequena lâmina por entre os dedos, tentando recobrar seu ponto de equilíbrio dedicando-se a uma atividade mais familiar. Não iria dizer nada sobre o vento e sua comunicação com ele. Nada garantia que esse fato não podia ser transformado em uma fraqueza a ser explorada. "Você é... diferente. Não é como os outros."

"E o que exatamente são esses outros?"

"Vampiros."

"Vampiros", ele repetiu.

"Isso. Dentes afiados, garras, sede de sangue. Maldade."

"E desde quando você mata vampiros?"

"Já faz dez anos."

Houve um silêncio prolongado. "Por quê?"

"Chega de perguntas", ela protestou. "O que você é?"

"Estou ouvindo o seu coração bater acelerado", ele comentou baixinho. "Você faz bem em ser prudente. Não sabe quem eu sou nem o que posso fazer. E o fator surpresa não está mais do seu lado. Eu já sei do que você é capaz."

Lindsay sorriu em resposta ao desafio, apesar de não ter achado graça nenhuma. O estado de espírito dele era volátil, e abalava os sentidos dela como uma tempestade de verão. "Você não faz ideia do que eu sou capaz. Na verdade ainda não viu nada." Inclinando-se na direção dele, ela repetiu pausadamente: "O que você é?".

Ele se virou para a frente. "Quando chegarmos em casa, eu mostro para você."

Lindsay o encarou enquanto brincava despreocupadamente com a faca. Ele havia investido contra ela momentos antes, pegando-a de surpresa, e nem isso serviu para colocá-la na defensiva. Estava totalmente seduzida por ele, apesar de saber o quanto podia ser perigoso.

O que quer que fosse o que ela descobriria sobre Adrian Mitchell, o fato era que ele tinha conseguido iludi-la. E isso era mais perigoso do que qualquer garra, presa ou escamas que ele viesse a revelar. E muito mais assustador também.

Ela se concentrou no belíssimo perfil de Adrian. Mesmo depois de ter sido o alvo de sua plena atenção nas duas horas anteriores, ela ainda estava impressionada com o desenho de seu maxilar e o contorno aristocrático de seu nariz. E adorava também os lábios dele, tão lindamente desenhados que pareciam uma obra de arte...

Imagens mentais daquela boca sedutora percorrendo sua pele enquanto sussurrava palavras carinhosas e eróticas em meio a sorrisos fizeram o coração dela se apertar. Em sua mente havia todo um repertório de imagens íntimas e difusas que pareciam ser quase lembranças. A excitação se fez sentir à flor da pele, enrijecendo seus mamilos e fazendo brotar um líquido quente no meio de suas pernas.

Ela virou a cabeça e olhou para o outro lado, fazendo força para domar a respiração acelerada. *Porra*. O *que* estava acontecendo com ela? Estava descontrolada. Trêmula, irritada, excitada e, acima de tudo, descontrolada.

A distância entre as casas construídas em cima do morro ia ficando maior à medida que subiam. A iluminação da estrada se tornou escassa e depois inexistente, e o céu escuro permitia que enxergassem apenas o trilho estreito delimitado pelos faróis do automóvel. Ela lembrou a si mesma que Adrian era uma figura pública e que seu pai o conhecia, mas isso não era suficiente para que uma parte de seu cérebro se desviasse do fato de que ele *não era humano*.

O carro diminuiu a marcha quando chegaram a um portão de ferro que se impunha no meio do caminho, bloqueando o acesso ao local. Ela olhou ao redor e se fixou em uma coluna revestida de granito em que se liam as palavras MORADA DOS ANJOS. Um arrepio de inquietação percorreu a espinha de Lindsay.

Um segurança enorme saiu de dentro da guarita. Ele deu uma olhada para o motorista de Adrian — Elijah —, fez um aceno com a cabeça e voltou lá para dentro a fim de abrir o portão. O Maybach percorreu mais uns bons metros antes que a casa se tornasse visível. Apesar da noite escura naquele local que pairava bem acima da névoa de poluição da cidade, Lindsay conseguiu enxergar a construção sem maiores dificuldades. Era tão bem iluminada que quase parecia ser dia. Era impossível se aproximar daquela casa por qualquer um dos lados sem vê-la.

A residência erguida na lateral do penhasco tinha três andares, cada um com uma enorme varanda do lado de fora. Com acabamento em madeira rústica, degraus escavados na superfície do morro e vigas de madeira expostas, a casa quase parecia fazer parte da paisagem. Ela não entendia nada de arquitetura, mas a Morada dos Anjos devia ser uma construção caríssima — como tudo o mais que Adrian possuía.

Quando o carro parou, a porta do lado dela foi aberta por outro segurança. Enquanto Lindsay se preparava para descer, Adrian apareceu a seu lado com a mão estendida. Ela notou a velocidade de seus movimentos, algo que pelo jeito ele não via mais por que esconder, mas não fez nenhum comentário. Gostou de perceber que ele tinha desistido de fingir que era humano, mas não o elogiaria por isso.

Os pés dela se fixaram sobre o caminho de cascalho. Estava tentando absorver mentalmente toda a grandeza da casa quando um movimento chamou sua atenção no perímetro de seu campo visual. Um lobo gigantesco se aproximava.

Em um gesto instintivo de medo e surpresa, Lindsay se encolheu contra a lateral do carro. Adrian a pegou pelos cotovelos, e o escudo de seu corpo proporcionou a ela uma sensação de conforto e alívio indefiníveis. O animal farejou um dos pneus, levantou a cabeça e a observou, demonstrando uma inteligência inquestionável. Os instintos dela gritaram, preparando seu corpo para um gesto de defesa.

"Não precisa fazer isso", murmurou Adrian, fazendo com que ela percebesse que já estava com uma faca na mão.

Elijah contornou a parte da frente do carro. Um rugido grave reverberou em seu peito enquanto encarava o lobo. O animal deu um passo atrás e baixou a cabeça.

Mais lobos apareceram. Uma alcateia inteira, talvez duas. Lindsay não sabia quantos lobos eram necessários para compor uma alcateia, mas havia pelo menos uma dúzia de animais de diferentes cores circulando pela entrada da casa. Todos tinham um porte imponente. Pareciam ter um tamanho comparável ao de uma vaca.

Um relâmpago cruzou o céu, reproduzindo com perfeição a carga de eletricidade que cercava Adrian.

Minha nossa. Ela soltou um suspiro.

O caráter sobrenatural tanto do lugar onde estava como do homem ao seu lado a fez estremecer. O vento a acariciava, sacudindo seus cabelos, mas não parecia trazer nenhum aviso ou garantia de tranquilidade. Ela estava sozinha, e sentia que havia caído na toca do coelho — estava confusa, fascinada e atordoada.

Adrian apontou para a casa. "Vamos entrar."

Ela seguiu a indicação dele. Entraram por uma porta dupla, atravessando um hall revestido em pedra para chegar a uma sala de estar enorme, localizada alguns degraus abaixo. Uma lareira imensa ocupava toda uma parede. Lindsay tinha quase certeza de que o carro dela inteiro caberia ali dentro.

"Gostou?", ele perguntou, observando intensamente a reação dela, como se sua opinião fosse muito importante.

O interior da casa de Adrian era um lugar eminentemente masculino, decorado em tons de marrom e cinza, com toques de um vermelho vivo que lembrava ferrugem. Materiais naturais reaproveitados também haviam sido amplamente usados — aparas de madeira, tecidos de algodão cru, grama seca. Na parede em frente, havia uma janela enorme, com vista para os morros menores e o vale logo abaixo. Ao longe, as luzes da cidade piscavam como uma chama bruxuleante, mas a metrópole era outro mundo em relação àquele lugar transcendente. Impressionante era pouco para definir aquela casa, que combinava perfeitamente com Adrian. Por mais urbano e civilizado que parecesse, ela sentia nele uma conexão visceral com a natureza.

Lindsay apertou a bolsa junto ao corpo e se virou para ele. "Por que não gostaria?"

"Ótimo." Ele fez um gesto imperial de aprovação com a cabeça. "Você vai ficar aqui por tempo indeterminado."

O autoritarismo em seu tom de voz era atordoante. "Como é?"

"Preciso que você fique aqui para poder garantir sua segurança."

Preciso que você fique... Como se ele tivesse o direito de fazer isso.

"Talvez eu não queira ficar aqui."

"Você devia ter pensado nisso antes de matar um dragão em público."

"Foi você que atraiu a atenção dele. Ou os seus guarda-costas, sei lá. Se eu estivesse sozinha, ele não ia nem reparar em mim. Portanto, se eu virei um alvo, a culpa é toda sua."

"Não dá para dizer de quem é a culpa", ele disse, sem perder a calma. "Elijah notou que você estava sendo seguida. Durante o tempo em que você ficou no banheiro, ninguém sabe o que Sam estava fazendo. Ele pode ter dito para alguém que viu você conosco. Caso tenha feito isso, seu desaparecimento vai levantar suspeitas, e nós vamos ser os primeiros interrogados a respeito."

Ela franziu a testa. "Por que o fato de você estar com uma garota ia despertar o interesse de alguém? Você é lindo e podre de rico. Aposto que vive acompanhado de um monte de mulheres. Está querendo dizer que ele avisou os paparazzi? Ou seus amigos dragões?"

Adrian apontou para o corredor com um movimento gracioso com o braço. "Agora vou mostrar o seu quarto. Podemos conversar depois que você se instalar."

"Conversar não", corrigiu Lindsay. "Você vai falar, e eu vou ouvir."

Ele apoiou a mão na base da coluna dela, e Lindsay sentiu a energia que pulsava em seu corpo — um turbilhão contido por uma força titânica que a deixava perplexa.

A energia dele era um tanto diferente quando estava em casa. A tensão que ela sentiu no começo era mais aguda, mais refinada. Ou talvez apenas mais aparente. Podia ser até algo proposital. Fosse como fosse, a agitação que ele demonstrou no Maybach parecia sob controle. Mas por que ele deixaria transparecer alguma inquietação para ela, uma estranha, para depois escondê-la no conforto de seu lar, o lugar do mundo onde devia se sentir mais seguro?

Ela olhou em volta e percebeu que não estavam sozinhos. Havia outras pessoas por lá: mais sujeitos musculosos, e alguns eram tão elegantes quanto Adrian. E mulheres também — todas deslumbrantes o bastante para despertar sérios surtos de ciúme e insegurança. Ao todo, devia haver uma dúzia de espectadores ao redor da sala, medindo-a dos pés à cabeça com olhares um tanto hostis.

Ela enfiou a mão na bolsa e envolveu com os dedos o cabo de uma segunda faca. Eles estavam em maior número e, por não serem humanos, eram também mais poderosos. O coração dela disparou.

"Lindsay..." A mão de Adrian envolveu seu outro pulso, e seus batimentos desaceleraram imediatamente, uma sensação de tranquilidade se espalhou por seu corpo a partir do lugar onde ele a tinha tocado.

"Você não precisa de nada disso. Este é o lugar mais seguro do mundo para você. Ninguém vai fazer nada com você aqui dentro."

"E eu vou fazer o possível para que seja assim", ela prometeu, falando para que todos ouvissem. Uma ameaça vazia, quase com certeza, já que ela não sabia nem ao menos com que tipo de criatura estava lidando.

"Muito cuidado. Você é mortal. E frágil."

Ela o encarou. Lindsay era capaz de se garantir contra qualquer outro "mortal", até mesmo homens com o triplo de seu tamanho. O fato de Adrian descrevê-la como alguém "frágil" só reafirmava sua crença de que, fosse o que fosse, ele possuía poderes que ela nem imaginava serem possíveis. "Mas ainda não sei o que *você* é."

Ele suspirou. "Você comentou sobre vampiros. Que outras criaturas você conhece?"

"Dragões. Graças a você."

Ele a soltou e deu um passo atrás. "Se existissem anjos, você acha que seriam mocinhos ou vilões?"

Lindsay ficou confusa. Anjos remetiam a histórias bíblicas, e ela tinha virado as costas para a religião fazia tempo. Não havia outra opção. Ela ficava furiosa só de imaginar que existia alguém com a capacidade de prever a morte de sua mãe, mas que mesmo assim não fez nada a respeito.

Ela tentou relaxar os ombros rígidos. "Isso depende da posição deles em relação a matar vampiros e dragões."

Lufadas de fumaça começaram a se erguer atrás dele. Depois a névoa se espalhou, tomando a forma e a substância de asas — asas impecavelmente brancas com pequenas manchas vermelhas, como se respingadas de sangue fresco.

Lindsay cambaleou para trás, mal conseguindo se equilibrar mesmo depois de apoiar uma das mãos contra a parede. A pureza da verdadeira forma de Adrian parecia capaz de cegá-la. O poder irradiava de seu corpo em ondas quase palpáveis. Ela sentiu como se estivesse cara a cara com a fonte de energia de todo o universo.

As lágrimas brotaram de seus olhos e seus joelhos fraquejaram. O corredor inteiro começou a girar, e uma terrível sensação de déjà-vu se misturou à imagem das asas de Adrian. Roupas diferentes... outros cortes de cabelo... cenários variados.

Por um instante, ela temeu que fosse desmaiar. E então tudo culminou em um único pensamento: *um anjo.*

Que merda. A religiosidade era algo tão distante para ela que parecia ser um conceito de outro mundo. Inclusive naquele momento — diante daquelas asas e daquele impressionante brilho dourado —, o que ela sentia passava longe de ser um desejo de reverência. Parecia mais um desejo sexual primitivo e pecaminoso. Ela se sentiu ainda mais atraída por Adrian ao ver suas asas abertas, porque enxergar além de seu disfarce significava um acesso a seu verdadeiro ser, similar ao que ela tinha permitido a ele quando se revelou na mercearia.

Lindsay sempre tinha sido estranha. Mais rápida e mais forte que os demais, capaz de perceber as mínimas mudanças nos rumos do vento, que dizia para ela se havia alguma coisa *errada* a caminho. Quando criança, ela muitas vezes se sentia uma mutante, sempre precisava tomar o cuidado de vigiar a própria velocidade. Nos dez anos anteriores, vinha se esforçando para parecer "normal" enquanto procurava criaturas perigosas para matar. Ela já havia perdido as esperanças de manter um relacionamento amoroso de longo prazo. A necessidade de esconder uma parte tão importante de si mesma a havia transformado numa pessoa solitária na mais profunda acepção da palavra.

E agora estava diante de alguém que sabia que ela era diferente. Alguém que era capaz de aceitar esse fato, porque, afinal de contas, também era diferente. Ela sabia que não podia conversar com ninguém a respeito do submundo que havia descoberto. Mas Adrian sabia de tudo...

"Você ia deixar aquele dragão escapar!", ela acusou, escondendo sua súbita vulnerabilidade atrás de um ataque de raiva. Quando descobriu que ela caçava, Adrian tomou contato com sua *essência*, uma intimidade que ela não dividia com mais ninguém. E o fato de ser uma criatura etérea de beleza imensurável só o tornava mais precioso aos olhos dela.

"A minha preocupação principal era com a sua segurança."

"Eu sei me cuidar sozinha. Você devia ter se preocupado com ele."

"Eu caço vampiros", ele afirmou, tranquilo. "E, como eu disse, ele era um dragão."

A porta da frente se abriu e atraiu o olhar de Lindsay. Elijah entrou, carregando as compras. Deteve-se logo depois, e seu belo rosto não demonstrou nenhuma reação diante do cenário tenso que se revelou sob seus olhos. Uma mecha de seus cabelos castanhos havia caído sobre a testa, emoldurando os olhos verde-esmeralda. Apesar de não tê-lo visto sorrir nenhuma vez, sentiu que ele exalava uma energia amistosa. Ele parecia simplesmente zeloso e bastante curioso. E muito inteligente. Espertíssimo, ela pensou, do tipo que nunca é pego desprevenido.

Ela sentiu que Adrian se aproximava por trás. O cheiro da pele dele se fez sentir quando ela inspirou o ar novamente. *Ele é um anjo. E caçador de vampiros...*

"Você deve estar com fome", ele murmurou. "Agora você vai guardar suas coisas e conhecer o lugar onde vai ficar, e depois podemos conversar enquanto eu faço o jantar."

A ideia de uma criatura alada celestial esquentando a barriga no fogão pareceu bizarra, mas ainda assim havia uma sensação de que o acesso à intimidade de Adrian, o fato de ele lhe preparar uma refeição, deveria ser algo natural para ela.

Ora, ela precisava se controlar. Precisava entender as novas regras do jogo e aprender a aceitá-las — ou então contorná-las. O que não podia era continuar na ignorância, nem a ter alguém que dissesse onde ficar e aonde ir. Em algum lugar do mundo, os vampiros que mataram sua mãe estavam aterrorizando outras pessoas. Eles sentiam prazer em infligir sofrimento e medo. Ela não sossegaria enquanto não acabasse com eles. E queria fazer isso pessoalmente, e só deixaria de caçar quando tivesse a certeza de que eles nunca mais destruiriam a inocência de outra criança como haviam feito com a sua.

"Certo", ela concordou. "Mas, como eu disse antes, você vai falar, e eu vou ouvir."

"Quem é ela?"

"Não sei." Elijah apoiou o antebraço na cama de cima de um beliche no alojamento dos licanos e olhou para os machos e as fêmeas reunidas a seu redor. "Não sei o que se passa na cabeça de Adrian. Ele a viu no aeroporto e não tirou mais os olhos dela desde então. Ele nunca deu bola para as mulheres, mas não consegue tirar os olhos dessa."

"Talvez ela faça o tipo dele", comentou Jonas, confirmando sua ingenuidade natural de garoto de dezesseis anos.

"Os serafins não têm um tipo. Nem sentimentos, como nós. Não têm desejos, não ficam com tesão." Pelo menos foi isso o que Elijah aprendeu quando filhote, e mais tarde constatou com os próprios olhos. Mas naquela noite, durante o trajeto da mercearia para casa, ele sentiu uma energia bruta irradiando de Adrian, algo que denunciava uma reação emotiva à ameaça imposta a Lindsay Gibson pelo dragão. E o jeito como ele a tratava deixava implícita uma ideia de possessividade. Ele agia como se ela fosse importante para ele, apesar de serem claramente desconhecidos um para o outro.

"Mesmo assim ela é gostosa", Jonas comentou dando de ombros. "Eu comeria."

"Não fale isso nem de brincadeira", avisou Elijah. "Ele acabaria com você. Quase matou um demônio em público só porque olhou torto para ela."

"O que teria irritado tremendamente Raguel", assinalou Micah, esfregando o queixo com a mão, pensativo. "Os arcanjos levam muito a sério esse negócio de território, principalmente quando diz respeito aos serafins. Isso sem falar da possibilidade de enfurecer os superiores do tal demônio. Seria encrenca demais para uma mulher que Adrian acabou de conhecer."

"Por que ela? Ela é humana." O tom de voz de Esther era dos mais sérios, e as outras fêmeas concordaram com a cabeça.

"Ela exterminou um dragão como se estivesse espantando uma mosca." Elijah notou a multidão de olhos verdes que o encarava. "Ela se movimentou numa velocidade impossível para qualquer mortal, mas você tem razão, Esther. Ela é humana. Não consegui farejar mais nada nela."

"Mas deve ter mais alguma coisa", supôs Micah, verbalizando uma suspeita que já estava pairando no ar.

"Pois é", concordou Elijah. "Eu a ouvi dizer para Adrian que era capaz de sentir a presença de demônios e vampiros, e que já faz dez anos que está no encalço deles."

Um rumor de descrença se espalhou pela matilha.

Ele abriu um sorriso malicioso. "Adrian estava mostrando as asas para ela quando entrei na casa. Tem alguma coisa aí. Seria bom descobrirmos o que é."

"E o que podemos fazer?", perguntou Jonas, olhando para Elijah em busca de uma resposta, assim como todos os outros licanos no recinto.

Os outros recorriam a ele com uma frequência exagerada. Era um fardo que Elijah não desejava nem tinha condições de suportar. Todos sabiam que ele havia sido transferido para a matilha de Adrian a fim de ser observado. Ele achava que se tratava de um castigo por sua teimosia. Que a intenção era que ele desistisse de fazer as coisas à sua própria maneira. Mas até mesmo isso significava a ostentação de um poder que ele não possuía.

"Mantenham a cabeça baixa", ele enfim respondeu, "e o nariz em alerta. Jason insinuou que a morte de Phineas pode ter sido provocada por um licano. Não vamos dar nenhum motivo para eles continuarem com esse tipo de suspeita."

"Jason nunca confiou em nós", protestou Esther.

"E agora ele é o segundo na linha de comando", lembrou Elijah. "A opinião dele é importante."

Ele olhou para o alojamento comprido e estreito. Era um espaço com fins meramente utilitários, com várias fileiras de beliches de metal pintadas em verde-oliva e baús de metal da mesma cor. De todas as matilhas, a de Adrian era a que dispunha de menos conforto. A maioria das outras ficava em áreas remotas, onde os Sentinelas mantinham os vampiros confinados, locais onde os licanos podiam correr, caçar e fingir ser livres. Por outro lado, a matilha de Adrian era a de maior prestígio. O capitão dos Sentinelas pagava bem e oferecia alimentação de primeira qualidade para seus licanos e, o mais importante, caçava apenas os maiores transgressores, os vampiros mais ferozes, traiçoeiros e perigosos. Qualquer licano digno do nome ansiava a vida toda por uma presa difícil e desafiadora.

Elijah encolheu os ombros. "Meu conselho: prestem atenção a tudo que disserem perto de vocês. Todo e qualquer detalhe é importante. E, por favor, pensem duas vezes antes de fazer qualquer coisa que atraia algum tipo de atenção para vocês."

O grupo grunhiu em discordância e se dispersou antes que alguém visse o que estavam fazendo. Conspiração e motim eram acusações graves que nenhum deles gostaria de enfrentar.

Micah ficou por lá, passando a mão pelos cabelos ruivos que ele mantinha por cima de sua pele de lobo. Antes de falar, ele olhou por cima dos ombros fortes para se certificar de que ninguém ouvia. Depois se inclinou e falou: "Ela pode ser o nosso passaporte para a liberdade".

Elijah ficou tenso. "Pode parar por aí."

"Alguém precisa dizer isso! Nós não deveríamos viver assim... contrariando nossa própria natureza e reprimindo nossos instintos. Eu vi você carregando as *compras* do Adrian, caralho! Você merece muito mais que isso. E muito mais que ele!"

"Já chega." Elijah virou as costas. Não havia nada que ele pudesse fazer. O único efeito possível de uma rebelião seria a morte de seus entes queridos. "Ele salvou a minha vida hoje."

"E acabaria com ela com a mesma facilidade."

"Eu sei. Mas por ora estou em dívida com ele."

"Eu *não posso* deixar passar essa ocasião, e nós não temos chance sem você. Tenho certeza de que você entende a oportunidade que essa mulher representa. Se ela é assim tão importante para Adrian, quem sabe do que ele seria capaz de abrir mão para garantir sua segurança?"

"Ele não abriria mão do controle sobre os licanos!" Elijah desabou na cama de baixo de um beliche. "Se você acha que com a nossa proteção os Sentinelas ficaram mais fracos ou desleixados, está delirando. Eles são serafins treinados para derrotar outros serafins, as criaturas celestiais mais poderosas depois do Criador. Adrian vive e respira sua missão. Os Sentinelas se preparam todos os dias como se o Juízo Final fosse amanhã. Eles acabariam com a nossa raça."

"Melhor morrer como licanos do que sobreviver como cães."

Elijah sabia que Micah não era o único licano com esse tipo de inquietação. Muitos outros acreditavam que a disputa de poder entre anjos e vampiros não era mais problema dos licanos, e que uma revolução para ganhar a liberdade representava uma obrigação da espécie. Elijah não discordava da ideia, mas também não tinha uma parceira ou filhotes por quem lutar. Só contava consigo mesmo, e caçar vampiros era sua vida. Trabalhar para Adrian lhe proporcionaria a oportunidade e os recursos para realizar o que fazia de melhor.

"Não estamos só sobrevivendo", ele disse baixinho. "Somos responsáveis pela contenção de antigos serafins. É uma grande responsabilidade."

"É servilismo puro."

"E o que poderíamos fazer se não tivéssemos essa função? Para onde iríamos? Você iria procurar emprego num escritório? Pegar o trem todos os dias para trabalhar? Convidar as criancinhas humanas para irem até sua casa brincar com os seus filhotes?"

"Quem sabe? Eu seria livre. Só faria o que tivesse vontade."

"Nós seríamos caçados. Passaríamos o tempo inteiro fugindo, esperando o dia em que Adrian apareceria para matar todo mundo. Ser um fugitivo não é o mesmo que ser livre."

O ruivo se sentou a seu lado na cama. "Você pensou bastante sobre isso... bastante mesmo, ao que parece. Infelizmente, preciso ir... Estou indo para Louisiana participar de uma caçada... mas nós conversamos de novo quando eu voltar."

"Não temos sobre o que conversar. Fugir seria inútil. Pode parar de forçar a barra."

"Eu sou o seu Beta, El", Micah sorriu. "Essa é a minha função."

"Eu não preciso de um Beta. Não sou um líder de matilha."

"Pode continuar pensando assim, mas isso não vai mudar nada. Você consegue controlar seu lado selvagem e, por algum motivo, isso lhe dá força para exercer poder sobre os demais. Eu sei que você sente isso também, sabe que todos os licanos recorrem instintivamente a você em momentos de perigo. É uma coisa inevitável. Querendo ou não, você é quem manda aqui. Nós podemos virar tudo de pernas para o ar, mas, quando chegar a hora, vamos precisar de um líder, e você é o único aqui com o prestígio necessário para isso."

Elijah ficou de pé. O que o tornava diferente na verdade era a salvação dos demais. Se ele não assumisse a liderança do grupo, os outros ainda teriam chances de sobreviver. Ele sabia o que diziam a seu respeito. Sua capacidade de domar seu lado selvagem era uma tremenda anomalia entre os licanos. Medo, raiva, dor — tudo isso provocava reações indesejadas, mas ele nunca as demonstrava, a não ser quando queria. Para Elijah, isso até podia fazer dele um mutante, mas nunca um alfa. Isso certamente significaria conduzir sua espécie ao extermínio.

"Você está me pedindo para comandar um banho de sangue", ele falou, "mesmo sabendo que não vai servir para nada. Isso não vai acontecer. Nunca."

"Tarde demais, El. O tempo de evitar isso já passou, e foi séculos atrás."

6

Ao ver Lindsay limpar os lábios com a língua, Adrian não sentiu remorso por seus pensamentos sexuais. Ela era uma linda mulher — uma felina com cabelos loiros e olhos penetrantes —, mas o que mais o excitou foi a vontade com que ela comia. Alternando entre os pauzinhos e os dedos, ela deixava evidente sua satisfação com gemidos baixinhos de prazer enquanto devorava a comida.

"Isso está muito bom", ela elogiou.

A empolgação dela fez com que ele sorrisse por dentro.

Os Sentinelas foram criados para ser neutros em relação a manifestações de paixões. Os altos e baixos dos sentimentos humanos não significavam nada para eles. Os Sentinelas eram o peso que equilibrava a balança, a espada que definia o destino da batalha.

Ela segurou um camarão pelo rabo. "Uma vez meu pai levou minha avó para jantar num restaurante de *teppanyaki*. Ela adorou as chamas, as espátulas voando e as acrobacias do chefe, até que um camarão cru foi parar no prato dela. Eu achei demais. O cara fazia coisas incríveis. Mas a minha avó ficou olhando um tempão para o camarão... como se estivesse olhando para a própria morte, imagina só... e acabou *devolvendo o prato*. Ela ficou ofendidíssima. Falou que o cozinheiro de um bom restaurante precisava ter um pouco mais de compostura."

Adrian levantou as sobrancelhas.

Lindsay se recostou no banquinho junto ao balcão, às gargalhadas. "Você precisava ter visto a cara do sujeito. Meu pai precisou pagar umas doses de saquê para ele recuperar o ânimo."

A risada dela era contagiante. Tão sincera e espontânea que ele não conseguiu conter mais seu riso. E riu pela primeira vez depois de séculos. Ele gostava dela. Queria conhecê-la melhor.

No entanto, ele precisava manter a aparência de um anfitrião tranquilo e controlado. Tanto para ela como para os outros Sentinelas. A desconfiança dos demais era visível. Ninguém jamais diria nada, mas eles sabiam que a presença de Shadoe o enfraquecia. Essa preocupação poderia se transformar em ressentimento caso ele não tomasse cuidado. Sua unidade era composta por serafins mais fortes que ele, anjos que não sofriam daquelas fragilidades emocionais. Eles não eram capazes nem de entender a vulnerabilidade que Shadoe representava para Adrian, pois não tinham ideia do que era o amor que ele sentia por ela. Caso um Sentinela achasse que sua missão podia ser arruinada por Lindsay, isso seria um motivo justificável para matá-la.

Adrian tentou se concentrar na fritura do tempura, evitando olhar muito para Lindsay. Ela estava sentada num banquinho do outro lado do balcão de mármore de sua cozinha, bebendo o terceiro copo d'água. Ele ficou excitado ao observar a maneira como ela engolia. Os duzentos anos de celibato estavam cobrando seu preço. Durante a ausência de Shadoe, ele não desejava o toque de nenhuma outra mulher. Quando a alma dela renascia, porém, seus desejos reprimidos afloravam, e ainda mais intensos depois de serem contidos por tanto tempo. Ele estava desesperado para sentir o gosto dela, penetrá-la, fazê-la estremecer com as estocadas de seu pau.

Mas isso teria que esperar. Lindsay precisava aprender a confiar nele primeiro, e depois desejá-lo com a mesma intensidade com que ele a desejava. Quando ele enfim a possuísse, não haveria mais barreiras. Era parte da natureza dela. Quando ela se entregasse, seria de forma definitiva. Aquela mulher tinha coração de guerreira e alma de sofredora.

Ele só precisava ser paciente e tomar todas as medidas necessárias: mantê-la em segurança, fortalecê-la e ganhar sua confiança.

"Você não está comendo", ela observou.

"Na verdade estou, sim. Mas não da mesma forma que você."

"Ah, é?" Ela assumiu um tom enganosamente neutro. "E qual é a sua forma de comer?"

A maneira como ela segurou os pauzinhos mudou, tornou-se mais agressiva. Ele podia quebrá-la ao meio com um estalar de dedos, e mesmo assim o senso que ela sentia de certo e errado e a necessidade de proteger os demais a induziam a se preparar para uma luta em que não tinha como sair vencedora. Ele admirava aquele espírito de luta e aquela convicção.

Adrian escolheu as palavras com cuidado. Não podia correr o risco de criar a impressão de que era um parasita, como os vampiros. "Eu absorvo energia."

"De quê? E como?"

"Estamos cercados de fontes de energia... o ar, a água, a terra. A mesma energia capturada pelas turbinas eólicas e pelas usinas hidroelétricas."

"Deve ser bem prático."

"É bem conveniente", ele concordou, voltando a atenção para a fritura da última porção de camarões e legumes.

Seu nível de energia naquele momento estava altíssimo, como sempre era o caso quando Shadoe estava por perto. Sua proximidade — a força inigualável de duas almas que se juntavam — permitia que seus poderes chegassem a níveis ainda maiores. A força vital das almas era a fonte principal de energia dos serafins e a razão principal por que os Caídos precisavam beber sangue — eles ainda precisavam de força vital para sobreviver, mas como não podiam mais extraí-la das almas foram obrigados a fazer isso de forma mais direta.

"Então", começou Lindsay, "você caça vampiros."

"Isso mesmo."

"Mas aquele cara lá na mercearia era um dragão."

"Era."

Ela respirou fundo. "E os demônios também existem? Quer dizer, anjos e demônios sempre são retratados juntos."

Ele tirou o último pedaço de tempura do óleo e desligou o fogo. "Aquele dragão é um demônio. Vários outros seres têm essa designação."

"Como os vampiros?"

"Existem criaturas com presas afiadas que bebem sangue e que são demônios. Mas eles não me dizem respeito. Minha responsabilidade é pelos outros anjos... anjos caídos. Os vampiros costumavam ser meus semelhantes."

"Seus semelhantes. Anjos. Sei." Ela estreitou os lábios. "Mas os demônios não deviam ser responsabilidade de todos? Eles são os vilões da história, certo?"

"Minha missão é estritamente bem definida."

"Sua missão?"

"Eu sou um soldado, Lindsay. Tenho deveres e ordens a cumprir. E aqueles cuja função é caçar os demônios também levam a sério suas responsabilidades. Não estou em condições de interferir, e jamais faria isso. Para ser bem sincero, já tenho coisas demais com que me preocupar."

"Mas então tem alguém cuidando deles?"

"Sim."

Ela o encarou por um momento, depois balançou a cabeça devagar. "Eu não sabia. Quando vejo alguém exalar aquele tipo de energia, eu entro em ação."

Adrian agarrou com força o beiral do balcão. Era um milagre que ela ainda estivesse viva. "E como você percebe esse tipo de energia? Qual é a sensação?"

"É como se eu estivesse andando no castelo do terror de um parque de diversões e soubesse que alguém vai pular em cima de mim a qualquer momento. Sinto um frio no estômago e um arrepio na nuca. Mas é uma coisa bem intensa. Não dá para confundir com mais nada."

"Parece assustador. Mas ainda assim você encara seu medo. Por quê?"

Lindsay apoiou o queixo sobre os dedos. "Não tenho a intenção de salvar o mundo, se é isso que você está perguntando. Eu odeio matar. Mas consigo detectar a maldade nessas criaturas por algum motivo. Não posso fingir que não está acontecendo nada. Eu não conseguiria dormir tranquila se fizesse isso."

"Você sente que tem uma vocação especial."

Ela respirou fundo, bem devagar. Depois ficou em silêncio por um instante. "Mais ou menos isso."

"Alguém mais sabe que você caça?"

"Você e os seus seguranças, e para quem mais vocês tiverem contado."

"Certo. Sei que nem precisava dizer isso, mas vou falar assim mesmo: você precisa confiar em mim", ele falou baixinho. "Caso contrário não posso ajudar você."

"É isso que você está querendo fazer? Me ajudar?" Ela encolheu os ombros. "Você sabia o que eu fazia quando me viu no aeroporto?"

"Se eu sabia que você era capaz de sentir a presença de demônios e vampiros e depois matá-los?", ele especificou, para que fosse capaz de responder à pergunta com sinceridade. "Não. Eu vi você, desejei você, e você deixou claro que eu poderia tê-la. Minha motivação foi essa."

Ela estreitou os olhos e a boca. Um músculo em seu queixo se contraiu de tensão. "E esse tipo de coincidência simplesmente acontece com você?"

"Aconteceu de estarmos no lugar certo na hora certa. Mas nós só nos conhecemos porque você sentiu que eu era 'diferente', certo?"

"Na verdade, eu achei que você era o homem mais lindo que já vi na vida. A sensação veio só mais tarde. Sobre essa história de lugar certo na hora certa, o meu voo deveria ter sido mais cedo, eu perdi a conexão."

"E eu fui atacado por um vampiro hoje de manhã, meu helicóptero caiu e precisei pegar um voo regular. Está vendo só?" Ele encolheu os ombros. "Puro acaso."

"Você é um anjo. Não deveria acreditar em coisas como plano divino?"

"Livre-arbítrio, Lindsay. Isso todo mundo tem. Hoje você e eu fomos afetados pelas consequências das escolhas de outras pessoas." Ele a olhou nos olhos. "Mas você não está querendo entrar numa discussão teológica comigo. Está querendo arrumar um jeito de não falar dos motivos que a levaram a começar a caçar. Não vou ficar insistindo no assunto... mas... vamos ficar nesse impasse até eu descobrir o que aconteceu com você."

Ela o encarou de volta. "Você parece ter certeza de que existe alguma história por trás disso."

"Eu vi você em ação. Atirar uma lâmina daquele jeito exige anos de treino. Quem ensinou você a fazer isso?"

"Eu aprendi sozinha."

Ele sentiu seu sangue ferver de admiração. "Que tipo de material você usa para forjar suas lâminas? Elas devem ter pelo menos um pouco de prata."

"Sim. Eu percebi que a maioria das... *coisas* não reagem bem à prata."

"Os dragões não mesmo. Na verdade, a não ser por um ou dois pontos fracos, eles têm uma carapaça impenetrável. A sua lâmina teria batido nele e ido para o chão se ele tivesse se transformado."

Lindsay levantou a mão esquerda e mostrou seu polegar. Uma linha vermelha denunciava a presença de um ferimento recente. "Algumas criaturas têm uma reação adversa ao meu sangue também. Eu sempre passo um pouquinho nas lâminas antes de atirar, só para garantir. O sangue por si só não mata, mas facilita o trabalho das facas. Eu descobri isso da pior maneira possível."

A mente de Adrian entrou em parafuso. Ela era fatal, mas nem mesmo o sangue de uma nefil como Shadoe tinha efeito sobre outras criaturas.

Ela continuou comendo, sem se dar conta do quanto ele estava confuso.

Tentando refrear seus pensamentos, ele prosseguiu: "Então você dedicou uma boa parte de seu tempo livre a aprender como matar as coisas de que tem medo. Você tem uma noção muito arraigada de certo e errado, Lindsay, mas ninguém começa a sair matando por aí sem ter um motivo. Por mais maligna que seja a criatura, você deve ter presenciado as consequências dessa maldade para querer exterminá-la. Alguma coisa despertou seu instinto assassino, e alguma coisa o mantém ativo. Uma vingança, talvez?".

"E você quer me ajudar na minha vingança?" A expressão dela era um misto de preocupação e curiosidade. "Como você faria isso exatamente? E *por quê*?"

"Por que não? Nossos objetivos são os mesmos. Você vem tendo sorte até agora, mas isso não vai durar muito. Um dia você vai matar um demônio ou vampiros cujos amigos vão querer se vingar, ou então pode errar o alvo. Seja como for, seus dias de matança estão contados."

"Você pode me ensinar a diferenciar vampiros e demônios?"

"Então você tem uma preferência." Ele cruzou os braços. "Eu posso treinar você. Posso ensiná-la a caçar com mais eficiência e a matar sem depender apenas do fator surpresa. O que você fez até hoje foi vagar sem nenhum propósito, esperando por encontros ocasionais. Posso oferecer a você alguns objetivos mais específicos."

Lindsay se recostou no assento. "Você nem me conhece."

As fraquezas dela, apesar de assustadoras, eram o pretexto ideal para mantê-la por perto. "Estou na linha de frente numa batalha em que o meu lado está em menor número. Aceito todo e qualquer soldado que conseguir recrutar."

"Mas não é só isso que eu faço. Tenho um emprego e uma vida normal."

"Eu também. Podemos resolver juntos a logística da coisa."

Ela mordeu o lábio inferior. Depois de um momento que pareceu interminável, acenou com a cabeça. "Tudo bem."

Perfeito. Ele desfrutou de um instante de pura satisfação. Depois ouviu a porta da frente se abrir. Logo depois, Damien apareceu.

O foco da atenção de Adrian se voltou para o esperado relatório sobre a morte de Phineas. "Junte-se a nós."

O Sentinela entrou na cozinha. Ele deu uma olhada rápida para Lindsay, e depois se virou para Adrian. "Capitão."

Ao fazer as apresentações, Adrian fez questão de identificar Lindsay como uma eventual recruta.

Os olhos azuis de Damien se voltaram para ela. "Srta. Gibson."

"Me chame de Lindsay, por favor."

"Pode falar à vontade", Adrian avisou para Damien, lançando um olhar para o Sentinela que pedia que as perguntas sobre a reencarnação de Shadoe em Lindsay ficassem para mais tarde.

Houve um momento de hesitação antes que Damien começasse a relatar os detalhes. "Não consegui muita informação útil do licano sobrevivente. O animal estava arrasado, falando coisas incoerentes. Disse que o vampiro que os atacou estava doente. Não sei nem se ele se referiu a uma doença física ou mental. O ataque foi especialmente brutal, então acho mais provável a segunda hipótese. O pescoço de Phineas foi dilacerado até a medula."

Lindsay limpou a garganta. "Licanos? Tipos lobisomens?"

Adrian a encarou. "Lobisomens são demônios. Os licanos têm um parentesco com eles, o que os permite mudar de forma de uma maneira parecida. Mas, ao contrário deles, os licanos descendem de anjos."

"Ah, e só para avisar", Damien acrescentou com um sorriso, "eles ficam ofendidíssimos quando são chamados de lobisomens."

"Anjos." Os olhos escuros de Lindsay estavam arregalados, e as pupilas, dilatadas. "Por que eles não viraram vampiros?"

"Porque eu precisava de reforços", contou Adrian. "Nós fizemos um acordo: eu pediria ao Criador que os poupasse do vampirismo caso eles concordassem em me ajudar a manter os vampiros na linha."

"Eles faziam parte do mesmo grupo de anjos, os vampiros e os licanos?"

"Sim."

O único sinal de inquietação que ela demonstrava era a maneira como ficava remexendo no copo d'água em cima do balcão. "Sinto muito pelo seu... Phineas."

"Meu tenente. Meu amigo... não, mais que um amigo. Ele era como um irmão para mim." Adrian havia recolhido as asas durante o jantar, mas elas estavam abertas de novo, demonstrando seu estado de agitação interior e sua sede de batalha.

Ela seguiu com os olhos a curvatura superior de uma das asas, e sua expressão se atenuou. Para ele, aquele olhar afetuoso era como uma carícia.

Lindsay arrastou o banquinho e se levantou. "Nós já sabemos o suficiente para ir atrás do desgraçado que o matou?"

Ele não pôde deixar de notar que ela já falava como se fosse um deles. "Estamos quase lá."

Damien a encarou de novo, dessa vez um pouco menos desconfiado. "Pelo que eu pude apurar, Phineas sofreu uma emboscada. Ele tinha feito uma parada para alimentar os licanos."

"Onde está o segurança que sobreviveu?"

"Eu o matei."

"Eu não autorizei isso."

"Era ele ou eu, capitão." Damien corrigiu a postura dos ombros. "Ele veio para cima de mim. Fui obrigado a me defender."

"Ele atacou você?"

"Ele tentou. Na minha opinião, foi um ato suicida deliberado."

Elijah estava certo quando disse que licano nenhum deixaria sua parceira morrer de caso pensado — eles simplesmente não conseguiam viver sem seu companheiro ou companheira. Mas e se o licano que sobreviveu tivesse planejado morrer logo em seguida...? "O ferimento de Phineas... você disse que a garganta dele foi dilacerada. Alguma chance de isso não ter sido feito por um vampiro?"

Damien inclinou a cabeça um pouco para o lado. "Está me perguntando se pode ter sido uma patada de licano? Sim, é possível, mas a ausência de sangue na cena do crime é um fator a ser considerado. Existem respingos causados pelo rompimento da artéria, mas de resto o sangue foi todo drenado."

O fato de Phineas ter caído numa armadilha era preocupante. Os Sentinelas não eram suscetíveis à fome, portanto foi a necessidade dos licanos que o levou a um lugar onde sua segurança estava em risco. Se a especulação de Jason sobre um levante dos licanos estivesse certa, Adrian estava diante de uma batalha que certamente se estenderia até os mortais. Mas ele não estava em condições de descartar nenhuma hipótese. "Vá falar com Jason agora, e venha me ver amanhã de manhã. Quero voltar a tratar desse assunto depois que vocês dois conversarem. Por hoje é só."

O Sentinela fez uma breve reverência e saiu da cozinha.

Lindsay pôs a mão na frente da boca para bocejar, o que fez com que Adrian se lembrasse de que ela era mortal e que seu relógio biológico ainda estava ajustado ao fuso horário da Costa Leste.

"Permita-me acompanhá-la até seu quarto", ele falou.

Ela acenou com a cabeça e contornou o balcão com movimentos fluidos e graciosos, apesar de estar se sentindo exausta. "Nós também precisamos conversar amanhã de manhã."

"Claro."

Ela parou na frente dele e cruzou os braços. "Você disse que sentiu desejo por mim."

"É verdade." A vontade de puxá-la para perto, beijá-la na boca e descobrir o gosto dela estava provocando uma ereção sob suas calças. Uma reação absolutamente humana que Adrian não era capaz de controlar. Eles nunca tinham trabalhado juntos antes, em nenhuma das outras encarnações de Shadoe. Ela sempre havia permanecido neutra, nunca conseguiu escolher entre Adrian e o próprio pai. Seria a primeira vez que estariam lado a lado, lutando pelo mesmo objetivo. A ideia de compartilhar sua missão com Lindsay, de deixar bem claro quem e o que ele era, estava o afetando de maneiras imprevistas. "Desejo" parecia ser uma palavra civilizada demais para descrever sua atração por Lindsay Gibson.

As pálpebras delas baixaram, escondendo os olhos. "É um pecado muito grave sentir desejo por um anjo?"

"O pecado é meu, por querer seduzir você."

Ela engoliu em seco. "E se a coisa for além do desejo? Eu vou ser fulminada por um raio? Ou coisa pior?"

"Isso faria você desistir?"

"Espero que eu tenha ganhado alguns pontos por ter livrado o mundo de coisas como aquele dragão."

"Vou ajudar você a ganhar mais alguns." Ele mal podia esperar para começar. Ela já tinha mostrado ser extremamente resistente e adaptável. Em questão de horas, aprendeu que os vampiros e humanos que julgava conhecer eram apenas uma pequena parte de um submundo muito maior. E havia aceitado tudo sem susto, porque era uma sobrevivente, uma combatente, uma mulher que Adrian ansiava por ter a seu lado nos dias que se seguiriam.

"E eu vou precisar deles?" Lindsay começou a caminhar a seu lado. "Você não respondeu à minha pergunta, então estou achando que sim."

"O pecador sou eu", ele repetiu, conduzindo-a pelo corredor até um quarto preparado especialmente para ela. Ele sempre reservava um quarto em sua casa para ela, como uma lembrança tanto de sua falibilidade como de sua capacidade de ser humano. Para ele, as duas coisas eram uma só. Ele não podia ser humano sem ser falível, e não suportaria ser nenhuma das duas coisas sem Shadoe.

Eles chegaram à porta do quarto de Lindsay. Ele a abriu, mas ela não se mexeu. Por mais inevitável que fosse sua transgressão, ele era capaz de resistir — pelo menos por enquanto. Mas isso não duraria muito. Não depois de ficar sem ela por tanto tempo. E a sexualidade inatamente agressiva de Shadoe só tornava tudo ainda mais difícil. Mesmo quando reencarnava em épocas de maior inibição ou repressão, ela nunca perdia tempo em seduzi-lo. E ele não pensava duas vezes antes de se deixar levar.

Lindsay entrou no quarto, mas parou logo depois de cruzar a porta. E então falou por cima do ombro: "Provavelmente não".

Adrian levantou uma sobrancelha num questionamento silencioso.

"Não me faria desistir", ela esclareceu.

Quando ela fechou a porta, viu que ele estava sorrindo.

7

"Você vai ensiná-la a caçar seus próprios familiares? Seus amigos?", questionou Jason enquanto seguia Adrian até o escritório.

"Ela já está fazendo isso." Adrian contornou sua mesa. "E vai continuar com ou sem a nossa ajuda. Só estou dando a ela uma chance de sobreviver."

Jason deixou escapar um assobio. "Apesar de tudo, você continua sendo um anjo."

"E por que não seria?"

"Não sei. Mas segundo alguns, a presença da filha de Syre torna você mais... humano."

Não a pessoa de Shadoe, mas seu amor por ela. O amor dos mortais não tinha sido feito para os anjos, cuja objetividade devia ser absoluta. "Os que têm dúvidas a esse respeito deveriam levá-las ao conhecimento do Criador. Preciso poder confiar em todos que fazem parte de nossa unidade. Se eu perder o comando sobre vocês, perco também minha utilidade."

"Você é um comandante muito querido, capitão. Não sei de nenhum Sentinela que não consideraria uma honra morrer por você."

Adrian sentou-se em sua cadeira. "E eu considero uma honra comandar vocês. É uma responsabilidade que levo muito a sério."

"Mas a inquietação é algo inevitável." Jason passou uma das mãos pelos cabelos loiros. "Nossa tarefa é ficar pajeando os Caídos por toda a eternidade. 'Eles jamais encontrarão a paz ou a remissão dos pecados. Hão de implorar para sempre, mas jamais obterão misericórdia.' Às vezes parece que estamos cumprindo essa pena junto com eles."

"Que seja. Temos ordens a cumprir."

"E é só isso que importa para você."

"E para você também deveria ser assim. Afinal, não somos Sentinelas?"

Jason hesitou por um momento, depois abriu um sorriso amarelo.

"Muito bem." Adrian fez com que a conversa retomasse o rumo desejado. "Quero que Lindsay comece a ser treinada o quanto antes."

"Como? Ela é frágil como uma casca de ovo. Ela pode dar conta dos outros mortais... talvez até de um vampiro ou licano se o fator surpresa estiver a seu lado... mas um combate corpo a corpo com um Sentinela? Pouquíssimas criaturas são capazes de sobreviver a isso."

"Nós já sabemos a força que temos. Vai ser bom para todos nós tomar um pouco mais de cuidado na hora de usá-la."

"E qual o benefício disso?"

"Ela vai ser uma arma importante." Adrian girou a cadeira distraidamente e notou que o céu estava clareando, uma indicação de que a alvorada estava próxima. "Ninguém presta atenção nela. Essa capacidade de passar despercebida pode ser útil de muitas formas."

"Ela vai ser usada como isca?"

"Como uma distração."

"Isso ela definitivamente sabe ser."

Adrian notou o tom ligeiramente sarcástico de seu tenente. "Você tem alguma objeção quanto às ordens?"

O sorriso desapareceu do rosto de Jason. "Não, capitão."

"Nas últimas quarenta e oito horas, os dois quadros mais altos dos Sentinelas foram atacados. Você viu aquela lacaia no helicóptero... estava enlouquecida... e Damien mencionou uma possível doença no caso do ataque a Phineas. Pedi relatórios atualizados dos Sentinelas em campanha. Quero que você os estude quando chegarem e veja se encontra relatos similares."

"O que você acha?"

"Um ou mais dos Caídos pode estar dando seu sangue para que esses lacaios venham atrás de nós em plena luz do dia. Syre me ligou para falar sobre a pilota, o que quer dizer que sabia onde ela estava, mas pareceu surpreso diante da minha afirmação de que fui atacado sem aviso e sem motivo. Ele insinuou que um ato como esse era estranho à natureza dela."

"Você sabe que não pode confiar nele. Ele a entorpeceu com alguma droga e depois ligou para saber como tinha se safado da armadilha. Caso contrário, como ele iria saber que ela estava com você?"

"Sim. Foi assim que eu pensei a princípio... que ele estava dando uma de inocente para não ter que assumir a culpa. Nós dois sabemos que ele não me ligaria por causa de um vampiro qualquer, então seu interesse por si só já diz tudo. Mas, quando mencionei o ataque a Phineas, ele não disse nada. Eu não esperava que ele assumisse a responsabilidade pelo assassinato, mas não se manifestar a respeito...? Nenhuma negativa, nenhuma tentativa de fingir que não sabia, nada? Achei isso estranho pra caralho. Nós não confiamos nem um pouco um no outro, então ele jamais diria que está começando a perder o controle sobre os Caídos. Ele pode estar só se fingindo de inocente, mas, caso não saiba mesmo de nada, talvez um agrupamento de vampiros, ou até uma facção, esteja fazendo essas barbaridades por aí para forçar uma guerra entre nós. Eles não são capazes de derrotar Syre, mas sabem que eu sou, se as coisas saírem de controle, o que deixaria o campo aberto para a ascensão de um novo líder."

Jason ergueu as sobrancelhas. "Espero que você esteja mantendo a forma. Puta que pariu, que demais. Seria uma tremenda justiça poética se nossa missão chegasse ao fim por causa de uma revolta entre os vampiros."

Adrian já havia parado de pensar nas coisas em termos de justiça e injustiça muito tempo antes. "Preciso saber se Syre está ou não por trás desses ataques. E, seja ele culpado ou inocente, podemos usar essa informação para enfraquecer sua influência sobre os Caídos. Ou ele está arriscando tudo pelo sonho de redenção dos vampiros ou está querendo que desistam disso de vez. Mas nenhuma das duas coisas vai ajudar a causa deles."

"A causa *perdida* deles, aliás. Você quer que os Caídos se voltem contra Syre?"

"Por que não? Como você mesmo disse, uma revolta seria benéfica para nós. Principalmente se ele facilitar a tarefa de incitação."

"Pode contar comigo." Jason saiu.

Adrian decidiu que precisava de uma sessão de exercícios para dissipar sua inquietação. Lindsay logo acordaria. Ele precisa estar com a mente serena para solidificar seus planos com relação a ela antes disso.

Lindsay abandonou seus sonhos antes que estivesse preparada. Parte de sua mente queria adormecer de novo, ansiando por outro toque daquelas mãos perversamente habilidosas, outro sussurro daqueles lábios firmes junto a sua garganta, outro roçar daquelas asas sedosas, brancas e com um toque de vermelho...

Ela abriu os olhos quase sem fôlego, com o coração disparado e o calor à flor da pele. Estava dolorosamente excitada, com os pensamentos voltados para aqueles olhos azuis faiscantes e as palavras sensuais ditas por uma voz que era um convite ao pecado.

Esfregando a mão no rosto, ela se livrou das cobertas com os pés e ficou olhando para as vigas de madeira que pairavam sobre sua cabeça. Seu futuro havia dado uma guinada radical a partir do momento em que Adrian Mitchell pôs os olhos nela. Antes, sua vida parecia ter transcorrido em preto e branco — acordar, ir para o trabalho, voltar para casa e matar qualquer coisa que despertasse sua desconfiança enquanto isso. A partir daquele momento, porém, tudo adquiriu um caráter muito mais complexo.

Lindsay desceu da cama e atravessou o cômodo enorme para ir até um banheiro que era do tamanho de seu antigo apartamento inteiro. Havia uma lareira perto da banheira, decorada com um mosaico deslumbrante, e um chuveiro com seis saídas de água diferentes. Ela nunca tinha ficado em um local tão luxuoso, mas mesmo assim se sentia em casa. Apesar da opulência, era um lugar acolhedor. A paleta em amarelo-claro e azul mantinha o cômodo iluminado e arejado, algo que a agradava, pois sua vida às vezes se tornava sombria.

Depois de lavar o rosto e escovar os dentes, ela voltou para o quarto e seus olhos foram atraídos pela parede com janelas voltadas para o oeste. A vista se resumia a um morro rochoso coberto por arbustos nativos ressecados, e transmitia uma sensação de distância e isolamento, mas ela sabia que a cidade não estava muito distante.

Ela vestiu um par de calças de ioga e uma camiseta justa.

"Não vá se acostumando com isso", ela disse a si mesma enquanto caminhava até a janela. Quando se aproximou, um dos enormes painéis envidraçados deslizou suavemente para o lado, permitindo que ela saísse para a varanda. O ar da manhã era fresco e puro, e a atraiu para fora. Agarrando com força o beiral de madeira, ela respirou fundo e tentou absorver a enorme mudança de contexto a que havia se submetido. Às suas costas, o sol estava nascendo, e uma brisa suave a acariciava pela frente. Logo abaixo, os outros dois andares da casa se erguiam sobre um precipício, mas seu medo de altura só permitiu que ela desse uma olhada rápida.

Uma onda de ansiedade a invadiu. Não porque estivesse ansiosa, mas justamente por *não ter* sentido nada do tipo até então. Durante toda a vida, ela foi uma pessoa tensa e agitada. Essa sensação se amplificava na presença das criaturas horrendas que enfrentava, mas pulsava dentro dela mesmo quando não havia perigo por perto. A expectativa de que *algo* poderia acontecer a qualquer momento fazia parte de sua essência. E no entanto havia sumido, deixando para trás uma pouco costumeira mas muito bem-vinda tranquilidade. No futuro qualquer coisa poderia acontecer, mas naquele momento ela estava centrada e serena. E, para melhorar ainda mais a situação, estava gostando de se sentir assim.

Quando se afastou da beirada da varanda, uma sombra enorme passou por suas costas e cruzou os ares diante da casa. Respirando fundo, Lindsay se virou para ver.

O céu estava repleto de anjos.

Contra o pano de fundo do céu rosado da manhã, eles mergulhavam e giravam em um balé peculiar e hipnotizante. Havia pelo menos uma dúzia deles, talvez mais, deslizando uns sobre os outros com graça e elegância. A envergadura de suas asas era imensa, e seus corpos eram esguios e demonstravam um equilíbrio perfeito. Eram todos fortes e atléticos... *perigosos* demais para despertarem um sentimento de fervor religioso, mas sem dúvida mereciam ser reverenciados.

Ela contornou um dos cantos da casa, e percebeu que a varanda era mais larga na parte dos fundos, proporcionando uma espécie de área de pouso. Abismada e um tanto amedrontada, ela se lembrava de respirar apenas quando sentia uma queimação nos pulmões. Ela estava encantada com Adrian mesmo quando pensava que ele era um simples mortal. Depois daquilo então...

Mesmo entre os outros anjos ele se destacava. Suas asas peroladas brilhavam sob o sol da manhã, e suas manchas vermelhas reluziam no horizonte quando ele pegava mais velocidade. Ele subia como um foguete, depois mergulhava e girava nos ares, transformando-se num vulto branco e vermelho.

"Acho que ele está tentando impressionar você."

Lindsay desviou os olhos de Adrian. Encontrou Damien logo atrás de si, com as mãos na cintura e a atenção voltada para as acrobacias aéreas que se desenrolavam acima deles. Ele era maravilhoso: corpo esguio e bem definido, cabelos castanhos bem curtos e olhos quase tão azuis quanto os de Adrian. Mas, ao contrário do chefe, transmitia uma sensação de quietude — como um oceano de águas calmas. Suas asas estavam à mostra, o que ela imaginou ser uma tática de intimidação. Eram cinzentas com manchas brancas, e a faziam lembrar do céu em dia de tempestade. Em contraste com sua pele cor de marfim, criavam o efeito de uma estátua de mármore em estilo clássico que ganhou vida.

"Está dando certo", ela confessou. "Eu estou *mesmo* impressiona-da. Mas não conte isso para ele."

Um súbito golpe de ar e um ruidoso ruflar de asas precederam a aterrissagem de Adrian bem diante dela. Seus pés tocaram o chão quase silenciosamente, o que ela quase nem notou, porque ele estava sem camisa e descalço.

Puta merda.

Coberto apenas por calças pretas bem folgadas e ostentando aque-las lindas asas, seu corpo tentador estava todo à mostra. A pele more-na e firme revestia com perfeição sua estrutura musculosa. As mãos delas ansiavam para tocar aqueles bíceps lindamente bem definidos, e também o peitoral... ela ficou com água na boca ao pensar em passar a língua pela fina camada de pelos que separava os músculos rígidos de seu abdome. Por mais verdadeiro que o sonho dela tenha parecido, a realidade era ainda mais impressionante. Ele havia sido esculpido com maestria, e aperfeiçoado pelas batalhas. Ela não conseguia parar de pensar em traduzir toda aquela masculinidade em fantasias sexuais apimentadas. Só de olhar para ele, Lindsay perdia o fôlego e o equilíbrio das pernas.

"Bom dia", ele cumprimentou com sua voz grave, que a deixava arrepiada. "Dormiu bem?"

Ela atribuiu o déjà-vu que experimentou ao presenciar aquela cena à falta de cafeína combinada com as reminiscências de seus sonhos com altos teores de erotismo. "Muito bem, obrigada."

"Pensei que você fosse querer dormir até um pouco mais tarde."

"Lá de onde eu vim, já são nove horas. Isso para mim é dormir até tarde."

"Está com fome?"

O fato de ele não sentir fome conferia um significado todo especial àquela pergunta. "Eu aceitaria um café, se você tiver. E uns minutinhos do seu tempo."

"Claro." Ele lançou um olhar para um dos seguranças postados ali, um dos fortões. O sujeito acenou com a cabeça antes de desaparecer dentro da casa. "Você quer entrar?", perguntou Adrian.

"E perder esse espetáculo? De jeito nenhum."

Ele abriu um leve sorriso ao ouvir isso. Ela estava determinada a arrancar dele um outro tipo de sorriso — bem mais íntimo, do mesmo tipo que ela viu em seus sonhos.

Ele apontou para uma mesa de madeira ali perto, e suas asas se dissiparam como uma nuvem de vapor. "Damien."

O outro anjo os seguiu, e suas asas desapareceram da mesma maneira. Adrian puxou uma cadeira para ela, deu a volta na mesa e sentou-se ao lado de Damien.

Lindsay ficou virada para o leste, tendo a visão daqueles dois anjos absurdamente lindos emoldurada pelo nascer do sol. Ela respirou fundo, sabendo que estava entre a cruz e a espada. "Eu tive que fazer uma grande e repentina mudança de planos ontem à noite para poder vir para cá com você. Vim morar na Califórnia por causa de um emprego. Tinha outros planos, inclusive uma reserva num hotel que não cancelei e vou precisar pagar. Eu..."

"Pode deixar que eu resolvo isso."

"Não quero que você resolva nada para mim. Só quero que me escute." Ela começou a batucar com os dedos nos apoios de braços da cadeira. "Eu agradeço a sua proposta de me treinar, e vou aceitar. Seria uma idiotice não aceitar, já que sou autodidata e aparentemente não sei de nada. Consigo sentir a presença de coisas não humanas, mas a partir daí não sei mais definir o que preciso, e quero, caçar. Mas, com exceção dessa parte, quero ser autossuficiente. Quero ter minha própria casa, me sustentar sozinha, poder entrar e sair sem dar satisfação para ninguém."

"Eu não posso permitir que você se coloque em uma situação de perigo."

"Não pode *permitir*?" Lindsay sentiu vontade de rir, mas o assunto era bem sério. Ela tinha plena consciência de que ele não era uma criatura terrena, e sim um homem riquíssimo em seu disfarce como mortal e ainda mais poderoso em sua verdadeira identidade de anjo. Mas ela não iria se dobrar diante de ninguém. Principalmente Adrian. Ela precisava deixar tudo bem claro, antes que fosse tarde demais.

O segurança voltou trazendo uma bandeja com um bule, uma caneca, creme e açúcar. Ele pôs tudo diante de Lindsay e depois voltou a assumir seu posto ali perto. Lindsay se perguntou por que os anjos precisariam de proteção, e ainda por cima a proteção de indivíduos que pareciam ser menos poderosos. Pelo visto havia algum tipo de estrutura organizacional naquele submundo sobrenatural ao qual ela tinha sido tão brutalmente apresentada quando criança. Ela se deu conta de que não sabia quase nada sobre as criaturas que caçava, o que tornava a matança muito mais fácil. Dali em diante as coisas ganhariam um contexto, uma história com que ela poderia até se identificar, e mesmo assim seria preciso continuar matando.

Mais uma vez, Lindsay desejou ser capaz de voltar no tempo. Se ela não tivesse implorado para sua mãe levá-la àquele maldito piquenique, Regina Gibson ainda estaria viva.

"Estou sentada aqui com você", ela continuou, "para discutirmos a situação de maneira racional, para trocarmos ideias sobre como eu posso vencer os desafios que vêm pela frente, mantendo a minha liberdade. Mas, se você vai adotar essa postura de 'é isso ou nada', não tenho nada a dizer além de adeus. Não quero parecer ingrata nem nada do tipo, mas, sinceramente, prefiro me arriscar sozinha e manter minha independência a perder minha autonomia."

Damien deu uma olhada de rabo de olho para Adrian, que por sua vez estava vidrado em Lindsay. Ele curvou um dos lados da boca, como se estivesse tentando sorrir. "Tudo bem."

"Certo. Alguma sugestão?"

Ele se recostou na cadeira e afastou as pernas de maneira elegante e graciosa. Sua atração por ele era outro sério obstáculo a ser superado. Ela não estava disposta a explorar as possibilidades físicas daquele relacionamento antes de saber exatamente o que ele era. E depois disso...? Aí sim as coisas ficariam complicadas. Ela nunca havia tido um romance de longa duração — mal tinha tempo para si mesma — e jamais pensaria em namorar um colega de trabalho, para evitar o clima pesado depois de um eventual rompimento. Se ela ainda continuasse morando com Adrian após terminar com ele, teria que presenciar seus novos namoros. Ela nunca tinha vivido com um ex-namorado antes, muito menos um ex-namorado com uma vida sexual ativa. Só de pensar em Adrian olhando para outra mulher da maneira como a olhava, já sentia um ciúme absurdo, principalmente levando em conta quão pouco se conheciam.

Ela pôs o café na caneca e acrescentou açúcar, pois precisava que seus neurônios despertassem depressa e partissem para a briga.

"Você já se deu conta", começou Adrian, "de que não vai poder continuar tendo uma vida dupla? Se quer levar uma vida normal, eu posso ajudá-la. Raguel Gadara cuida muito bem da segurança de seus funcionários, e eu coloco você em um dos empreendimentos residenciais dele. Se você se contentar em ir de casa para o trabalho e desistir de caçar, não vai ter problema nenhum."

"Eu não posso desistir. Não sem encontrar quem estou procurando. Talvez nem depois disso. Não vou conseguir seguir vivendo enquanto essas criaturas estiverem aterrorizando as pessoas por aí. Preciso fazer alguma coisa a respeito."

Os olhos dele brilharam. Ao pressentir seu triunfo, talvez. "A outra opção é você ficar aqui, treinar bastante e se dedicar somente à caça."

"Você não acha que está sendo muito radical? Por que eu não posso morar onde quiser, treinar nos fins de semana e pedir reforços quando sentir a presença de alguma coisa estranha?"

"Mesmo que eu pudesse reservar um dos meus soldados só para ajudar você com as classificações, o fato é que não caçamos indiscriminadamente. Nós policiamos os vampiros, mas não os matamos."

Lindsay sentiu seu sangue gelar. "Por que não?"

"O castigo deles é conviver eternamente com o que são."

"E nós humanos, somos o quê? O efeito colateral? Nós somos obrigados a conviver com o que eles são, inclusive somos mortos por causa do que eles são."

Os demais anjos começaram a pousar. Ela os observou com uma mistura de admiração e raiva. Aquela lindas criaturas pareciam tão transcendentes e poderosas, mas ainda assim permitiam que parasitas como os vampiros continuassem vivos.

"Nós caçamos todos os dias", ele explicou. "Nós matamos todos os dias. O que há de errado em nos concentrar apenas nos que causam mais problemas?"

Ela o encarou por sobre a beirada da caneca. "É justo. Talvez eu possa me juntar a vocês nos meus dias de folga."

"Raguel contratou você por alguma razão. Qual foi o cargo que ele lhe ofereceu?"

"Gerente-geral júnior."

"Um cargo dos mais importantes em um novo empreendimento. Tenho certeza de que você é qualificadíssima, mas imagino que seja um tremendo desafio para alguém da sua idade."

Lindsay lambeu o café do canto da boca. "E o salário também é ótimo."

"Porque esse cargo exige uma pessoa ambiciosa, louca para mostrar serviço e disposta a trabalhar quantas horas forem necessárias para isso."

Ela confirmou com a cabeça, resignada. Aquele era o tipo de emprego que tomaria todo seu tempo. Isso inclusive era um dos motivos que o tornavam tão atraente — ela poderia se concentrar mais em si mesma, usando o trabalho como pretexto para se afastar das caçadas. Um álibi, certamente, mas ela estava convencida de que era a melhor opção para sua vida.

Os anjos se reuniram ao redor dele. Adrian era o centro impassível de todas as atividades. Mas não que fosse o olho do furacão. Ele era o *próprio* furacão. Era como as nuvens escuras no horizonte, uma beleza de se ver de longe, mas capaz de atos de grande violência.

Lindsay de repente percebeu que estava sentada entre os anjos, bebendo café e falando sobre seu novo emprego. De normal aquilo não tinha nada.

"Certo." Ela bebeu mais um gole para criar coragem. "Uau... tantos anos de estudo. E para quê?"

"Não acredito que você vai abrir mão do seu sonho assim tão facilmente", disse Damien, olhando bem para ela. "Os mortais costumam definhar quando desistem de seus sonhos."

"O ramo da hotelaria não era o sonho dela", explicou Adrian, parecendo absolutamente certo do que dizia. "O que ela queria era uma vida normal, ou que pelo menos parecesse normal."

"E tem algum problema nisso?", ela perguntou. Ela queria ter um parceiro fixo, poder se apaixonar, sair com os amigos e ter um trabalho que não a deixasse coberta de cinzas depois de executado. Mas também se sentia culpada por desejar a bênção da ignorância. Que tipo de pessoa preferiria não saber do sofrimento dos outros só para não estragar a própria felicidade?

"Não tem problema nenhum. Longe disso. Mas você nunca se sentiu realmente em casa no mundo dos mortais, certo? É bonita e confiante demais para ser uma pessoa reclusa, mas mesmo assim nunca encontrou seu lugar." Era como se ele fosse capaz de decifrá-la por inteiro com aqueles olhos cheios de sabedoria. "Não é vergonha nenhuma querer ser aceita pelo que você é e se sentir confortável no lugar onde vive."

"O meu lugar com certeza não é *aqui*." Mas ela não podia negar que, no fundo, talvez fosse. E que a razão para isso era Adrian. Ele descobriu o que ela fazia e a aceitou sem pensar duas vezes. Era o tipo de sensação que ela nunca havia experimentado antes.

"Ah, não?"

"Ainda não." Mas ela achava que poderia ser.

Puxa... Como seria trabalhar com outros que lutavam contra os mesmos inimigos, sem a sensação massacrante de estar sozinha naquele mundo perigoso e mortal no qual ela tinha mergulhado depois da morte de sua mãe?

Lindsay esticou o braço e coçou a nuca. "É uma decisão bastante difícil para nós dois. Eu só vou atrapalhar vocês, e no fim posso pôr tudo a perder."

"Isso é verdade", concordou Damien.

Adrian levantou um dos ombros em um gesto elegante de discordância. "Todo talento tem sua utilidade."

"Eu preciso ter uma fonte de renda", ela argumentou. "Seja qual for o estilo de vida que escolher, não quero ser dependente de ninguém."

"Ah, os mortais", resmungou Damien, "sempre tão obcecados pelos bens materiais."

Adrian curvou os lábios em um meio sorriso. "Todos os dias, mando minhas equipes para diversos lugares do mundo. A tarefa de marcar todos esses voos e reservar quartos em hotéis recai sobre o infeliz indivíduo que estiver passando por perto no momento. Não dá para repassar essas atribuições para o pessoal da Mitchell Aeronáutica sem levantar suspeitas. Hoje, esse indivíduo vai ser você. A não ser em caso de incompetência congênita ou desgosto profundo, essa tarefa pode continuar sendo sua por um prazo indeterminado. Podemos negociar um salário e o pagamento de um aluguel. Eu ofereço celular, reembolso de despesas e transporte gratuito para todos os Sentinelas. Você pode até querer ficar com o seu telefone, mas nesse caso vai precisar manter dois aparelhos."

"Sentinelas?"

"Todos esses anjos que você está vendo aqui."

Lindsay percorreu a varanda com os olhos. "E quantos vocês são?"

"Cento e sessenta e dois, desde ontem."

"No total?"

Ele confirmou com a cabeça.

Ela deixou escapar uma risadinha. "Não é à toa que vocês estão dispostos a me aceitar. Nessa situação qualquer ajuda é bem-vinda."

"Nós temos os licanos", disse Damien, incomodado.

Ela olhou para os seguranças espalhados pela varanda. A disparidade entre o físico deles e o dos anjos ajudava a identificá-los. Os anjos eram altos e esguios, provavelmente por questões aerodinâmicas, enquanto os licanos eram robustos e musculosos.

Adrian se virou para Damien. "Quero investigar a área em que Phineas foi atacado, e acho que é uma boa hora para eu fazer uma nova visita à matilha do lago Navajo."

Damien acenou com a cabeça e ficou de pé. "Vou mandar uma equipe de reconhecimento para garantir a segurança da área."

"Não. Isso transmitiria uma impressão de medo e desconfiança, e não é esse tipo de mensagem que eu quero passar."

"Mande outro tipo de mensagem, então", sugeriu Lindsay. "Uma mensagem de verdade, avisando que você está indo para lá."

Os dois anjos a encararam.

Ela acenou com a mão como se pedisse que não a levassem tão a sério. "Não sei o que está acontecendo aqui, então posso estar dizendo bobagem, mas ao que parece você está indo para um lugar que representa um risco, só que não quer que as pessoas de lá saibam que você as considera um risco. Sendo assim... avise que está indo. Faça um anúncio formal. Isso mostra que você não está com medo... que está oferecendo de mão beijada a oportunidade para eles fazerem o que estiverem a fim. Mas antes siga o conselho de Damien e mande uma equipe de reconhecimento na surdina. Vasculhe a área sem que eles saibam. Infiltre um pessoal entre eles antes de avisar que está indo para lá. E depois avalie a reação deles."

Damien estreitou os olhos. "Os licanos têm um olfato muito aguçado. Eles vão saber se estiverem sendo vigiados."

"Então mande alguns licanos de confiança para fazer isso." Ao notar o silêncio que sua proposta provocou, ela ergueu as sobrancelhas. "Vocês não confiam em nenhum licano? Então por que os usam como guarda-costas? Para manter os inimigos sempre por perto?"

Adrian fez um gesto com o queixo para que Damien os deixasse a sós.

Lindsay ficou em silêncio enquanto o anjo saía. "Tudo bem, tudo bem. Já entendi que não posso dar opinião quando não sou solicitada."

Adrian levantou da cadeira. "É um plano muito inteligente e eficaz. Pretendo usar essa ideia não só hoje como também no futuro."

"Galanteador." Lindsay se perguntou aonde ele estava indo, e como deveria se comportar em sua ausência. Ela precisava ligar para o pai, e depois decidir o que ia fazer a respeito do emprego.

Ele contornou a mesa e foi até ela. "Você pode vir comigo um momentinho?"

"Sim."

Ele puxou a cadeira para ela e pôs a mão sobre a base de sua coluna. O calor da mão dele a esquentou por sob a camiseta, fazendo com que sua pele se arrepiasse. Adrian a conduziu até o beiral da varanda, em um ponto mais afastado dos demais. Ela sentiu o ombro dele junto ao seu, e o cheiro dele, que era simplesmente delicioso. Se pudesse, grudaria o nariz no pescoço de Adrian e encheria os pulmões com vontade. O aroma de sua pele era viciante, intoxicante... Familiar.

"Você confia em mim", ele perguntou baixinho, soltando seu hálito quente sobre a orelha dela.

"Eu não conheço você", ela respondeu, sentindo um tremor de satisfação.

Eles pararam no beiral da varanda.

"Muito bem, então." Havia um certo tom de divertimento em sua voz grave. "Você me daria pelo menos o direito da dúvida?"

Lindsay o encarou. Ele chegou mais perto, invadindo o espaço dela. Estavam a poucos centímetros um do outro, e ela precisou erguer a cabeça para conseguir olhar no rosto dele. As asas de Adrian se materializaram, protegendo-o dos olhares mais curiosos. Ela percorreu o corpo dele com os olhos, saboreando toda a extensão de seu tronco. Os músculos firmes de seu abdome despertaram nela um desejo profundo e lascivo de vê-los se contrair de prazer quando ele a penetrasse. O tesão aflorou em sua pele, fazendo com que ela se contraísse. Lindsay passou os olhos pelos lábios ressecados, e ele acompanhou o movimento com os olhos. Ela concordou com a cabeça.

"Ótimo." Ele a puxou para perto, abraçando seus ombros com um braço e posicionando o outro logo abaixo do traseiro.

O corpo rígido de Adrian estava todo pressionado contra o dela. Lindsay sentiu o volume do pau dele sob as calças, o que incitou uma reação poderosa no meio de suas pernas.

Ela lançou os braços sobre o pescoço dele. "*Adrian...*"

"Agora não fale mais nada", ele murmurou. "Só segure firme."

Ele saltou por sobre o beiral.

8

Lindsay gritou quando eles decolaram. Fez força para se agarrar ao corpo esguio de Adrian, esperneando em pleno ar. Ele a beijou na testa e o terror a abandonou — a tranquilidade se espalhou pelo seu corpo a partir do local do beijo. Ele bateu as asas e eles subiram, pegando cada vez mais velocidade.

"Por razões aerodinâmicas", ele falou, sem se alterar, "seria melhor você parar de tremer."

Irritada por ele não ter dado nem um aviso, ela o mordeu no pescoço. "Você me deu um puta susto!"

"Por quê?"

"Eu tenho medo de altura!" Ela envolveu as pernas dele com as suas.

"Você tem medo de cair", ele corrigiu, roçando os lábios no rosto dela. "Eu jamais deixaria isso acontecer."

Tarde demais. Ela já estava caidinha por ele. Lindsay se perguntou se ele sabia o quanto suas demonstrações ocasionais de ternura eram avassaladoras. Ela ficava de quatro por ele todas as vezes que isso acontecia. Quando se tratava de uma simples tática de sedução, ela sabia se defender contra essas pequenas violações de sua intimidade, mas a atitude dele parecia desprovida de segundas intenções. Seus gestos pareciam sinceros... ou então irresistíveis. A ideia de que o único tratamento que ele era capaz de dispensar a ela era a ternura a amedrontou mais do que o fato de voar sem um avião. O medo e a excitação formavam uma mistura poderosa.

Lindsay enterrou o rosto no pescoço dele e se entregou a seu corpo poderoso, sentindo cada contração de seus músculos à medida que subiam por sobre uma colina rochosa. Ele a segurava com tanta firmeza que o ar não passava por entre seus corpos, e com uma confiança que aplacou totalmente a ansiedade dela. Com a carga de adrenalina, ela sentiu um calor se espalhar dentro de si, apesar do frio da manhã e de seus braços desnudos. Seus seios se contraíram, e os mamilos ficaram duros e pontudos.

Quando deram uma guinada para a direita, a camiseta dela subiu um pouco. Lindsay ficou sem fôlego ao sentir o contato da pele dele contra a sua, seu calor, seus músculos rígidos se flexionando a cada ruflar das asas enormes. O cabelo dela caiu sobre o rosto, e ela fechou os olhos. O vento cantava uma canção feliz.

O contato do abdome rígido de Adrian com a barriga dela era inegavelmente sensual, a contração dos músculos era semelhante à dos movimentos que ele faria se estivesse transando com ela. A ereção dele sob as calças também era impossível de ser ignorada, fazendo-a lembrar de seu próprio estado de excitação.

Ela estremeceu, e começou a se esfregar contra seu pau duro.

Eles desabaram alguns metros. Ela gritou. Ele gritou algo em uma língua estrangeira, com a veemência de quem dizia um palavrão.

"Comporte-se", ele repreendeu, apertando-a até imobilizá-la.

"É você que está aí todo excitado."

Ele a apertou com ainda mais força, comprimindo os seios dela contra seu corpo. "Os seus peitos são uma prova de que não sou só eu, não."

Eles venceram outro morro, depois começaram a descer, aterrissando suavemente em uma pequena clareira em um local afastado. Lindsay não o largou de imediato. Em vez disso, fez o que sentiu vontade de fazer mais cedo: encostou o nariz na pele dele e respirou fundo. Ele passou os dedos pelos cabelos dela e envolveu sua cabeça com a mão para mantê-la bem perto.

A respiração dele se acelerou. "Você é uma tentação, *tzel*."

"Eu tenho que ficar ofendida ou com tesão quando você me chamar dessas coisas que eu não entendo?" Ela acariciou com a língua a veia pulsante do pescoço dele, depois a roçou de leve com os dentes.

Adrian grunhiu. "Se você fizer isso de novo, não me responsabilizo pela sua segurança."

"Opa." Ela deu um passo atrás. Olhou ao redor e percebeu que ele não a tinha levado até lá para um encontro romântico secreto. Os arbustos secos e o chão rochoso não eram um ambiente convidativo para quem queria tirar a roupa.

"Os sentinelas e os licanos têm uma audição muito aguçada", ele explicou, recompondo a aparência impecável com uma simples passada de mão pelos cabelos. "Se eu quiser falar com você a sós, preciso fazer isso longe da casa."

"E o que você tem a dizer que eles não podem ouvir?"

Suas asas se dissiparam. "Não é o que eu preciso dizer, mas a maneira como vou fazer isso. E o modo como a minha aparência se altera quando toco nesse assunto."

Ela ergueu as sobrancelhas, curiosa.

Os olhos azuis de Adrian a percorreram, fixando-se em seus mamilos duros e pontudos. Ela jogou os ombros para trás e deixou que ele olhasse.

A expressão de Adrian se atenuou. "Eu não costumo trazer mulheres para casa. Os licanos não estão entendendo o motivo da sua presença e por isso ficam de olho em mim, em busca de alguma pista."

Lindsay tentou deter a onda de calor que parecia querer se espalhar dentro dela. Depois de uma vida inteira se sentindo perdida no mundo, enfim conhecia um local onde se sentia à vontade. Será que ela enfim havia encontrado seu lugar? "Claro que você não traz mulher nenhuma para cá. Como explicar que você mora com um batalhão e tem uma alcateia inteira de lobos cercando a casa? A não ser que existam outras como eu por aí...?"

"Não", ele disse baixinho. "Posso garantir que você é uma criatura única no mundo."

"Mas você já tinha me convidado para jantar na sua casa antes de eu matar o dragão."

Ele cruzou os braços, o que comprimiu seus bíceps e fez o tesão dela renascer. "Certas coisas nós simplesmente sabemos. Assim que pus os olhos em você, percebi que passaria a fazer parte da minha vida."

"Apesar de ser uma simples humana sem nada de especial."

"Você tem algo de especial, sim, apesar disso."

Ela deu as costas para Adrian. Seu sentimento por ele crescia de forma exponencial, e irracional, e ela não sabia como pôr um freio naquilo. "Não consigo me ver como nada além de uma dor de cabeça para você."

"Como você mesma disse, eles são sempre pegos de surpresa. Você pode ser uma boa isca para os vampiros, e pode ser usada a meu favor. Essa é uma resposta aceitável?"

Lindsay o olhou por sobre o ombro. Cruel e calculista: ela não o culpava por isso. Ela entendia o motivo para que as coisas fossem assim. Caso sua utilidade fosse apenas servir como isca de vampiro, ela aceitaria. Pessoas inocentes estavam sendo mortas. Pessoas com famílias e entes queridos, inclusive criancinhas como ela tinha sido um dia. Ela bem que gostaria que alguém cruel e calculista tivesse aparecido para salvar sua mãe. "Sangue novo para ser usado como isca? Sim, eu aceitaria isso. Mas quero saber mais sobre essa história de anjo virar vampiro. E de anjo virar licano. Conhecimento é poder, você sabe como é."

"Concordo." Ele esperou até que ela se virasse. "Pouco depois de o Homem ser criado, duzentos serafins foram mandados para a terra a fim de acompanhar e relatar seu progresso. Esses anjos eram conhecidos como Vigias. Eram uma casta de estudiosos, e tinham instruções claras para não interferir no progresso natural de evolução do Homem."

"A função deles era 'vigiar'. Entendi."

"Eles não obedeceram."

Ela abriu um sorriso malicioso. "Como era de se esperar."

"Os Vigias começaram a confraternizar com os mortais, e a ensinar a eles coisas que não deveriam saber."

"Coisas como...?"

"A confecção de armas, a arte da guerra, a ciência..." Ele acenou com uma das mãos em um gesto distraído. "Entre muitas outras habilidades."

"Sei."

"Uma casta de guerreiros conhecida como Sentinelas foi criada para cumprir a lei que os Vigias tinham desrespeitado."

"E você é o líder dos Sentinelas?"

"Sim."

"Então você é o responsável por transformar os anjos caídos em vampiros", ela acusou, com o coração disparado de raiva e terror.

"*Eles* são os responsáveis pelos que são. Foram *eles* que fizeram as escolhas que os levaram a perder as asas." Ele a observou com seus olhos inescrutáveis. "Sim, fui eu que apliquei a punição. Fui eu que tirei as asas dos Vigias. As asas têm uma ligação direta com a alma, e a perda da alma levou à necessidade de beber sangue. Mas as atitudes deles não são responsabilidade minha, assim como os policiais não podem levar a culpa pelos crimes cometidos pelos marginais."

"Uma analogia mais adequada seria a de um sistema prisional que torna os criminosos ainda mais perigosos do que quando entraram." Lindsay passou as mãos pelos cabelos, frustrada. "Por que eles precisam beber sangue? Você não precisa, e eles eram anjos como vocês."

"Em termos fisiológicos, eles ainda são serafins. Amputar suas asas não os torna mortais. Eles não são capazes de digerir a comida que você come. Por fora, nós podemos ser parecidos com os mortais, mas na verdade somos muito diferentes. Não fomos criados da mesma forma. O seu corpo obtém energia através de processos físico-químicos. Não é assim que nós funcionamos."

Ela acenou a cabeça devagar. As asas dele — a maneira como apareciam e desapareciam — eram uma prova mais que suficiente para confirmar aquela afirmação. "E os licanos, o que eles fazem? Qual é a utilidade deles?"

"Eles farejam vampiros em seus esconderijos, dispersam grupos e os mantêm vigiados em áreas pouco populosas, onde causam o mínimo possível de danos para os mortais."

"Você disse que hoje existem cento e sessenta e dois Sentinelas. Os outros... morreram?"

O peito dele subiu e desceu em um suspiro profundo. "Sim, tivemos nossas baixas."

"E quantos licanos existem?"

"Milhares. Originalmente eram vinte e cinco, mas eles procriam."

"E os vampiros, quantas baixas sofreram?"

"Centenas de milhares. Mas eles estão sempre à frente, porque podem espalhar o vampirismo em meio aos mortais mais depressa do que os licanos são capazes de se reproduzir."

"E você continua com um número fixo, descontando aqueles que se perderam no caminho?" Lindsay soltou o ar com força, impressionada pelo tamanho do desafio enfrentado por Adrian. "Por que os anjos caídos conseguem espalhar sua doença? Está aí uma coisa que não entendo."

"Para isso eu não tenho uma resposta. Se fosse arriscar um palpite, diria que tem a ver com o livre-arbítrio. Os Caídos decidiram compartilhar sua punição, da mesma forma como haviam decidido compartilhar seu conhecimento. E da mesma forma como os Transformados decidiram virar vampiros."

"Você fala como se os mortais tivessem escolha."

"Existem aqueles que buscam a Transformação. Especialmente os doentes e os que têm alguma limitação física. Os que querem continuar vivendo, não importa como."

Ela estremeceu. "E quem iria querer viver assim? Eu prefiro morrer."

Adrian deu um passo à frente. E mais outro. "A pergunta certa é: quem iria querer morrer assim? A maioria dos mortais não sobrevive à Transformação. E, entre os que sobrevivem, muitos viram criaturas ferozes e precisam ser sacrificados. Os Caídos não têm alma. Quando compartilham sua sina com os mortais, que têm alma, a Transformação causa danos irreversíveis. Alguns lacaios até conseguem seguir vivendo sem alma, mas a maioria perde a capacidade de sentir empatia e acaba enlouquecendo."

"E você os chama de lacaios?" Ela franziu o nariz. "Até o nome deles é desagradável."

Uma brisa bagunçou os cabelos de Adrian, fazendo com que uma mecha negra e espessa caísse sobre seu rosto. Aquela ligeira perturbação em sua perfeição o fez parecer ainda mais jovem do que os trinta e poucos anos que aparentava ter.

Lindsay sabia que essa idade era apenas ilusória. Seus olhos azuis e brilhantes mostravam o quanto ele era antigo. A época imemorial sobre a qual ele falava era simplesmente inconcebível para ela. Histórias de muitas eras. Tentar imagina tudo aquilo era um pouco assustador.

"Você está aqui", ela disse com hesitação, escondendo os polegares dentro do elástico das calças, "para punir os anjos que ensinaram aos mortais coisas que eles não deveriam saber... mas vai me ensinar coisas que eu também não deveria saber. As regras que se valeram para os Vigias não se aplicam a você?"

"Eu vou ensiná-la a se defender, mas dentro das limitações de seu corpo mortal. Na prática, nada diferente do que os mortais que dominam a arte da autodefesa já não saibam."

"Ótimo." Ela soltou o ar, apesar de nem ter se dado conta de que havia prendido a respiração. "Agora que já sei o básico, quero sair hoje com você."

Ele sacudiu a cabeça. "Ainda não sei o que está acontecendo. Enquanto eu não descobrir, é arriscado demais."

"E existe algum lugar mais seguro para mim do que ao seu lado?", ela provocou.

"Não existe lugar mais perigoso para você no mundo que ao meu lado."

A tentação que ele representava era uma prova disso, mas... "Vou me arriscar mesmo assim. As minhas malas já estão prontas mesmo." Uma expressão arrogante de autoritarismo se desenhou no rosto dele, e Lindsay levantou uma das mãos. "Pense bem no que vai dizer", ela avisou.

Adrian fez uma pausa. Seu corpo ficou absolutamente imóvel.

Ela tinha percebido pela reunião pouco tempo antes que ele estava acostumado a dar ordens e ser obedecido sem questionamentos. No caso dela, esse tipo de relação não iria funcionar.

"É isso ou nada?", ele perguntou com uma tranquilidade ameaçadora.

Lindsay baixou a mão. "Eu faço o que faço... mato essas criaturas horrendas... por vingança. Mato pelas vítimas que não são capazes de fazer isso sozinhas. Para ajudar pessoas que têm um nome, um rosto, amigos, uma vida... Você me entende? Você disse que daria objetivos mais específicos, e é esse tipo de objetivo que eu quero. Quero ajudar você a encontrar quem matou seu amigo."

"Hoje eu não vou sair para caçar."

"Papo furado. Você vai sair atrás de informações. Quer ver o que descobre na cena do crime do assassinato do seu amigo. E, se descobrir alguma coisa, não vai dizer que cumpriu sua meta do dia e voltar para casa. Eu não preciso de treinamento para ser útil. Sou uma arma mortal."

"Desde que conte com o fator surpresa", ele ressaltou. "No combate corpo a corpo você morreria num piscar de olhos. E, quando a notícia da sua presença se espalhar, você vai começar a ser caçada. Você ainda não está preparada para isso."

"Para isso ninguém está totalmente preparado, na verdade. Quando chegar a minha hora, não vou ter como evitar mesmo. Nada acontece por acaso."

"Isso é o que *eu* chamo de papo furado."

"Eu preciso ir com você", ela disse em um tom de voz que não permitia argumentos contrários. Depois lançou para ele o mesmo olhar que havia usado no aeroporto. Ela não se furtaria a empregar seus atributos femininos para conseguir o que queria.

Ele sorriu. Era um sorriso aberto, sedutor, que fez as pernas dela tremerem. "Você não pode me dizer o que fazer, Lindsay. Fico honrado em ser o alvo de suas estratégias de persuasão, mas só se você prometer não ficar contrariada se não conseguir o que quer."

Aquele sorriso estava acabando com ela. Fazendo a eletricidade brotar em sua pele, os cabelos de sua nuca se arrepiaram. "Adrian..."

"Não." O sorriso sumiu do rosto dele. "Não vou cometer um erro elementar por causa do meu desejo por você. Minha missão... e *você*, principalmente... são importantes demais para eu assumir esse risco."

O aperto que ela sentiu no peito era motivado pelo respeito que ele conseguiu impor com aquela afirmação. Lindsay sentiu uma vontade maluca de ir rastejando até ele, sem roupa. "Eu tenho as minhas responsabilidades também, Adrian. E sei que essas criaturas estão soltas por aí. Gostaria que não estivessem. Queria não ser capaz de sentir a presença delas. Mas eu sou, e essa maldição tem seu preço. Só que não são apenas os meus motivos que contam para mim. Eu posso ser útil para você também, posso ajudá-lo a se proteger."

"Eu sou um Sentinela. Posso muito bem me virar sozinho." Por mais firme que fosse seu tom de voz, sua afirmação era atenuada pela ternura extraordinária em seus olhos.

"Eu não vou ficar aqui se você não me deixar ir também. Sei que estou sendo infantil, mas é a única arma que eu tenho."

"Você está chantageando um anjo."

Ela deu de ombros. "Então me processe."

Suas asas se materializaram, e seu maxilar se contraiu. "Eu posso impedir você de ir embora."

"E aí o meu pai vai armar um escândalo por eu ter sumido da face da terra, e a encrenca vai ser toda sua. Ei... não me venha com essas asas para cima de mim, não. Foi ideia sua envolvê-lo na história. Além disso, eu sei que você quer pôr as mãos em quem fez isso, e a cada dia que passa suas chances diminuem. Não sei se tenho o mesmo sexto sentido que você, mas nós dois sabemos que posso ajudá-lo a encontrar os responsáveis rapidinho. E eles não vão nem notar que estou por perto. Eu sou só uma fonte de alimentação para eles."

"A chantagem é uma via de mão dupla, Lindsay. Vou querer alguma coisa em troca."

"Ah, é?" Ela ligou seus sinais de alerta. O brilho nos olhos dele era... de triunfo, como se ela tivesse feito exatamente o que ele queria.

"A sua razão para caçar... a pessoa que você está vingando... Quero saber quem é."

"Eu não estava me referindo a ninguém em especial", ela mentiu.

Adrian a observou por um bom tempo antes de falar: "Muito bem. Eu levo outra pessoa, então".

"Quê?"

"Isso..."

Ele a beijou antes que ela tivesse tempo de piscar os olhos, movendo-se numa velocidade absurda.

Lindsay ficou paralisada. Ele cobriu a boca dela com a sua, exercendo uma pressão firme e constante com seus lábios macios. Aquela suavidade era algo inesperado, levando em conta a força com que ele segurava o rosto dela entre as mãos. Sua língua escorregou pelo lábio inferior dela antes de entrar boca adentro. Aquele carinho aveludado a fez estremecer, depois gemer. Adrian beijava com a paciência de um homem que não tinha pressa para fazer amor, um luxo ao qual ela não podia se permitir. O sexo era uma coisa que ela fazia pela necessidade de se sentir humana quando sobrava um tempinho. Nunca havia sido uma coisa lenta e envolvente daquela maneira. E eles estavam só se beijando. Como ele devia ser na cama, então?

Os dedos dos pés dela se curvaram. Ela o agarrou pela cintura e começou a se esfregar nele. Por trás das pálpebras fechadas, absorvia seu gosto e seu cheiro, curtia a sensação de tê-lo tão perto. Era como se ele tivesse descoberto uma passagem dentro dela. Lindsay perdeu a consciência de tudo o que não era a sensação de Adrian se espalhando dentro dela como lufadas de fumaça...

Ela se afastou e soltou um palavrão. "Você entrou *na minha cabeça?*"

"Eu precisava saber se o seu passado representava algum risco." Adrian lambeu os lábios para saborear o gosto dela.

Esse gesto primitivo a arrastou ao limiar da loucura, mas ela estava furiosa demais para se deixar levar. "Então você violou a minha privacidade vasculhando o meu cérebro em busca de informações pessoais que eu me recusei a fornecer?"

"Sim."

"Vá se foder." Lindsay adoraria virar as costas e deixá-lo falando sozinho, mas não tinha como sair dali. Isso tudo devia fazer parte do plano dele, ela imaginou.

"Eu sei o que você quer", ele afirmou, "e sou capaz de garantir, você vai precisar da minha ajuda para pegá-la. Vai precisar da minha ajuda para fazê-la dizer quem são seus cúmplices."

Ela o encarou e se perguntou se era possível se sentir tão violada e esperançosa ao mesmo tempo. Ele havia visto o ataque na mente dela, aquela vadia enorme com cabelos de fogo e roupa de couro grudada na pele. "Você não reconheceu os caras que estavam com ela?"

"Existem milhares de vampiros com cabelos azuis espetados desse jeito. E o tamanho e as feições não ficam muito claros quando a lembrança é cercada de tanto terror e lamento como a sua." As asas dele se remexiam inquietamente, como se ele também estivesse sendo afetado por aquela dor. "Em algum momento durante o ataque, você parou de ver e começou a sentir. E é essa ressonância que existe em você... a sensação de ver sua mãe perder todo o sangue, imaginando como seria quando fosse a sua vez."

Que acabou não chegando. Não havia nem um arranhão em seu corpo quando ela saiu correndo, pedindo socorro. Ela só tinha sofrido traumas psicológicos e emocionais. Ver sua mãe perder a vida. Ouvir aquelas palavras horrendas. Sentir a pressão de garras contra sua pele enquanto estava sendo segurada...

"Você conhece essa mulher?", ela insistiu. Precisava de alguma pista. Qualquer coisa que ajudasse a encontrar os vampiros responsáveis pelo acontecimento que mudou sua vida para sempre.

"Ah, sim. Vashti é uma figura inconfundível. A segunda figura mais importante na hierarquia dos vampiros."

"A segunda na hierarquia... São vampiros como ela que comandam o show? E isso não é suficiente para acabar com todos eles?"

"É suficiente para acabar com *ela* e seus cúmplices." Adrian estreitou os lábios. "Você e sua mãe foram emboscadas em plena luz do dia. Os Caídos são os únicos vampiros que não têm fotofobia. Eles podem oferecer seu próprio sangue para os lacaios e proporcionar a eles uma imunidade temporária, mas mesmo assim são eles os responsáveis pelo ataque. Levando isso em conta, é um milagre você ter sobrevivido. O normal teria sido matarem você, para preservar a identidade deles."

"Acho que não me consideraram uma ameaça. O que foi bem idiota da parte deles." Ela soltou o ar com força. Por mais irritada que estivesse pelo fato de Adrian ter invadido seus pensamentos sem permissão, ela também estava morrendo de vontade de beijá-lo. Ele era a chave para desvendar o mistério que cercava aquele dia. Ela já sabia quem era a responsável. Só precisava descobrir o motivo. Depois disso podia dar um fim nos filhos da puta e encerrar esse capítulo de sua vida. "Bom, agora que já acertamos a parte desagradável da conversa, eu posso ir com você."

"Você vai seguir as ordens sem questionar."

"Sim. Eu prometo." Lindsay passou o dedo pelo coração, fazendo um X. "De coração."

Adrian a chamou com um movimento de dedo. "Precisamos voltar."

O corpo dela estremeceu de excitação e contentamento. Ela chegou a pensar que, se voasse com ele tempo suficiente, poderia ter um orgasmo em pleno ar. Como uma motoqueira que ela conhecia que gozou ao sentir a vibração de uma Harley-Davidson. A adrenalina sempre a deixou com tesão. E a adrenalina combinada com Adrian era quase um martírio. Ela o olhou por inteiro, da cabeça aos pés descalços... que na verdade não estavam tocando o chão.

Ela não era capaz nem de imaginar o que viria pela frente.

9

Syre girou sua cadeira atrás da mesa e olhou para a paisagem alterada da avenida que se estendia do outro lado da janela de seu escritório. Parecida com uma pintura de Norman Rockwell, a pequena cidade de Raceport, na Virginia, havia ganhado um toque moderno com as dezenas de motocicletas Harley-Davidson enfileiradas no meio-fio.

"Adrian admitiu que a matou? Ele disse isso sem meias palavras?"

A voz normalmente melódica de sua tenente retumbava de raiva e tristeza. Vashti caminhava de um lado para outro como um animal numa jaula, batucando com suas botas de salto fino no piso de madeira.

"Sim", ele respondeu baixinho.

"Como você vai retaliar? O que nós vamos...?"

"Não faça nada, meu pai."

A calma sinistra da voz de Torque era capaz de abalar o coração de Syre mais do que qualquer demonstração de fúria. Ele ficou de pé e encarou o único de seus filhos ainda vivo. Torque estava parando num canto na sombra, fugindo dos raios de sol que invadiam a sala e a dividiam ao meio.

"A Nikki quer... *queria*... a paz entre nós e os Sentinelas." O rosto bonito de Torque estava desfigurado pela tristeza, os olhos vermelhos e a boca vincada. "Ela jamais iria querer provocar uma guerra."

"Não foi a sua mulher que provocou isso", respondeu Vash. "O responsável por isso é Adrian e ninguém mais."

Syre pôs as mãos para trás. "Ele disse que foi atacado por ela."

"Nem fodendo."

"Eu tendo a concordar, mas ele disse que ela estava espumando pela boca. Enlouquecida. E ele não a reconheceu... não fazia nem ideia que tinha matado minha nora. Como isso seria possível, caso a aparência dela não estivesse radicalmente alterada? Nikki estava desaparecida fazia dois dias. Quem sabe o que não fizeram com ela durante todo esse tempo? Ela pode ter sido envenenada e drogada." Ele olhou para o filho, que com certeza já havia presenciado os efeitos terríveis que as drogas humanas tinham sobre a química corporal alterada dos lacaios.

"Então talvez não seja a Nikki", Vash se apressou em dizer. "Talvez seja outra vampira."

"Era ela", Torque confirmou, amargurado. "Eu senti isso no mesmo momento em que ela se foi."

Syre acenou com a cabeça, sabedor que era de que a ligação habitual entre vampiros e lacaios ficava duas vezes mais forte quando eles se amavam. Ele mesmo havia sentido agudamente todas as mortes de Shadoe, mesmo quando estavam distantes. "O que nós sabemos a respeito do sequestro?"

Torque coçou o rosto com uma das mãos. "Ela foi deixada no aeroporto às dez horas. Liguei para o pessoal da facção à meia-noite, porque ela estava atrasada para o encontro comigo em Shreveport. Viktor foi até lá para procurá-la. Nikki tinha desaparecido, e havia vestígios do cheiro de licanos perto do helicóptero."

Olhando para Vash, Syre ordenou: "Localize os licanos. Traga-os até mim".

"Pensei que você nunca fosse pedir." Os olhos cor de âmbar da vampira eram duros e gelados como pedra. Meio século antes, uma matilha de licanos havia emboscado e matado seu parceiro. Ela sentia um ódio e um rancor tão grandes que vinha morrendo aos poucos por causa disso. "Posso fazê-los me dizer quais foram as ordens de Adrian."

"Isso *se* Adrian tiver algo a ver com isso."

Torque franziu a testa. "E quem mais poderia ser o responsável?"

"Isso é o que eu quero descobrir."

Vash soltou um palavrão, bem baixinho. Com seus cabelos ruivos até a cintura e seu macacão de couro justíssimo, ela era a personificação do estereótipo popular de beleza vampiresca. Ela nunca escondia suas presas, e dizia que os mortais até pagavam para ver seus dentes à mostra. "Adrian confessou ter matado Nikki. O que mais você quer saber?"

"O motivo." Syre arqueou o pescoço para aliviar a tensão. Suas presas se tornaram aparentes, assim como suas asas costumavam expressar seu humor. "Acima de tudo, Adrian é um Sentinela. Ele é como uma máquina: é programado para cumprir ordens e não se desviar delas. Essa obstinação pelo dever é sua grande força... e sua fraqueza mais previsível. Ele não iria enlouquecer assim do nada. Não é da natureza dele sair atacando assim. Adrian com certeza contra-ataca, mas o primeiro ataque nunca é dele."

"Talvez as ordens dele tenham mudado", sugeriu Torque, hesitante.

Vash bufou. "Talvez ele esteja mentindo. Ele pode ter inventado essa história de autodefesa para se esquivar da culpa, e sua intenção deve ser nos irritar e provocar uma retaliação, para que ele possa ter uma desculpa para vir atrás de nós. Talvez ele esteja nos mandando uma mensagem."

"Caso você tenha se esquecido, ele ainda responde diretamente ao Criador", respondeu Syre num tom ácido. "Se ele quisesse mandar uma mensagem, teria colado um bilhete no corpo de Nikki e deixado na porta da minha casa. Ele não deixaria margem para especulação. Quer saber o que eu acho? Tem alguém querendo que nós incriminemos Adrian. E, para piorar, ele está achando que eu mandei Nikki até ele em algum estado mental alterado, então o contrário também vale: estamos sendo culpados pelos atos de Nikki. Quem teria mais a ganhar com uma guerra entre vampiros e anjos?"

"Os licanos." Vash suspirou e começou a andar de um lado para outro de novo. Suas passadas longas percorriam facilmente os seis metros de distância entre uma parede e outra, numa velocidade que deixaria qualquer mortal atordoado. "Esse tipo de ação sorrateira e meio atabalhoada combina bem com aqueles cães, eu acho. Mas não sei se eles teriam coragem, ou inteligência, para agir sem as ordens dos Sentinelas."

Syre sorriu, desanimado. Uma das provas da capacidade de liderança de Adrian era o fato de ele manter os licanos sob suas ordens havia tanto tempo. De alguma forma, ele conseguia fazer com que geração após geração continuasse respeitando o acordo firmado com seus ancestrais.

Syre admirava o líder dos Sentinelas por sua visão estratégica. O caráter mortal dos licanos permitia que eles se reproduzissem, ao contrário dos vampiros, que eram estéreis. E dos próprios Sentinelas, que eram proibidos de procriar. Adrian precisava daqueles filhotes de licanos para engrossar as fileiras dos Sentinelas, que caso contrário jamais seriam reforçadas.

"Lembrem-se", continuou Syre, "de que os licanos, como nós, são descendentes dos Vigias. Somos parentes distantes, mas nosso espírito de rebelião certamente existe entre eles. E, apesar de eles serem pouco mais que animais, por terem sido infectados com o sangue de demônios, sua mortalidade lhes deu uma vantagem: enquanto nós permanecemos os mesmos, eles evoluem."

"Então um ou mais licanos insatisfeitos querem incitar uma guerra nossa contra os Sentinelas? Por quê? Suicídio coletivo? O único propósito que eles têm na vida é servir os Sentinelas. Ficariam bem no meio do fogo cruzado."

"Talvez eles não queiram mais viver assim. Encontre os responsáveis pelo sequestro de Nikki e podemos perguntar para eles, mas procure não se meter com nenhum Sentinela enquanto isso."

"Mas eles deram motivo para isso", argumentou Vash.

"Faça o que eu disse, Vashti."

"Como quiser, Syre." Ela deu meia-volta e tomou o caminho da porta. Seus movimentos eram precisos e deliberados, como uma caçadora que era. Syre confiava plenamente nela, assim como em Shadoe em sua primeira encarnação. Vash havia sido a responsável pelo treinamento da filha que ele tanto queria, ensinando-a o tão necessário senso de disciplina, e juntas as duas exterminaram milhares de demônios.

Vash abraçou Torque ao passar por ele, murmurando uma promessa de encontrar os desgraçados que mataram sua esposa. Depois foi embora, levando sua energia turbulenta. Na súbita calmaria que se seguiu a sua saída, os ombros de Torque desabaram como se o peso do mundo tivesse sido despejado sobre eles. Ele havia feito a Transformação em Nikki porque se apaixonou por ela, queria que ela fosse imortal para permanecer para sempre a seu lado. Infelizmente, a imortalidade não era garantia de nada contra um Sentinela.

Torque cruzou os braços e olhou para o pai, com os olhos faiscando. "Vingar Nikki é um direito meu, não é seu nem de Vash."

"Claro. Mas eu preciso investigar certas coisas, e é uma missão delicada demais para ser confiada a qualquer outro."

Dirigindo-se ao meio da sala, Torque suspendeu o passo quando a ponta revestida em metal de sua bota alcançou a linha que dividia a sombra da luz do sol. Seus cabelos curtos eram arrepiados em diferentes direções, descoloridos na ponta. Era um penteado que combinava com os traços exóticos herdados de sua mãe, e também com seu ritmo agitado. Enquanto Syre preferia pequenas cidades que atraíam motoqueiros e entusiastas do estilo de vida na estrada, garantindo um constante fluxo de sangue novo para os agrupamentos e as facções de vampiros locais, Torque gerenciava uma rede cada vez mais extensa de casas noturnas, que serviam de refúgio para jovens lacaios nômades.

Syre caminhou até o filho e o agarrou pelos ombros. Havia muito de Shadoe nas feições de Torque, o tipo de semelhanças aterradoras que os gêmeos têm. Mas sua filha havia perdido seus genes, assim como suas memórias. Ela, que era a imagem perfeita de sua mãe, nas encarnações posteriores passou a ostentar os traços característicos de outras linhagens. Apesar de amá-la qualquer que fosse sua aparência, havia uma parte de Syre que revivia a perda da mãe dela a cada vez que a filha renascia com o rosto de outra mulher.

"Eu sei o quanto está sendo difícil", ele disse baixinho, "mas sou obrigado a pedir que você suma do mapa por uns tempos. Além do que falou sobre Nikki tê-lo atacado, Adrian fez um comentário sobre Phineas que me deixou preocupado. Preciso descobrir o que aconteceu exatamente nas últimas quarenta e oito horas."

"Eu vou pensar." Torque pôs a mão sobre a de Syre. "Preciso de alguma coisa para me concentrar agora, senão posso acabar fazendo algo de que vou me arrepender mais tarde."

Syre deu um beijo na testa do filho. Ele entendia muito bem como era aquilo. Ele havia sobrevivido por pouco à perda de sua esposa e de Shadoe. Não fosse por Torque, aquelas mortes o teriam liquidado. "Quando nós dissermos que você está afastado por motivo de luto, ninguém vai questionar a sua ausência."

Era um tanto cruel usar a perda do filho para seu benefício pessoal, mas ele não podia se dar ao luxo de deixar passar oportunidades perfeitas.

Syre estava se sentindo velho e cansado. Tão cansado que não reconhecia o rosto jovem que via no espelho perto da porta. Ele parecia ser no máximo uns dez anos mais velho que Torque, que a maioria das pessoas julgava ter vinte e poucos anos.

Torque voltou a falar, com a voz embargada. "Como Adrian consegue manter o controle mesmo perdendo o amor de sua vida a cada cem anos? Você tem certeza de que ele continua o mesmo? Faz muito tempo que a Shadoe não volta, pai. Isso deve estar bagunçando a cabeça dele."

"Isso seria verdade se ele fosse mesmo apaixonado por ela. Deixá-la morrer vez após vez... sem ter nem uma lembrança de sua família e das pessoas que a amam? Isso é crueldade, não amor."

"Não sei, não." Os olhos de Torque refletiam seu tormento interior. "Acho que eu faria qualquer coisa para ter Nikki de volta, custe o que custar."

"Ele não é como nós. Você precisava ouvi-lo ao telefone... calmo e inabalável. Ele é um serafim em todos os sentidos da palavra. A alma representa tudo para ele, a vida para ele não tem sentido sem uma alma. Você diz que faria qualquer coisa, mas, se pudesse escolher, tenho certeza de que faria a coisa certa."

"Você não tem como saber disso. Nem *eu* tenho como saber disso. Minha vontade é de estraçalhar qualquer Sentinela ou licano que cruzar meu caminho."

"É exatamente esse o objetivo por trás do assassinato de Nikki: nos deixar cegos de raiva. Precisamos ser sensatos. Se conseguirmos todas as informações antes, podemos agir com precisão em vez de dar um tiro no escuro. Imagine o quanto podemos nos beneficiar de um atrito entre Sentinelas e licanos. Só precisamos de provas de que os cães estão conspirando contra os donos. Depois contamos tudo para Adrian e deixamos que ele faça o trabalho sujo."

"E o que eu preciso procurar?"

"Você vai saber quando chegar a hora. Se alguma coisa estiver fora do lugar, você vai perceber."

"Alguma sugestão de onde começar?"

Syre estendeu o pulso na frente da boca do filho, oferecendo os poderes de seu sangue de Caído para ajudá-lo na missão. Apesar de ter vantagens sobre os lacaios por ser um nefilim, ele guardava desvantagens em relação aos Caídos. Beber um ou dois cálices de sangue de um Caído mascararia essa deficiência por alguns dias.

Soltando um gemido quando as presas de Torque perfuraram sua veia, Syre fechou os olhos. "Adrian vai querer Phineas por perto. Vá até Anaheim. Comece por lá."

"Não gosta de voar?", Lindsay perguntou ao ver a força com que Elijah se agarrava aos apoios de braço do assento.

Ele a encarou com seus lindos olhos verde-esmeralda. "Não muito."

"Você precisa reconhecer que pegar um jatinho particular é bem melhor que viajar num avião normal."

"Não." Ele empalideceu quando o avião se inclinou um pouco para o lado. "Para mim é a mesma coisa."

Ela não soube o que dizer. Olhou ao redor, para a luxuosa cabine, passando a mão pelo couro macio da poltrona em que estava sentada. Adrian estava a alguns metros atrás, conversando com Damien e outro loirinho — Jason —, lindo de morrer, assim como todos os outros anjos, aliás.

Ela voltou sua atenção para Elijah, sentado diante dela do outro lado da mesa. Mesa. Num avião. Aquela aeronave parecia um *motor home*. "Sobrou para você a função de babá, né?"

Ele se limitou a encará-la.

"Eu sinto muito", ela falou, sentindo pena dele. "Vou tentar não dar trabalho para você."

"Pode falar o que quiser, mas aposto que Adrian preferia não ter trazido você."

Lindsay concluiu o raciocínio dele. "E você acha que ele está sendo coagido, o que significa que eu sou sinônimo de encrenca?"

Mais uma vez, ele se limitou a encará-la com seus olhos atentos. Olhos de caçador, atentos e desconfiados.

Ciente de que precisava superar as desconfianças o quanto antes, ela continuou: "Qual é. Você sabe que não é bem assim. Ele não é o tipo de sujeito que aceita fazer coisas a contragosto".

Elijah ergueu os ombros musculosos em resposta.

Ela pôs o cotovelo sobre a mesa e apoiou o queixo na mão. "Você não é de falar muito, né? Acho que vou gostar de você, e não só porque é da confiança de Adrian. E espero que no fim você acabe gostando de mim também."

"Prefiro limitar minhas atividades perigosas às caçadas."

Lindsay precisou pensar um pouquinho para entender o que ele estava dizendo. "Você acha que vai se meter em encrenca se for meu amigo? Acho que, se Adrian fosse ciumento, ele não encarregaria você dessa tarefa de babá."

Elijah ficou vermelho ao perceber que o foco da conversa era algo um pouco mais pessoal que seu medo de voar. "Existe uma grande diferença entre deixar que eu leve um tiro no seu lugar e permitir que eu seja seu... amigo."

Olhando para trás novamente, Lindsay notou que Adrian a observava. Estava vestindo calças cáqui feitas sob medida e uma camisa social preta que devia ter custado o equivalente ao salário mensal dela, no mínimo. As mangas estavam arregaçadas e o colarinho aberto, expondo o suficiente de sua pele morena para monopolizar a atenção dela. Ela o tinha visto vestido com roupas informais no aeroporto, seminu de manhã e agora todo elegante. De toda maneira, era deslumbrante. Estava tão encantada por ele que não conseguia desviar o olhar. Foi Adrian quem fez isso primeiro, voltando sua atenção para seus comandados.

Lindsay se virou de novo para Elijah. "Está vendo? Nem um pouco ciumento."

"Nós temos ancestrais em comum", ele murmurou. "O nosso lado selvagem não vem só dos demônios."

A princípio confusa com a informação, no fim ela acenou com a cabeça, demonstrando que tinha entendido. Adrian definitivamente tinha um lado selvagem — ela era capaz de senti-lo pulsando sob sua superfície de tranquilidade.

"Você não parece surpresa." Ele estreitou os olhos verdes. "Ele contou para você o que somos."

Ele falou tão baixo que ela precisou ler seus lábios além de escutar. Era impressionante que ele pudesse ser tão discreto tendo uma voz profunda como aquela.

"Ele me contou meio por alto", ela respondeu, sem tanta prática na arte de cochichar quanto ele, mas fazendo o melhor que podia. "Mas ainda não entendi todo esse lance de hierarquia. Quer dizer, os Sentinelas são poderosos, ou então não conseguiriam deter os Vigias. A não ser que os Vigias tenham fugido da briga..."

"Isso eu não sei. Talvez não tenham resistido o quanto resistiriam se soubessem no que seriam transformados."

"Como assim, você não sabe? Você não lembra?"

Ele sorriu. "Eu não estava lá. Os licanos não são imortais. Só estou vivo há setenta anos."

Ela ficou de queixo caído. A imagem que fazia de um homem de setenta anos não combinava *nem um pouco* com o brutamontes sentado à sua frente. Seus cabelos negros não tinham um fio branco, e seu rosto bonito e robusto não mostrava uma única ruga. "Uau", ela comentou.

Eles ficaram em silêncio por um tempo. Surpreendentemente, foi Elijah que retomou a conversa depois disso. "Por que você caça?"

Lindsay pensou um pouco antes de responder. Ela nunca conversava sobre esse assunto, porque falar sobre a morte de sua mãe significava revivê-la na memória. Por outro lado, Adrian já sabia de tudo e, nesse novo mundo em que estava vivendo, seu passado era fundamental para estabelecer quem era ela. Não que fosse um assunto fácil de encarar. Ela nunca tinha sido compreendida de verdade nem sabia que ansiava tanto pela aceitação dos demais até conhecer Adrian. Respirando fundo, ela respondeu: "Eu fui vítima de um ataque de vampiros".

"Não diretamente, senão estaria morta."

"Um membro da minha família."

Elijah acenou com a cabeça. "Eu também."

"É por isso que você está nessa luta?"

Ele ergueu as sobrancelhas. "Não que eu tivesse muita escolha. Mas, sim, essa é a minha motivação."

"Pois é." Lindsay suspirou. "Eu também não tenho escolha. Pensei que tivesse, mas estava apenas enganando a mim mesma."

"O que você é?"

"*Hã?*"

"Como você sabia que aquele sujeito de ontem era um demônio?"

"Ah." Ela ficou tensa. "Sou uma humana, uma mortal meio azarada, digamos assim." Ela costumava tentar imaginar como seria ter a bênção da ignorância como os demais mortais, mas já havia abandonado esse pensamento fazia um bom tempo. Era um exercício inútil, como tentar imaginar como seria sua vida se ela fosse um gato.

"O que é que você vê?"

"Eu não *vejo* nada. Eu sinto essas coisas. Como um fantasma assombrando a minha casa, se é que você me entende."

"Então é por isso que você ficou atraída pelo Adrian no mesmo instante em que o viu?"

"Não. Eu dei em cima de Adrian porque ele é lindo." Ela arrematou essa meia verdade com um sorriso, guardando para si sua intuição sobre o tempo e sua sensação de intimidade com o líder dos Sentinelas. "Eu sou uma mulher também, sabe como é. Heterossexual. Caras bonitos chamam a minha atenção."

"Você não acha coincidência demais ter dado em cima justamente de um anjo num aeroporto lotado?"

"Pois é. Eu disse a mesma coisa para Adrian ontem à noite, mas ele me veio com uma explicação do tipo seis graus de separação."

"Humm..."

"Foi isso o que eu pensei também, mas vai saber? Eu não faço o tipo religiosa."

"Mas agora está vivendo no meio de um monte de anjos."

"Pra você ver." Lindsay sorriu. "Você viu a cara do Adrian quando aquele dragão morreu?"

Os olhos de Elijah brilharam. "Pois é."

O avião começou a aterrissar. Ela esfregou as mãos. "Estou torcendo para encontrarmos quem estamos procurando."

"Nós vamos encontrá-los." Seu rosto se endureceu, assumindo a expressão feroz de um predador.

"Você gosta mesmo de caçar, não?"

"Sim. E desta caçada especialmente." Suas íris ganharam um brilho sobrenatural. "Além do braço direito de Adrian, esse vampiro é responsável pela morte de dois licanos."

"Amigos seus?"

"Algo do tipo."

Lindsay se perguntou quantas pessoas Elijah consideraria suas amigas, e desconfiou que seria um grupo bem pequeno e seleto. Ela corrigiu sua postura e suspirou bem alto.

"Você está bem?", ele perguntou, empalidecendo ao sentir a trajetória descendente do avião.

"Eu vou ficar."

Pela primeira vez na vida, ela estava ansiosa para matar. E não estava se sentindo nem um pouco incomodada a respeito, como seria de se esperar.

10

Lindsay desceu do avião, pôs os óculos escuros e olhou ao redor. "Puta merda."

Sentiu a mão quente de Adrian espalmada na base de sua coluna, seguida por sua voz murmurante. "Que foi?"

Ela se virou devagar para ele. "Cadê o *chão*?"

A pista de pouso acabava... em pleno ar.

"Estamos no alto de uma chapada."

"Não pode ser."

"Pode ser, sim."

"Quem seria maluco de construir uma pista de pouso em cima de uma chapada? Se o piloto errar os cálculos, já era."

Ele contorceu de leve a boca, fazendo com que ela sentisse vontade de vê-lo sorrir de novo. "Vamos lá."

Ele a conduziu até o pequeno estacionamento do aeroporto, onde dois sedãs escuros estavam à espera. Jason e Damien subiram no banco de trás do primeiro, e Elijah se acomodou no assento do carona do segundo.

"Saint George, né?", ela perguntou quando Adrian abriu a porta para ela. "Nunca estive em Utah antes."

"É um lugar muito bonito." Ele se sentou ao lado dela e fechou a porta. O carro arrancou. "O sul do estado tem umas formações rochosas lindíssimas."

"Para onde estamos indo?"

"Não muito longe. Uma cidadezinha chamada Her-ah-kun."

Lindsay franziu a testa. "Her-ah-kun? Que nome esquisito."

Mais uma vez, ele quase sorriu. "Na verdade, a grafia é igual à de 'hurricane'."

Uma tempestade. Puxa vida...

Uma coisa ficou bem clara na cabeça de Lindsay. O nome da cidade não podia ser só uma coincidência, assim como nada do que vinha acontecendo com ela desde que saiu de Raleigh.

Enquanto desciam para a cidade, Adrian foi ficando cada vez mais imóvel e silencioso, mas ela sentia sua força volátil se acumulando a cada quilômetro. Seu melhor amigo estava morto. Por mais estoico que Adrian parecesse ser, com certeza havia sentido profundamente aquela perda. A dor o humanizava, tornava-o mais do que um anjo. Isso também a levou a se perguntar em que ele buscava conforto quando precisava, ou se internalizava tudo aquilo. Mesmo cercado por anjos dispostos a morrer por ele, Adrian parecia solitário.

Ela deixou cair uma das mãos no assento e depois agarrou discretamente o dedo mindinho dele com o seu. Apesar de não ter esboçado nenhuma reação, Lindsay sentiu que ele ficou surpreso com o gesto. Apertou a mão dela com força, sem tirar os olhos da janela. Ela escondeu suas mãos dadas com a bolsa de lona, protegendo-os da mira do espelho retrovisor. Ele retribuiu com um rápido olhar de gratidão.

Estranhamente comovida por se ver como uma fonte de conforto para ele, Lindsay refletiu sobre a proximidade que havia desenvolvido com ele. Ambos estavam se abrindo um com o outro de uma maneira que não ousavam fazer com os demais. Por quê? Por que Adrian quis levá-la para sua casa na noite anterior? Um restaurante seria a melhor escolha para manter seus segredos seguros. E por que ele parecia tão íntimo dela? Tão carinhoso...

E por que ela havia permitido essa intimidade? Por que não foi cautelosa com ele como era com todo mundo que cruzava seu caminho?

Ela olhava distraidamente pela janela, perguntando-se por que precisava ser tão estranha. Por que era capaz de se mover tão depressa se era apenas uma humana? Seu pai a levava ao médico a cada sinal de irritação na pele ou nariz escorrendo. Ela já tinha feito uma enorme quantidade de radiografias, exames de sangue e até uma tomografia quando caiu do balanço no quintal de uma amiga. Não havia uma explicação científica para suas habilidades. Mas sem dúvida nenhuma ela era diferente, e eram essas anomalias que fomentavam sua afinidade com Adrian. Ela só não sabia se isso era bom ou ruim.

Eles saíram da estrada e entraram no estacionamento de uma lojinha de ferragens típica de cidades pequenas. Enquanto o carro deslizava suavemente até a vaga ao lado do veículo que transportava Jason e Damien, Lindsay olhou ao redor para tentar descobrir onde estava.

"Chegamos", disse Adrian antes de descer do carro.

A porta se abriu ao lado dela, e Elijah apareceu, grande e intimidador. Apesar de ser um homem forte e de ombros largos, não era exatamente um gigante como sua postura parecia indicar. Assim como Adrian, tinha a aparência de alguém que não deveria ser provocado.

Lindsay desceu, respirou fundo e examinou os arredores. Hurricane parecia ser uma cidadezinha pacata, com uma avenida principal e nada mais. Além da loja de ferragens, havia algumas lanchonetes, um mercadinho e alguns pequenos comércios familiares.

O vento balançou os cabelos dela, sibilante. Ela prendeu a respiração e deu um passo atrás ao sentir aquela veemência. Elijah a segurou pelo braço para equilibrá-la.

Antes mesmo que ela voltasse a respirar, Adrian já estava a seu lado. "O que você sentiu?"

Ela estremeceu. "Esse lugar tem uma energia terrível."

"Um ninho, talvez?", perguntou Damien, juntando-se a eles.

"Não sei o que é isso."

"Um grupo de vampiros nômades", explicou Adrian.

Que ótimo. Justamente o que ela sempre quis. "Não são poucos, não, disso eu tenho certeza."

Damien olhou para Adrian. "Então é verdade mesmo. Ela tem uma sensibilidade muito acima do normal."

Adrian confirmou com um aceno de cabeça.

Ela tentou se recompor. "Vamos começar a procurar? Ou esperar por reforços?"

Jason a olhou de cima a baixo. "Você pode dizer onde eles estão?"

Ela confirmou, ciente de que o vento a levaria na direção certa caso estivesse disposta a ouvi-lo. "Quanto mais perto chegarmos, mais eu vou sentir a presença deles. Só preciso circular um pouco por aí."

"Não." Adrian virou as costas como se não tivesse mais nada a dizer sobre o assunto. "Agora sabemos que Phineas não estava sendo seguido. Ele foi parar no meio de um ninho. Podemos assumir o comando da situação daqui em diante sem correr o risco perdê-la."

Lindsay perguntou a si mesma o que fazer. Desafiar a autoridade de Adrian na frente de seus comandados estava fora de questão, mas ela também não queria ser jogada para escanteio "para seu próprio bem".

Por falta de ideia melhor, ela adotou a primeira solução que passou pela cabeça — saiu andando.

Tomou o caminho da avenida principal, por achar que o local mais movimentado da cidade era o melhor lugar para começar. Além disso, esperava que os olhos do público inibissem Adrian caso quisesse detê-la de qualquer forma — apesar de não duvidar que ele fizesse isso mesmo assim. Ele era capaz de pegá-la no colo, jogá-la sobre o ombro e carregá-la até onde considerasse que ela estaria em segurança. Lindsay sentiu os olhos dele sobre si. Para o bem ou para o mal, seus sentidos se tornavam tão aguçados quanto os de Adrian quando estava perto de uma presa.

Elijah saiu atrás dela. Seus olhos estavam escondidos pelos óculos escuros, mas ela sabia que o licano examinava meticulosamente os arredores, como bom predador que era. "Só para você saber: a desobediência costuma ter consequências."

"Eu imaginei. Já sou bem crescidinha para saber disso. Eu me viro. Mas e *você*?"

"Tenho ordens para não perder você de vista."

"Então você está ferrado de qualquer jeito, vindo comigo ou não." Ela abriu um sorrisinho. "O que você acha que ele vai fazer?"

Elijah encolheu os ombros. "Não sei ao certo. A insubordinação costuma ser fatal, mas acho que ele não vai ser tão rígido no seu caso."

Ela ficou apreensiva, e esse sentimento se intensificou com o desconforto causado pelo vento frenético. Lindsay tinha certeza de que Adrian era capaz de coisas que ela sequer imaginava — caso contrário, não teria sido designado como líder dos Sentinelas. Ainda assim, ela não estava com medo — afinal de contas, era com a segurança dela que ele estava preocupado. Ficar tentando prever as consequências de seu ato não ajudaria em nada. A única coisa que ela podia fazer era o básico do básico: pôr um pé na frente do outro e seguir em frente.

Por sorte, parecia ter sido uma decisão acertada. A cada passo que dava, Lindsay se sentia mais à vontade. Por mais que Adrian reprovasse sua desobediência, estava dando a ela a chance de tomar a frente. Ela gostou disso. Mostrava uma espécie de reconhecimento de que ela era inteligente e tinha uma certa experiência. Levando em conta o abismo de capacidade entre eles, aquela demonstração de confiança não era pouca coisa.

Quando passaram em frente a uma sorveteria Dairy Queen, ela e Elijah espiaram pela janela. Havia famílias e grupos de adolescentes lá dentro, rindo e comendo na maior felicidade, sem saber de nada. Malditos sortudos.

"Você tem namorada?", ela perguntou. "Ou esposa? Filhos?"

"Eu não tenho uma parceira."

Ela resistiu à vontade de verificar se estava sendo seguida por Adrian. Na verdade, seria melhor se ela estivesse sozinha. Um grupo de sujeitos intimidadores numa cidadezinha como aquela só podia ser sinal de que havia algo estranho acontecendo. "Foi ela que você perdeu? Sua parceira? Desculpa... eu não quero parecer intrometida, mas..."

Elijah a encarou. "Se eu tivesse perdido a minha parceira, eu não estaria mais vivo. Os licanos definham até a morte quando perdem seus parceiros."

"Ah, como os lobos? Quer dizer, os lobos de verdade. Ouvi dizer que eles nunca abandonam seus parceiros."

Ele voltou a olhar para a frente. "Isso mesmo."

"Isso acontece com humanos também, sabe. Com casais que ficam juntos por muito tempo. A pessoa que sobrevive em geral não dura muito tempo. Com os vampiros também é assim? E com os Sentinelas?"

"Os vampiros formam casais, mas não para a vida toda. E os Sentinelas não têm vida amorosa."

"Ah... Bom, eles têm muito a esconder e não devem poder namorar entre si... Nessas circunstâncias, as transas casuais são mesmo a melhor opção."

"Até onde eu sei, eles não fazem sexo. Ponto final. Não parecem nem sentir desejo nenhum, aliás. Sempre senti que eles estavam meio que acima desse tipo de coisa."

Lindsay sorriu, pois sabia muito bem que Adrian ansiava pelo sexo. O tesão estava praticamente escorrendo por seus poros. "Vai ver vocês não fazem o tipo deles."

"Os Sentinelas nunca andam sem um licano por perto", ele insistiu, sem se alterar. "Eu teria ficado sabendo de alguma coisa, com certeza."

Lindsay ficou intrigada com a convicção de Elijah, e depois se lembrou de como os Sentinelas pareciam ser reservados. Ainda não tinha visto nenhum deles rir ou pelo menos sorrir para valer. Eles nem ao menos levantavam o tom de voz quando estavam empolgados ou furiosos. Ela não os conhecia fazia tempo suficiente para poder ter alguma convicção sobre o assunto, mas...

"Você está de brincadeira comigo", ela falou.

"Por que eu faria isso?"

Ela ficou surpresa ao constatar que acreditava nele. Elijah era do tipo que não perdia tempo com papo furado. Mas tudo aquilo a deixou confusa. Ela sabia reconhecer muito bem o interesse masculino — e além disso Adrian havia sido bem claro a esse respeito. O que mais ele poderia querer com ela a não ser desfrutar da atração sexual que havia entre os dois?

Chegaram ao fim da avenida principal, que logo adiante fazia uma curva para a esquerda, transformando-se numa ruazinha residencial. As placas diziam que a entrada do Parque Nacional de Zion era ali perto. "Então você está procurando sua alma gêmea?", ela perguntou. "É assim que funciona? Só existe uma parceira para você e coisa do tipo?"

"A resposta para as três perguntas é não."

"Entendi. Não é um estilo de vida que estimule um relacionamento de longo prazo. Eu mesma já desisti disso faz tempo." O vento sacudiu os cabelos dela. "Estamos chegando."

Ele a encarou. "E essas rajadas de vento que ficam seguindo você?"

"Estamos num lugar chamado Hurricane. O que você esperava?" Ela apontou com o queixo para um morro coberto de rochas do outro lado da rua. Depois saiu correndo para lá.

Elijah foi em seu encalço. "Os licanos sentem o perigo no ar antes de conseguir farejá-lo", ele contou.

Ainda assim, ela considerava seu radar meteorológico algo pessoal e revelador demais para conversar a respeito. Não tinha certeza *o que* o outro poderia inferir a partir disso, mas por ora preferia guardar aquela informação para si mesma.

Ela enfiou a mão dentro da bolsa e agarrou o cabo de uma faca. Eles passaram por uma espécie de monumento, um pilar de pedra com uma placa de metal. Havia uma fileira de casas atrás dele. Casas antigas, dos anos cinquenta ou ainda antes.

"O seu faro funciona do mesmo jeito nas duas formas?", ela perguntou, observando o ambiente ao redor.

No instante seguinte, ela sentiu uma pancada na coxa, o que chamou sua atenção para um enorme lobo marrom postado a seu lado. Isso respondeu à sua pergunta.

"Uau." Ela estava impressionadíssima. "Como foi que você fez isso tão depressa? E onde estão suas roupas?"

Ele lançou um olhar cheio de expressividade para ela.

"Entendi", ela admitiu, estendendo a mão para tocar seu pelo e descobrir se era macio ou espesso. No fim, era uma mistura dos dois. A pelagem cor de chocolate era adornada com manchas brancas no peito e nas patas, criando um visual atraente e imponente. "Você é um lobo muito bonito, sabia?"

Elijah soltou o ar com força.

Lindsay continuou em frente, notando que o vento de repente se acalmou. O ar parecia estagnado, protegendo-a ao não espalhar o cheiro do licano e do anjo que estavam com ela. De alguma forma, ela sabia que os anjos tinham levantado voo. Não olhou para cima, mas desconfiava que estivessem em cima do morro a sua frente.

"Estou pensando em visitar uns porões", ela comentou, e Elijah bufou em concordância.

Eles foram em frente, contornando a curva. Uma senhora de idade estava sentada numa cadeira de balanço no terraço de uma casa. Ela sorriu e acenou quando passaram, parecendo não dar muita bola para o enorme animal que ia ao lado de Lindsay. Considerando a grossura da lente de seus óculos, Lindsay imaginou que a velhinha não enxergava muito bem. Era a única explicação — além da senilidade — para ignorar a presença de um lobo do tamanho de um pônei circulando pela rua.

Um caminho de cascalho demarcado por dois postes de luz apareceu diante deles no vão entre duas casas. Eles o seguiram até chegar ao morro. No fim, uma surpresa: uma casa em estilo colonial e uma placa toda delapidada demonstrando se tratar de uma antiga pousada.

Uma brisa gelada acariciou a nuca de Lindsay.

"Só pode ser brincadeira", ela disse em voz alta.

Apesar de claramente não ser mais usada como uma hospedaria, aquela construção parecia ter dignidade e estilo suficiente para abrigar um "ninho" de vampiros. Com um bom jardineiro e uma demão de tinta, aquela fachada podia ser revitalizada sem muita dificuldade.

Quando se aproximaram do muro de tijolos que cercava a propriedade, uma sombra imponente e o farfalhar de asas sobre ela anunciaram a presença de Adrian pousando diante dos dois. "Aqui já chega, Lindsay."

Ela ergueu as sobrancelhas. "Tudo bem. Fico feliz por ter ajudado."

A expressão dele se atenuou. "Obrigado."

Jason e Damien aterrissaram do outro lado do muro, no jardim da frente. À direita deles, o morro. Atrás, a uns seiscentos metros, a avenida e a rua residencial em formato de ferradura. À esquerda, dezenas de hectares de terra virgem. O ninho estava escondido às vistas de todos. Não que Lindsay tenha ficado surpresa com isso. As criaturas que ela matava quase sempre pareciam pessoas normais. Bizarramente normais.

Ela se afastou, colocando-se a uns cinco metros do muro. Elijah se sentou ao lado dela. Os anjos foram na frente — Adrian no meio, Jason à esquerda, Damien à direita. Outros dois lobos apareceram, e Lindsay se assustou. Ela perguntou a si mesma de onde eles tinham vindo, depois se lembrou dos motoristas dos sedãs. Um licano para cada anjo. Um era cinza chumbo e branco, e o outro, marrom ferrugem e cinza claro. Ambos arfavam de leve, como se não fossem capaz de conter sua vontade de caçar.

Mas os três animais se posicionaram ao redor *dela*. Deixando os anjos se virarem sozinhos.

Ela esticou a mão e acariciou a cabeça de Elijah num agradecimento silencioso. Os outros dois se posicionaram atrás dele, permitindo que ele assumisse a posição de líder. Apenas suas orelhas e seus olhos se moviam. Apesar da postura de relaxamento, ela sabia que ele poderia explodir em violência num piscar de olhos. Todos os traços de caçador que Lindsay havia observado nele como humano tinham se multiplicado em sua forma animal.

A atenção de Lindsay se voltou para os anjos, que se aproximavam da casa com as asas abertas sobre as costas. Isso a surpreendeu. Por que expor uma parte tão vulnerável do corpo se não estavam voando? Jason e Damien podiam fugir pelo ar caso fosse necessário, mas Adrian já estava no terraço, cercado por dois pilares de quatro metros de altura e um telhado acima deles.

Adrian entrou na casa pela porta da frente, enquanto os outros dois procuravam acessos alternativos que Lindsay não conseguia ver do lugar onde estava. O silêncio era total. Ela estava inquieta, girando uma lâmina numa das mãos e acariciando distraidamente a orelha de Elijah com a outra. "Estou com um pressentimento terrível com relação a isso."

O vento guinchou no descampado, fazendo os pelos do braço dela se arrepiarem. E logo depois aconteceu.

Os vidros se arrebentaram e os anjos saíram voando pelas janelas, seguidos por uma verdadeira horda de vampiros.

"Puta que pariu!"

A avalanche de vampiros veio na direção dela, pulando o muro baixo de tijolos. Lindsay arremessou a lâmina que tinha nas mãos, acertando um vampiro que espumava pela boca bem no meio dos olhos. Ela continuou arremessando uma após a outra, recuando enquanto os licanos avançavam, formando uma barreira para protegê-la.

Ela procurou por Adrian no meio da confusão. *Puxa vida...*

Ele abria seu caminho pela multidão... literalmente. E ela ainda achava que suas asas eram vulneráveis? Elas eram *mortais*. Ele as brandia como lâminas, amputando membros e fatiando troncos, girando com uma precisão letal. A visão de Adrian e dos outros anjos em ação era hipnotizante. As cinzas em brasa dos vampiros derrotados pairavam sobre eles como nuvens reluzentes. Ela não conseguia desviar os olhos daquela dança graciosa e macabra.

Um grito agudo atraiu sua atenção de volta para os licanos e a vampira suicida que havia montado sobre as costas de Elijah. Resistindo aos esforços violentos dele para derrubá-la, a desgraçada de olhos arregalados se mantinha agarrada a Elijah mesmo depois de ele derrubá-la no chão.

Lindsay olhou freneticamente ao redor pelos outros dois licanos, e os encontrou de boca cheia. Ela reuniu coragem e entrou na batalha. Um vampiro a encarou numa tentativa de intimidação. Consciente de que a hesitação só iria enfraquecer seu ímpeto, ela foi em frente com uma adaga na mão. Apunhalou-o no coração, e depois usou o cabo da faca como uma alavanca para saltar sobre o ombro dele e aterrissar do outro lado.

Ela continuou sem nem parar para pensar, avançando na direção de Elijah, que já estava se endireitando. Com o punho fechado, acertou o queixo da vampira, provocando um estalo assustador. Sem conseguir se agarrar ao lobo, ela foi ao chão de costas. Elijah a cercou e rosnou, mordendo sua garganta e rasgando a carne até o osso. Lindsay a liquidou atirando uma faca em sua testa.

Um tiro de arma de fogo ecoou na colina, seguido pelo zumbido inconfundível de uma bala ricocheteando.

Ela se virou. Uma mulher estava de pé nos degraus de entrada da casa com uma escopeta na mão, recarregando a arma. Ela mirou em Adrian e puxou o gatilho. Quando notou o que estava acontecendo, Lindsay sentiu sua garganta se fechar, impedindo-a de soltar o grito de aviso que reverberava em sua mente horrorizada.

Adrian moveu uma das asas, desviando a bala com um som de metal contra metal.

A arma desapareceu da mão da vampira e reapareceu aos pés de Lindsay.

Ela demorou um pouco até se dar conta do que tinha acontecido. Depois pegou a arma, engatilhou com um movimento de vaivém na parte da frente e atirou num vampiro que atacava um dos lobos. Ela disparou mais seis tiros, dando cobertura para os licanos. Quando a munição acabou, ela usou a escopeta como um tacape, arrebentando a cabeça de um vampiro que tentava se levantar.

Ela arriscou uma olhada para a casa e procurou por Adrian.

Ele estava cercado por todos os lados, lutando para valer. Mas a mulher na porta havia pegado outra escopeta — dessa vez uma de cano serrado — e estava mirando...

Lindsay disparou em direção à abertura no muro, desviando-se de corpos em pleno ar e movimentando pilhas de cinzas. Uma vampira veio voando à sua direita, e ela se agachou para se esquivar, chegando a se surpreender com a própria agilidade. Ela agarrou a última faca da bolsa e se preparou para arremessar.

O cano da arma foi apontado para ela.

Lindsay agarrou o vampiro mais próximo e o usou como escudo. A escopeta foi disparada com um estouro ensurdecedor.

O vampiro se virou para ela. Uma dor agoniante se espalhou pelo braço com o qual ela tinha envolvido sua cintura. Ela caiu de joelhos e, numa explosão de cinzas, o vampiro se desintegrou após levar o tiro fatal.

Os três licanos subiram os degraus do terraço e atacaram a atiradora.

Lindsay puxou o ar, mas a dor a impedia de respirar. Ela continuava olhando para o outro lado, com medo de ver o que tinha acontecido com seu braço.

Um vampiro veio galopando de quatro pela porta da frente e pulou sobre Adrian. Ela o abateu com a última lâmina que carregava na mão ferida. Suas cinzas voaram pelo jardim seco e infestado de ervas daninhas enquanto Adrian acertava um soco na boca espumante de outro vampiro.

O vampiro foi ao chão, inconsciente. Um segundo depois, Lindsay se juntou a ele.

11

Lindsay acordou num quarto com cortinas fechadas. Piscou os olhos para despertar e moveu a cabeça para tentar descobrir onde estava.

Seu rosto tocou o algodão fresco da fronha do travesseiro e ela viu Adrian. Estava sentado a seu lado numa poltrona revestida com um tecido prateado. A não ser pelas calças largas de pijamas e o que quer que usasse por baixo delas, estava sem roupa. Ele a observava com uma intensidade atordoante, com os lábios comprimidos de preocupação. Apesar de ele não fazer nenhum movimento além de piscar, ela se sentiu como se houvesse sido atingida por um tornado.

"Oi", ela falou, sentindo a garganta seca. Ela devia ter levado seu corpo além dos limites — ela sempre se sentia como se tivesse sido atropelada por um caminhão quando fazia isso.

Ele pegou de cima do criado-mudo a jarra de vidro com água e encheu um copo até a boca. Depois a ajudou a se sentar, posicionando alguns travesseiros às suas costas antes de lhe entregar o copo.

Ela aceitou com um sorriso de gratidão. Havia uma grossa bandagem feita com gaze em seu antebraço esquerdo. Debaixo dela, uma dor latejante. Ela bebeu toda a água do copo antes de devolvê-lo para Adrian.

Ele pegou o telefone ao lado dela e apertou um botão, chamando o serviço de quarto. Eles estavam num hotel, ela percebeu. As janelas à direita da cama eram altíssimas, cobertas com cortinas azuis. Havia uma enorme sala de estar à sua frente, e uma aparelhagem moderníssima ao pé da cama. Considerando o tamanho e a opulência do quarto, além do piano que ela conseguia ver do outro lado da porta, eles deviam estar em...

"Las Vegas?", ela perguntou.

Adrian acenou com a cabeça e pôs o telefone no gancho. Ele encheu o copo mais uma vez e o entregou a ela.

Ela soltou o ar com força. "Por quanto tempo eu fiquei apagada?"

"Estivemos em Hurricane antes de ontem."

Uau. "Está todo mundo bem?"

Ele a encarou. "Você foi a única com ferimentos graves."

"Que bom."

"Que bom uma ova", ele grunhiu, e sua voz retumbou pelo quarto como um trovão, fazendo muitos objetos tremerem. "Eu falei para você manter distância."

Lá vamos nós. "Essa era a minha ideia também. Até aquela vampira do terraço apontar uma escopeta para você. Eu não podia ficar parada, só olhando."

"E por que não, caralho?"

Ele ficava muito sexy quando estava irritado. Ela nunca o havia visto demonstrar outra coisa além de autocontrole, mas naquele momento ele estava visivelmente furioso. "Porque você estava precisando de ajuda. Estava todo mundo ocupado no meio da luta. Eu não podia correr o risco de ver você levando um tiro."

"Eu poderia ter sobrevivido."

"Você não tem como saber isso! Você mesmo me disse que já teve suas baixas. Vocês não são indestrutíveis. Eu é que não ia ficar parada, vendo você morrer."

Se havia justiça neste mundo, ela jamais seria obrigada a ver outra pessoa de que gostava morrer na sua frente.

"Então achou que era melhor eu ver *você* morrer?" *Novamente...*

Aquela palavra não dita se infiltrou insidiosa e inexplicavelmente na mente de Lindsay. Ela franziu a testa e apertou a palma da mão contra a têmpora latejante. Adrian pegou o copo de sua outra mão — a mão que deveria estar fraca demais para segurá-lo — e se inclinou para beijar sua testa. A dor se foi como uma onda que se recolhe depois de atingir a praia.

"Ah, se esse seu talento pudesse ser visto e engarrafado...", ela murmurou.

Lembrando-se do movimento ninja ao estilo *Matrix* que ela tinha feito ao saltar sobre o vampiro, ela se assustou com a própria capacidade. Como foi que ela conseguiu fazer *aquilo*?

"Você ainda vai me deixar maluco." Apesar de a voz dele parecer de novo suave como seda, sua turbulência interior ainda não tinha sido aplacada. Ele se endireitou.

"Você pode abrir as cortinas?"

Adrian apertou um botão na cabeceira da cama e as cortinas se abriram, revelando um céu nublado com garoa. Em Las Vegas. Não que nunca chovesse por ali, mas naquela época do ano, em pleno deserto...?

Ela olhou para Adrian, consciente de que seu estado de espírito mais uma vez estava afetando o clima, que por sua vez a afetava. "Você estava preocupado mesmo."

Ele pôs as mãos na cintura, revelando por inteiro seu tronco perfeito e seus bíceps deliciosos. Suas asas se materializaram com uma elegância sinuosa. Ele era lindo demais. Feroz e imponente. Era como uma droga para ela. Lindsay sentiu vontade de abraçá-lo e sentir seu cheiro até entrar em êxtase.

"Quando você foi ao chão..." Ele soltou um ar com força, e baixou as pálpebras para esconder os olhos marejados. Seus braços se cruzaram sobre o peito e as penas das asas começaram a se movimentar de leve, dando uma pista de sua inquietação. "Sim, eu fiquei preocupado."

"Você não devia ficar tão preocupado. Nós mal nos conhecemos."

"Veja só quem fala. Você quase morreu por mim."

Era verdade. Um medo desesperador de perdê-lo a havia levado a atacar uma vampira armada com uma escopeta na mão. Um ato suicida em todo e qualquer parâmetro, principalmente para uma humana frágil e mortal. Mas ele era... Bom, ele era inestimável para ela.

Em pouquíssimo tempo, Adrian havia feito com que Lindsay encontrasse seu lugar no mundo. Ele a conhecia por inteiro, e não a julgava por isso. Por mais que seu pai a amasse, Eddie Gibson não sabia o que ela tinha visto de fato no dia da morte de sua mãe, nem que ela caçava por causa disso.

Lindsay se livrou das cobertas e jogou as pernas para a lateral da cama. Suas pernas *nuas*. Ela ficou paralisada ao perceber que vestia apenas uma blusinha justa e uma calcinha estilo shortinho. Apesar de cobrir tudo o que era necessário, ainda assim ela precisava tomar um banho, escovar os dentes, raspar as pernas. "Preciso me..."

O clique da maçaneta a informou de que Adrian já havia saído do quarto.

Vash corria pela floresta, atravessando os raios de sol que se infiltravam pelas árvores. Logo à frente, ela era capaz de ouvir a respiração acelerada e ofegante dos licanos que estava perseguindo. A seu lado, outros três capitães dos Caídos participavam da perseguição com o mesmo tipo de determinação inabalável. Os arbustos farfalhavam a seus pés à medida que eles percorriam quilômetros em questão de minutos, com o fogo da vingança inflamando suas veias.

Eu só preciso pegar um...

Um licano para que ela descobrisse o que precisava saber a respeito da morte de Nikki.

Ela ouviu um deles cambalear, depois cair. O rugido de frustração do licano pôs um sorriso em seus lábios. Com a mão por cima dos ombros, ela agarrou o cabo de sua *katana* e a libertou da bainha pendurada nas costas. O ruído da espada sendo desembainhada ressoou como um trovão em seus ouvidos, e ela sabia que o mesmo valeria para o licano. Seu coração disparou, e suas presas se arreganharam de ansiedade.

Saltando por cima de um pinheiro, ela diminuiu a distância entre eles — estava perto o suficiente para farejar o odor de medo exalado pelo licano. Era seu cheiro favorito, ainda mais doce que o aroma de seu sangue.

O ataque sofrido pela esquerda a pegou totalmente de surpresa.

Vash foi arremessada contra o tronco de uma árvore, e a espada voou de sua mão para cair sobre os restos de vegetação que se espalhavam pelo chão da floresta. O enorme pinheiro sentiu o impacto, e uma chuva de folhas caiu sobre a vampira.

Desorientada com a emboscada, ela precisou de alguns momentos para se dar conta da ameaça. O lobo avermelhado chegaria até ela antes que tivesse chance de reaver sua lâmina.

Tudo o que ela tinha a fazer era se preparar para o golpe e torcer para que esse primeiro ataque não a matasse.

Depois ela poderia acabar com ele.

Adrian estava de pé ao lado da janela, observando a Las Vegas Strip e tentando domar o turbilhão de sentimentos indesejáveis que tomava conta de si. Quando a porta se abriu, ele se virou, esperando ver Lindsay. Em vez disso, deparou com Raguel Gadara entrando na suíte da cobertura do hotel como se fosse o dono do lugar — o que na verdade era mesmo. O mundialmente famoso hotel e resort Mondego era uma das propriedades do arcanjo. Ainda assim, Raguel ocupava uma posição muito abaixo da de Adrian na hierarquia angelical. Ele deveria demonstrar um pouco mais de respeito.

"Raguel."

"Adrian. Espero que esteja bem acomodado."

"Se não estivesse, você saberia."

O arcanjo hesitou por um instante, depois meneou a cabeça com a reverência apropriada. Seu sorriso era branquíssimo, emoldurado por uma pele brilhante e macia como o mais puro chocolate ao leite. Seus cabelos estavam ficando grisalhos nas têmporas, mas isso não passava de mais um detalhe para tentar disfarçar sua imortalidade. Ao contrário de Adrian, Raguel fazia questão de ser o centro das atenções da mídia sempre que possível.

Ele tirou um charuto do bolso e ofereceu a Adrian.

"Não."

O arcanjo escancarou ainda mais seu sorriso. Estava vestido com uma camisa esportiva folgada e calças de linho, mas o homem de aparência casual e relaxada era apenas mais um aspecto de seu disfarce. Assim como os outros seis arcanjos, Raguel era implacavelmente ambicioso. "Aquele lacaio que você trouxe... Ele está doente."

Boca espumando. Olhos vermelhos. Quase inconscientes. Os infectados pareciam zumbis. O ninho abrigava vários deles — doentes vivendo junto aos sãos. Adrian interrogou a vampira com a escopeta, perguntou quem era o responsável pelo ataque a Phineas no dia anterior. Quantos dos Caídos os estavam alimentando? Apenas alguns membros do ninho tinham fotofobia. O restante do grupo — mais ou menos uns cem lacaios — conseguiu sair para lutar em plena luz do dia.

A mulher ficou rindo um tempão, quase perdeu o fôlego. Depois, com os olhos cor de âmbar brilhando de malícia, respondeu: "Qual é a sensação de ser caçado, Sentinela? É melhor ir se acostumando com isso".

No fim, ela acabou não dizendo nada. Ele arrebentou sua cabeça, frustrado e preocupado com o estado de Lindsay. A visão dela caída ao chão sem consciência o abalou. Ele não se lembrava de nada que fez entre o momento em que ela caiu e o instante em que percebeu que ela iria sobreviver. Caso Lindsay Gibson morresse antes de Syre, o ciclo de reencarnações de Shadoe prosseguiria — o que para ele significava mais um longo período de espera e embotamento. Mais que isso, ver Lindsay cair desfalecida havia despertado nele uma espécie diferente de terror. Ele havia acabado de encontrá-la, ainda a estava conhecendo, ainda esperava ter uns bons anos de caçadas a seu lado. Ao contemplar a perda das infinitas possibilidades que se desenhavam diante deles, ele se viu numa espécie de inferno particular.

Medo. Era isso que ele tinha sentido. Não se deu conta a princípio porque era uma experiência inédita para ele. Só foi capaz de reconhecê-lo porque o havia vivenciado através das lembranças de Lindsay — era o mesmo pavor que a tinha deixado congelada da cabeça aos pés. Suas recordações do assassinato da mãe eram um pesadelo capaz de atormentar para sempre a mente de qualquer adulto, o que dizer de uma menina de cinco anos — um piquenique que termina em banho de sangue, os pedidos de clemência da mãe pela filha, uma tranquila tarde ensolarada de verão fraturada pelos gritos de uma criança. A imagem da grama verde sendo poluída pelas gotas vermelhas e a memória das garras quase rompendo sua pele frágil eram tão vívidas na mente dela que haviam se impregnado na cabeça dele.

Era quase um milagre que Lindsay Gibson tivesse conseguido se transformar na mulher que era — forte e lúcida, determinada e solidária. Era uma grande ironia que a mulher que representava sua perdição também fosse responsável por restabelecer um pouco de sua fé. Ela era uma prova de que a redenção era sempre possível, por mais terríveis que fossem as circunstâncias e por mais improvável que isso pudesse parecer.

Com o coração dominado pelo medo, ele a encontrou no banco traseiro do carro e carinhosamente levou seu corpo inconsciente ao colo. O braço ferido estava cruzado sobre o peito, com o osso exposto e os tendões rompidos. A carne começou a borbulhar quando o sangue que ele despejou de um corte na própria palma da mão começou a fazer seu efeito milagroso, reconstituindo os tecidos dilacerados e reconstruindo o que havia sido destruído pelo tiro de escopeta. Se o estrago fosse maior, ele não teria como salvar seu braço. Ele não era capaz de restituir um membro amputado — só conseguia curar o que ainda estava vivo.

Ela arriscou sua vida mortal para salvar a dele.

"E não foi o único lacaio doente que eu vi ultimamente", Adrian respondeu, esforçando-se para dedicar sua atenção a Raguel. "Preciso descobrir qual é o problema, e o quanto a doença já se disseminou."

"Talvez enfim tenha chegado a hora dos vampiros. Jeová adora uma praga."

"Eu pensei nisso, e é uma hipótese que não pode ser descartada, mas acho mais provável que eles estejam tentando solucionar a questão da fotofobia, e que isso tudo seja o efeito colateral de alguma nova droga. Havia um número grande demais naquele ninho de lacaios que eram capazes de tolerar a luz do dia." Uma alternativa era que Syre tivesse mandado um grande carregamento de sangue de Caídos para Hurricane. Considerando que o ninho ficava bem perto da matilha do lago Navajo, era uma possibilidade. Mas aquela não era uma especulação que pudesse ser compartilhada com Raguel.

"Você quer que eu mande examinar o sangue dele?" O brilho avarento dos olhos escuros do arcanjo mostrava que sua oferta não tinha nada de altruísta.

"Sim." Adrian pretendia fazer um exame completo daquele sangue em sua própria base, mas ainda precisava fazer a viagem até o lago Navajo. Nesse meio-tempo, precisava de respostas, e depressa. Embora estivesse comprovado que Phineas havia sido morto num ataque vampiresco, ainda era necessário concluir o programa de controle da população de licanos que seu tenente havia começado.

"Eu vou cuidar disso. Se precisar de mais alguma coisa, é só dizer."

Adrian ergueu uma sobrancelha. "Você está sendo muito prestativo."

"Vale a pena ser prestativo." Raguel abriu um sorriso enigmático. "Não vou me esquecer disso. Era só isso que você queria?"

Com uma reverência fingida, o arcanjo saiu sem nem dizer o que tinha ido fazer ali.

Adrian ficou olhando para a porta depois que ela se fechou, ciente de que Raguel havia ido até lá por uma única razão: ele queria ver Lindsay. Queria ver Adrian interagindo com Lindsay. Queria ver o quanto ela o tornava vulnerável. Aquela conversa poderia perfeitamente ter acontecido por telefone.

Não eram apenas os vampiros que farejavam sangue e rondavam suas presas como abutres.

Renovada após sair do chuveiro, Lindsay parou diante do espelho ricamente emoldurado e iluminado e examinou seu antebraço. Virando-o de um lado a outro, ela notou a cicatriz rosada na pele lisa. Ainda estava sensível, mas os músculos e os tendões estavam firmes o bastante para permitir que ela lavasse os cabelos com as duas mãos. Os dedos e as mãos se moviam sem dificuldades, e a força do membro como um todo quase não havia sido comprometida.

O braço dela estava se *regenerando*. Um tremendo milagre.

Ela saiu do banheiro enrolada numa toalha... e encontrou um presentinho romântico à sua espera na cama — calça e camiseta de pijama de seda cor de champanhe e um robe do mesmo tecido. Uma calcinha fio dental de renda completava o pacote.

Ela ficou olhando para o conjunto por um bom tempo, depois tirou a toalha e se vestiu. O desejo que o toque macio da seda evocava era impossível de ignorar, mas acabava atenuado por tudo o que ela sabia e, principalmente, pelo que não sabia. Adrian era absurdamente complicado, e sua vida já tinha encrencas suficientes.

Ela amarrou o robe, abriu a porta e entrou na sala de estar da suíte. Ficou impressionada com seu tamanho, e até deteve o passo. Além do piano, havia uma cozinha enorme, uma sala de jantar e uma mesa de bilhar. Por trás de uma divisória de vidro, era possível ver também uma piscina.

"A comida já chegou", anunciou Adrian, atraindo sua atenção para ele, sentado no sofá. Suas calças brancas formavam um contraste agudo com o azul do estofado. Suas pernas estavam cruzadas sobre a mesinha de centro de mogno e vidro, de uma maneira graciosamente sensual. Ele se levantou quando a viu e a contemplou dos pés à cabeça, um olhar que para ela teve o efeito de uma carícia.

Ele parecia ser tão humano... a não ser pela beleza impossível e a elegância absurdamente sensual.

Lindsay se dirigiu até a mesa de jantar e foi removendo as tampas dos pratos uma por uma. Panquecas, ovos, bacon, linguiça, presunto, tortinhas de batata, suco de laranja e café. Uma refeição para dois, que ele não iria nem tocar. Ela, por sua vez, devoraria cada pedaço. Lindsay sempre comia por um batalhão depois de usar seus poderes.

"Você está linda", ele murmurou quando voltou a se sentar e largou o iPad a seu lado no sofá.

Ela se acomodou na cadeira e pegou o garfo. "Obrigada. Você também."

Ele curvou a cabeça em agradecimento.

"Por que estamos aqui?" Ela perguntou enquanto passava manteiga nas panquecas.

"Reagrupamento."

"Ou seja, eu estou fazendo vocês perderem tempo."

Ele olhou para a tela do tablet. "Não."

"Muito obrigada pelo que você fez no meu braço, o que quer que tenha sido."

"Disponha. Mas, se você se arriscar de novo por minha causa, vai se ver comigo."

Ela o fuzilou com um olhar que ele não viu, enquanto se perguntava se havia enlouquecido de vez. Nenhuma mulher moderna que se prezasse ouviria aquela baboseira machista como se fosse uma sugestão de submissão sexual. Mas foi assim que Lindsay encarou a situação, e algum gene primitivo dentro dela fez seu corpo estremecer todo. "Nem tente me ameaçar."

"Não é uma ameaça. Eu não vou perder você. Já estou por aqui de perdas."

Ela lembrou que ele havia acabado de perder um amigo que era como um irmão, e desistiu de afrontá-lo. Esforçando-se para encontrar algo para dizer em meio ao vazio que se instalou entre eles, o máximo que ela conseguiu falar foi: "Obrigada pelas roupas". E, depois de se estapear mentalmente pela incapacidade de demonstrar empatia, acrescentou: "Elas são lindas".

"Que bom que você gostou", ele respondeu indiferente. Seu autocontrole parecia absoluto, mas a chuva e o vento lá fora diziam o contrário.

Para Lindsay, aquela turbulência dentro dele era insuportável. Ela estava tão abalada quanto ele — e *vulnerável* —, mas não conseguia esconder isso. E gostaria que ele fizesse o mesmo. Ele conhecia seus segredos, e ela precisava manter aquele relacionamento sem as barreiras que haviam se estabelecido entre eles. "Apesar de não terem sido feitas para usar em público. Está planejando me deixar para trás."

Sem tirar os olhos da tela, ele respondeu: "Nós vamos embora amanhã. Até lá, você só precisa se preocupar em comer e dormir."

"E para descansar elas também não servem." Ela despejou a calda sobre as panquecas e começou a comer.

Ele levantou a cabeça para olhá-la. "Elas não são confortáveis?"

Ela engoliu a comida. "Claro que são."

Adrian ergueu as sobrancelhas num questionamento silencioso.

"Mas também são sensuais." Ela espetou um pedaço de linguiça com o garfo. "Feitas para agradar a pele e os olhos. Mas, como eu ouvi dizer que os anjos não têm a mesma configuração que os mortais em termos sexuais, talvez você não tenha nem pensado nisso quando as comprou."

Sem se deixar abalar, ele largou o iPad a seu lado no sofá. "Pelo jeito você andou conversando com Elijah. Seria melhor se você fizesse esse tipo de pergunta para mim."

"Então, o problema é justamente esse. Eu não sei como perguntar." Ela mordeu a ponta da linguiça num gesto mais sugestivo do que o necessário.

"Talvez você não tenha nada para me perguntar."

"Até parece", ela falou com a boca cheia. "O que você quer comigo, afinal? Talvez tenha me chamado para jantar porque precisava de companhia para aparecer na mídia, ou em algum outro evento. Aí se surpreendeu com o que fiz com o dragão e agora não sabe mais o que fazer comigo."

Adrian apoiou o cotovelo no braço do sofá, mostrando seu corpo de uma forma ainda mais sedutora. Ele podia até ser um anjo, mas sabia reconhecer seus pontos fortes e o efeito que provocavam sobre ela, e não tinha o menor pudor em explorar isso. "Ah, eu sei muito bem o que fazer com você."

"Mas não quis fazer na outra noite. E pelo jeito não faz isso faz tempo... se é que algum dia já fez." *Minha nossa*. A ideia de que ele pudesse ser virgem a deixou excitada. Só de pensar em ter um homem como Adrian só para ela, as coisas que poderia ensiná-lo...

"Então", ele murmurou, "o fato de eu não ser promíscuo é um problema para você?"

"Ha!" Lindsay apontou a faca na direção dele. "Existe uma grande diferença entre ser comedido e celibatário."

"Talvez o celibato seja uma consequência do comedimento."

"É essa a sua justificativa?"

Ele olhou para os dedos da mão direita. "Eu não sabia que estava sendo interrogado."

"Muito bem, então vou ser bem direta. Os anjos são proibidos de fazer sexo?"

"Não."

Ela estreitou os olhos. "E essa impressão de tesão reprimido que eu vejo em você?"

"O que você acha?"

"Acho que é uma coisa que *eu* quero que exista. E pensava que podíamos chegar lá algum dia, mas pelo jeito existe uma porção de coisas a seu respeito que eu não sei."

Ele passou a língua pelo lábio inferior, deixando-a molhada como se estivesse lambendo seu corpo. "Podemos chegar lá agora mesmo."

Lindsay limpou a boca com o guardanapo e levantou da mesa. Foi caminhando na direção dele com um passo deliberadamente lento e sinuoso. Pôs as mãos no cordão do robe e afrouxou o nó. Quando chegou à mesinha de centro, deixou que o robe caísse no chão. Ela sorriu quando notou que a respiração de Adrian acelerou. Ele se endireitou, plantando os pés no chão e revelando toda a extensão de seu pau duro. A provocação era excitante por si só, mas aquela reação física elevou seu desejo a um outro nível.

Ela estava cutucando uma fera com vara curta e, pelo olhar faminto em seu rosto, Adrian estava se preparando para atacar. E morder.

Inclinando-se sobre ele, Lindsay se equilibrou com uma das mãos no assento do sofá e permitiu que a parte de cima do pijama se abrisse. Quando ele baixou os olhos para apreciar a vista, ela aproveitou o momento de distração para pegar o iPad.

Depois se pôs de pé novamente e voltou para a mesa. Recomeçou a comer ao mesmo tempo em que fazia algumas pesquisas no Google. Coisas como "sexo anjos", "anjos sentinelas" e, por fim, "vigias anjos vampiros". Ela se distraiu por um tempo com um artigo que especulava que os Vigias eram capazes de manter sua ereção por horas, mas o principal foi que ela descobriu o que exatamente os Vigias haviam feito para serem condenados ao vampirismo — eles seduziram e treparam com os mortais.

Enquanto Lindsay lia, Adrian permanecia sentado no sofá, silencioso e imóvel. Ela não olhou para ele, mas era capaz de sentir sua ansiedade, que se tornava audível com o retumbar dos trovões lá fora. Mesmo no interior da suíte com ar-condicionado, ela sentia a onda de calor que antecedia a chuva de verão — insuportavelmente quente e úmida, carregada de uma energia pulsante. Toda a turbulência que havia dentro dele parecia prestes a explodir. Ela sabia que ele precisava liberar sua tensão, da mesma forma como, por instinto, soube como fazê-lo se expor daquela maneira. Mas a que custo?

Ela pôs os últimos pedaços de comida na boca e se recostou na cadeira, pensativa. Seus olhares se cruzaram, e não se desviaram.

"Como eu já imaginava, não fiz a pergunta certa", ela falou após terminar de beber o suco de laranja. Depois de alimentado, seu corpo ganhou vida, e ela começou a pensar mais claramente. "Você é *proibido* de fazer sexo? É esse o pecado de que estavam falando naquele dia? Não o desejo em si, mas sua realização?"

Adrian apoiou os cotovelos nos joelhos e juntou os dedos das mãos. "E se eu disser que as consequências desses atos são problema meu, você ficaria satisfeita?"

O que a deixaria satisfeita era *ele*, todo duro e excitado dentro dela. Mas havia consequências e *consequências*. "Você poderia perder as asas e virar um vampiro?"

"Eu poderia perder a cabeça de desejo por você."

"Você não pode estar falando sério." Ele estava acabando com ela.

"Ah, não?" Ele apoiou o queixo sobre os dedos.

"Não, não pode. E eu seria uma idiota se achasse que ia sair ilesa dessa. Não é assim que as coisas funcionam na minha vida. Eu sempre acabo pagando o pato, por tudo. Na verdade, acho que já estou pagando por isso", ela apontou para eles dois com um movimento impaciente com o pulso, "há muito tempo. Afinal, quem é que merece o tipo de coisa que já aconteceu comigo? Quando eu nasci, alguém deve ter dito: 'Pois é, essa daí vai ser a ruína do Adrian'."

Ele se levantou de repente, parecendo perturbado. "Lindsay..."

"Você é o guerreiro mais poderoso entre os anjos mais poderosos. Eu já vi como os outros olham para você. Com confiança. E admiração. Para ter tanto poder, e uma aparência dessas... tem alguém lá em cima que ama muito você. E eu vou ser a pessoa que vai mandar tudo isso por água abaixo." Ela levantou e se afastou da mesa. Estava se sentindo inquieta, com vontade de sair correndo para dissipar aquela energia negativa.

Adrian se levantou também. "A decisão não é só sua. Existe uma coisa entre nós. Uma coisa muito forte e preciosa. E é isso o que eu quero. Eu quero você."

Suas asas se materializaram, abrindo-se em toda sua envergadura. Seu brilho perolado reluziu tão lindamente que os olhos dela arderam. Ela nunca mais tinha chorado depois da morte da mãe, mas Adrian já havia deixado Lindsay à beira das lágrimas mais de uma vez desde que se conheceram. Ele a fazia se sentir importante e querida, e a aceitava da maneira como era sem fazer nenhum esforço... Mesmo sem levar em conta nada mais, aquilo por si só já era motivo para que ela jamais permitisse que ele se tornasse um Caído por sua causa. Ele a fazia se sentir humana — ele a fazia se sentir viva. Quando estava com ele, era como se tivesse finalmente despertado depois de uma vida toda em estado sonolento. Mas a humanidade que Adrian proporcionava a ela era proibida para ele, e Lindsay não podia se esquecer disso. Por *ele*.

"Eu gosto de sexo como qualquer outra", ela falou, começando a andar de um lado para outro. Adrian era um serafim, assim como os Vigias. A mesma casta de anjos, o mesmo crime... a mesma punição? Ela não tinha por que acreditar que Adrian não teria o mesmo destino, e pelo jeito ele também não. "É divertido, e funciona muito bem para aliviar o estresse. Fiquei com o ego nas alturas por ter despertado o seu interesse. Mas não vale a pena se arriscar a ter que beber sangue por causa de sexo. Não vale a pena perder essas asas maravilhosas. Acredite em mim... essa tensão que envolve a coisa toda é a melhor parte. Você não está perdendo nada de mais."

Ele se moveu, rompendo a distância entre eles num piscar de olhos, e impedindo que ela continuasse a andar de um lado para o outro, forçando-a a encará-lo. Lindsay parou um segundo antes de dar de encontro com ele. Um trovão retumbou acima deles, fazendo os talheres tremer sobre a mesa.

Adrian cruzou os braços sobre o peito, com os olhos em chamas. Ele arreganhou os dentes num sorriso sedutor. "Então prove."

12

Lindsay sacudiu a cabeça de maneira enfática. "Não."

Adrian a segurou pelos ombros quando ela ameaçou recuar. Ao tocá-la, voltou a pensar na fragilidade de seu corpo mortal.

E ela arriscou a vida por ele.

Ele a desejava com tanta intensidade que até doía. O fato de ela se preocupar com sua vulnerabilidade o enfurecia, mas ao mesmo tempo o lembrava de sua condição.

"Eu preciso de você, *tzel*", ele disse baixinho.

"Não, o que você precisa é que eu seja forte e tenha bom senso." Ela olhou por cima do ombro dele. Livrando-se de seu toque, ela contornou seu corpo. "Eu deveria ter percebido antes... Você está atravessando um momento difícil. Passou por muita coisa em muito pouco tempo e não está mais pensando direito. Está sendo descuidado. Porra, você invadiu aquele ninho de peito aberto, como um suicida."

Ela era linda. Seus cabelos ainda estavam molhados, dando aos cachos grossos uma coloração de puro mel. Quando foi até ele apanhar o iPad, Adrian ficou hipnotizado por seus movimentos sedutores — o balanço sensual dos quadris, o farfalhar da seda enquanto se aproximava. Uma leoa em plena caça. Um par perfeito para ele. E mais do que disposta a tê-lo para si... pelo menos até descobrir o risco que isso representava para ele.

Lindsay Gibson estava se refreando para o bem dele, porque estava preocupada com ele.

Adrian sentiu suas costas se contraírem de expectativa por um toque que ele não sabia se viria, mas desejava da mesma maneira. Quando os dedos dela roçaram sem muita convicção as penas de sua asa superior direita, ele fechou os olhos e sentiu aquela leve carícia reverberar dentro de si.

"Que coisa mais linda", ela murmurou com um tom de deslumbramento. "Oh! Pensei que fosse só um par. Mas são... *três*? Minha nossa. Você tem *seis* asas."

Ele respondeu com um aceno. Estava tenso demais para falar.

O toque dela foi ficando mais ousado. Ela acariciou a curvatura da asa, que se estendeu sob sua mão. Ela prendeu a respiração e deu um passo atrás. "Desculpe."

"Não pare."

Ela ficou paralisada. "Elas têm sensibilidade? Mas você bloqueou *balas de escopeta* com elas!"

"Nenhum invento do homem é capaz de macular as asas de um serafim."

Ela deu outro passo à frente, abrindo a mão e percorrendo as penas com os dedos, bem de leve. "Ver você em ação foi uma coisa impressionante."

Ele percebeu pelo tom de voz que ela usou que aquela lembrança a havia deixado excitada, uma reminiscência, talvez, de sua existência como Shadoe. Ou talvez aquela fosse *ela* mesma falando. Lindsay era uma guerreira de coração.

Ansioso para continuar se sentindo o centro de sua atenção e admiração, ele abriu as asas bem devagar, um pedido silencioso para que ela continuasse a tocá-lo.

"Cada anjo que eu vejo tem asas diferentes", ela murmurou, torturando-o com sua carícia suave. "As de Jason são escuras. As de Damien, cinzentas. Existem algumas semelhanças entre os outros, mas ninguém tem asas como as suas. Esse toque de vermelho nas pontas... Que maravilha. Isso significa alguma coisa? Ou as asas têm padrões individuais aleatórios, como impressões digitais?"

"As manchas apareceram quando decepei as asas de Syre. Eu fui o primeiro a derramar o sangue de um anjo."

"O primeiro da história?"

"Sim."

Lindsay tocou a nuca de Adrian, depois passou os dedos entre suas asas, percorrendo sua coluna. Ele arqueou as costas e soltou um gemido áspero, estremecendo todo.

"Isso é...?" Ela limpou a garganta. "Isso é um estímulo erótico para você?"

Ele estendeu o braço para trás e pegou a mão dela. Ele a puxou para a parte da frente de seu corpo. Ela foi obrigada a dar um passo à frente, respirando bem perto da pele dele. Adrian fez com que os dedos dela envolvessem seu pau grande e duro.

Ela soltou um gemido baixinho, que ele interpretou como um sinal de vulnerabilidade. Impiedoso, ele se aproveitou de sua posição de vantagem, tirando as calças sem nenhum movimento do corpo ou das mãos e fazendo com que a mão dela tocasse sua pele nua.

Houve um momento de imobilidade e suspense. Adrian esperou que ela saísse de perto ou então se rendesse de vez.

Quando Lindsay enfim falou, seu tom de voz parecia tranquilo. "Foi você que fez aquilo com a escopeta, não foi? Tirou da vampira e mandou para mim. Que nem o canudo lá no aeroporto. Você consegue mover os objetos só com o pensamento."

"Sim."

A mão dela se fechou em torno dele.

Os braços de Adrian caíram para os lados, e seus punhos se fecharam. O cheiro límpido do corpo dela, temperado por sua excitação, invadiu a mente dele. Lindsay era inebriante — e com certeza viciante.

"Você está pelando de quente", ela murmurou.

"É você que me deixa assim." O sangue dele gelou quando soube da morte de Phineas. E congelou quando Lindsay foi ao chão toda ensanguentada. Apenas naquele momento, sob o toque de sua mão, ele voltou a se sentir... *humano* outra vez.

Ela o agarrou bem na base, depois levou a mão até a ponta. "E é enorme. Todo grande e grosso. É isso o que eu quero. Eu quero você. Desde que pus os olhos em você."

"Eu sou seu." A voz dele era pouco mais que um sussurro.

"Mas eu não posso."

Ele comprimiu o maxilar. Ela tinha todo direito de estar amedrontada. Era uma prova de inteligência. E as coisas só ficariam mais difíceis dali em diante.

Lindsay moveu a mão de novo, com força. E de novo.

"Isso", ele grunhiu, agarrando a mão dela. "Bate uma para mim. Me faz gozar."

"Meu Deus..." Ela o soltou.

Adrian tremia de desejo. Ele *precisava* do toque dela. Dois séculos sem sua companhia o haviam embotado em quase todos os sentidos. Agora cada terminação nervosa de seu corpo parecia renascer, assim como seu desespero por ela.

Ela apareceu à sua frente, circulando suas asas direitas.

Ele estava completamente exposto.

Seus olhares se encontraram. "Me diga a verdade, anjo. O que está em questão aqui é mesmo só eu e você? Ou existe mais alguma coisa envolvida e eu não estou sabendo?"

"Só você e eu." Seu peito se enrijeceu ao soltar aquela meia verdade. Havia muita coisa entre eles. A missão de Adrian, o pai de Lindsay, as regras que o impediam de buscar consolo no corpo de Lindsay...

Me diga a verdade, anjo.

A verdade ficou entalada na garganta dele, quase o impedindo de respirar, e muito menos de revelar aquilo que ela merecia saber. *Eu vou jogar você contra sua própria família. Vou treiná-la para matar seu pai. Vou fazer com que sua alma desapareça de vez da face da terra. Você vai ser destruída pelo meu amor, e eu também, além de tudo o que importa para nós. É inevitável.*

Ela enlaçou a cintura de Adrian com o braço ferido, posicionando-o sob suas asas. Sua mão direita voltou a agarrá-lo. Ele sibilou por entre os dentes.

Ela o acariciou com firmeza. As asas dele tremiam de luxúria. Os movimentos da mão dela eram tão perfeitos que até doíam.

"Mais rápido", ele pediu ao puxá-la mais para perto agarrando seu ombro.

Lindsay ajustou sua postura, usando o braço na cintura de Adrian. Estava virada para ele, grudada contra a lateral de seu corpo. Era capaz de sentir todo seu calor. O tronco dele se encaixou entre seus seios, e suas coxas envolviam uma das pernas dele. Mais bem equilibrada, ela pôde masturbar com mais força e velocidade aquele pau sedento.

Adrian jogou a cabeça para trás. Suas asas se ergueram e os envolveram, protegendo sua preciosa intimidade.

Lindsay mantinha a mesma pegada forte e o mesmo ritmo acelerado o tempo todo. O peito de Adrian subia e descia numa respiração pesada. Ela também estava ofegante, sentia as lufadas de ar quente escapando de sua garganta. Seus mamilos estavam duros e pontudos contra a pele dele, e seus quadris se remexiam em movimentos curtos e circulares. Ele beijou a testa dela, e sentiu os olhos arderem ao fazer isso.

"Ele fica ainda maior antes de gozar", ela sussurrou. "E mais duro."

A mão dela se mexia numa velocidade sobre-humana — e era exatamente do que ele precisava. Dois séculos de desejo reprimido exigiam um alívio *imediato*. Depois disso ele poderia se dedicar a ela. Poderia atraí-la para a cama, onde poderia envolver seu corpo e esquecer que o restante do mundo existia. Esquecer as consequências, as decepções, a separação inevitável e definitiva.

"Isso", ele sussurrou junto à testa suada dela. "Estou quase gozando..."

O desejo desceu numa espiral por sua coluna e se acumulou como ferro derretido na base de seu pau.

Para atiçá-lo ainda mais, ela o provocou com uma voz que denunciava seu próprio desejo. "Eu quero ver. Goza para mim, Adrian. Goza bastante."

"Então continua... não para."

"Eu não vou parar. Não consigo. Quero ver você..."

O corpo dele inteiro se contraiu com o primeiro jorro. "*Lindsay.*"

Ele soltou um gemido suave ao estremecer todo num clímax explosivo, enquanto o braço dela se movia com a determinação e a dedicação de uma mulher que não desejava mais nada além de proporcionar prazer a seu homem.

Eu amo você. As palavras surgiram do fundo da alma de Adrian, e ameaçavam escapar de sua boca a qualquer momento.

Incapaz de conter seus sentimentos, Adrian contornou a necessidade de dizer a verdade cobrindo sua boca com a dela.

Os joelhos de Lindsay fraquejaram assim que os lábios de Adrian tocaram os seus.

Ele se virou para abraçá-la, envolvendo seu rosto com mãos carinhosas. Com a mesma intensidade com que havia sido lascivo na busca desesperada pelo orgasmo, ele estava sendo carinhoso com ela depois disso. Sua boca a tocava de leve, e o toque de sua língua aveludada era como um chicote macio. Ela foi agarrada pelos pulsos, e estava tão inebriada pelo cheiro e pelo gosto dele que só percebeu que estava em movimento quando suas costas encostaram na parede.

"Obrigado", ele murmurou antes de enfiar a língua em sua boca.

Ela deixou escapar um ruído baixinho. Ele mexia a cabeça devagar, de um lado para o outro, movendo seus lábios abertos contra os dela. Os dedos dele se enfiaram por seus cachos loiros e massagearam seu couro cabeludo. Uma onda de prazer tomou conta dela, despertando um desejo arrebatador. Rendendo-se ao toque surpreendentemente delicado da boca dele, ela o puxou mais para perto.

"Nem tente invadir a minha cabeça", ela avisou.

"Não é na sua cabeça que eu estou querendo entrar agora."

Ao sentir o pau dele contra sua barriga, ainda duro como aço, ela prendeu a respiração. Adrian suspirou junto à sua boca, enchendo seus pulmões. Aquela intimidade era ainda mais atordoante que os dedos dele acariciando seus ombros, removendo as alças finas da blusa do pijama. Ela arqueou as costas para trás, oferecendo os seios para ele.

No fundo, ela sabia que era um erro fazer tudo aquilo com Adrian. Sabia que precisava se controlar, fazê-lo parar. Ela baixou as mãos e as espalmou contra a parede. A sensação do toque dele em sua pele nua, as pontas dos dedos dele seguindo o contorno do elástico da calça por baixo da blusa, era sublime... perfeita...

Ela segurou o riso, e sua barriga se encolheu para escapar daqueles dedos abusados.

Ele abriu um sorriso com seus lindos lábios ainda colados aos dela. "Você tem cócegas."

O deleite de Adrian era palpável, e reverberava na pele de Lindsay, abalando seu juízo. Ele a agarrou pela cintura num abraço delicioso.

Deus do céu... ela não era capaz de resistir a ele dessa maneira. Sedutor. Brincalhão. Seus olhos não brilhavam mais de inquietação, e sim de alegria — e por causa dela. Era um nível de intimidade que ela não conhecia, nunca havia vivenciado em suas breves experiências sexuais anteriores. Nem imaginava o que estava perdendo...

"Adrian."

"Humm...?" Ele beijou a testa dela, e depois passou para a orelha. "Onde mais você tem cócegas, Linds?"

"Nós..." O toque da língua dele em sua orelha a fez estremecer. Ela cerrou os punhos. "Nós não podemos fazer isso."

"Você não precisa fazer nada", ele sussurrou, e agarrou seus seios inchados e sensíveis.

Ela gemeu baixinho. Virou a cabeça e olhou para a janela diante deles. O sol brilhava com força sobre as últimas gotas de chuva grudadas no vidro — um reflexo do estado de espírito de Adrian, e do efeito que ela exercia sobre ele.

Ele agarrou um dos mamilos com o dedão e o indicador, beliscando-a de leve. "Uns mamilos tão pequenos e delicados em peitos tão gostosos. Só vou parar de chupar quando fizer você gozar."

Ela moveu os quadris para frente sem nem perceber, sentindo seu sexo intumescido de desejo. "Para um virgem", ela comentou, quase sem fôlego, "você sabe muito bem como deixar uma mulher maluquinha de desejo."

Adrian fez uma pausa, com um olhar de divertimento estampado em seus olhos azuis. "Você acha que eu sou virgem?"

"Está me dizendo que já fez isso antes?" O ciúme tomou conta dela, fazendo seu sangue congelar. "Pensei que vocês virassem vampiros depois de transar."

Os lábios dele se curvaram num sorriso caracteristicamente masculino. "Para mim só existe você, *neshama*. Só você é capaz de despertar isso em mim."

Lindsay não tinha ideia do que tinha sido chamada, mas aquilo ressoou dentro dela, e o tom de voz dele lhe provocou um frio na barriga. "Adrian... Puta merda. Eu vou para o inferno por causa disso."

"Por ficar aí encostada na parede?" Ele a provocou com uma lambida na orelha. "Não vai, não."

"Estou tentando fazer a coisa certa", ela argumentou, apesar de não sentir a mínima vontade de se afastar dele. Não enquanto as mãos habilidosas de Adrian continuassem em ação, uma por dentro de suas calças e a outra levantando a blusa do pijama, deixando seus seios à mostra.

"É uma coisa inevitável. É assim que as coisas são entre nós." Ele levantou os olhos para encará-la. "Você *sabe*."

"Por que você não está com medo?"

"Eu tenho mais medo de ficar sem você do que de aceitar as consequências." Ele a agarrou possessivamente por cima da calcinha.

Ela jogou a cabeça para trás, deixando de lado toda e qualquer resistência ao sentir o dedo dele em sua virilha. A ansiedade pulsava dentro de seu corpo, um desejo penetrante que a amedrontava ainda mais do que as consequências do que estavam fazendo. A sensualidade transbordante de Adrian a envolveu, atiçando seu desejo até que ela não conseguisse pensar em mais nada. Ela queria muito aquele toque — *ansiava* por ele.

Adrian apoiou suas costas sobre a mão e a puxou na direção dele. Lindsay prendeu a respiração, ansiosa. Ele soprou um jato de ar frio sobre um dos mamilos pontudos, e o toque suave da calcinha contra sua pele desapareceu. A língua quente e molhada dele a atacou ao mesmo tempo em que seus dedos procuravam por seu clitóris. Ela estremeceu violentamente e gemeu bem alto, queimando de desejo a ponto de sentir que seu corpo estava prestes a entrar em combustão. Estava febril, encharcada de suor e molhada de tesão.

Ele soltou um rugido de aprovação. "Macia e molhadinha. E depilada com cera. Sem nada para atrapalhar quando eu chupar você durante horas."

Cera nada. Laser. Mas por que perder tempo com detalhes? Ele gostou. E ela gostou que ele tenha gostado. E também gostou do toque suave dele na entrada de seu corpo, e da língua que passeava pelo mamilo endurecido. E gostou da maneira como as asas dele a envolveram junto à parede, formando um escudo branco que a fazia se sentir segura e protegida. Amada.

Lindsay estendeu a mão e acariciou os cabelos pretos e espessos de Adrian. Levantou uma das pernas e a posicionou sobre o quadril dele, abrindo-se ainda mais. "Quero que você me toque", ela sussurrou, estremecendo ao sentir que ele chupava um de seus peitos.

"Eu vou tocar." O hálito dele envolvia de leve a superfície molhada deixada pela boca.

Ela gemeu.

Dois dedos compridos e habilidosos a penetraram. "É isso que você quer?"

Ela o puxou pela nuca e beijou seus lábios com vontade, e depois foi descendo pelo queixo até chegar ao pescoço. Abriu os lábios e explorou a região com a língua, sentindo sua pulsação intensa. Então abriu a boca e cravou os dentes nele.

Ele grunhiu, e a agarrou com o braço que estava por trás de suas costas. "Você é gostosa demais. Está me deixando maluco."

Os quadris de Lindsay começaram a se remexer em torno dos dedos dele. Repetindo as palavras dele, ela pediu: "Bate uma para mim. Me faz gozar".

A boca de Adrian atacou a de Lindsay. O polegar dele pressionou seu clitóris trêmulo, massageando-o a cada movimento com os dedos. Ela expressou seu prazer dentro da boca dele, e cravou as unhas curtas naqueles músculos duros como pedra. Ele sugou sua língua, fazendo seu sexo se contrair.

A pele macia do peito dele contra seus mamilos endurecidos estava acabando com ela. Ele a tocava sempre da maneira mais suave e reverente. Como se a idolatrasse. Mesmo em meio à relação sexual mais intensa que já tinha vivido na vida, ela se sentia o centro das atenções. Como se aquela intimidade com ela fosse tudo o que importava para ele.

O orgasmo a atingiu como uma descarga elétrica. Lindsay estremeceu violentamente nos braços dele, sentindo os tecidos delicados de seu sexo se contraírem sob o toque perversamente habilidoso dos dedos dele, que se curvavam e a esfregavam de tal forma que ela não conseguia parar de gozar.

Só o que ela podia fazer era se entregar a ele, deixando as lágrimas escorrerem dos olhos fechados. Sua respiração ofegante se misturava à dele. Enquanto isso, ele a beijava com o desespero de quem se agarra à própria vida.

Mal ele havia tirado os dedos dela, Lindsay já estava pendurada nele de novo — totalmente nua, depois de ele tirar suas roupas... sabe-

-se lá como. Atracados, eles saíram vagando pela suíte num frenesi controlado. Logo depois, ela sentiu a superfície fria da mesa de jantar sob as nádegas e se deitou, arqueando seu corpo para a frente com os braços atrás das costas. Adrian abriu as pernas delas com uma das mãos e agarrou o pau com a outra. A ponta do membro grande e grosso se encostou nela.

Os olhos dele, incandescentes como chamas azuis furiosas, encontraram os dela. "Estava morrendo de vontade de você, *neshama sheli*."

Ela não teve tempo de tomar fôlego e perguntar o que ele disse. Adrian já havia começado a penetrá-la, empurrando-a para trás, preenchendo-a com o calor atordoante de seu corpo. Remexendo-se toda para conseguir acomodá-lo, ela agarrou os quadris dele e tentou deter o que parecia ser um empalamento iminente.

"Minha nossa..." Ela recobrou o fôlego e arqueou as costas. "Por que você tem esse corpo de astro pornô se não pode nem fazer sexo?"

A risada dele reverberou dentro dela, fazendo sua pele se arrepiar. Era um som profundo e marcante, de uma beleza comovente. Ela sentiu seu coração se expandir, como se sua vida tivesse ganhado um novo sentido ao ouvir aquele som.

Ele meteu até o fundo, chegando ao limite de seu corpo. Suas asas se abriram e se flexionaram de um jeito luxurioso, como o espreguiçar sensual de um felino bem alimentado. Seus olhos se encontraram e não se desgrudaram. Os dois prenderam a respiração ao mesmo tempo. Ele segurou o rosto dela nesse exato momento e a encarou de um modo que a fez se derreter toda.

"*Ani ohev otach*, Lindsay", ele murmurou antes de beijar sua boca e soltar todo seu ar dentro dela. Ele mexeu os quadris, penetrando ainda mais fundo. Ela jurava que era capaz de sentir, em cada uma de suas veias saltadas, as batidas do coração dele.

Lindsay agarrou a nuca dele com uma das mãos e lambeu seus lábios, abalada pela certeza de estar onde sempre quis e nunca soube. "Adrian, eu..."

O som de um sino ressoando à distância a deixou paralisada. Adrian também ficou imóvel.

Eles se abraçaram, respirando profundamente. O pênis dele marcava sua presença pulsante dentro dela. A consciência do que estava fazendo, e com quem, atingiu-a como um balde de água fria.

O som se repetiu, seguido de uma batida na porta. Era a campainha.

Ela soltou um suspiro de alívio, e depois gemeu quando Adrian começou a sair de dentro dela. Ele não tirou os olhos dela ao fazer isso, com uma lentidão dolorosa e os dentes cerrados. Assim que sentiu que não estava mais sendo preenchida por ele, Lindsay desceu da mesa e correu para o banheiro.

Ele a vestiu novamente com o pijama antes que a porta se fechasse, mas não era pelo simples fato de estar vestida que ela se sentiria menos vulnerável e exposta.

13

Adrian continuou a passar as mãos pelos cabelos para alinhá-los antes de se olhar no espelho oval do hall de entrada da suíte. Apesar da túnica comprida sem manga em estilo oriental que ele vestiu para esconder a ereção, o rosto vermelho, o brilho nos olhos e os lábios inchados pela volúpia de Lindsay denunciavam sua fraqueza mortal.

Ele examinou seu reflexo, controlando a respiração e tentando recompor as feições austeras que se esperava encontrar em seu rosto. Ele também recolheu as asas, sabendo que, assim como seu olhar, elas dariam pistas demais sobre seu agitado estado de espírito.

A campainha tocou pela terceira vez, seguida por outra batida na porta. Ele girou a maçaneta de um lado da porta dupla, depois se afastou e esperou que ela se abrisse. Enquanto caminhava pelo recinto, ele derrubou mentalmente algumas das flores mais cheirosas entre os vasos que ornamentavam a imensa suíte. Os aromas marcantes não eram capazes de ocultar o cheiro de sexo das narinas afiadas de um anjo, mas aquela tentativa de disfarce não deixava de ser uma demonstração de respeito.

"Capitão", Jason o saudou de maneira a deixar claro que sabia o que estava acontecendo.

"Alguma novidade?" Ele foi até a cozinha e lavou as mãos, enxaguando o tão amado odor do desejo de Lindsay. Seu sangue ainda fervia pela lembrança da sensação do corpo dela em seus braços. Aquele delicioso momento de intimidade teria acabado com ele caso ela não o tivesse feito rir, algo do qual ele nem se recordava mais de um dia ter feito. Adrian havia se esquecido de como a afinidade entre os dois era poderosa. Não se lembrava de ficar assim tão abalado. Era como se tivesse passado por uma fundição — sua matéria bruta aquecida até que ele derretesse, e depois remoldada numa nova forma.

"Onde está Shadoe?"

Ele se virou, sentindo-se estranhamente agitado ao ouvir um nome que ainda não era capaz de explicar a Lindsay, e viu que Elijah acompanhava Jason. Os instintos primitivos do licano não haviam deixado passar batido o que estava acontecendo antes da interrupção causada por eles. O cheiro de Lindsay estava no corpo dele e, a julgar pela narinas abertas, Elijah tinha detectado isso.

"Lindsay", enfatizou Adrian, "ainda está se recuperando."

Jason o observou atentamente. "Mas ela já se levantou. E... comeu."

"Como um caminhoneiro."

"E o braço dela?", perguntou Elijah, com um expressão impassível.

"Está cicatrizando bem."

"Ótimo." O licano acenou de leve com a cabeça.

Adrian cruzou os braços, observando Elijah. Não havia mais dúvidas de que se tratava de um alfa, não depois de observá-lo em ação juntamente com os outros licanos na limpeza do ninho de Hurricane. E também não havia mais dúvidas de que ele era perigoso: seu papel dominante e sua capacidade de liderança sobre os demais licanos eram sinônimo de problemas. No entanto, por ora, ele estava comprometido com Lindsay. Ela tinha salvado sua pele — e mais de uma vez, segundo ele dizia. Elijah pagaria sua dívida com ela protegendo-a com a própria vida, e era desse tipo de lealdade que Adrian precisava para mantê-la a salvo.

"Eu só queria perguntar", começou Jason, indo até a mesa de jantar, "sobre a ideia de voltar a Utah amanhã mesmo. Esse cronograma ainda é viável?"

"Eu já disse que sim." Adrian falou num tom de voz baixo e tranquilo, mas teve que fazer força para não cerrar os punhos quando viu Jason parado no lugar onde ele havia penetrado Lindsay momentos antes. "Às seis em ponto eu já quero estar na estrada."

"Certo." Jason apoiou as mãos na mesa e o encarou. "Helena está em Vegas. Ela quer ver você."

"Vou falar com ela assim que me trocar. Elijah, cuide de Lindsay."

Adrian foi para seu quarto, do lado oposto ao de Lindsay. Ele fechou a porta e sentou-se na beirada da cama, soltando um suspiro profundo antes de pegar o telefone e apertar o botão do interfone para o aparelho do quarto dela.

Ela demorou para atender. "Alô?"

"Linds... você está bem?"

Ela suspirou. "Não. Nem um pouco."

Ele fechou os olhos. Ela estava visivelmente envergonhada e confusa. "Eu preciso sair. Elijah vai ficar aqui com você. Podemos conversar quando eu voltar."

"Certo."

"Se precisar de alguma coisa enquanto eu estiver fora, é só pôr na conta da suíte."

"Ai, Deus." Ela resmungou. "Por favor, nem tente me comprar."

"Eu jamais pensaria nisso. Você não tem preço."

Houve outra longa pausa. Quando voltou a falar, a voz dela parecia fria com aço. "Você tem razão, Adrian. O meu preço é alto demais. E eu não vou deixar você pagar."

Ele olhou para a porta fechada e soltou um palavrão silencioso. Ela precisava que ele a confortasse e lhe dedicasse atenção depois do acontecido, mas com os outros ali Adrian nada tinha a fazer. Havia coisas que ele ainda não podia dizer, apenas mostrar para ela, mas apenas se tivessem privacidade para tanto. "Quando eu voltar nós conversamos", ele repetiu.

"Cuide-se."

"E você se comporte." Adrian pôs o telefone no gancho e ficou de pé. Quanto antes cuidasse de tudo, mais depressa poderia voltar para ela.

Lindsay tomou outro banho. Quando saiu do chuveiro, encontrou outras roupas à sua espera na cama. Estavam num cabide, e cobertas pela capa de transporte da loja. As peças estavam lá dentro, ainda com as etiquetas indicando seu preço astronômico. Era um belo conjunto, com calças em tom de chocolate e uma blusa estampada em azul-turquesa e dourado. Caríssimas e elegantes, bem ao gosto de Adrian. Um estojo de maquiagem estava logo ao lado, novo em folha. E, jogado em cima da cama como se fosse algo sem importância, um envelope com o logo do hotel, preenchido com um belo maço de notas de cem dólares.

Ela passou as mãos pelo rosto e soltou um gemido. Ele estava tão preocupado com ela que a sufocava. Adrian era demais para ela. Lindsay não sabia como lidar com aquilo. Não sabia como lidar com *ele*. O modo como a olhava, como falava com ela, como a tocava... o que quer que estivesse fazendo, nada parecia gratuito. E, não importava o que ela dissesse, não importava o quanto ela resistisse, ele estava determinado a seduzi-la a qualquer custo.

Ela se vestiu e se arrumou, depois se sentou na poltrona onde Adrian havia feito sua vigília e ligou para seu pai.

"Gibson Automotores, Eddie Gibson falando", ele atendeu.

"Oi, pai." Ela ouviu o ruído das ferramentas ao fundo, e sentiu um nó na garganta de saudade. O pai dela não conhecia nada a respeito do lado obscuro de sua vida, mas sabia que ela não era exatamente normal, e mesmo assim a amava de forma incondicional. "Sou eu. Desculpa não ter ligado antes."

"Oi, amor. Já está melhor?" Aquela voz tão querida parecia perturbada pela preocupação.

Ela franziu a testa. "Melhor? Sim, eu estou bem. Muito bem, na verdade."

"Fico feliz de ouvir isso." Um suspiro de alívio preencheu o silêncio entre eles. "Fiquei preocupado por não conseguir falar com você. Seu celular está caindo direto na caixa postal."

"Ah, sim. Eu ainda não pus para carregar desde que cheguei. Deve ter acabado a bateria."

"Agradeça ao Adrian por ter ligado e dito que está tudo bem. Se ele não tivesse feito isso, eu já teria mobilizado a guarda nacional para ir atrás de você."

"O Adrian ligou para você?" Ela sentiu uma pontada de inquietação. Mesmo com tantos problemas em mãos, ele levou em conta a preocupação do pai dela e se deu ao trabalho de aliviá-la. Essa demonstração de consideração a emocionou profundamente.

"Ontem. Ele me contou que você pegou uma virose. Você precisa descansar por alguns dias, e se hidratar bastante. E acho que você já devia pensar em algo mais sério com Adrian Mitchell. Ele parece gostar muito de você. Pode ter uma coisa interessante surgindo aí."

Como se fosse possível. Quando enfim encontrou um homem de quem não precisava esconder nada, ela não podia tê-lo para si. "Você está se cuidando direitinho?"

"Se eu não me cuidar, sei que vou levar bronca, então, sim. Fui até a casa do Sam ontem à noite jogar pôquer."

"Que bom." Lindsay sempre o incentivava a sair mais de casa. Uma noite de carteado com os amigos era um bom começo.

"Onde você está? No indicador de chamadas apareceu Mondego Resort."

"É um hotel do grupo Gadara", ela explicou, olhando para o logotipo da Gadara Empreendimentos na cabeceira da cama.

"Então você já voltou ao trabalho. Você precisa se cuidar melhor. Está sempre exigindo demais de si mesma."

"Veja só quem fala", ela rebateu. "Vamos fazer um trato: toda vez que você tirar um dia de folga, eu também tiro um."

Ele riu, e ela absorveu o som de sua risada com deleite. "Certo. Combinado."

"Eu amo você. Ligo de novo daqui a uns dois dias, mas, se acontecer alguma coisa, pode me ligar no celular, que vai estar carregado."

"Pode deixar. Amo você."

Lindsay pôs o telefone no gancho e se preparou para sair do quarto, aproveitando para pegar sua bolsa no caminho. Não se ouvia mais vozes masculinas na sala de estar fazia um bom tempo, mas mesmo assim ela respirou fundo para criar coragem antes de abrir a porta. Ouvir a voz de seu pai ajudou a retomar o equilíbrio, mas a sensação de vulnerabilidade persistia. Adrian realmente a tinha deixado abalada. Por mais que desejasse o contrário, ela não tinha muito como resistir a ele.

Lindsay encontrou Elijah à sua espera no sofá, com os braços cruzados. Era uma presença marcante e formidável. A camiseta verde clara e os jeans folgados não escondiam seu corpo musculoso. Ele transmitia uma sensação inexorável de solidez e determinação — era o tipo de sujeito a quem era possível confiar a própria vida. Nesse sentido, ele era bem parecido com Adrian, também extraordinariamente firme e confiável. Esse sentimento de estar sendo protegida era uma das coisas que mais dificultava seu intuito de resistir a Adrian. Ela o desejava, gostava dele e, acima de tudo, confiava nele. Quando estava a seu lado, sentia-se em paz, um estado de espírito que não experimentava desde seu traumático encontro com os vampiros na infância.

Adrian havia devolvido seu equilíbrio. Mas, em retribuição, Lindsay precisaria abrir mão dele. Depois de tudo que ele havia feito, ela não poderia pôr tudo a perder por um ato de egoísmo.

"Olá, El." Ela sorriu para o belo licano. "Como você está?"

"Vivo." A voz profunda de Elijah ressoou pelo recinto. "Em grande parte, graças a você."

"Que nada. Você estava detonando. Eu só tentei ser útil em vez de dar uma de humana indefesa."

"Indefesa...", ele ironizou. "Você não tem nada de indefesa. É totalmente maluca, isso, sim."

Lindsay concordou com a cabeça, abrindo um sorriso. "Na maior parte do tempo, sou mesmo."

Os olhos verdes do licano a percorreram dos pés à cabeça. "Como está se sentindo? Seu braço não está doendo?"

Ela foi até ele com a mão estendida. A mancha rosada já estava sumindo, e uma leve penugem já havia aparecido desde o banho que ela tomara de manhã.

Elijah deu uma olhada na cicatriz e assobiou. "Pensei que você fosse perder esse braço."

"Foi feio mesmo, né?"

Ele lançou um olhar cheio de ironia para ela. "Pois é. Quase foi destruído por um tiro de escopeta."

Lindsay se lembrou da dor agoniante e agarrou o braço com a mão, massageando o local onde a havia sentido. "Como foi que ele fez isso?"

"Eu bem que queria saber."

Ele parecia fascinado. "Pode tocar", ela falou.

"Sem chance."

Ela levantou uma sobrancelha. "Eu não mordo."

"Eu é que não quero deixar Adrian irritado. A curiosidade matou o gato também."

"Estou falando sério. Você está exagerando nessa coisa de ciúme e possessividade. Além disso, como ele ia saber?"

"Ele ia sentir o meu cheiro em você."

Ela levantou a outra sobrancelha.

"É sério", ele repetiu. "Não querendo criar uma situação constrangedora nem nada, mas estou sentindo o cheiro dele em você agora mesmo."

Ela sentiu um nó no estômago. "Você também sentiu o meu cheiro nele?"

"Sim."

"Puta merda." Ela passou as mãos pelos cabelos. "Se eu quisesse me mandar, teria que passar por cima de você? Ou você ia me deixar ir embora numa boa?"

"Pode tentar passar por cima de mim." Ele rosnou de leve. "Vamos ver até onde você chega."

"Você tem ordens para me impedir?"

"Não. Mas não vou perder você de vista."

Como confiava nele, ela resolveu se abrir. "Estou brincando com fogo e sei que vou me queimar. Eu até aceito as consequências, mas Adrian... isso é a última coisa que ele precisa. Ele ainda está se recuperando do baque da morte de Phineas."

"Ele já é crescidinho. Sabe muito bem se virar sozinho." A expressão de Elijah se atenuou. "Preocupe-se apenas em cuidar de si mesma."

Ela olhou para a mesa, e se lembrou vividamente da sensação de ter Adrian dentro dela. O tom de sua voz havia sido tão íntimo quanto o ato físico em si, e as palavras desconhecidas que ele havia dito mexeram com ela de uma forma que parecia familiar. Ela não sabia o que queriam dizer, mas sentia que eram coisas que um amante dizia para sua amada. Eram poderosas como carícias de verdade, espalhando-se por sua pele como uma brisa morna. Caso fosse possível que apenas ela sofresse as consequências, Lindsay o aceitaria. Ficaria com ele. Mas isso era impossível. Ele iria sofrer...

Ela soltou o ar com força. "Meu instinto de autopreservação anda meio defeituoso."

"Isso eu percebi no outro dia."

"Está com fome?"

"Eu até comeria."

"Vamos nos empanturrar e depois andar de montanha-russa até vomitar." Uma descarga de adrenalina era a única coisa que podia desviar sua atenção da vontade de fugir. Ela estava abalada demais. Se não conseguisse relaxar um pouco, acabaria explodindo.

Elijah suspirou. "Foi para isso que você salvou a minha pele?"

"É isso ou eu me mando daqui. Você que sabe."

"Tudo bem." Ele estendeu o braço na direção da porta dupla de entrada da suíte. "Mas já vou avisando: você não vai querer vomitar em mim."

Ela se pôs a andar, ansiosa para sair daquele lugar, que despertava tantas lembranças perigosas. "Por que não?"

"Porque senão eu vomito também", ele falou, abrindo a porta. "E garanto que como muito mais que você."

"Eca." Lindsay estava quase no corredor quando um homem negro apareceu na porta diante dela.

Ela parou, hipnotizada por seu sorriso contagiante. Era uma figura inconfundível. E também seu patrão. "Olá, sr. Gadara."

"Boa tarde, srta. Gibson. É com você mesma que eu gostaria de falar."

Assim que entrou no Hard Rock Café, Adrian pediu para falar com Helena Bardon. A recepcionista abriu um sorriso radiante e tentou engatar uma conversa, mas ele respondeu com monossílabos, com os pensamentos totalmente voltados para Lindsay. A bonita morena continuou flertando com ele até chegarem à mesa de Helena, mas seu entusiasmo esfriou assim que viu a mulher que se levantou para cumprimentá-lo. Ele entendeu o motivo do desânimo da moça: uma loira de beleza monumental, com cabelos até a cintura e um par de olhos azuis faiscantes.

"Adrian." Helena o abraçou com carinho. "Quando fiquei sabendo sobre Phineas, quase morri de preocupação com você."

"Estou me virando bem."

Ela respirou fundo, e suas narinas delicadas se expandiram enquanto ela o observava. "A sua Shadoe voltou para consolar você."

Ele fez um gesto para que ela se sentasse.

"Você sabe que não estou aqui para julgá-lo", ela disse baixinho enquanto se reacomodava no assento.

"Eu sei." Depois de tanto tempo, Helena permanecia pura de alma e coração. Sua piedade era incalculável — ela parecia inatingível pelo mundo que a cercava. Ele invejava aquela serenidade.

"Ela realmente é capaz de proporcionar conforto para você?"

"Conforto e tormento, prazer e sofrimento. Tudo em doses extremas. Tudo é sublime e tudo é diabólico, e eu preciso disso para existir. Preciso dela." Não havia muitos Sentinelas com quem podia conversar tão livremente. A fé inabalável de Helena lhe garantia uma imparcialidade de que poucos eram capazes.

Um garçom apareceu e eles fizeram o pedido. Dariam um fim em parte da comida para disfarçar, e os restos levariam para os licanos. Quando voltaram a ficar a sós, Helena se recostou no assento e de repente pareceu bastante preocupada.

"Em que eu posso ajudar?", ele perguntou. Procurou não demonstrar que a inquietação dela o afetava, mas era pura fachada. Ela sempre havia sido um dos pilares imutáveis de sua vida. Assim como Phineas.

"Demonstrando solidariedade." Ela apoiou a mão delicada sobre a mesa. "Eu já contei que Mark, um dos meus licanos, diz que está apaixonado por mim?"

Adrian ficou paralisado. "Não."

"Pois é. Bom, pelo menos é o que ele acha."

Recuperando-se do impacto, ele falou: "Não chega a ser uma surpresa essa possibilidade. Você é uma mulher lindíssima, além de ter um coração de ouro".

"Você sabe que o verdadeiro merecedor desses elogios não sou eu, mas obrigada." Ela batucou de leve com a ponta dos dedos na mesa, distraída. "Tenho feito de tudo para respeitar seus sentimentos, por mais inconvenientes que sejam. Ele vem fazendo seu trabalho melhor do que nunca por causa disso. Mark pôs sua vida em risco em situações que outros licanos se recusariam a enfrentar."

"Ele se tornou um problema para você?"

"Não." Ela suspirou. "Pelo *contrário*."

Ele estendeu o braço e segurou a mão dela, ainda inquieta. "Sou todo ouvidos."

"Eu entendo que ele tenha... necessidades. Sei que os licanos se reproduzem entre si. Mas... eu preferi ignorar a maneira como ele lidava com isso, e ele por sua vez sempre fez de tudo para ocultar esse tipo de atividade." Ela apertou a mão dele. "Mas esses dias, quando soube da morte de Phineas, eu liguei para Mark depois de tê-lo dispensado pelo restante do dia. Quando ele voltou, senti... senti o cheiro de uma mulher no corpo dele."

"Helena." Adrian sentiu um aperto no peito, um sentimento de compaixão.

"Eu fiquei furiosa, Adrian. Como nunca tinha ficado na minha vida. Descontei tudo nele. Disse coisas cruéis só para magoá-lo. Acusei-o de ser fraco e sem caráter. E mais... muito mais. Não conseguia parar. Aquelas coisas horríveis saindo da minha boca e eu não conseguia parar. Fiz com que ele sentisse ódio de si mesmo. Ele que já sofria tanto, e eu ainda descarreguei todo o fardo da minha dor em cima dele."

"Você ficou com ciúmes." E enfim descobriu o que poucos Sentinelas sabiam — que eles podiam ser tão possessivos como os licanos e os vampiros. Ao que tudo indicava, era um traço dos serafins que havia sido herdado pelos Caídos. "Podia ter sido pior. Quer dizer, se você estivesse dormindo com ele."

"E é com esse dilema que eu recorro a você." Ela ergueu o queixo. "Você, mais do que ninguém, sabe como me sinto. Durante esse tempo todo, sempre acreditei que estivéssemos acima das necessidades carnais. Que a batalha contra a luxúria era uma que jamais precisaríamos enfrentar."

"Nós somos feitos para ser testados... você sabe disso."

"Sim, mas quando tentei explicar a situação para Mark, me explicar pela mágoa que tinha causado e avisar que ele seria transferido, ele me disse algo que sempre me passou despercebido. Nós somos proibidos de ter relações com os mortais. Licanos, vampiros... e até os demônios... eles não são mortais."

Ele soltou a mão dela e se recostou no assento, despindo-se do papel de amigo e incumbindo-se do de comandante. "Você está procurando uma brecha."

"Não ouse me julgar!", ela exclamou, irritada a ponto de deixar de lado as boas maneiras. "Como você tem coragem de fazer isso, principalmente depois de aparecer aqui com o cheiro de uma mortal impregnado no seu corpo?"

"O que você quer que eu diga? Seja sincera, você realmente me procurou em busca de uma demonstração de solidariedade? Porque isso você já sabe que tem. Sua história é de partir o coração. Não, você veio até mim em busca de absolvição. E isso eu não posso conceder."

"Por que não?"

"Se eu permitir a você que cometa os mesmos erros que pratiquei, estarei me igualando a Syre. Não quero ser o responsável pela sua condenação, Helena. Minha responsabilidade é fazer tudo o que estiver ao meu alcance para impedir a sua queda."

"Faça o que eu digo", ela comentou, amarga, "mas não faça o que eu faço."

O olhar fulminante de Helena o fuzilou. Em poucos instantes, ele se tornou seu inimigo. No entanto, por mais que a raiva dela o magoasse, não havia nada a fazer. "A resposta para a sua pergunta não sou eu quem pode dar. Você sabe disso."

O lábio inferior de Helena começou a tremer. "Eu perguntei, mas não ouvi nada em resposta."

"O que me leva a concluir", ele falou baixinho, "que esse silêncio por si só já é uma resposta."

Trêmula, ela respirou bem fundo. "Pensei que você fosse me ajudar."

"Vou tentar. Mas não da maneira como você deseja."

Uma lágrima se formou e caiu sobre o rosto impecável de Helena. O sofrimento que emanava dela ecoava dentro de Adrian. Ela se retirou da mesa. "Preciso de um momento para me recompor."

Adrian acenou com a cabeça e a observou enquanto atravessava o salão e se dirigia ao banheiro. Ele sacou o celular e digitou um número.

"Jason", ele falou quando seu tenente atendeu. "Encontre os seguranças pessoais de Helena e os convoque imediatamente."

"Vou cuidar pessoalmente disso. O que está acontecendo?"

"Mais tarde conversamos. Se não conseguir localizar os dois em uma hora, me avise."

"Certo."

A comida chegou, e Adrian mandou de volta para que fosse embalada para viagem. O garçom demorou um bom tempo para providenciar o pedido, e nesse meio-tempo Helena não apareceu mais. Adrian sabia que a chance de ela levar sua ideia em frente era de meio a meio. Ele entendia bem sua situação, e sabia muito bem o que faria caso alguém se interpusesse entre ele e Lindsay — fugiria com ela e aproveitaria ao máximo o pouco tempo de que disporiam até que fossem capturados.

Ele pôs o dinheiro da conta sobre a mesa, pegou a sacola com a comida com uma das mãos e esfregou a garganta com a outra. Helena poderia largar com uma hora de vantagem. Era uma vantagem desprezível, mas a única que ele conseguia conceder antes de dar início à caçada a ela e seu licano descontrolado.

Adrian esperava que ela houvesse tido o bom senso de manter Mark à espera em algum lugar ali por perto. A alternativa a isso — a ideia de que ela tenha de fato achado que ele apoiaria sua decisão — era dolorosa demais para ser contemplada.

Caso os Sentinelas o vissem como alguém decadente a esse ponto, as provações às quais ele seria exposto num futuro próximo chegariam às margens do insuportável.

14

Vash limpou o sangue da boca com as costas da mão e escancarou as presas para o licano que havia espetado contra um pinheiro com sua lâmina banhada em prata. O envenenamento de seu sangue pela prata o forçou a reassumir a forma humana, e ele estava nu, com a cabeça caída sobre o peito e a respiração curta e acelerada.

"Vocês sabem de quem é esse sangue", ela falou mais uma vez, sacudindo um pedaço de pano ensanguentado sob o nariz dele. "Qual de vocês sequestrou a pilota no aeroporto de Shreveport?"

"Vai se foder, vagabunda", ele disse quase sem fôlego, agarrando o cabo da espada, mas sem força para conseguir arrancá-la do tronco da árvore atrás de si.

"Podemos ficar aqui o dia todo."

Ele ergueu a cabeça e a olhou por baixo de uma cabeleira ruiva um pouco mais clara que a dela. "Eu vou estar morto em uma hora. E você não vai arrancar nada de mim."

"Você só vai cair morto depois que me disser o que eu quero saber."

"Está latindo para a árvore errada, cadela." Ele tentou rir da própria piadinha infame.

"Como você é engraçadinho." Ela o pegou pelo queixo e levantou sua cabeça. "Vejo em seus olhos que você sabe do que estou falando. Basta dizer um nome que sua dor logo acaba."

Ele mostrou o dedo do meio. "Está vendo isto aqui?"

Vash encarou o licano com a mandíbula cerrada, perguntando-se se ele podia ser o responsável pela morte de seu companheiro. Era algo que a atormentava toda vez que ficava frente a frente com um deles. Ela precisava acreditar que o culpado ainda estava vivo, escondido em algum lugar, esperando para sofrer as mesmas atrocidades que havia cometido contra seu amado Charron. "Quantos vampiros você já matou, cão?"

"Menos do que deveria."

"Ele é jovem", disse Salem atrás dela, distraindo-a momentaneamente com sua nova coloração de cabelo, um tom de azul-escuro. Ele tinha sorte de ter feições tão clássicas — a beleza de seu rosto se mantinha qualquer que fosse a cor com que cobrisse a cabeça. Mas ele era também um sujeito durão, um tremendo filho da puta. Caso não fosse, já teria sido morto fazia tempo, já que sua cabeça colorida o transformava num alvo ambulante.

Ela observou o rosto do licano. Olhando além da dor e da exaustão que o maculavam, ela conseguia ver que ele era jovem. Talvez jovem até demais. "Quantos anos você tem?"

"Vai tomar no cu."

Inclinando-se para a frente, ela o olhou nos olhos. "Estou quase me decidindo por soltar você, seu idiota. Vê se não estraga tudo."

O ruivo a encarou. "Cinquenta."

Não era ele. Devia ser só um filhotinho de cinco anos quando Char morreu. Ela arrancou a lâmina da árvore e viu o licano ir ao chão. "Vá procurar o desgraçado que sequestrou a minha amiga. Diga que Vash está no encalço dele. Diga para ele vir me encarar como um homem, ou então se acovardar como um cão e acordar um dia com a minha lâmina nas costas."

A pele do licano começou a dar lugar à pelagem, numa tentativa desesperada de se salvar assumindo a pele de lobo. Esse processo aceleraria a cicatrização da carne que havia sido perfurada.

"Você vai deixá-lo ir embora?", perguntou Raze, flexionando os bíceps superdesenvolvidos enquanto limpava o sangue da espada.

"Se ele conseguir sair vivo da floresta, é porque sua hora ainda não chegou."

Ela se virou e começou a rastrear as pegadas dos outros dois licanos que haviam escapado. Os dois capitães dos Caídos seguiram em fila atrás dela.

Pouco mais de um quilômetro depois, Raze a agarrou pelo braço e a encarou através dos óculos escuros. Vash era bem alta, mas o capitão era muito maior. "Syre mandou que levássemos os licanos para Ravenport."

"Ninguém conseguiria fazer aquele ali abrir a boca, nem o Syre. Se nós quiséssemos que ele tivesse alguma utilidade, era melhor libertá-lo."

"As chances de ele conseguir voltar para a civilização são quase nulas", apontou Salem, seco e direto.

Ela abriu um sorriso sinistro. "Ele tem uma motivação. Estava disposto a morrer para não entregar quem estava protegendo. Vai querer voltar e avisar que estamos a caminho, e quando fizer isso vai nos levar até quem estamos procurando. Se for preciso, vamos ajudá-lo e garantir que ele sobreviva por tempo suficiente para nos pôr no caminho certo."

Localizaram o que restou das roupas do licano uns três quilômetros à frente. No bolso da calça, encontraram sua carteira. Ao tirar de lá o crachá da Mitchell Aeronáutica, Vash sorriu e mostrou para os demais. "Como eu pensava. O endereço dele é a Morada dos Anjos. Eu sabia que Adrian estava envolvido nisso, e quem sabe agora não conseguimos provar."

"Sr. Mitchell."

Adrian parou diante da recepção do Mondego. "Sim?"

A recepcionista pegou o telefone. "O sr. Gadara gostaria de falar com o senhor um momentinho."

Ele acenou com a cabeça e seguiu em frente, na direção dos elevadores. O celular dele emitiu o toque de uma mensagem de texto antes que as portas se abrissem. Ele o tirou do bolso e entrou no elevador.

O alvo está em deslocamento, por Gadara. A caminho do aeroporto para interceptação, mas talvez tenha que seguir até a Califórnia. Mais notícias em breve.

Como estava parcialmente distraído planejando a caçada de Helena e seu licano, Adrian demorou alguns segundos para se dar conta de quem havia escrito, Elijah, e quem era o tal alvo, Lindsay. "Puta merda."

Ele esticou o braço antes que as portas se fechassem, e saiu às pressas do elevador. "Vou falar com ele agora mesmo", ele disse à recepcionista, que o encaminhou a outro elevador, que precisava de uma senha para ser ativado.

Aquele elevador tinha apenas duas paradas — o escritório de Raguel e o topo do edifício. As portas se abriram numa enorme sala de espera em que os visitantes aguardavam para ser atendidos por Raguel. Adrian deixou a sacola com a comida na mesa da recepcionista e foi entrando no escritório sem dizer nada.

"Adrian." Raguel se pôs de pé atrás da mesa com um movimento gracioso, dispensando a secretária com um aceno desdenhoso com a mão. Atrás dele, janelas de parede a parede proporcionavam uma vista panorâmica da cidade, criando um pano de fundo impressionante, condizente com a ambição desmedida do arcanjo. "Acho que os resultados dos exames ainda não chegaram."

"Você escolheu o serafim errado para provocar."

"Ah, entendi." Raguel abriu um sorrisinho. "Você está aqui por causa da srta. Gibson. Pensei que estivesse preocupado com questões mais prementes."

"No momento a minha principal preocupação é transformar a sua vida num inferno. E você não vai gostar nem um pouco disso. Onde ela está?"

"A sua voz não demonstra nenhum sentimento, apesar das palavras tão violentas. O que está acontecendo, Adrian? A partida da srta. Gibson deixou você irritado mesmo ou o problema aqui é pura falta de traquejo social?"

"Não brinca comigo, não, Raguel. Onde ela está?"

O arcanjo se sentou de novo num movimento elegante e contido. "Ela foi no meu helicóptero até o aeroporto, onde acredito que irá pegar um voo até a Califórnia. Ela está ansiosa para assumir sua função de gerente-geral no Belladonna."

"A sua interferência nos meus assuntos é de uma tolice acima de qualquer medida. Pensei que você fosse um pouco mais inteligente."

"Eu não tinha o direito de mantê-la aqui. Quando ela falou que queria ir embora, não tive escolha senão permitir. O que você queria que eu fizesse? Que a prendesse?"

A musculatura das costas de Adrian se enrijeceu de tensão. "Também não precisava ter ajudado."

"Ela trabalha para mim. Como eu poderia negar um pedido de ajuda de uma funcionária minha?"

"Ela pediu ajuda? Ou você ofereceu?"

"E isso faz diferença? Ela aceitou na hora." O sorriso de Raguel demonstrava o quanto ele estava sendo calculista.

Adrian sacou o telefone e escreveu uma mensagem rápida para Elijah. *Encontre o alvo. Garanta sua segurança até segunda ordem.*

"Eu cederia o meu helicóptero de bom grado para você também", ofereceu Raguel.

"Talvez. No caso de alguma emergência." Ele estava quase decidido a não ir atrás de Lindsay, nem mesmo quando tivesse tempo para isso. Ela ficaria mais segura longe dele. Adrian não precisava mais dela para atrair Syre — o líder dos vampiros já estava dando motivos de sobra para ser caçado.

E talvez abrir mão de Shadoe fosse uma lição que ele precisasse aprender. Talvez ela tenha sido uma provação para libertá-lo de seu egoísmo, e ele vinha falhando repetidamente no teste. Talvez libertar Shadoe, e o corpo que continha sua alma, fosse um sacrifício que ele seria obrigado a fazer. Ele havia oferecido uma escolha a ela: a relativa normalidade de um emprego mundano e a oportunidade de caçar vampiros. Caso ela tivesse escolhido a primeira opção, não havia motivo para mantê-la consigo. Ele sabia onde encontrá-la, poderia manter Syre à distância até os dois resolverem suas diferenças de uma vez por todas.

E esse momento estava próximo. Muito próximo.

E, além disso, havia Helena. Adrian não poderia delegar a ninguém mais a tarefa de encontrá-la. Pelo respeito que tinha por seus Sentinelas, ele não podia deixar de cuidar pessoalmente de questões como essa. E, quando a encontrasse e a separasse de seu licano, seria possível olhá-la nos olhos e dizer que ele havia sacrificado a própria felicidade da mesma maneira que estava pedindo que ela fizesse.

"Eu não entendo você", murmurou Raguel. "Assumiu um risco absurdo para depois desistir com a mesma facilidade."

"Você não me conhece, Raguel." Ele se virou para sair da sala.

"Mas eu conheço você. Sua ambição vai ser sua ruína. Principalmente se virar meu inimigo."

"Acredito que no fim você irá concluir", disse o arcanjo atrás dele, "que é melhor me ter ao seu lado."

"Ao contrário de você, eu não tenho um lado." Adrian entrou no elevador e se virou para Raguel, escancarando os dentes num sorriso feroz. O território do arcanjo era a América do Norte. Adrian não sofria nenhuma limitação desse tipo.

As portas do elevador se fecharam, obstruindo a visão do olhar pensativo de Raguel.

Shadoe nunca tinha fugido de Adrian antes. Desde o início, ela havia se empenhado em seduzi-lo sem restrições, barreiras ou bom senso, sempre se mostrou determinada a se agarrar a ele a qualquer custo. Na primeira vez, ele demorou um bocado para se render, foi preciso um ataque constante e implacável a seus sentidos para que ele se entregasse a uma paixão que superasse toda e qualquer razão. Desde então, a cada encarnação o jogo de sedução recomeçava, e ela se refestelava a cada vez que o conquistava.

Mas dessa vez foi diferente.

Ele estava sozinho, sem os pontos de apoio com que se acostumou a contar. Primeiro Phineas. Depois Helena. A partida de Lindsay era mais um golpe dificílimo de assimilar. A presença dela o confortaria, e Adrian já estava sentindo sua falta. No entanto, ele se recusava a permitir que sua perda interferisse em sua capacidade de cumprir sua missão.

Adrian admitiu, porém, que aquele era provavelmente o primeiro de muitos indícios de que estava chegando a hora de ele pagar por tudo o que tinha feito.

Lindsay ainda estava remoendo seu arrependimento quando o avião pousou no aeroporto John Wayne. Fugir não era de seu feitio. Ela era uma pessoa prática. Uma mulher que enfrentava seus problemas de peito aberto. Não deixava nada na mão do acaso e não dava ponto sem nó.

No entanto, assim que viu surgir no horizonte uma oportunidade de escapar, agarrou-se a ela com todas as forças. Não porque estivesse com medo. Na verdade... estava sim. Tudo a respeito de Adrian Mitchell a deixava morrendo de medo. O efeito que ele tinha sobre ela era assustador. Lindsay estava acostumada a fazer tudo por si só, a se virar sozinha, e de repente ele apareceu, provocando um tamanho impacto que ela estava quase se sentindo incapaz de imaginar como seria a vida sem Adrian. Tinha sido uma experiência libertadora, mas agora ela estava voltando aos limites do mundo "real".

Sua sensação de perda se assemelhava a um luto.

Mas ela precisaria aprender a lidar com aquilo. O risco que ela representava à alma de Adrian era uma motivação poderosa. Ele era valioso demais para perecer por ela.

O vento, aquele maldito, continuava a tentá-la com sussurros sedutores. *Adrian... Volte para Adrian...*

"Vá se foder." Ela saiu do terminal de desembarque levando apenas as roupas de grife com que estava vestida, o celular e o carregador de emergência que havia comprado no aeroporto de Las Vegas e uma quantidade absurda de dinheiro na bolsa. Ela pretendia devolver cada centavo que gastasse, mas não podia se dar ao luxo de recusar dinheiro. Não enquanto sua mala estivesse na casa de Adrian. O que tornava inevitável um reencontro entre os dois. Lindsay precisava de sua bagagem de volta, de qualquer maneira. Ela poderia pedir para alguém ir lá buscar e evitar o constrangimento, mas não faria isso. Ele merecia pelo menos a decência de uma conversa cara a cara para deixar tudo às claras.

Ela se dirigiu ao ponto de táxi mais próximo. Durante um único e inacreditável dia, ela chegou a pensar em dividir sua vida com Adrian. Mas essa ideia era uma fantasia ridícula. O cotidiano dele era composto de jatinhos particulares, suítes presidenciais, Maybachs, uma mansão cinematográfica, dragões, demônios, vampiros que espumavam pela boca, um céu pontuado de anjos, caras que se transformavam em lobos e regeneração de membros dilacerados. Ela, por sua vez, era só uma mortal de classe média traumatizada e meio maluca com tendências suicidas. Eles não combinavam nem um pouco.

Um tempo para esfriar a cabeça e se pôr em seu devido lugar — era disso que ela precisava. Depois poderia planejar quais seriam seus próximos passos, que necessariamente a afastariam de Adrian. A tentação representada por ele era forte demais. Ela não era capaz de confiar em si mesma estando perto dele.

Lindsay se acomodou no banco traseiro do táxi e pediu para que o motorista a levasse ao hotel Belladonna. O sr. Gadara havia oferecido uma das suítes já prontas para que ela tivesse onde ficar até providenciar a mudança para um de seus prédios residenciais. Ela se surpreendeu com tanta gentileza. Para um homem público tão conhecido e poderoso, ele parecia um sujeito bastante humilde e acessível.

Ela fez força para ignorar o fato de que, fosse o que fosse a criatura que dirigia o táxi, estava emanando as vibrações malignas e inumanas que em qualquer outra ocasião as levariam a matá-lo no ato.

"Hoje é seu dia de sorte", ela murmurou, e encarou o curioso motorista pelo espelho retrovisor.

Lindsay tirou o celular do bolso e o ligou. Não ficou nada surpresa ao receber o alerta de uma porção de mensagens de voz e de texto. Com um nó na garganta, abriu primeiro as mensagens de texto.

Comporte-se até eu chegar aí, por favor (é Elijah quem escreve, aliás)

"Ai, caralho", ela murmurou, se sentindo uma cretina por tê-lo metido naquela encrenca. Se ele fosse punido por causa dela... Bom, era melhor que não fosse, caso contrário ela ficaria furiosa com Adrian por ser tão injusto.

A mensagem seguinte era de Adrian. *Me ligue.*

Ela digitou o número dele.

"Lindsay." A voz modulada e suave de Adrian a fez agarrar o telefone com força. "Você está em Anaheim?"

"Ainda não. Acabei de descer do avião."

"Você não deveria ter ido embora", ele falou com a arrogância que ela estava aprendendo a amar. "Mas, no fim, acho que foi melhor para você. Aconteceu uma coisa aqui. Só vou poder falar com você pessoalmente daqui uns dois dias. Elijah vai ficar com você até lá. Nada de fugir dele de novo."

Mesmo por telefone, e apesar de seu tom de voz firme e contido, que não deixava transparecer nada, ela sabia que havia algum problema. Era capaz de sentir. "O que está acontecendo? Você está bem?"

"Eu..." A voz dele falhou. "Não. Eu não estou nada bem."

Ela se endireitou no assento. "O que foi?"

"Não estou num lugar em que possa discutir isso." Ele suspirou audivelmente. "Bem que queria poder falar à vontade. Tenho umas coisas para desabafar que só você seria capaz de entender."

"Adrian." Ela se inclinou para a frente para dizer ao motorista para dar meia-volta. "Eu posso voltar se você estiver precisando de mim."

"Isso eu sempre estou", ele falou, como se o fato de uma criatura tão poderosa depender dela não significasse nada de mais. "Mas por ora é melhor não. Você vai estar mais segura na Morada dos Anjos."

"Na verdade..." Lindsay hesitou no momento de estabelecer a tão necessária distância entre eles. Não parecia a hora certa... ela estava precisando dele. Por outro lado, também não adiantava mentir nem adiar o inevitável. O que quer que houvesse entre eles, tinha como base a revelação de verdades que ambos não eram capazes de expor para mais ninguém. "Estou indo para o Belladonna. Vou ficar por lá até arrumar um lugar para morar. Você mesmo disse que com Gadara eu estaria segura."

Houve uma pequena pausa. "Mantenha Elijah por perto o tempo todo. Fique no hotel o maior tempo possível e *nada de caçar*."

"Tudo bem. Eu sei que precisamos discutir o lado prático da coisa primeiro." Ela precisava da ajuda dele para encontrar os vampiros que mataram sua mãe. Por mais impetuosa que parecesse às vezes, ela não tinha vontade de morrer, e não queria prejudicar Adrian violando alguma regra que não conhecesse.

"O fato de ter ido embora significa também que você me abandonou?"

Ela sentiu um nó no estômago. "Acho que preciso fazer isso. Eu... quero você. Se fosse só sexo, tudo bem. Só que, quanto mais fico com você, mais eu gosto de você. E eu não consigo resistir a esse tipo de sentimento. Não consigo dizer não para você, mas nós dois sabemos que eu preciso fazer isso."

O silêncio dessa vez durou ainda mais. Tempo suficiente para Lindsay ter a impressão de que o havia perdido. "Adrian?"

"Estou aqui. É que... você me pegou de surpresa. Sua decisão de ir embora para o meu próprio bem foi algo inesperado para mim."

"Não vale a pena virar um Caído por minha causa", ela murmurou. "Isso eu garanto."

"Eu discordo." Apesar de seu tom de voz ter permanecido o mesmo, ela sentiu que algo mudou dentro dele. "Eu gosto de você também, Lindsay. Você me fascina. Para alguém que já viveu o quanto eu vivi, isso é muito raro. Eu estava decidido a deixá-la sair da minha vida, desde que você parasse de caçar. Mas mudei de ideia. Vamos conversar de novo quando eu voltar e tentar chegar a um acordo."

Lindsay ergueu as sobrancelhas. Adrian fazendo algum tipo de concessão para chegarem a um acordo não era algo muito fácil de conceber. Ele parecia ser do tipo que sempre fazia valer sua vontade. Era um filho dileto, o guerreiro angelical com as asas manchadas de sangue. E a havia cativado por inteiro.

"E eu preciso agradecer", ela falou, "por você ter ligado para o meu pai. Ele estava preocupadíssimo."

"Foi um prazer."

"Esse tipo de consideração significa muito para mim."

"Eu não consigo parar de pensar em você", ele disse num tom de voz grave e cheio de intimidade. "Não consegui parar desde que nos conhecemos."

Deus do céu... ela se sentia da mesma maneira. Eles estavam ferrados. "Tome cuidado, seja o que for o que você precisa fazer."

"Não se preocupe, *neshama*. Nada vai ser capaz de me impedir de terminar o que começamos hoje."

"Quando você vai me explicar do que está me chamando?"

"Pergunte de novo", ele sussurrou, "da próxima vez que eu estiver dentro de você."

Estremecida por uma onda repentina de tesão, Lindsay balbuciou uma despedida apressada e desligou.

Ela sabia que tinha feito a coisa certa ao ir embora, mas mesmo assim estava arrependida. Principalmente depois de ficar sabendo que ele precisava da companhia e do apoio dela.

Droga... ela devia se controlar e começar a pensar claramente, mas mal conseguia respirar, estava ansiosa para voltar até ele. Apesar de sua consciência dizer que a coisa mais razoável e sensata a fazer era manter distância, havia algo dentro dela que exigia que ela voltasse e o tomasse para si, fizesse dele seu homem. Era um desejo tão intenso e feroz que chegou a assustá-la.

Lindsay jamais teve problemas em manter suas decisões, mas no caso de Adrian ela parecia estar em conflito consigo mesma... e com grandes chances de sair derrotada. Ele era um ser maravilhoso, altivo e perigosamente belo. Seu único propósito era caçar as criaturas que ela odiava e queria exterminar. Caso ela o destruísse, caso o afastasse de sua missão — que era algo tão importante para ela —, estaria destruindo também a si mesma. No entanto, saber das consequências de seus atos não era suficiente para aplacar a tentação inabalável que parecia sussurrar em seu ouvido.

Usando de toda sua força de vontade para se manter dentro do planejado, ela mandou uma mensagem de texto para Elijah: *vejo vc no Belladonna*.

Ela estava contente em tê-lo por perto. Ele era um sujeito direto e reto. Ajudaria a tirar a cabeça dela das nuvens, onde os anjos voavam e os mortais simplesmente não tinham o que fazer.

"Vai ser melhor assim", ela disse para si mesma, atraindo mais um olhar curioso do motorista.

Mas a expressão verbal de uma vontade que não era a sua não teve nenhum efeito benéfico.

"Pense na coisa mais desastrosa possível, e ainda assim a realidade será pior." Torque ajeitou o travesseiro e encostou na cabeceira junto à parede. Ele teve o cuidado de manter a perna distante do estreito raio de sol que conseguia atravessar a cortina de seu quarto de hotel. "Segundo o que estão dizendo, Phineas morreu... num ataque vampiresco deliberado e gratuito."

Houve uma longa pausa, preenchida apenas pela respiração profunda e constante de seu pai. "Morreu? Tem certeza?"

"Mais certeza que isso, só ouvindo da boca do próprio Adrian. Ele está fora da cidade desde que cheguei. Meu palpite é que está indo atrás dos responsáveis."

"Sem dúvida."

Torque disponibilizou recursos ilimitados para o agrupamento de vampiros que conseguiu se infiltrar na região, o que proporcionava a ele — e seu pai — o acesso a relatórios bastante confiáveis sobre as atividades de Adrian e os demais Sentinelas. Obviamente, Adrian revelava certas informações de livre e espontânea vontade, e Torque desconfiava fazia tempo que seus vampiros só se mantinham por ali porque o líder dos Sentinelas assim permitia. *Você sabe o que estou fazendo, mas mesmo assim não é capaz de me impedir* — parecia ser essa a mensagem que ele desejava passar.

"Eu estava querendo marcar um encontro com ele", falou Torque, enquanto brincava com uma estrela ninja, "para dizer que não temos nada a ver com isso."

"Não. Ele poderia considerar você uma retaliação à altura... alguém tão valioso para mim quanto Phineas era para ele."

"Um pequeno sacrifício em comparação com uma guerra."

"Essa decisão não cabe a você."

"Ah, não?" Torque atirou a *hira-shuriken* na parede, reparando na posição da estrela em relação à estampa do papel que a revestia. Seu pai era superprotetor a ponto de designar Vash como tenente para tirar o filho da linha de frente. Torque entendia seus motivos — e a paranoia por trás deles —, mas ainda assim era uma decisão difícil de aceitar. Ele queria servir à comunidade vampiresca da melhor maneira que pudesse. Não havia sacrifício que ele se recusasse a fazer para o benefício de seus semelhantes.

"Eu já perdi uma filha. Mas você não vou perder." Torque quase era capaz de ver a cabeça de seu pai tombando no encosto da poltrona do escritório. "Volte para casa, filho. Já temos as informações de que precisamos. Agora devemos decidir o que fazer."

"Precisamos mandar Vash esclarecer tudo. Se conseguirmos isso antes deles, podemos comprovar nossa inocência."

"Você tem razão. A caçada aos sequestradores de Nikki fica sob sua responsabilidade, então."

"Era tudo o que eu queria, mas tem mais uma coisinha." Torque atirou outra estrela, cravando-a na parede oposta à da primeira. "Adrian foi visto recentemente com uma mulher."

Mais uma vez, houve um longo silêncio. "Você acha que é Shadoe?"

"Nunca o vi se interessar por nenhuma outra mulher. Você já?"

"Phineas morreu. Adrian deve estar muito magoado, talvez até a ponto de quebrar suas próprias regras. Precisamos ter certeza da identidade dessa mulher antes de pegá-la."

Torque relaxou os punhos. "Vou continuar investigando até ter certeza."

"Se for mesmo sua irmã, precisamos trazê-la para casa."

"Claro. Eu mantenho você informado." Torque desligou o telefone e o largou a seu lado na cama. A busca por informações o manteve distraído da dor que estava sentindo. Nikki havia sido Transformada por ele para que pudesse estar eternamente a seu lado. A morte dela era algo que ele não esperava ser obrigado a testemunhar. Viver sem ela estava acabando com ele. Torque agora entendia a mudança no comportamento de Vash depois de perder seu companheiro. A dor era sua motivação, uma vez que mantinha sua atenção e alimentava seu desejo de vingança.

A noite cairia em mais algumas horas, e ele poderia voltar para as ruas. E ai do Sentinela que cruzasse seu caminho.

Adrian havia acabado de chegar a Mesquite quando seu telefone tocou. "Mitchell", ele atendeu.

"Você sabe quanto tempo fazia que o vampiro estava infectado quando o capturou?"

O toque de desânimo no tom de Raguel chamou a atenção de Adrian. "Não. Por quê?"

"O vampiro está morto, e a amostra de sangue se degradou durante o exame. Segundo me disseram, virou 'um punhado de óleo queimado' de uma hora para outra."

"Estou decepcionado." *Furioso* era a palavra certa, mas ele não queria deixar transparecer isso.

"O que quer que seja essa coisa", continuou o arcanjo, "aparentemente é letal e de ação fulminante, dependendo de quando o indivíduo foi infectado."

"Obrigado. Sua ajuda está sendo de grande valia."

Adrian encerrou a chamada e olhou para Jason e Damien. Eles estavam esperando ali por perto, cabisbaixos e desanimados sob a placa de neon de uma casa de jogos. Adrian desejou ter partido sozinho para aquela caçada, mas não podia se arriscar a perder Helena ou o licano caso decidissem se separar. A outra segurança de Helena viajava sozinha, parando com menos frequência e seguindo sempre em frente.

"Precisamos capturar mais lacaios", ele informou. "Infectados ou não."

Jason franziu o rosto de preocupação. "O que está acontecendo?"

"Talvez o fim dos vampiros esteja próximo." Adrian guardou o celular no bolso. *Jeová adora uma praga*, Raguel tinha falado. Talvez o arcanjo estivesse tramando alguma coisa.

"Isso seria uma bênção", comentou Damien, um tanto sombrio, entrando atrás de Adrian no estacionamento do cassino para irem embora.

Adrian não verbalizou o que pensou em seguida.

Ou então uma provação que no fim pode acabar com todos nós.

15

Lindsay digitou o número no teclado do celular e questionou se seria mesmo uma boa ideia ligar para Adrian. Nos primeiros dias ela tinha conseguido ser forte e manter a distância, mas a noite anterior havia sido difícil. Ela acordou às três de um sonho tão vivo que oito horas depois ainda se lembrava.

Ela estava com Adrian num lindo vale. Um rio caudaloso fluía a seu lado, fornecendo a água necessária para manter os quilômetros de grama verdejante que se estendiam pelas margens. O sol estava forte, e o ar, úmido e quente. Adrian estava vestido apenas com calças de linho e sandálias de couro, com os cabelos longos batendo nos ombros. Sua cabeça estava jogada para trás, os olhos fechados e a boca sensual comprimida de frustração ou desânimo. Havia uma lâmina em sua mão — uma arma grande e rústica que parecia uma espada medieval como a Excalibur do rei Arthur. Ele a empunhava com habilidade, distraído, aparentemente familiarizado com o peso e a extensão da arma. Era ao mesmo tempo imponente e feroz. E lindo de morrer.

Enquanto o vento acariciava seus cabelos, ele a olhava com o sofrimento estampado nos olhos. Era um olhar penetrante, como se ele a tivesse perfurado com a arma que empunhava com uma inquietação mais do que óbvia.

Ani ohev otach, tzel, ele disse para ela no sonho. *Eu amo você, sombra. Mas não posso tê-la para mim. Você sabe disso. Por que fica me tentando? Por que fica exibindo o que eu tanto desejo mas sou proibido de ter?*

A tristeza que ela sentiu diante do sofrimento dele a fez prender a respiração e provocou uma dor tão intensa em seu peito que a despertou de um sono pesado. Ela sentiu o rosto e o travesseiro banhados de lágrimas quando acordou, além da tristeza e da compaixão que provocavam um nó em seu estômago. Ele havia falado como se a fonte de sua agonia fosse Lindsay, ainda que ela não tivesse ideia do que fizera para provocar aquele olhar em seu rosto. Ela preferia morrer a magoá--lo daquela maneira.

Passar o restante da noite sozinha em sua suíte no Belladonna foi uma experiência quase tão melancólica quanto sua conversa com Adrian ao telefone quatro dias antes. A vontade de ligar para ele estava se tornando quase irresistível. Ela estava preocupadíssima, e morrendo de saudade.

Ela respirou fundo, lutando contra uma onda de desejo e de sentimentos de possessividade que não se considerava no direito de ter. Ela havia passado a vida inteira tentando se adaptar à rotina entre as pessoas "normais", e no fim não demorou mais de dois dias para se sentir em casa num lugar que de normal não tinha nada. Ficar sozinha depois de ter encontrado seu espaço no mundo não era nada fácil. E imaginar se Adrian se sentia igualmente perdido e sem chão só tornava as coisas ainda mais difíceis.

Lindsay apertou a tecla de chamada no celular e o levou à orelha.

Ele atendeu quase no mesmo instante. "Lindsay... está tudo bem?"

O nó no estômago dela se desfez ao som de sua voz afetuosa e confiante. "Eu liguei para fazer essa mesma pergunta para você."

"Que pergunta...?" A voz dele fraquejou. "Eu..."

"Adrian? Você está bem?"

"Desculpa. É que eu não estou acostumado a responder esse tipo de pergunta. Os últimos dias foram bem difíceis, mas logo as coisas vão melhorar."

O coração de Lindsay se apertou dentro do peito. Ele era tão tranquilo e controlado, tão comedido, com uma capacidade de comando tão grande sobre si mesmo e os demais... ela tentou imaginar como seria ter a obrigação de estar sempre certo. Com quem ele podia contar para aliviar o fardo que carregava? Depois da morte de Phineas, será que ele ainda tinha alguém para isso?

"Alguém de quem eu gosto está sofrendo, e eu ainda vou ter que agravar a dor que ela sente antes que tudo chegue ao fim."

Ela sentiu uma pontada de ciúme, uma reação tão estranha e indesejada que a deixou abalada. "Sinto muito. Queria poder fazer alguma coisa para ajudar."

"Ouvir a sua voz e saber que você estava pensando em mim já basta."

Lindsay se sentiu orgulhosa por continuar sendo uma fonte de conforto para ele, apesar de tudo. "Eu sonhei com você na noite passada."

"Ah, é?" A voz dele adquiriu uma suavidade sedutora. "Você pode me contar como foi?"

"Você me pediu para deixá-lo em paz. E parar de tentar você." Suspirando audivelmente, ela desabou sobre a mesa. "E uma parte horrorosa de mim nem ligou para o fato de seu desejo por mim estar fazendo você sofrer. Eu sentia uma certa satisfação ao ver o seu sofrimento. Fiquei me achando poderosa por afetar você dessa maneira. Eu queria ter você... sem me importar com as consequências."

Ele soltou o ar do peito lentamente. "Esse sonho deixou você perturbada."

"E como! Eu detestei ser assim, mesmo que só por um momento. Não é assim que eu me sinto. Não *pode* ser assim."

"Lindsay." Ele fez uma pausa. "Eu sei que não. Foi só um sonho."

"O que significa que esse pensamento existe em algum lugar do meu subconsciente." Ela passou uma das mãos pelos cabelos. "Eu não quero ser assim, Adrian. Não quero magoar você, mas veja só o que estou fazendo. Não aguentei ficar mais do que alguns poucos dias sem ligar para você, e mesmo sabendo que o nosso relacionamento precisa ser estritamente profissional."

"Você não é assim." A veemência em seu tom de voz a pegou de surpresa. "E eu não sou o Adrian com quem você sonhou. No mínimo, os papéis estavam invertidos. É você quem está me pedindo para sair da sua vida, e eu não vou fazer isso. Sei que você me quer, e vou explorar esse seu desejo ao máximo... pode acreditar, o meu desespero chega a esse ponto. A cada dia que passa, a cada vez que conversamos, o meu desejo por você aumenta. Está me consumindo, Lindsay. Chega até a doer."

"Adrian..." Ela fechou os olhos e suspirou. "Eu lamento muito ter conhecido você."

"Nada disso. Você só lamenta pelo risco que a nossa relação representa."

"Eu devia ter fugido enquanto podia." Ela havia se mudado para longe de seu pai por isso, por saber que era perigoso demais para ele tê-la por perto. Lindsay jamais se perdoaria caso algo acontecesse com ele por causa de suas caçadas, e o mesmo valia para uma eventual punição que Adrian sofresse por ficar com ela.

"Eu encontraria você", ele disse num tom sombrio. "Aonde quer que você fosse, onde quer que se escondesse... eu encontraria você."

Ela ouviu uma batida na porta que ligava sua suíte ao quarto ao lado, arrancando-a subitamente de seu êxtase. "Eu devia ter me afastado enquanto era tempo."

"Vejo você em breve, *neshama*. E nada de encrenca até lá."

"Não se preocupe. Não consigo pensar em mais nada além de você no momento."

Ela desligou e depois disse em voz alta: "Pode entrar, El".

Elijah entrou. Seus cabelos ainda estavam molhados do banho e penteados para trás. Estava vestido do mesmo jeito de sempre, jeans folgados e camiseta, e passou os olhos pelo quarto da mesma maneira como sempre fazia ao adentrar um recito. Aquele era um guerreiro de corpo e alma.

"Está com fome?", ela perguntou, apesar de já saber a resposta. Ele comia... como um lobo.

"Morrendo."

"Que tal se a gente saísse para comer? Preciso tomar um ar. Não deve ser assim tão perigoso ir até o Denny's ali da esquina, né?"

"Humm..." Ele olhou pela janela e contemplou o dia ensolarado e sem nuvens. "Tudo bem. Mas leve a sua sacolinha de surpresas."

Lindsay ficou de pé. "Eu sei que é um saco ficar trancado aqui comigo, mas estou feliz que você esteja aqui."

Ela adorava Elijah, apesar de sua presença ser um lembrete constante da existência de Adrian e da vida que ela poderia levar com ele caso conseguissem ser apenas amigos, e não loucos um pelo outro. Depois de perder a mãe, ela não seria capaz de suportar a perda de outra pessoa amada e, com suas caçadas, sua vida havia se tornado perigosa demais para ser compartilhada com qualquer um. Não seria uma troca justa. Mas Adrian era especial. Eles tinham o mesmo estilo de vida, e ela se ressentia por não poder nem ao menos *tentar* estabelecer um relacionamento mais íntimo com ele. Depois de tanto tempo desejando por alguém que pudesse entender por que ela caçava, Lindsay enfim havia encontrado... mas só para descobrir pouco depois que eles jamais poderiam ficar juntos. Até o vento parecia lamentar essa injustiça, gemendo baixinho toda vez que ela saía ao ar livre.

"Este lugar não é nada mau", respondeu Elijah, remexendo os ombros como se seus músculos estivessem todos tensos.

"Você está morrendo de tédio."

"Sim, mas bem que estava precisando ficar um tempo fora de circulação."

Ela franziu a testa. "Por minha causa? Porque eu fugi?"

"Não." Ele soltou o ar com força. "Eu fazia parte da matilha do lago Navajo. Fui mandado para Adrian para ser observado. E, por ora, quanto menos eu for observado, maior a possibilidade de esquecerem a ideia de que sou sinônimo de problema."

"Eu não sabia que você era do tipo criador de caso." Ele era estoico demais, honrado demais. Levava seus compromissos extremamente a sério, o que ficava claro em sua disposição de passar horas num avião mesmo morrendo de medo de voar.

"Eu não acho que seja mesmo."

"Humm... Vamos sair para comer e você me conta mais."

"A comida eu topo, a conversa eu passo."

Ela lançou um olhar irônico para ele. "Depois de quase uma semana, você ainda não entendeu como as coisas funcionam comigo?"

Elijah soltou um longo suspiro e apontou para a porta. "Não custa tentar."

Lindsay deixou que Elijah devorasse duas pilhas de panquecas e meia dúzia de ovos com gema mole antes de pressioná-los por mais informações. "Então, por que você tem essa fama de problemático?"

Ele passou manteiga numa tortinha de batata. "Eu disse que estava sendo observado, não que sou problemático."

"Tudo bem." Ela afastou de si o prato com os restos do café da manhã. "Por que você está sendo observado?"

Ele enfiou uma garfada enorme de batata na boca. Depois de mastigar e engolir, respondeu: "Tem gente que pensa que eu tenho traços de macho alfa".

"Macho alfa. Tipo o mandachuva? O rei do pedaço?" Ela acenou com a cabeça. "Com certeza."

Ele fez uma pausa, mantendo o garfo suspenso entre o prato e a boca. "Você não está ajudando muito."

"Como assim?" Ela se recostou no assento. "Qual é o problema com isso? É melhor do que ser um macho beta. Quer dizer, todo mundo tem sua utilidade. Mas a mulherada na verdade está sempre atrás de machos alfa bonitos e gostosões. Nós gostamos dessa coisa do cara que toma a frente, segura tudo no peito. É uma coisa que tem um efeito poderoso sobre nós, como você deve ter percebido nos seus setenta e tantos anos de vida."

Elijah bufou de uma maneira que demonstrava que sua infinita paciência estava sendo testada. "Tirando essa parte das mulheres", ele comentou ironicamente, "não é muito bom exibir traços de macho alfa quando você é um licano."

"Por que não?"

Ele a encarou por um bom tempo, como se estivesse se perguntando se valia a pena continuar com aquela conversa. "Os únicos machos alfa no nosso círculo de convívio deviam ser os Sentinelas. Os licanos precisam enxergar líderes nos serafins, não em alguém da nossa espécie."

A seriedade em seu tom de voz a abalou. Lindsay esperou até que a garçonete enchesse sua xícara de café e fosse até outra mesa antes de perguntar: "O que acontece se decretarem que você é um licano alfa?".

"Eu posso ser separado dos outros e... não sei. Isso não costuma acontecer com muita frequência, então nem sei o que eles fazem nesses casos. Ouvi dizer que esses licanos vivem todos juntos e são usados para outras tarefas, tipo interrogatórios, mas sinceramente eu não acredito. Não dá para juntar um bando de machos alfa e esperar que eles cooperem uns com os outros. Mas talvez seja esse o objetivo... que os próprios licanos se matem entre si, para os Sentinelas não precisarem fazer o serviço sujo."

"Não acho que Adrian iria concordar com isso."

"Depois de trabalhar com Adrian, não tenho muita certeza de que ele sabe como funcionam as coisas entre os licanos." Elijah pegou um bolinho inglês, partiu no meio e passou manteiga. "Ele está sempre na linha de frente, mais do que qualquer outro Sentinela. Está sempre caçando. Estava fora de casa fazia quase duas semanas quando você nos conheceu lá em Phoenix. Nós tínhamos sido atacados por uma lacaia poucas horas antes."

"Esta semana mesmo ele está fora de casa há vários dias."

Elijah abriu dois sachês de geleia e despejou seu conteúdo sobre o bolinho. "Pois é. Ele vive para caçar. Essa é a vida dele."

Ela ficou sem fôlego. Aquela era a vida dela também. A única maneira de viver que ela conhecia. "Certo, você vai achar isso uma loucura, mas... que tal você virar meu sócio? De repente caçar em troca de recompensas? Ou fazer umas investigações particulares? Assim você poderia continuar sendo um caçador. Além disso, tenho umas contas a acertar, e você seria de grande ajuda. Nós dois sabemos que eu preciso de alguém sensato para me manter na linha."

Ele parou de mastigar e ficou olhando para ela, depois empurrou a comida garganta abaixo com um copo de suco de laranja. "Você acha que eu posso pedir demissão assim do nada?"

"Ei, eu também teria que pedir demissão do meu emprego."

"A única forma de deixar de trabalhar para os Sentinelas é morrendo."

O coração de Lindsay se acelerou. "O que você está dizendo? Vocês são prisioneiros? Escravos?"

Ele voltou a comer. Depois de engolir mais uma garfada, comentou: "Acho que vou chamar outro licano para vir para cá".

"Tudo bem, pode me ignorar. Uma hora eu faço você falar. Sobre trazer outro licano, faça o que achar melhor. Eu confio em você. Deve ser uma mulher, não? Eu me sentiria muito melhor sabendo que você está se divertindo enquanto fica grudado em mim."

Os olhos dele brilharam de divertimento.

Percebendo o quanto sua fala tinha sido ambígua, ela soltou um grunhido. "Não foi bem isso que eu quis dizer."

"Não é uma mulher. É alguém que também precisa ficar um tempinho fora de circulação."

"É um alfa?"

Elijah sacudiu a cabeça. "Não. Ainda bem."

Não foram suas palavras, mas o alívio em sua voz, que fez Lindsay estremecer.

Adrian deixou o Parque Nacional de Yellowstone e tomou o caminho de Gardiner, em Montana, logo depois de anoitecer. Ele havia localizado Helena e Mark naquela mesma manhã, mas ordenou a Damien e Jason que agissem apenas depois do pôr do sol, concedendo um último dia para os amantes ficarem juntos.

Os Sentinelas obedeceram sem questionamentos, mas não eram capazes de entender aquela ordem. Aquilo que os mortais chamavam de amor era uma noção desconhecida para eles. Assim como o desejo desesperado, a saudade dolorosa, ou a alegria que os mortais sentiam ao encontrar sua alma gêmea.

Adrian conhecia muito bem esses extremos, mas sua relação com Lindsay era algo novo em diversos sentidos. Ele não conseguia parar de pensar nela, não conseguia parar de compará-la com as encarnações anteriores de Shadoe. Ele estava acostumado a começar sempre do zero, mas sempre havia uma linha de comportamento a esperar. Lindsay se desviava do padrão num grau tamanho que ele mal conseguia estabelecer os paralelos com suas interações anteriores. Era um terreno novo e não mapeado. E ele estava hipnotizado pelos sentimentos exaltados que ela lhe provocava.

"O que vai ser feito com os dois, capitão?", Damien perguntou enquanto entravam a pé na cidadezinha.

"Já está tudo arranjado para o licano ser mandando para a matilha de Hokkaido."

"Eu ainda acho que ele devia ser sacrificado", falou Jason. "É a hora certa para mandarmos um recado para os licanos. Quando essa história se espalhar..."

Adrian o interrompeu com um olhar. "Essa história não vai se espalhar."

Ele havia localizado primeiro a outra segurança de Helena, perto de Cedar City, a caminho do lago Navajo. Seu destino final era uma demonstração da força de seu instinto de preservação. Mesmo percebendo a oportunidade de fuga representada pela deserção de Helena, que mobilizou a atenção dos Sentinelas, ela preferiu se dirigir à matilha mais próxima em vez de sair vagando pelo mundo. E, sem hesitação, concordou em nunca mais dizer uma palavra sobre Mark e Helena. Por sua lealdade e seu bom senso, Adrian ofereceu a ela uma promoção para sua própria matilha, que ela aceitou prontamente. Ele havia aprendido fazia tempo que o reforço positivo era uma motivação muito melhor que o medo e a intimidação.

"Quando Mark estiver no Japão e Helena em Anaheim", ele continuou sem se alterar, "vamos todos esquecer o que aconteceu nestes quatro dias. Nenhum de nós está disposto a conviver com as consequências disso."

Um caso amoroso entre uma Sentinela e um licano. Uma fuga. O que essa escolha acarretava. Tudo isso era uma bomba-relógio, que fornecia ainda mais munição para os descontentes. Depois dos últimos ataques vampirescos e da infecção que ele encontrou no Arizona e em Utah, era melhor não provocar nenhum tipo de inquietação entre os Sentinelas. O equilíbrio que ele tinha conseguido preservar por tanto tempo estava se esgotando. Caso ele perdesse o controle sobre os Sentinelas, nada seria capaz de salvar o mundo do caos que se seguiria.

Por causa da necessidade imperiosa de sigilo, ele havia conduzido aquela caçada sem nenhum tipo de ajuda tecnológica, por não querer deixar nenhum rastro nos registros da Mitchell Aeronáutica. Rastrear o carro alugado de Helena por GPS teria facilitado tudo, mas ele não estava com pressa. Permitir que ela tivesse mais alguns dias de felicidade era uma concessão das mais reles, mas era a única que ele podia fazer. Quanto mais tempo ela continuasse desaparecida, mais volátil a situação se tornaria.

"Você não é o único aqui que gosta de Helena", comentou Jason.

"Não." Tudo parecia estar vindo à tona ao mesmo tempo. Ou talvez Adrian estivesse se sentindo assim porque a decisão de Lindsay de abandoná-lo ainda doía dentro dele. Ela estava abrindo mão dele para seu próprio bem. Ele precisava tentar fazer o mesmo por ela, deixar que ela seguisse seu caminho.

"Não acredito que você esteja surpreso", continuou Jason. "Já estamos nessa missão há tempo demais."

"A única surpresa foi ter demorado tanto tempo." Adrian olhou para Damien, que se limitou a encolher os ombros, sem confirmar nem negar que pensava da mesma forma. "Mas quais são as alternativas? Afastamento da função? Amputação das asas? Viver caçando os mortais que fomos criados para proteger? Quem vai querer uma vida dessas, porra?"

Damien bufou. "Isso você vai ter que perguntar para os Caídos."

Eles atravessaram as ruas de Gardiner na direção dos chalés para temporadas em que Helena estava escondida. Adrian os havia acompanhado pelo ar durante a noite, seguindo-os pelas estradas vicinais e pelas cidadezinhas que atravessaram até parar ali perto do amanhecer.

Ele enfiou a mão no bolso e agarrou o celular. Queria poder falar com Lindsay naquele momento. O coração de mortal dela entenderia por que estava separando os dois amantes, e saberia o quanto aquilo era difícil para ele. Ela não veria sua compaixão como uma fraqueza. Mesmo que ela discordasse das medidas que ele estava sendo forçado a tomar, ouvir sua voz e sua argumentação passional o deixaria mais tranquilo, mais fortalecido para impor uma medida que causaria sofrimento para uma amiga tão querida.

O celular vibrou ao receber uma chamada e, surpreso, ele o agarrou com ainda mais força. Diminuiu a passada, imaginando se seu desejo de falar com Lindsay a havia motivado a ligar para ele.

O identificador de chamadas mostrou que a ligação vinha da Morada. Ele atendeu.

"Acho que estamos com um problema", disse Oliver, indo direto ao assunto.

Adrian parou. Para que Oliver dissesse que havia um problema, o assunto precisava ser bem sério. "O que foi?"

"Acabei de conversar com Aaron. Ele seguiu para Louisiana atrás de um vampiro que estava caçando e foi emboscado por Vash e dois capitães dela. Aaron ficou ferido e fora de combate por uns tempos. Ele não faz ideia do que aconteceu com seus licanos enquanto se recuperava. Já faz três dias que está à procura deles."

Adrian olhou para Jason e Damien, que ouviam sem dificuldades toda a conversa, e viu o desespero estampado no rosto deles. Era muita coisa acontecendo. E rápido demais. Um efeito dominó — tudo estava vindo abaixo num único movimento, repentino e impossível de deter.

"Você mandou uma equipe para resgatá-lo?", Adrian perguntou.

"Sim. Mas o ponto principal da história é que, depois de Phineas e do ataque a você, agora Vash está atrás dos licanos."

"É possível que eles tenham alguma ligação com a morte de Charron?"

"Eu pensei nisso. Mas ambos são jovens demais."

"Me mantenha informado." Adrian encerrou a ligação e seguiu em frente, motivado pela necessidade de voltar para casa, juntar suas forças e partir para uma ofensiva. Precisava torcer para que as informações recolhidas durante a semana fossem suficientes para descobrir o que estava acontecendo, e como tanta merda podia ter se acumulado em questão de dias. "Vamos acabar logo com isso", ele disse para Jason e Damien.

Quando se aproximaram do chalé, ele abriu as asas. O odor metálico que atiçou suas narinas era imediatamente reconhecível, e inconfundível. Não havia nenhuma luz acesa dentro do chalé, o que intensificou o pressentimento de Adrian. Ele correu até a porta, destrancando a fechadura com o pensamento antes de virar a maçaneta. O fedor do sangue em coagulação o atingiu com força suficiente para obrigá-lo a dar um passo atrás. Ele acendeu as luzes, apesar de não precisar de nenhum tipo de iluminação para enxergar.

Soltando um palavrão, ele desviou os olhos da carnificina, que parecia ainda mais aterrorizante sob a claridade piscante da lâmpada fluorescente.

Jason entrou no chalé e ficou paralisado. "Caralho", ele sussurrou antes de se virar e sair cambaleando porta afora.

Damien entrou em seguida. Seu suspiro agudo denunciou seu estado de choque, mas ele permaneceu ao lado de Adrian, olhando ao redor até compreender de fato o que havia diante dele.

Ciente de que precisava ser o ponto de apoio dos outros dois Sentinelas, Adrian esfregou as duas mãos no rosto e remexeu os ombros. Ele encarou a cena de novo, respirando pela boca. A visão de uma asa caída sobre o chão se tornou turva, e depois clareou de novo quando as lágrimas escorreram pelo rosto. As outras asas estavam espalhadas pelo quarto como se tivessem sido descartadas, como se fossem lixo. Uma estava na beira da cama, com as penas rosadas e cinzentas manchadas de sangue. Haviam sido arrancadas das costas de Helena, deixando duas fileiras com três orifícios cada na pele lisa.

A Sentinela morta estava deitada imóvel na cama, com os olhos sem vida virados para a porta, os cabelos loiros grudados no rosto pelo suor e o sangue seco. O licano estava caído no chão ao pé da cama. As duas perfurações em seu pescoço explicavam a palidez de sua pele. Adrian duvidava que ainda havia uma gota de sangue sequer no corpo de Mark.

"Não dá pra ficar pior que isso", ele comentou asperamente, abalado até a alma pela perda gratuita — e *irracional* — que aquela cena representava.

Damien olhou para ele. "Por que não deu certo?"

"E por que daria? Ela não foi punida. As asas dela foram arrancadas por um licano, não por um Sentinela. Ele foi mordido por uma..." Adrian caminhou até Helena e arreganhou seu lábio superior. Ele a observou por um bom tempo. "Os caninos dela não estão expostos."

"Talvez tenham se retraído porque a queda dela não se completou."

Adrian levantou os olhos na direção do céu, com um ódio corrosivo percorrendo suas veias. Ele passou os dedos pelos outrora gloriosos cabelos de Helena. Ela era mais que uma amiga. Era a prova de que a queda não era inevitável, que era possível, com a força e o empenho suficientes, cumprir sua missão sem questionar a própria fé no meio do caminho. Essa esperança estava perdida, morta depois de uma longa agonia junto a uma serafim cujo coração era tão puro que só o amor seria capaz de destruir.

Pela primeira vez, ele imaginou que talvez as provações impostas aos Sentinelas fossem uma tentativa de comprovar que a queda dos Vigias era mesmo inevitável.

"Você tem razão, capitão", disse Jason, ainda do lado de fora. "Essa história não pode se espalhar."

Damien passou uma mão trêmula pelos cabelos escuros. "Precisamos limpar tudo isso."

Com os punhos cerrados nas laterais do corpo, Adrian continuou a avaliar as perdas. Mais duas vidas perdidas. Uma Sentinela que deliberadamente se deixou mutilar para provocar a própria queda, e que depois tentou Transformar seu licano. Caso tivesse conseguido, ambos seriam vampiros naquele momento — um novo tipo de vampiros. O que teria aberto as portas para outros fazerem o mesmo. Uma ideia extremamente perigosa.

"Alguma coisa deu errado aqui", Adrian pensou em voz alta. "Talvez o sangue de licano tenha afetado a queda. Talvez ele fosse Transformado se ela tivesse dado seu sangue mais cedo. Talvez não houvesse como isso dar certo. Não temos como saber, a não ser que alguém tente de novo. E talvez sejam necessárias várias tentativas. As implicações que esse ato de desespero possam ter sobre os demais precisam morrer aqui, junto com eles."

Apesar de ter parecido convicto em sua fala, Adrian sabia que tal ideia só poderia ser enterrada por um tempo antes de surgir em alguma outra mente criativa.

Ele sabia disso porque essa mesma ideia tinha passado por sua cabeça muito tempo antes.

E em tempos mais recentes também.

16

"Ela está aqui em Anaheim." Torque pôs a mão na frente dos olhos para se proteger das luzes dos faróis de um carro que estacionava na frente da janela de seu quarto de hotel. "Mas Adrian está fora há quase um mês, a não ser por uma visita rápida uma semana atrás, quando foi visto com ela."

"Então não pode ser Shadoe", Syre falou com um suspiro de desânimo.

"Isso eu não sei. Ela está com um licano. E só sai do hotel acompanhada por ele, o que aliás é bem raro. Adrian pode querer mantê-la longe das vistas enquanto está caçando."

"E só iria deixar um segurança com ela? E fora da Morada?"

"Ela trabalha para Raguel, e está hospedada num de seus hotéis. Estar sob a asa de um arcanjo já é proteção suficiente."

Syre bufou do outro lado da linha.

Torque franziu a testa ao ouvi-lo, detectando uma tremenda inquietação e frustração naquele gesto. Não era bem o que ele esperava ao conversar com o pai sobre uma possível reencarnação de Shadoe. "Qual é o problema? Tem alguma coisa que eu não esteja sabendo?"

"Você se lembra do que Adrian disse sobre Nikki? Sobre a aparência e o comportamento dela?"

"Como se eu fosse capaz de esquecer uma mentira dessas."

"Torque..." Ele fez outra pausa. "Eu recebi outros dois testemunhos semelhantes. E das nossas próprias fileiras."

"Testemunhos de quê?"

"Doença. Infecção. Você não ouviu nada?"

"Não. Mas o agrupamento daqui é bem discreto. Eles ficam na deles e se concentram em vigiar a Morada dos Anjos." O agrupamento de espiões reunido por Torque era formado de seus lacaios mais confiáveis, que aceitavam ordens sem questionamento e tinham um profundo respeito por ele por ser filho de Syre. "Que tipo de doença?"

"Violência gratuita, sede desmedida. A descrição de Adrian de bocas espumantes e olhos injetados também confere."

Torque desabou na cama, com o coração acelerado. "Nikki só ficou fora dois dias..."

Ele ouviu o rangido da velha e confortável cadeira de seu pai do outro lado da linha. "Se até o fim da semana você não conseguir confirmar a identidade dessa mulher, quero que venha para casa. Dependendo do nível de infestação dessa doença, podemos estar diante de uma guerra iminente com os Sentinelas. Precisamos estar preparados."

Uma família de turistas passou diante da janela de Torque, rindo e tagarelando apesar do avançado da hora. Ele desviou os olhos da felicidade que jamais experimentaria e viu que horas eram no relógio do criado-mudo. "Acho que o mais importante é descobrir quem é essa mulher. Pense bem, pai. E se Adrian estiver por trás de tudo isso? E se ele estiver orquestrando esses ataques para ter um pretexto para ir atrás de você? Tudo isso faria sentido se essa loira for mesmo Shadoe."

"Loira?"

O sofrimento que ouviu na voz do pai fez o sangue de Torque congelar. Caso aquela mulher fosse sua irmã, não havia como um casal de gêmeos ser menos parecidos um com o outro. "Pois é. E eu aqui tingindo o cabelo para me livrar do descolorido. Quer uma ironia maior que essa? Tenho uma entrevista de emprego com ela amanhã, vamos ver no que dá. Foi por isso que eu pedi para você me mandar o sangue de Caído. Preciso sair à luz do dia."

"E já chegou?"

"Sim. Eu já bebi."

"Vashti vai estar por aí em breve, caso você precise de mais. Quero ouvir notícias dos dois."

Torque já estava cansado de esperar. "Vou entrar em contato assim que possível. Enquanto isso, pense na possibilidade de Adrian estar por trás desses ataques e dessa doença."

"Ele não chegaria ao ponto de matar Phineas. Os dois eram como irmãos."

"Qualquer um é capaz de qualquer sacrifício, pai, se o desespero for grande. Não deve ser coincidência que Vash está seguindo o sequestrador de Nikki até a Morada. Enquanto examina esses relatos de lacaios doentes, veja se não encontra também relatos de sequestros de vampiros." Torque passou a mão pelo rosto, sentindo-se incomodado e irritado pelo odor químico da tintura de cabelo. "Acho que no fim são só boatos cuidadosamente plantados, mas se existir alguma verdade por trás disso e Adrian estiver envolvido, ele deve estar sequestrando vampiros para infectá-los. E, nesse caso, deve ter alguém por aí sentindo falta dos que foram sequestrados. Da mesma forma como eu sinto falta de Nikki."

A falta dela o estava consumindo por dentro. Ele se sentia como se gritasse para o mundo através de um vidro à prova de som.

"Eu vou investigar, filho. Como sempre, agradeço pelos conselhos."

"Pois é, mas no fundo o que eu gostaria era de ter assuntos melhores para tratar."

Lindsay olhou para o relógio. Ainda faltavam quinze minutos para a próxima entrevista. Apesar de saber que não deveria, sentiu vontade de ligar para Adrian. O telefonema que havia acabado de fazer — para o ferreiro que confeccionava suas facas — a tinha deixado com vontade de ouvir a voz dele. Ela ainda ficou um tempo girando o aparelho em cima da mesa. Foi quando ele tocou. Ao ver o nome de Adrian no identificador de chamadas, levou o celular ao ouvido na velocidade da luz.

"Ei", ela se apressou em atender. "Estava pensando em você."

"Lindsay." Ele soltou o ar com força. "Estava precisando ouvir sua voz."

O sorriso sumiu do rosto dela. "O que aconteceu?"

"Um monte de coisas. Eu... eu perdi uma Sentinela ontem à noite."

"Adrian." Ela se recostou no assento da cadeira, ciente do quanto ele valorizava seu comprometimento com sua missão e seus Sentinelas. "Sinto muito. Você quer conversar a respeito?"

"Ela se matou. Eu a deixei numa posição em que ela considerou que correr um risco fatal era sua única chance de ser feliz, e pagou com a própria vida."

"Então a escolha foi dela", argumentou Lindsay. "Não é culpa sua que ela fez o que fez."

A respiração dele era audível do outro lado da linha. "Você acredita que os líderes devem ser exemplos a serem seguidos?"

"Sim."

"Então eu tenho a minha parcela de culpa. E, para ser sincero, tenho inveja da força de vontade dela. Eu mesmo já me vi diante dessa mesma escolha. E não tive, e não tenho, coragem de fazer o que ela fez."

A frieza em sua voz era ainda mais preocupante do que algum sinal de descontrole. "Ela está morta. Isso não é coragem, é loucura. Você precisa vir para casa. Está viajando há muito tempo, está cansado. Está precisando de um descanso."

"Estou precisando de você."

Com a mão desocupada, ela fazia movimentos circulares no apoio de braço da cadeira. Ela fazia questão de ser a amiga de que ele precisava. Assim como tinha vontade de falar com ele sobre seu novo emprego, suas armas, seu dia — toda e qualquer coisa. Porque ela era *dele*. E ela sentia que o contrário também era verdadeiro. "Você sabe onde me encontrar."

Ele se despediu e ela desligou, com o coração apertado de preocupação.

Os sonhos que ela andava tendo a mantinham ligada a ele. Era como se estivessem se vendo todos os dias, apesar de estarem distantes desde que ela fora embora de Las Vegas.

No sonho da noite anterior, eles faziam amor numa carruagem. Estavam vestidos em roupas de época, como aquelas das adaptações cinematográficas dos romances de Jane Austen. Ela subiu no colo dele e afastou as camadas e mais camadas de tecido sob o vestido, enquanto ele desabotoava as calças. Ao mesmo tempo que ela agarrava seu pau duro, ele pegou o rosto dela com as mãos e a beijou, desfazendo seu estranho penteado em longas madeixas de cabelos negros. Agarrando-a pelos quadris, ele a penetrou com uma ferocidade reprimida e levou-a ao orgasmo com uma determinação irrefreável. Os olhos dele brilharam com o brilho sobrenatural costumeiro e ele dizia: "*Ani ohev otach, tzel*".

Eu amo você, sombra.

Lindsay ficou surpresa com seu nível de compreensão de um idioma que não conhecia. Os sonhos eram bem diferentes entre si em termos de localidades exóticas e uma variedade infinita de roupas de época, mas algumas coisas se repetiam. Adrian estava sempre com ela. Estava sempre apaixonado por ela, e ela parecia sempre querer mais. O tempo que passavam juntos era sempre marcado por uma sensação constante de desespero e uma determinação voraz de conquistá-lo a qualquer custo. Ela era sempre uma mulher que amava Adrian acima de qualquer coisa, ignorando as consequências que isso pudesse ter, embora nem sempre fosse a mesma mulher. Sua aparência, sua cultura, seu idioma, o lugar onde estava — tudo isso mudava de sonho para sonho.

Lindsay se endireitou e respirou fundo para pôr os pensamentos em ordem. A cada dia que passava, mais dispersa ela ficava. Mais inquieta e incapaz de se concentrar. Ela precisava voltar a caçar. Enquanto não acertasse as contas com o próprio passado, não haveria paz para ela no presente.

O telefone de sua mesa tocou, avisando que o último candidato a entrevistar havia chegado. Um instante depois, um bonito jovem de traços asiáticos apareceu do outro lado da parede de vidro do escritório.

Ela o convidou a entrar com um sorriso.

Ele se dirigiu a ela com passos ágeis e confiantes. "Bom dia."

"Oi." Lindsay ficou de pé e deu uma olhada na ficha para ler o nome dele. *Kent Magus*. Ela gostou do nome. Enquanto se cumprimentavam, ela reagiu à presença dele de forma imediata e surpreendente — ele não era humano, mas não fazia seus pelos se eriçarem. Estava vestindo calças cáqui folgadas e uma camisa preta de mangas curtas. Seu sorriso era simpático e charmoso, e seu aperto de mão era firme e forte.

Se tudo isso era bom ou ruim, ela não sabia dizer, pois não conseguia afastar da cabeça a nítida sensação que já tinha visto e conversado com Kent antes. "Sente-se, sr. Magus. Por favor."

Ele esperou que ela se sentasse antes de fazer o mesmo. "O Belladonna é mesmo imponente."

"Pois é, né?" Isso só tornava o descontentamento de Lindsay ainda mais irritante para ela. Aquele emprego era uma oportunidade incrível, do tipo que só aparece uma vez na vida, e ela não estava dando o devido valor a ele. "Você está se candidatando à vaga de atendente no período da noite."

"Isso mesmo."

"Me sinto na obrigação de dizer que você é qualificado demais para esse trabalho."

"Eu imaginei que pudesse haver oportunidades para futuras promoções..."

Lindsay agarrou os apoios para os braços da cadeira. A fortíssima sensação de déjà-vu que a presença dele despertava fazia a sala inteira girar. O endereço anterior que ele colocou na ficha era na Virginia, um estado que ela já havia atravessado de carro muitas vezes. Era possível que eles tivessem se cruzado em algum posto de gasolina ou restaurante de beira de estrada em algum lugar. Ela piscou para tentar espantar os pontos pretos que flutuavam diante de seus olhos, depois fez um esforço para tentar fazer seu cérebro voltar a funcionar normalmente.

Kent tinha os cabelos curtos. Assim como os dela, o comprimento era parecido. Aparentava ser forte, com ombros largos e bíceps salientes, mas não era robusto como um licano. Ela precisaria perguntar para Elijah mais tarde que tipo de criatura era ele.

"Esse cargo oferece oportunidades para promoções, sim, com certeza", ela garantiu. "Estou vendo que você é novo aqui na região. Confesso que tenho dúvidas se você vai querer ficar por aqui ou não. A Costa Oeste é bem diferente da Costa Leste."

"Você conhece bem a Costa Leste?"

"Acabei de me mudar para cá. Sou da Carolina do Norte." Incapaz de conter sua inquietação, ela se levantou. "Quer um copo d'água?"

Ele ficou de pé também, demonstrando as boas maneiras que ela esperava, mas infelizmente não tinha encontrado na maioria dos outros candidatos que havia entrevistado nos dois dias anteriores. "Não, obrigado. Então nós éramos praticamente vizinhos."

Lindsay pegou uma garrafa d'água no frigobar atrás de sua mesa e se sentiu aliviada ao constatar que de pé ficava menos desorientada. Deu um longo gole e só então notou a aliança no dedo dele. Um inumano casado. Ela ficou mais do que confusa. "A carga horária é das onze da noite às sete da manhã, de terça a sábado. Isso seria um problema?"

"Problema nenhum. Eu sou notívago."

"E a sua esposa também?" Ela não queria parecer intrometida, mas também não queria treinar um funcionário que desistiria do emprego pouco tempo depois.

Todo o charme e o bom humor sumiram de seu rosto. Seus lindos olhos cor de âmbar revelaram uma tristeza profunda. "Minha esposa faleceu há pouco tempo."

A ficha dizia que ele tinha vinte e seis anos. Jovem demais para sofrer uma perda dessas proporções. Mas, pensando bem, talvez ele tivesse milhares de anos de idade, como Adrian. Ou muitas décadas, como Elijah. "Eu sinto muito."

Ele acenou de leve com a cabeça. "Eu queria recomeçar do zero, num outro lugar, com um trabalho que me mantivesse ocupado à noite. Se me contratar, prometo que não vai se arrepender."

Lindsay respirou fundo. Sentia certa identificação com Kent Magus, fosse ele o que fosse. Ela sabia como as noites podiam ser difíceis depois da perda de um ente querido. Durante o dia era fácil arrumar uma distração, mas à noite a rotina familiar começava a evidenciar a perda — a mesa do jantar, os programas favoritos na tevê, a hora de ir para a cama. A confiança e a dignidade que ele transmitia eram características que ela admirava, e sua sinceridade sugeria que se tratava de uma pessoa que se dedicava com afinco a tudo que se propunha a fazer. Lindsay considerou a possibilidade de ter gostado dele justamente por ser "outra coisa" e ainda assim ser capaz de amar e sentir uma perda, assim como ela. Assim como Adrian. Seu anjo era uma prova de que nem todas criaturas sobrenaturais eram malignas.

"Quando você pode começar?", ela perguntou.

Kent abriu um sorriso. "Quando você quiser. Eu estou pronto, srta. Gibson."

"Pode me chamar de Lindsay."

*

Assim que viu Elijah à sua espera no luxuoso saguão do Belladonna, Lindsay percebeu que havia alguma coisa errada. A postura dos ombros dele, a boca contorcida de preocupação. E ele estava andando de um lado para o outro, como um felino preso numa jaula. Ou melhor, um lobo.

O coração dela ficou apertado. "O que aconteceu? Alguma coisa com o Adrian?"

Ele sacudiu a cabeça e pôs as mãos na cintura. Um rugido grave retumbou em seu peito. "Lembra aquele amigo que mencionei para você? O que eu queria que fosse meu parceiro?"

"Sim."

"Ele saiu numa caçada na Louisiana antes de embarcarmos para Utah. Acabei de ficar sabendo que ele estava desaparecido até hoje de tarde."

"E ele está bem?" Lindsay apertou os braços com força junto ao peito, consciente de que Adrian estava sendo atacado por todos os lados, e sofrendo por isso.

"Disseram que ele está quase morrendo. E querendo me ver." Seus olhos verdes a encaravam de maneira penetrante. "Preciso que você colabore comigo. Que não saia do hotel até eu ou algum outro aparecer para fazer sua escolta."

"Eu quero ir com você, El. Não quero deixar você sozinho, e sei que você não quer me deixar sozinha aqui. Se fizer isso, vai ficar preocupado comigo também, além de seu amigo."

"Eu não queria pedir isso para você", ele falou, um tanto áspero. "Micah está na Morada dos Anjos."

A respiração dela se acelerou com a lembrança da manhã em que sobrevoou com Adrian os morros que cercavam sua casa. Seu corpo reagiu a essas memórias como se as tivesse vivenciando novamente. O vento estava feliz naquele dia, demonstrando uma alegria incomum. Ou talvez essa alegria estivesse dentro dela.

De repente, a fragrância dos arranjos de flores que decoravam o saguão se tornou desagradável. O teto alto começou a se fechar sobre ela. Tudo no hotel ganhou a aparência de uma armadilha. Aquele não era o lugar dela. Por mais que tentasse e se esforçasse, ela ainda era — e sempre seria — uma estranha no mundo "normal".

"Tudo bem", ela garantiu, falando mais para si mesma do que para ele. "Se é de uma justificativa que você precisa para me levar, eu tenho que passar lá para pegar minha mala de qualquer jeito. Agora é uma boa hora para fazer isso."

Elijah concordou com a cabeça. "Quer se trocar ou pegar alguma coisa antes de ir?"

"As duas coisas."

Quinze minutos depois, estavam no Toyota Prius elétrico azul de Lindsay, que havia sido entregue a ela no dia anterior. Elijah ocupava quase todo o espaço interno do veículo, apesar de o banco do passageiro estar retraído tanto quanto possível. Ela se sentiu mal por deixá-lo todo espremido, mas gostou do carro. Como tinha dito para Adrian, não tinha a intenção de salvar o mundo, mas também não queria continuar contribuindo com a poluição e com o esgotamento dos recursos naturais.

Eles pegaram a estrada. Elijah era um ótimo copiloto, sempre dizendo que caminho pegar e quando mudar de faixa.

"Você está tensa", ele notou quando ela roçou as palmas das mãos suadas nas calças dele — de novo.

"Estou preocupada com as coisas ruins que andam acontecendo desde que você e Adrian me conheceram. Normalmente não é assim, né?"

"Estamos sempre bem ocupados, mas a coisa sem dúvida está ficando mais intensa."

"Deus do céu." Ela soltou o ar com força. "Estou morrendo de preocupação com o Adrian. Ele perdeu uma porção de amigos, e não está tendo a chance de absorver essas perdas com tudo isso acontecendo ao mesmo tempo."

"Os mortais não costumam eleger seus parceiros assim tão depressa."

Ela o encarou. "Não sei como são as coisas de onde você vem, mas sou obrigada a discordar. Por acaso você já ouviu falar em sexo casual? Alguns mortais se tornam parceiros poucos minutos depois de se conhecerem."

"Não estou falando de parceiros sexuais", ele corrigiu, irônico. "Estou falando de levar um tiro por alguém."

"Eu levaria um tiro por você. E, apesar de achar você lindo, não quero ser sua parceira sexual."

"Você é maluca, sabia?"

Ela encolheu os ombros. "E você é meu amigo. E, sabe como é, diga com quem anda..."

Ele ficou olhando para ela por um bom tempo antes de enfim virar a cabeça para o outro lado.

Enquanto subiam o morro que levava à Morada dos Anjos, o celular de Lindsay tocou. Ela o tirou do console central, onde o havia largado, e atendeu, tateando até encontrar o botão de viva-voz. "Pai. Como é que você está?"

"Com saudade. E você?"

"Vou indo. Contratando os funcionários para a inauguração e tentando ficar longe de encrencas."

"E Adrian, como vai?"

Ao se lembrar da exaustão que detectou no tom de voz de Adrian, ela suspirou. "Ele está passando por um período difícil."

"Mas você está ao lado dele. Isso é bom. A coisa entre vocês dois deve estar progredindo bem."

Lindsay olhou para Elijah e decidiu dizer a verdade, pois sabiam que ambos só queriam o melhor para ela. "Na verdade, eu resolvi dar um tempo."

"Por quê?" Ao contrário de Adrian, o tom de voz de Eddie Gibson revelava todos os seus sentimentos. E a maneira como fez a pergunta deixava bem clara sua decepção.

"Nós somos... incompatíveis."

"Foi ele que disse isso?" Agora ele parecia irritado.

"Não", ela se apressou em dizer. "Ele quer ir em frente. Estou vendo que não vai dar certo, então é melhor parar por aqui mesmo, antes que a coisa fique mais séria."

"A coisa já ficou séria, minha querida", ele argumentou. "Caso contrário você nem pensaria sobre o futuro da relação."

Ela contorceu a boca. "Humm..."

"Você vem mantendo os homens à distância sua vida inteira. Eu até gostava disso quando você era mais nova, e depois de conhecer os sujeitos com quem saía, vi que não era difícil mandar todos eles pastarem. Mas esquecer alguém como Adrian não deve ser tão fácil, né?"

"Pai, dá para parar com a psicanálise? Ou então só vir com essa conversa quando você estiver saindo com alguém, só pra variar."

"Foi por isso que eu liguei. Vou sair para jantar com uma mulher hoje à noite."

Lindsay apertou o volante com força. Por um instante, não conseguia definir como se sentia. Não estava exatamente feliz. Estava surpresa e assustada, decepcionada e magoada, alegre e empolgada, tudo ao mesmo tempo.

"Lindsay?"

"Oi, pai." A voz dela saiu áspera demais. Ela limpou a garganta. "Quem é a felizarda?"

"Uma cliente que apareceu na oficina hoje. Ela me chamou para sair depois de trocar o óleo."

"Gostei dela, mesmo sem conhecê-la. É uma pessoa inteligente e de bom gosto."

Ele deu risada. "Tem certeza de que está tudo bem?"

"Claro", ela respondeu com uma empolgação fingida. "Eu ficaria furiosa se você não fosse. E é melhor se divertir bastante. E usar a camisa e as calças que eu comprei no seu aniversário."

"Tudo bem, tudo bem. Já entendi: vou me divertir. E não vou vestido como um mendigo, não se preocupe. Mas você precisa me prometer uma coisa em troca. Dê uma chance para Adrian. Uma chance de verdade."

Ela grunhiu em protesto. "Você não entende."

"Escute só", disse ele num tom de voz bem sério. "Adrian Mitchell é um homem adulto. Ele sabe se cuidar sozinho. Se ele não está vendo problema nenhum, não me venha você arrumar um. Você merece ser feliz, Linds, e todo relacionamento tem seu risco. Eu estou meio inseguro para voltar a mergulhar de cabeça numa relação, é verdade. Mas você... você nunca molhou nem o dedão do pé. Acho que está na hora de você aprender a nadar."

"Eu amo você, papai, mas as suas metáforas são de matar."

"Ha! Eu também amo você, querida. Cuide-se."

"Eu vou querer um relatório completo amanhã", ela avisou.

"Um cavalheiro não comenta sobre essas coisas. Até mais."

Ela encerrou a ligação e olhou para Elijah, que a encarou. Seu pai enfim tinha resolvido seguir em frente. Ela pensou que ficaria feliz por isso. E estava... em termos gerais. Mas havia uma parte dela — uma parte confessamente infantil de sua mente — que achava que seu pai estava querendo se desapegar de sua mãe. Algo que Lindsay ainda não se sentia capaz de fazer.

"Você é bem próxima do seu genitor", comentou Elijah.

"Nós só temos um ao outro, se é que você me entende."

Ele balançou a cabeça em sinal afirmativo. "Isso explica por que Adrian mandou licanos para protegê-lo."

Ela tirou o pé do acelerador. "*Quê?* Por quê?"

"Adrian mandou licanos para proteger seu pai. Eu não sabia por quê. Agora já sei. É por sua causa, porque seu pai é importante para você."

"Quando foi que ele fez isso?"

"Em Las Vegas."

Lindsay pisou no acelerador, mas desejou que não estivesse atrás do volante naquele momento. "Por que o meu pai precisaria de seguranças?"

"Qualquer coisa que seja importante para Adrian corre o risco de ser usada contra ele."

Usar o pai dela para atingi-la, o que consequentemente atingiria Adrian. "Se alguma coisa acontecer..."

"Não se preocupe", Elijah abriu um sorriso para tranquilizá-la. "Adrian pediu que eu escolhesse a equipe, e eu indiquei os melhores da matilha. Ele está seguro."

Ela teria dado um beijo nele, caso não estivesse dirigindo. "Obrigada."

"Disponha. Você deveria agradecer ao Adrian também."

"Pois é", ela disse baixinho, sentindo seu coração amolecer mais um pouco. O destino de Adrian deixou de ser sua preocupação imediata. Era hora de admitir que seu próprio comportamento estava tornando tudo mais difícil. "É verdade. Eu vou. Porra, está tudo tão confuso."

"Pois é."

Ela se lembrou do porquê de estar indo à Morada dos Anjos para começo de conversa. "Você sabe o que aconteceu com seu amigo? Por que ele estava desaparecido?"

"Ele foi emboscado e abandonado à própria sorte. Só conseguiu chegar à estrada onde foi encontrado depois de dois dias."

"Minha nossa", ela murmurou. "Foram os vampiros."

Elijah balançou a cabeça e fez um gesto para que ela virasse à esquerda.

"Filhos da puta. Queria poder matar todos eles." Lindsay ficou surpresa com o ódio profundo que se percebia em sua voz. Sua vida havia mudado muito naquelas duas semanas. Os vampiros estavam atacando seus amigos, e eram a razão por que ela não podia ficar com Adrian. Ela não era capaz de encontrar uma justificativa para a existência deles. Eram como pulgas, ou mosquitos — parasitas sugadores de sangue, criaturas repulsivas e inúteis que não deveriam nem existir neste mundo.

Ela parou diante do portão de ferro que guardava a entrada da Morada. O segurança olhou para Elijah sem sair da guarita e liberou o acesso. O sol ainda estava alto, permitindo que ela visse tudo o que havia passado despercebido em sua primeira visita. Os lobos estavam numa elevação do outro lado do caminho, mantendo-se longe das vistas. Quando chegou ao topo do morro, ela viu todos eles, espalhados pela paisagem. Eram muitos. Tão lindos e tão perigosos.

Ela contornou o caminho que levava à casa e estacionou. Tentou dispersar a tensão com um suspiro longo e audível.

Elijah saiu do carro com um movimento contido mas nitidamente apressado, abrindo a porta antes que ela soltasse o cinto de segurança. Ele esperou que ela descesse e apontou para uma construção parecida com um hangar, localizada morro acima a mais de um quilômetro de distância. "Vou estar por lá. Você pode subir depois que pegar suas coisas, ou então me esperar aqui. Se for demorar mais de uma hora, eu aviso."

Lindsay o agarrou pelo braço antes que ele se virasse.

Ele ficou olhando para sua mão, que ela se apressou em remover. "Desculpe. Não queria que você ficasse com meu cheiro nem nada do tipo. É que... eu sinto muito pelo seu amigo, Elijah."

Ele a olhou nos olhos, e a expressão em seu rosto se atenuou. "Eu sei. Obrigado."

"Se precisar de alguma coisa, pode contar comigo." Ela abriu um sorriso amistoso e depois se dirigiu à porta dupla na frente da casa. Mal levantou a mão para bater e elas já se abriram.

"Srta. Gibson."

Um sujeito ruivo, alto e atlético apareceu diante dela. Tinha os cabelos compridos, bem abaixo dos ombros, mas seus modos não eram nem um pouco efeminados. Lembrava um guerreiro viking de antigamente, sério e resoluto.

Lindsay hesitou. "Oi. Só preciso pegar as minhas coisas e logo vou embora."

Ele a encarou por um momento, e de uma maneira que levava a crer que a considerava uma espécie de doente mental ou coisa do tipo. Depois fez um gesto para que ela entrasse.

Ela sabia que se tratava de um anjo. Todos os Sentinelas tinham os mesmos olhos azuis brilhantes, ainda que somente os de Adrian transmitissem algum tipo de sentimento. Eles eram como obras de arte, na verdade. Era um tanto intimidador estar cercada de criaturas perfeitas e maravilhosas.

Como o ruivo simplesmente não disse mais nada, Lindsay foi direto para o quarto que usou durante uma noite. Tudo parecia estar como ela tinha deixado — a cama, feita, e seus artigos de toalete, arrumados sobre a pia do banheiro. Quando deixou aquele quarto, duas semanas antes, esperava voltar para lá no mesmo dia. A sensação de perda que teria caso pudesse fazer parte do mundo de Adrian provocou um nó em sua garganta.

Os planos que ela tinha feito de viver naquele lugar suntuoso, com uma varanda que levava a um deque que os anjos usavam como plataforma para decolagem, além de seu dono, que era a criatura mais magnífica deste mundo, pareceram todos absurdos naquele momento.

Mas era um sonho que pareceu possível por um instante, e ela sentia falta daquela sensação.

Lindsay olhou para a cama ao passar por ela, lembrando que ali fantasiou sobre como seduziria Adrian. Era uma recordação bem vívida, apesar de não chegar nem perto do que tinha sido a experiência real.

"Preciso sair logo daqui", ela murmurou, lutando contra o desejo intenso de ficar ali... para sempre. Resistindo contra a vontade dolorosa de abraçar seu anjo, sua vida, e os eventuais amigos — como Elijah — que fossem capazes de entender sua verdadeira motivação.

Lindsay arrumou a mala em tempo recorde, agarrou-a pela alça retrátil e saiu arrastando-a pela casa. Teve que passar por um grande número de Sentinelas, que se acotovelavam para vê-la. Ela entendia por que eles a olhavam daquele jeito. Ela era a intrusa que estava bagunçando a cabeça de seu líder. Apesar da animosidade visível, ela parou diante da porta de entrada e se virou para eles.

"Estou torcendo por vocês", ela falou. Queria pedir para eles cuidarem bem de Adrian por ela, mas não tinha o direito de fazer isso. Adrian pertencia a eles, não a ela.

A porta se fechou com um clique baixinho, como um ponto final. Ela fez questão de não chorar. Não iria se sentir mal por fazer a coisa certa para Adrian. Para o mundo, aliás, que dependia dele, apesar de não saber.

Lindsay abriu o porta-malas, recolheu a alça retrátil da mala e a ergueu do chão. O vento começou a soprar, criando um funil que atingia apenas ela, que ficou imóvel ao se sentir engolfada por ele.

Fique, fique, fique, ele entoava.

"Eu já causei problemas demais", ela respondeu.

Não vá, Lindsay. Lindsay... Lindsay... O vento parou de repente, deixando-a num vácuo em que seu nome ressoou como o estalo de um chicote.

"*Lindsay.*"

Ela virou a cabeça. Adrian estava de pé ao lado da porta traseira do Maybach, estacionado logo na entrada do caminho circular que levava à casa. O vento o acariciava como a um amante, agitando seus cabelos escuros, que haviam crescido pelo menos dois centímetros desde que se viram pela última vez. Ele estava lindo e elegante com sua polo preta de mangas compridas e suas calças azul-marinho feitas sob medida. Ela sentiu que havia uma tempestade dentro dele, apesar de nada em seu rosto sereno e sua postura contida revelar isso. Uma onda de desolação se formou dentro dela quando ele olhou para a mala em suas mãos, fazendo-a estremecer. Ela nunca tinha sentido um desespero como aquele, uma sensação tão pungente de culpa e mágoa. E ele parecia sentir o mesmo.

As lágrimas se acumularam em seus olhos. Ela mal conseguia respirar.

Deus do céu. De tantas coisas no mundo para ser obrigada a abrir mão, por que precisava ser justamente dele? Ela poderia abrir mão do chocolate. Da água. Do ar. Desde que pudesse ficar com ele sem nenhuma restrição por um período de tempo qualquer.

Ele quebrou a imobilidade correndo na direção dela.

A mala escapou das mãos delas e caiu no chão de cascalho. *"Adrian."*

Quando ela tentou se afastar, ele a agarrou com força, arrancando o ar de seus pulmões.

Suas asas se abriram numa erupção perolada com um toque de vermelho, e eles subiram pelos ares.

17

Elijah entrou no alojamento dos licanos e foi recebido pelo silêncio desolador que cercava a expectativa da morte iminente de Micah. As fileiras de beliches se alinhavam a perder de vista, parecendo ainda mais compridas à medida que ele andava.

Ele seguiu o som dos bipes de um monitor cardíaco, mas saberia aonde ir mesmo se não houvesse pista nenhuma. Micah ocupava um dos aposentos privativos no fim do galpão, em que ficavam os casais. A porta estava aberta, e alguns licanos, incluindo Esther e Jonas, estavam parados diante dela.

Eles o encararam com olhos assustados e ansiosos. Elijah tentou ignorar suas expectativas, detestava aquela crença de que ele era alguma espécie de messias. O fato de ele saber controlar seu lado selvagem não significava que fosse capaz de exercer algum controle sobre o destino dos demais licanos, mas muitos deles acreditavam nisso.

Encontrou Micah deitado numa cama, recebendo líquidos intravenosos através de várias agulhas espetadas pelo corpo. Rachel estava a seu lado. Ela ficou de pé quando Elijah se aproximou e o abordou na metade do caminho, com a mesma aparência pálida e enfraquecida de seu parceiro.

Elijah teve que engolir em seco antes de perguntar: "Como ele está?".

Ela passou a mão trêmula pelos cabelos escuros e fez um sinal com o queixo para que saíssem. Quando voltaram ao alojamento coletivo, ela falou: "Ele está morrendo, El. É um milagre que ainda esteja vivo".

Ele esfregou os olhos com os punhos, tentando amenizar o ardor causado pela tristeza.

"Ele estava esperando você chegar", ela continuou. "Sinceramente, acho que ele só está vivo por isso."

Elijah olhou para ela sem saber o que dizer.

Ela limpou as lágrimas que escorriam pelo rosto. "Ele gosta muito de você."

Ele se apressou em voltar para o quarto, e tomou o assento que Rachel deixara vago. Inclinou-se sobre a cama e apertou a mão fria do amigo.

Os olhos de Micah se abriram lentamente. Ele virou a cabeça e viu Elijah. "Ei", ele sussurrou. "Você conseguiu vir até aqui."

"Quem deveria dizer isso era eu."

Um esboço de sorriso surgiu no rosto do licano moribundo, mas desapareceu logo em seguida. "Preciso contar uma coisa... Vash..."

"Foi Vash que fez isso com você?"

"Ela está... procurando você."

"Me procurando? Por quê?"

"Uma vampira desapareceu... em Shreveport. Seu sangue estava lá."

"Eu nunca estive em Shreveport."

Um tremor violento sacudiu o corpo enfraquecido de Micah. "Pois é, mas... seu sangue esteve."

"Pare de falar. Descanse um pouco. Depois conversamos com mais calma."

Os outrora límpidos olhos verdes de Micah estavam opacos de dor e exaustão. "Não tenho mais tempo. Estou morrendo, alfa. É o fim."

"Não."

"Tome cuidado. O sangue... era seu."

Elijah olhou para Rachel, parada diante da porta. Ela balançou a cabeça, desolada. *O sangue dele*. No local de um sequestro numa cidade que ele nunca havia visitado.

O som agudo de um suspiro atraiu sua atenção de volta para Micah.

"Eu vou ficar bem", disse Elijah. "Não se preocupe comigo. Só se preocupe com sua recuperação."

A mão de Micah apertou a de Elijah com uma força surpreendente, a ponto de suas unhas perfurarem a palma da mão do amigo.

O sangue quente e espesso começou a se acumular nas mãos dos dois. "Escute. Você é o escolhido. Está me ouvindo? É você mesmo. Tire Rachel daqui... e todos os outros."

Elijah se inclinou para trás. "Não faça isso comigo, Micah."

"Ela confia em você..." O ruivo começou a tossir violentamente, expelindo gotas de sangue pelos lábios e maculando a brancura impecável dos lençóis.

"Rachel vai ficar bem. Isso eu prometo."

"Não a Rach..." Ele retomou o fôlego. "A mulher de Adrian... confia em você. Você pode sumir com ela... Tirar vantagem."

Elijah soltou a mão de Micah, furioso e enojado por seu melhor amigo ter despejado aquele peso sobre os ombros dele. Em seu leito de morte. "Não faça isso", ele sussurrou. "Não me peça isso. Ela arriscou a própria vida por minha causa."

Micah levantou a cabeça do travesseiro, e seus olhos por um instante recuperaram a ferocidade de outrora. "Por ela Adrian vai ceder. Me prometa. Assuma a frente. Faça as coisas acontecerem. Você pode libertar todos eles. Só você pode."

Fazendo força para ficar em pé, Elijah começou a se afastar com passos hesitantes.

"Juramento de sangue, El", murmurou Micah, erguendo a mão ensanguentada. Depois afundou na cama, e seu peito começou a chiar a cada vez que o ar, a muito custo, entrava e saía de seus pulmões.

Elijah saiu do quarto e olhou para os licanos que o aguardavam no alojamento. Eram mais de uma dezena. Mais de uma dezena de rostos parecidos, todos o encarando com uma expectativa indisfarçável.

"Foram vocês que puseram isso na cabeça dele", Elijah acusou. "Foram vocês que disseram o que eu estava fazendo nas últimas duas semanas."

Esther deu um passo à frente. "Elijah..."

"Seus egoístas, filhos da puta."

Ele olhou para a própria mão, para os ferimentos que já paravam de sangrar. Ele rosnou e se transformou. Livrando-se das roupas, deu um salto que o conduziu quase até o lado oposto do galpão.

Ele correu porta afora e seguiu em frente em disparada.

*

Lindsay ainda estava tentando recuperar o ar que Adrian arrancara de seus pulmões quando aterrissaram do outro lado da casa. Ela ouviu o som da porta de vidro deslizando atrás de si. Quando se deu conta, estava sendo carregada para dentro de um quarto contendo uma escrivaninha enorme e paredes cobertas por prateleiras de livros.

Ela se inclinou para trás, ainda nos braços dele, e o encarou. A expressão em seu rosto era implacável, de pura e feroz determinação. Outra porta se fechou atrás dela, uma que dava acesso ao interior da casa, e Lindsay foi comprimida contra ela pelo corpo rígido e irresistível de Adrian. As cortinas começaram a se fechar automaticamente sobre a porta de vidro, fazendo o quarto mergulhar no silêncio e na escuridão.

"Adrian..."

Ele cobriu a boca dela com a dele. Agarrou seus pulsos com as mãos e os posicionou acima de sua cabeça, um de cada vez. A língua dele avançou para dentro de sua boca, uma carícia que a deixou excitada no ato. O odor quente e vibrante da pele dele invadiu suas narinas, e parecia mais intenso que de costume. Mais sensual.

Ela lutou para se soltar do agarrão, e sentiu que seus pulsos estavam presos num gancho atrás da porta. Enquanto as mãos dele percorriam seus braços, ela tentava sem sucesso se libertar. Sentindo-se imobilizada, ela percebeu que ele havia arrancado suas roupas de novo com os pensamentos e amarrado seus pulsos com sua própria calcinha. Ela mexeu as pernas e sentiu que estava sem nada por baixo da calça. "Me solte."

"Você não vai me abandonar." Seu tom de voz era grave e enganosamente controlado, mas a tensão que escondia era tão palpável quanto a calcinha que restringia seus movimentos.

Lindsay fez força mais uma vez. A renda cedeu e algo mais forte imediatamente a imobilizou junto à porta. Quando as mãos de Adrian se enfiaram sob sua camiseta e agarraram seus seios nus, ela se deu conta de que era seu sutiã. Ela estremeceu. A única experiência de ser contida contra a própria vontade que ela havia vivenciado fora no dia da morte de sua mãe. "Me desamarre, Adrian."

A boca dele roçou seu pescoço. Os dedos dele apertaram seus mamilos até ficarem duros e pontudos. "Não."

Instintivamente, ela se arqueou na direção dele, sentindo os seios sensíveis e inchados. "Você está chateado. É melhor conversarmos um pouco. Nós *precisamos* conversar."

"Agora não." Ele a agarrou pelos quadris, o que a fez perceber que estava totalmente nua. Quando viu uma coxa peluda se insinuar por entre as suas, ela percebeu que ele também estava.

Sua respiração era o único ruído audível na sala. Seu coração se acelerou pela mistura poderosa de medo e desejo que sentia. Caso fosse outra pessoa que a amarrasse, ela perderia a cabeça. Mas era Adrian, e o toque das mãos dele contra sua pele aplacava seu terror.

"Você precisa pensar melhor." Ela bufou, tentando desviar o foco do toque incendiário das mãos dele. "Não é isso que você quer. Nem as consequências que vão vir depois."

Ele passou o pau pelos lábios úmidos de seu sexo. Lindsay congelou. Estava duro e quente, e era notavelmente grande e grosso.

"Você acha mesmo que não é isso que eu quero?", ele sussurrou.

Ela se debateu quando sentiu os lábios dele abocanhando um mamilo. O gancho na porta rangeu, mas aguentou firme. As portas de Adrian não eram ocas ou feitas de material barato, o que permitiria sua fuga. A madeira maciça usada em sua confecção era forte o suficiente para aguentar qualquer tranco que ela fosse capaz de proporcionar.

Ele atacou seus seios com longos e profundos movimentos de sucção com sua boca perversa. As boas intenções de Lindsay começaram a perder força.

"Estou com medo..." Ela mentiu, na esperança de detê-lo.

"Sei. Morrendo de medo." Ele separou os lábios do sexo dela e sentiu com a ponta dos dedos a intensidade de seu desejo. "Você, que é sempre tão destemida, tem medo justamente de mim."

O gemido que ela soltou ecoou pela sala. Lindsay tinha a dolorosa consciência de que, atrás daquela porta, estavam dezenas de anjo que a viam com reservas e desconfiança pelo mesmo motivo — ela reduzia seu líder a um simples humano, com as fraquezas e os desejos de qualquer mortal. "Pare com isso."

"Eu não consigo." Ele a beijou de novo. Um beijo quente e molhado de um homem que havia ido além de seus limites nos dias em que ficaram distantes. "E não vou."

"Pelo amor de Deus, Adrian." Ela estremeceu sob o toque dele quando ele voltou a abocanhar seu mamilo, lambendo e provocando sem parar. "Por que você não me deixa salvá-lo?"

Ele tirou a boca, produzindo um estalo, depois se esticou de novo para colar a testa junto à dela. "Não sobrou mais nada para salvar. Já foi tudo por água abaixo."

Os sentimentos dolorosos por trás daquelas palavras abalaram o coração de Lindsay. Ela queria puxá-lo mais para perto, abraçá-lo, aplacar sua angústia. Mas não podia mexer os braços, só podia contar com a própria voz para consolá-lo. "Me diga o que aconteceu."

"Mais tarde." Ele começou a percorrer novamente seu corpo. Os lábios dele deslizaram entre seus seios, a língua circulou em torno do umbigo. Quando ele se posicionou no meio de suas pernas, Lindsay mordeu o lábio para não gritar. Apesar da irritação por ter sido imobilizada, e da apreensão diante do estado de humor volátil de Adrian, ela estava absurdamente excitada. Apesar de indefesa. Mas ela não conseguia se esquecer da quantidade de pessoas — de *anjos* — que havia por perto.

"Não faça isso. Você vai se arrepender."

"Eu vou me arrepender se *não* fizer." Ele a abriu com os polegares. A ponta da língua dele acariciou seu clitóris com movimentos enlouquecedores. Seu sexo inchou de desejo, e um gemido áspero escapou de sua boca. "Eu deveria ter terminado o que começamos em Vegas. Deveria ter ignorado a maldita batida na porta e te fodido até você ter desistido inclusive da ideia de me deixar."

O tom de voz áspero revelava a angústia que ele sentia, e reverberava dentro dela. Lindsay queria agarrá-lo pelos cabelos e puxá-lo para perto. Queria acalmá-lo acariciando suas costas. Queria libertá-lo do fardo que carregava, longe dos olhos daqueles que precisavam que ele fosse forte o tempo todo. Mas fazer isso iria confrontá-lo com aquilo que o devorava por dentro, o que naquele momento era mais do que necessário esquecer.

Um esquecimento que ela não era capaz de oferecer. Não quando o preço a pagar era tão alto.

Adrian segurou sua perna direita atrás do joelho. Ele a posicionou em cima do ombro, abrindo-a para uma súbita investida com a língua. Ela arqueou as costas e bateu com a cabeça na porta, produzindo um ruído que reverberou pela sala e com certeza pelo corredor também. Ou ele não ouviu, ou não deu a mínima. A boca dele estava enterrada nas dobras de seu sexo. Ele manipulava sua carne trêmula com um apetite voraz, como se quisesse devorá-la. Consumi-la. Marcar seu corpo com aquele beijo ardente e cheio de intimidade. Ela estremeceu e prendeu a respiração, e seus dedos do pé se dobravam com tanta força que começaram a doer. Ela se apegou àquela pontada de dor, lutando contra o orgasmo que ele estava determinado a fazê-la vivenciar.

O grunhido abrupto que ele soltou encheu os olhos dela de lágrimas. Adrian parecia perdido e desolado.

"Ainda... ainda dá tempo", ela conseguiu dizer em meio aos soluços. As lágrimas quentes escorriam pelo peito, seu coração estava partido porque ela sabia que *não* adiantava mais. Eles já tinham ido longe demais para voltar atrás. Ela soube disso no momento em que matou o dragão na frente dele. Ela poderia ter aberto mão de matar só daquela vez, mas não o fez. Preferiu expor seu segredo mais íntimo a alguém que conhecia fazia poucas horas, como se mostrar sua verdadeira face para ele fosse uma necessidade.

Ainda assim, ela tentava lutar contra o inevitável, porque gostava dele. E muito. Tanto que só de pensar em fazê-lo sofrer já ia às raias da insanidade. "Você pode acabar com isso, Adrian. Antes que seja tarde demais."

Ele soltou um rosnado, um ruído profundo de agressão e determinação. Atacou seu clitóris e fez movimentos rápidos de sucção, num ritmo acelerado. Uma estimulação constante e excitante que a levou a um clímax explosivo. Seu corpo suado foi sacudido por espasmos brutais, devastado por um prazer arrebatador contra o qual ela não podia se defender.

Adrian virou a cabeça e limpou a boca molhada na parte interior de sua coxa. Depois saiu de baixo de sua perna e se levantou.

"O que você considera tarde demais, ou longe demais?", ele perguntou com uma tranquilidade perigosa. "Eu já estive dentro de você. Com os dedos. Com a língua. Com o pau."

Ela fechou os olhos com força e baixou a cabeça, lutando para normalizar o ritmo da respiração e recobrar algum controle sobre o próprio corpo. Mesmo na escuridão, Lindsay se sentia exposta, totalmente à mercê da turbulência emocional de Adrian. "T-tecnicamente, sim", ela falou entre lufadas profundas de ar. "Mas você parou. Conseguiu se controlar uma vez. E consegue fazer isso de novo."

"Tecnicamente, você diz." As mãos dele agarraram e apertaram sua bunda. Os dentes mordiscaram a parte superior do seio, em cima do coração, com força suficiente para machucar. A capacidade tão impressionante de se controlar que ela associava a Adrian parecia perdida. Ele estava sendo implacável, determinado e predatório em seu desejo de dominá-la. "Se ninguém gozou, não conta, é isso?"

Ele a ergueu e fez com que ela envolvesse os quadris dele com as pernas. Um instante depois, já a penetrava com sua ereção brutal. Ela estremeceu e se ajeitou para acomodá-lo, mas ele deu um pequeno passo à frente e entrou até o fundo.

Esmagada contra a porta, ela soltou um gemido de deliciosa agonia. Apesar das várias noites de sonhos eróticos e quentes, ela ainda precisava de algum tempo para se ajustar ao tamanho dele.

"Por favor", ela sussurrou, apesar de não saber ao certo o que estava pedindo. Para parar? Para começar? Para que ele nunca desista dela, por mais que ela peça? Ela era incapaz de dizer sim, pois sabia dos riscos envolvidos. Por outro lado, não conseguia suprimir o desejo egoísta de que ele não aceitasse sua rejeição. Estar ali com ele era o que ela mais desejava no mundo, mas sua relutância não tinha a ver com razões pessoais. Ela só estava pensando nele, no que seria melhor para ele.

Ela ouviu o ruflar das asas de Adrian, e sentiu a brisa que elas provocaram ao se movimentar. Aquele golpe de ar denunciou os sentimentos que ele lutava para esconder.

"Não", ela gemeu, numa última e inútil tentativa de salvá-lo.

Ele agarrou seus cabelos com as mãos, levantando sua cabeça para que pudesse beijá-la na boca. Os lábios dele cobriram os dela, inalando o ar que ela expelia aos borbotões. Ele remexeu os quadris e a tocou profundamente, esfregando-se apenas o suficiente para estimular seu clitóris inchado e hipersensível. O corpo de Lindsay ficou tenso de expectativa, seu sexo faminto estremecia ao redor da extensão do pênis pulsante de Adrian.

Ele prendeu a respiração. Suas íris se inflamaram o suficiente para tornar visíveis o branco de seus olhos e a extensão de seus cílios em plena escuridão. Ele soltou o ar diretamente nos pulmões de Lindsay. "Já chega de detalhes técnicos."

Adrian gozou com tanta força que pareceu mais uma estocada dentro dela. A agitação daquele pau enorme dentro dela... o jorro morno que fez o suor escorrer por entre os seios...

Ela se surpreendeu com o próprio orgasmo.

Estremeceu com a onda inesperada de prazer, com a pulsação acelerada ressoando nos ouvidos de tal maneira que mal pôde ouvir quando ele gemeu seu nome.

A vontade de chorar e gritar se agitava dentro dela. Lindsay mordeu com força o pescoço dele para abafar aqueles sons que não queria que ninguém mais ouvisse.

"Isso", ele murmurou, continuando a arremeter contra ela de forma quase inconsciente. "Isso mesmo, caralho."

Os pulsos de Lindsay foram libertados. Seus braços caíram sobre os ombros dele, com os músculos trêmulos e doloridos depois de tanta luta para se soltar.

Ele se afastou da porta, carregando-a em meio à escuridão — os dois ainda unidos, ainda gozando. Ele sentou, e Lindsay sentiu o estofamento sob seus joelhos. Uma namoradeira, talvez. Ou uma poltrona sem braços. Ela afrouxou o maxilar, soltando a garganta dele, e ergueu a cabeça. Atrás de si, uma luz foi se acendendo aos poucos — uma luminária acesa na escrivaninha cuja luz gradualmente foi permitindo que ela visse tudo dentro da sala.

Ela olhou para o rosto de Adrian, e seu coração disparou de alegria. Ele estava todo vermelho, com um brilho febril nos olhos e os lábios inchados pela ferocidade dos beijos que deu nela. No entanto, a umidade reluzente em seus cílios arruinou a cena completamente.

Eram lágrimas. Lágrimas de um anjo indomável e implacável.

"É tarde demais", ele disse com a voz rouca, limpando as lágrimas que desciam pelo rosto dela com os polegares. "Você não me entende?"

Ela confirmou com a cabeça.

Ele beijou as marcas vermelhas deixadas pelas amarras nos pulsos dela. "Eu sei que você só queria me proteger. Eu tentei deixar você fazer isso, mas não consegui."

"Eu sinto muito. Muito mesmo..."

"Não." Ele jogou a cabeça para trás. Forrada em camurça preta, a namoradeira em que estavam sentados emoldurava os cabelos escuros e a pele morena de Adrian. "Não se desculpe por gostar de mim o suficiente para me proteger da minha própria fraqueza. Não se desculpe por ser a minha única fonte de felicidade."

"Por quanto tempo?", ela questionou.

"Enquanto pudermos ganhar tempo e trapacear. Não me rejeite. Eu preciso de você. Preciso disso... seu toque, seu prazer, seu amor. Não consigo pensar direito sem você, não consigo sentir nada. E são duas coisas que eu preciso fazer para superar a merda toda em que estou metido até o pescoço. Se você quer me salvar, então precisa ficar ao meu lado."

"Mas e os outros Sentinelas?"

"O que têm eles? Não tem ninguém ali fora que não saiba que acabei de comer você encostada na porta do escritório."

"Ai, meu Deus..." Ela ficou vermelha.

"Eu *queria* que eles ouvissem", ele disse com veemência. "Podia ter levado você para bem longe, mas nós dois... a nossa relação precisa ser às claras. Não tenho vergonha do que sinto por você. Não sinto vergonha de não resistir ao meu próprio desejo. É assim que são as coisas e ponto final."

"Eles já me odiavam." Ela estava com medo de sair da sala e enfrentar todos aqueles olhos azuis acusadores. "Agora então..."

"Eles ouviram você dizer não. Devem saber que não é culpa sua."

Lindsay pôs as duas mãos no rosto dele. "Não vale a pena passar por tudo isso por minha causa. Eu sou só uma mortal maluca sem nenhum instinto de autopreservação."

"E eu sou um anjo que morreria por você. Está vendo? Somos a combinação perfeita."

O coração dela se apertou dentro do peito. "*Adrian.*"

Ele a pegou pelos pulsos, e o rosto dele revelou tamanha emoção que ela até chorou ao vê-lo. "Fique comigo, Lindsay. Esteja ao meu lado."

"Como você pode querer que eu diga sim, mesmo sabendo das consequências?"

"Apenas diga."

Eles eram teimosos, ambos. Ela estava tendo o que tanto desejou. E, mesmo assim, estava arrependida. Não era capaz de dizer sim, e ele não iria aceitar um não. "Eu não pertenço a mais ninguém, você sabe. Nunca me senti à vontade com as pessoas 'normais'. Nem com o seu pessoal. Mas com *você* sim. Sei que meu lugar é ao seu lado, é isso o que sinto. Mas nada disso importa, porque é proibido. Não vou conseguir viver se por minha causa você perder suas asas. Prefiro morrer a ver você se transformar num vampiro sanguessuga desalmado."

Ele roçou o nariz no dela. "*Ani ohev otach*, Lindsay."

Deus do céu... Agora que ela sabia o que aquilo significava...

"Faça amor comigo", ele sussurrou, beijando-a na boca e acariciando seus lábios com a ponta da língua. "Mostre que você quer isso tanto quanto eu."

Ela agarrou o encosto da namoradeira.

"Fique comigo, *neshama sheli*", ele falou, mexendo o pau ainda duro dentro dela. Esparramado debaixo dela em todo seu esplendor e murmurando sugestões eróticas, ele era o próprio retrato do anjo decaído, pecador e pervertido. "Eu sou seu."

Lindsay sacudiu a cabeça. "Não."

A expressão dele se iluminou com um sorriso glorioso. Adrian inverteu a posição habilmente, e quando ela se deu conta estava debaixo dele, sendo preenchida por ele.

"Eu sei o que você quer dizer de verdade quando fala isso", ele murmurou, agarrando sua perna e puxando para o lado, deixando-a aberta por inteiro para que pudesse penetrá-la até o fim.

Ofegante com a deliciosa tortura, ela ainda conseguiu dizer: "Significa fuja enquanto é tempo. Salve-se".

"Tudo isso me diz: 'Você é a minha perdição, Adrian'."

Ele passou a língua pelo lábio inferior de Lindsay antes de prendê-lo entre os dentes. E continuava a encarando com os olhos semicerrados, observando a reação dela enquanto remexia os quadris. A cabeça do pau dele massageava uma região deliciosamente erógena dentro dela — um atentado sexual deliberado.

Ela gemeu quando ele tirou devagar e depois pôs de novo até o fundo. Devagar, com cuidado. A urgência havia se perdido, e ela se deu conta de que fariam tudo de novo, mas sem pressa. Ela cravou as unhas nos quadris dele. "Adrian."

Ele baixou a cabeça e grunhiu junto à boca dela. "E você é a minha perdição, Lindsay."

18

"Só pode ser ela."

Syre afastou os braços femininos apoiados sobre seu peito e desceu da cama. Ele soltou o ar com força, tentando conter a expectativa que tantas vezes acabava em desapontamento. "Tem certeza?"

"No começo fiquei meio em dúvida", disse Torque. "Mesmo depois de falar com ela pessoalmente, não dava para ter certeza. Ela está bem diferente desta vez."

"Em que sentido?"

"Em muitos sentidos. Mas eu tenho certeza de que causei um efeito nela. Ela me lançou uns olhares esquisitos, como se me conhecesse mas não se lembrasse de onde."

"Isso não prova nada."

"Não, mas, duas horas depois de falar comigo, ela foi até a Morada dos Anjos, e Adrian apareceu por lá logo em seguida."

Inquieto e empolgado, Syre começou a andar de um lado para outro do quarto. "Como vamos fazer para chegar até ela?"

"Ela vai ter que vir à cidade trabalhar." A satisfação era audível na voz de seu filho. "E eu fui contratado, então vou estar no hotel quase todas as noites. Não vai demorar muito para a ocasião perfeita aparecer."

"Parece bom demais para ser verdade."

"É a melhor oportunidade que já tivemos."

Syre esfregou o peito, sentindo o coração apertado. "Eu posso ir até aí."

"Não", Torque respondeu num tom de voz implacável. "Vash já está aqui, com Raze e Salem. Não preciso de mais nenhum reforço. A sua vinda só beneficiaria Adrian, que ganharia uma chance de pegar você. É melhor ficar em Raceport, e longe das vistas tanto quanto possível."

"Eu não vou me esconder."

"Mas você ama Shadoe, e tem vontade de vê-la de novo. Não deve demorar mais que duas semanas para isso acontecer."

Syre olhou pela janela, para a lua, um panorama que ele já tinha contemplado por tempo demais sem a presença de Shadoe. Pais que perderam seus filhos não teriam nunca mais a chance de revê-los, mas sua maldição era também sua bênção nesse sentido. Ele havia se tornado um Caído por conceber Torque e Shadoe. Nefilim, era assim que eles eram chamados. Filhos de anjos com humanos. E foi justamente esse caráter híbrido de sua existência que poupou sua alma quando ele deu início à Transformação para salvar a vida dela. Todos os vampiros nefilins eram únicos nesse sentido. A alma deles sobrevivia à Transformação, porque tinham a força da alma dos anjos, mas sem a vulnerabilidade representada pelas asas.

"Pode demorar o tempo que for preciso, filho", ele disse baixinho, afastando-se da cama ao notar que uma das duas mulheres que a ocupavam havia virado para o outro lado soltando um suspiro de protesto. "Não quero me arriscar a perder um filho na tentativa de recuperar a outra. Preciso de vocês dois comigo."

"Pai." Torque deu risada. "Eu não cheguei até a idade que tenho para cometer erros idiotas. Não se preocupe. E providencie tudo para o retorno de Shadoe. Estaremos todos juntos antes do que você imagina."

"Micah disse que Vash estava com um pedaço de pano... que tinha o meu sangue."

Da posição em que estava, no alto dos degraus da sala de estar, Adrian observava Elijah, que parecia estranhamente agitado. "E ela diz que esse material foi encontrado no local onde houve um sequestro em Shreveport?"

O licano confirmou com a cabeça. Estava com os braços cruzados e as pernas afastadas, como se estivesse preparado para receber um golpe repentino. "No aeroporto de lá. Mas eu estava em Phoenix quando aconteceu. A tal vampira foi pega dois dias antes do incidente no helicóptero."

"Como isso é possível?", Jason questionou sem sair de onde estava, ao lado da lareira. "Como o seu sangue foi parar em outro estado?"

"Como se eu soubesse", disse o licano. "Para continuar sendo identificável, devia estar naquele pano fazia no máximo um mês. Antes do ataque àquele ninho em Utah, eu não perdi sangue em nenhuma outra caçada recente."

"Com licença...", começou Lindsay, atraindo a atenção de Adrian. Estava sentada num dos sofás, e parecia pequena e frágil no meio daquele salão enorme.

Ela tinha ficado em silêncio desde que saíra do quarto, logo depois de tomar um banho e ficar com o aroma do sabonete e do xampu de Adrian. Nenhuma das duas coisas atenuaria o odor de sexo, que ainda estava na pele. No entanto, Lindsay estava tão envergonhada por aparecer diante dos outros com o cheiro de Adrian que ele sugeriu que ela usasse seus produtos de banho, o que serviria como justificativa para a presença de seu perfume no corpo dela.

"Sim, *neshama*?", ele perguntou. Adrian parecia estar na plenitude de seus poderes, com a alma recarregada pela proximidade cada vez maior com a dela. Com tudo isso somado à energia primitiva que ele despertou ao fazer amor com ela durante horas, ele se sentia pronto para qualquer coisa. Os Sentinelas achavam que seu amor por uma mortal o enfraquecia, quando na verdade era o contrário. Lindsay proporcionava a ele uma força que ninguém ali seria capaz de entender.

"Até acho que a questão do *como* é importante", ela continuou. "Mas estou intrigada mesmo é com o *porquê*. Por que alguém iria querer incriminar Elijah? O que ganharia com isso?"

Lindsay olhou para o licano e abriu um breve sorriso. Ela parecia gostar dele, e por causa disso Adrian estava determinado a mantê-lo a salvo e sempre por perto. Tudo o que fosse possível fazer para proporcionar estabilidade e segurança para ela naquelas circunstâncias complicadas, ele faria.

"Talvez não seja nada direcionado especificamente a ele", sugeriu Jason. "Talvez *qualquer* licano servisse para esse propósito. Tudo o que eles fazem remete a Adrian."

Ela contorceu a boca, pensativa. "Então alguém armou tudo para fazer parecer que a vampira foi pega por Adrian... E qual é a novidade? É isso o que ele faz. O que vocês todos fazem, tanto os anjos como os licanos."

Adrian sorriu por dentro, apreciava a participação e o raciocínio inteligente de Lindsay. Ela o tornava mais capaz. Era uma guerreira, assim como ele. Assim como Shadoe havia sido. Porém, Lindsay era uma guerreira cerebral, analítica, enquanto Shadoe costumava usar sua sensualidade como arma.

"Vash não faria uma retaliação por causa de uma qualquer", ele falou. "Ela mencionou quem era a vítima do sequestro?"

Elijah ficou bem sério. "Não disse nenhum nome. Só falou que era uma mulher. Uma pilota, e amiga dela."

"Uma pilota." Adrian olhou para Jason e se perguntou se seu tenente tinha chegado à mesma conclusão que ele.

Jason assobiou. "Não dá para afirmar com certeza, capitão. Eu não consegui ver direito o rosto dela."

"Ela estava irreconhecível, deformada pela doença. Assim como o vampiro que capturamos em Hurricane."

Aaron entrou na sala. O recém-chegado Sentinela já tinha deixado claro seu desejo de vingança. Além de Micah, cada vez mais debilitado, ele havia perdido seu outro segurança licano no ataque promovido por Vash. "Ela estava com Salem e Raze. Eles nos atacaram em plena luz do dia."

Três Caídos saindo juntos numa caçada. Não era algo inédito, mas era raro. Eles quase nunca tinham a chance de reunir tantas forças de uma só vez.

Adrian se lembrou de sua conversa com Syre. *Nikki era a mais doce das criaturas entre nós...*

Merda. Ele olhou para Damien, que estava de pé atrás do sofá ocupado por Lindsay. "A esposa de Torque. Nicole, certo?"

O Sentinela confirmou com a cabeça. "Faz sentido. E ela era pilota das Forças Armadas."

"Quem é Torque?", perguntou Lindsay, olhando ao redor para todos os presentes.

Seu irmão gêmeo.

Adrian olhou para Jason, cujas sobrancelhas estavam levantadas como quem pergunta "O quanto você está disposto a revelar a ela?".

Foi Elijah quem respondeu. "O filho de Syre."

"E Syre é...?", ela quis saber.

"O líder dos vampiros", esclareceu Adrian, com uma tranquilidade que não refletia o que se passava em seu estômago revirado. Ela ainda não estava pronta para saber de tudo. E ele preferia que nunca soubesse. Se o Criador fosse uma alma piedosa, Adrian conseguiria matar Syre. Assim Lindsay se veria livre dos dons de nefil de Syre, a alma de Shadoe seria libertada do purgatório e Adrian seria chamado de volta por desobedecer a ordem de manter vivos os Caídos. Era o máximo que ele podia fazer para retificar seu erro.

"O Vigia responsável por essas manchas vermelhas nas suas asas?", perguntou Lindsay.

Ele confirmou com a cabeça.

"Certo. Antes de mudarmos de assunto... Por que esses nomes de super-heróis? Syre, Torque, Vash, Raze...?

"A maioria dos Caídos abandonou o nome de anjo depois da queda. Syre era Samyaza. Raze era Ertael. Como os vampiros precisam ir mudando seus nomes humanos à medida que o tempo passa, na cultura deles existe quase uma espécie de competição para ver quem tem o apelido mais absurdo."

"Então tá... Só para esclarecer, Vash, que é uma vampira importante, está no caso pois a menina que foi sequestrada era importante, porque era da família do líder dos vampiros. É isso mesmo?"

"Sim."

"Então por que eles não ligaram para perguntar sobre o resgate? Eles sabem muito bem como encontrar vocês."

"Eles fizeram isso."

"E eles não acreditaram que vocês não tinham nada a ver com isso?"

"Eu a matei, e disse isso a Syre." Adrian a encarou sem piscar, ciente de que ela não se abalaria com uma confissão tão direta de um assassinato.

Lindsay piscou os olhos, surpresa. "Quando?"

Ele desceu os degraus e entrou na sala. "Quando eu contei? Quando estava em Phoenix. Lá no aeroporto, logo depois de conhecer você."

"Então Vash sabe que não se trata de uma missão de resgate. Ela está buscando retaliação por uma morte. E conseguiu emboscar Aaron e seus dois licanos. Mas, em vez de fazê-lo refém ou direcionar o ataque a ele, que é um combatente mais valioso que os licanos, ela o deixa escapar. Não entendo por que uma vampira que em geral só vai atrás dos peixes grandes iria deixar para trás o peixe maior." Ela olhou para Elijah. "Com todo o respeito ao seu amigo."

O licano a encarou. "Claro."

Jason cruzou os braços. "Matar um Sentinela iria fazer a situação se agravar muito mais do que Syre gostaria."

"A mulher do filho dele foi morta por Adrian, e mesmo assim ele teria a prudência de não matar um Sentinela?"

Damien olhou para Adrian. "Continue, Lindsay. Isso está ficando interessante."

Lindsay se virou no sofá, permitindo que ele se integrasse melhor à conversa. "Só estou tentando entender o que está acontecendo aqui. A nora do vampirão chefe é raptada por Elijah. *Supostamente*", ela complementou quando o licano fez menção de abrir a boca. "O vampirão liga para Adrian a fim de tê-la de volta e Adrian diz que a matou. E mesmo assim Vash está atrás do licano envolvido no caso, e não dos Sentinelas. Como assim?"

Adrian abriu as asas. "Eu acusei Syre de ter mandado Nikki para me atacar. Ele não reagiu à acusação conforme o esperado, nem à minha menção a Phineas, o que me fez desconfiar que ele esteja perdendo o controle sobre seus vampiros."

"É possível que ele ache que você esteja perdendo o controle sobre os licanos? Quer dizer, o contrário também pode ser verdadeiro. Você não reagiu conforme ele esperava. Ele ligou porque estava preocupado com a nora, e você não sabia nem de quem se tratava. Não a reconheceu. Mas os licanos que a pegaram sabiam de sua identidade, supondo que ela não estivesse doente ainda. Ele deve estar achando que os licanos foram bem ousados por mexer com uma pessoa tão valiosa para ele sem o seu conhecimento."

"Eu falei", disse Jason, olhando para Adrian.

"Aonde vocês estão querendo chegar com isso?", questionou Aaron.

Jason ergueu as sobrancelhas. "É possível que os licanos estejam agindo por conta própria."

"Mas", objetou Lindsay, lançando um olhar para Elijah, cuja expressão permanecia impassível, "por que eles iriam incriminar um de seus próprios membros, deixando o sangue de Elijah no local?"

Aaron soltou o ar com força. "O que resultou na morte de Luke, o meu outro licano, numa tentativa de captura ou interrogatório. E Micah está praticamente morto."

"Eles o capturaram e depois o deixaram ir."

"Eles o deixaram lá para morrer aos poucos", corrigiu Aaron. "Existe uma grande diferença."

"É mesmo?", ela contestou. "Essa história de deixar alguém morrer aos poucos eu não entendo muito bem, não. Se você quer que alguém morra, não pode dar chance para o acaso. Por que Vash iria...?"

Um silêncio absoluto recaiu sobre a sala quando Lindsay se interrompeu de repente. Com todos os olhos do recinto sobre si, ela encolheu os ombros e falou: "Melhor deixar para lá. Isso tudo é complicado demais para mim. Minha cabeça já está até doendo".

Ela ficou de pé e caminhou até a janela, e saiu da sala quando um dos grandes painéis de vidro se movimentou automaticamente para o lado.

Lutando contra a vontade de bater as asas, Adrian dispensou Jason e Aaron sob a ordem de comparecerem a seu escritório na manhã seguinte. Ele fingiu tranquilidade, mas por dentro estava se remoendo a respeito das inúmeras razões possíveis para Elijah — o primeiro alfa a aparecer entre os licanos — ter sido incriminado pelo sequestro de Nikki. Ele sabia que Lindsay também estava se perguntando sobre isso, e que se interrompeu quando percebeu que poderia acabar complicando a situação de Elijah.

Adrian ficou observando o licano enquanto a sala se esvaziava, e notou que Elijah foi até a janela atrás de Lindsay, nunca a perdendo de vista, mas tomando o cuidado de manter uma distância suficiente para não despertar o ciúme do líder dos Sentinelas. Ele e Lindsay claramente haviam criado certo laço de amizade, e por isso Elijah fora designado para protegê-la, mas isso não diminuía o perigo que o licano representava por ser um alfa. Fosse ele culpado ou não pelo sequestro, ao que parecia alguém estava fazendo de tudo para que Elijah atraísse a atenção dos vampiros, que por sua vez já estavam tomando as providências necessárias para chegar até ele.

O inimigo do meu inimigo é meu amigo.

Uma coalizão de vampiros e licanos poderia levar à aniquilação dos Sentinelas. Eles ficariam numerosos demais para serem confrontados.

Garantir a lealdade de Elijah era mais importante do que nunca. Adrian achava que o licano preferiria ser fiel a seus semelhantes, mas a existência de Lindsay poderia dificultar as coisas.

Elijah olhou para Adrian quando ele fez menção de seguir Lindsay. Ele se deteve antes de sair. "O que você acha, Elijah?"

"Vash saiu de mãos vazias da conversa com Micah. Suas únicas opções eram interrogar outro licano antes que meu sangue se deteriorasse ou usar Micah para chegar até mim. Acho que foi por isso que ela o deixou viver."

"E o que você vai fazer se ela aparecer aqui?"

"Arrancar as tripas da desgraçada", ele grunhiu, com os olhos verdes faiscando. "Micah é meu amigo. É como um irmão para mim, assim como Phineas era para você. E ela o matou. Eu até poderia aceitar isso, caso tivesse sido uma batalha justa. Mas morrer desse jeito, entravado numa cama... licano nenhum deveria morrer assim."

Adrian pôs a mão sobre o ombro de Elijah e rastreou a mente do licano. Uma névoa vermelha de fúria recobria cada um de seus pensamentos, mas nenhum deles tratava de motins ou traições. Momentaneamente tranquilizado, Adrian murmurou: "Que morrer lutando seja o destino de todos nós".

Ele soltou o licano e saiu para a varanda, onde encontrou Lindsay apreciando a vista da cidade a uma distância segura do gradil. Ele a abraçou por trás, envolvendo-a com os braços e as asas.

"A sua participação foi de grande ajuda", ele falou no ouvido dela. "Obrigado."

"Sinto muito por você estar tendo que lidar com tantos problemas ao mesmo tempo." Ela se encostou em Adrian e pôs os braços por sobre os dele. "Você não teve tempo nem de lamentar suas perdas. E a minha presença aqui só está piorando as coisas."

Adrian a apertou com mais força. "A sua presença aqui é o que está tornando tudo suportável."

"Você está é louco para ser castigado", ela murmurou. "Ele é fiel a você, sabe. O Elijah. E é um ótimo sujeito."

"Mas isso não o torna menos perigoso."

"O que significa ser um alfa? Qual é a diferença dele para os demais?"

"Os licanos têm um lado selvagem muito forte. Eles foram criados com sangue de demônio, com sangue de lobisomem, o que é quase o equivalente a ser possuído. Eles têm dois lados de naturezas distintas dentro deles."

"Minha nossa", ela sussurrou. "Imagino como deve ser difícil para eles. Eu me sinto em conflito comigo mesma às vezes. Principalmente em relação a você. Sei o que eu preciso fazer, mas não é fácil calar a voz na minha cabeça que diz 'Danem-se as consequências'."

Fechando os olhos ao ouvir aquela confissão certeira e surpreendente, ele continuou: "Às vezes o lado selvagem toma conta. Os licanos não conseguem controlar seus impulsos de violência. Já os alfas são diferentes. Eles conseguem estabelecer qual de suas duas naturezas deve prevalecer, independentemente de fatores externos ou provocações, e esse poder parece ter força para agir sobre o ambiente ao seu redor. Eles conseguem acalmar e subjugar o lado selvagem dos demais licanos na matilha. Os outros são atraídos por esse poder, e seu lado selvagem se rende voluntariamente ao alfa, mas a lealdade deles deveria ser dedicada acima de tudo aos Sentinelas".

Ela apoiou a cabeça no ombro de Adrian, fazendo seus cachos dourados e sedosos roçarem no maxilar dele. "O que vocês fazem com os alfas?"

"Nós os separamos dos demais e os usamos para tarefas que exigem um caçador solitário. Os outros licanos trabalham em equipe."

"E quem supervisiona isso? É você?"

"O responsável pelos alfas é Reese. Eu posso apresentar vocês, se for o caso. Ele pode responder às suas perguntas com mais propriedade."

Ela suspirou, virou a cabeça, e beijou o queixo dele. "Não sei como você consegue aguentar o peso de tanta responsabilidade, mas tenho o maior respeito pelo seu trabalho, que deve ser o mais difícil do mundo."

Ele havia notado em Utah que Lindsay se recusara a contrariá-lo na frente dos demais, uma demonstração de respeito e autocontrole muito peculiar. Apesar de ter a determinação e a personalidade forte de Shadoe, ela era bem mais prudente na hora de medir as consequências de suas palavras e atitudes. Lindsay sabia trabalhar bem em equipe, mas sempre tomando o cuidado de não chamar muita atenção para si. Enquanto Shadoe era sempre o centro das atenções em qualquer lugar, Lindsay sabia manter a discrição quando desejava. Era uma tática de defesa que ela devia ter aprimorado para lidar com sua autoimagem de anormalidade. Quem seria capaz de perceber que havia algo de estranho nela caso ela permanecesse invisível?

Adrian admirava essa capacidade, e por isso mesmo estava cada vez mais decidido a preservá-la de situações que pudessem minar sua autoconfiança. Lindsay Gibson era uma mulher extraordinária em vários sentidos. Ele não gostaria que ela duvidasse de seu próprio valor nem por um instante.

Ainda assim, ele a colocou num lugar onde todos a viam com olhos de desconfiança e ressentimento. Quando deixava de pensar em si mesmo e voltava suas preocupações apenas para ela, ele sabia muito bem o que precisaria ser feito. Quanto antes Syre fosse morto, mais cedo a alma de Shadoe seria libertada, e enfim Lindsay sentiria que aquela vida de guerra não havia sido feita para ela. A cada hora que passava, porém, mais ele se apegava a ela, e mais a perspectiva de perdê-la se tornava dolorosa.

Ele sabia que algum dia já tinha sentido tanto medo de perdê-la, mas certamente iria se arrepender caso conseguisse se lembrar de quando isso aconteceu.

Lindsay se deitou no sofá do quarto de Adrian e esticou o corpo. O espaço pessoal dele era surpreendentemente despojado em comparação ao oferecido a ela. Nenhuma decoração nas paredes, e a mobília era bem mais modesta.

Aquilo, sim, ela pensou, era mais a cara dele. Apesar de estar cercado de riqueza e opulência, ele combinava mais com um ambiente como aquele quarto. Enquanto examinava o recinto, ela sentiu sua afinidade com ele se aprofundar. Ela sabia como era ter que se esconder atrás de um disfarce o tempo todo. Era algo extenuante, que com o tempo ia minando a pessoa por dentro.

Adrian estava desfazendo as malas. Ela não pôde deixar de perceber que ele fazia isso à moda antiga — com as duas mãos. Trabalho manual era uma boa forma de se acalmar. De esquecer os problemas.

Ela apoiou a cabeça nas mãos e olhou para o teto. Era uma coisa que ela costumava fazer com o pai — deitar e olhar para o céu, sentindo a brisa sussurrar baixinho ao passar por ele. Eddie Gibson nunca duvidou que Lindsay ouvisse vozes no ar, apesar de ele mesmo não ser capaz de fazer isso. Ela se sentia muito grata por aquela demonstração de amor incondicional. Era o que permitia que ela amasse outras figuras extraordinárias, como Adrian.

"Obrigada, aliás", ela falou, "por se preocupar com o meu pai. Eu sei que você precisa de todo mundo ao seu lado agora, mas não vou tentar convencê-lo a deixar de olhar por ele. Meu pai é meu porto seguro. Eu não saberia viver sem ele."

"Disponha."

Ela distraidamente passou a mão pelo peito, para tentar aplacar a saudade de casa. "Você está tão quieto. Uma moedinha pelos seus pensamentos."

"Estou pensando nas questões que você levantou." Ele a encarou. "Você também está quieta. Está pensando em quê?"

"No meu pai, o que me levou a pensar nos licanos que estão fazendo a segurança dele. Estou tentando me acostumar com a ideia de que você impôs essa coisa de 'trabalhe para mim ou morra'. Não consigo ver você assim. Como o comandante de uma força militar, sim. Como patrão, sim. Até como um anjo, sem problemas. Mas como alguém que força os demais a fazer as coisas sob ameaça de morte? Aí não."

Ele soltou o ar com força. Apesar de a expressão em seu rosto não mudar, ela sentiu que uma inquietação surgiu dentro dele.

"Eles são escravos?" Ela o encarou de novo. "Adrian?"

Ele ficou parado, com a mão ainda dentro da mala, e franziu a testa. "Eu diria que eles têm uma dívida comigo."

"Isso é uma forma de servidão."

"Eu não cometo nenhum abuso contra eles. Faço de tudo para garantir seu conforto. Tento de todas as maneiras ser justo com eles."

"Eles não podem pedir dispensa do trabalho? Ou ir embora?"

Ele inspirou e expirou com força. "Não."

"Pois é... O problema é justamente esse."

"Mas o mesmo vale para os Sentinelas. Ou os vampiros. Estamos presos a nossos papéis, que foram estabelecidos éons atrás. Isso é uma coisa imposta, está além do nosso alcance. A verdade nua e crua é que, se os licanos não me ajudassem a manter as coisas em ordem, o mundo já teria deixado de existir."

Lindsay afastou os cabelos da testa. "Eu entendo o que você está dizendo. Mas não gosto mesmo assim."

"E você acha que eu gosto?"

"Não, acho que não. Sei que isso não combina com você, e é por isso que estou perguntando por que vem mantendo isso há tanto tempo."

"Eu sou um soldado, Linds. Eu recebo ordens e as cumpro. É tudo o que posso fazer."

Havia algo na suavidade de seu tom de voz que denunciava uma solidão profunda. A mesma solidão que ela sentia ao longo dos anos. Lindsay estendeu a mão para ele. "Queria que você me contasse o que aconteceu na semana passada."

Ele foi até ela. *Não aqui*, ele apontou sua boca para que ela lesse seus lábios, e a pegou pelos pulsos. Depois a fez se levantar e a conduziu pela mão até a varanda.

Ela se deixou carregar e falou: "Espere um pouquinho antes de decolar".

"Você ainda está com medo?"

"Agora não, mas em breve vou ficar." Lindsay sorriu, pois sabia que seu lugar era ao lado de Adrian. Toda a inquietação que sentira na semana anterior — e na maior parte de sua vida antes disso — havia desaparecido e sido substituída pela languidez que se seguia ao sexo mais do que bom. E tudo isso se devia a ele. Ele lhe proporcionava a serenidade. "Eu adoro sentir o seu corpo junto ao meu quando está se exercitando. E, como esse é o único jeito de desfrutar disso sem nenhum sentimento de culpa, quero poder desfrutar cada minuto."

Ele posicionou a mão sobre os quadris dela e a puxou para mais perto. "Quando você quiser que eu exercite o meu corpo junto ao seu, é só pedir."

Lindsay se agarrou a ele dos ombros aos tornozelos. "Você sabe que eu não posso fazer isso."

Ele a encarou com os olhos faiscantes de desejos e afeição. "Sim. Eu sei, *neshama*. Está pronta?"

Ela confirmou com a cabeça.

Suas asas se abriram e ele saltou sobre o gradil. Eles sobrevoaram suavemente os morros escuros ao redor. Não muito distantes, as luzes da cidade brilhavam como um cobertor de estrelas multicoloridas.

O voo acabou bem rápido. Adrian aterrissou poucos quilômetros adiante, em frente a uma construção revestida de metal sobre um planalto descampado.

"Onde estamos?", ela perguntou quase sem fôlego, com o coração disparado de emoção.

"Num dos campos de treinamento. Se você quiser, vamos vir treinar amanhã."

Ele abriu a porta, e as luzes fluorescentes se acenderam automaticamente, revelando um galpão com meia dúzia de beliches, dois sofás e paredes cobertas de armas conhecidas e desconhecidas.

"Por que", ela quis saber, "os licanos e os Sentinelas, que têm mecanismos de defesa tão formidáveis, precisam usar essas coisas?"

"Porque os vampiros usam. Nós precisamos aprender a repelir os ataques com essas armas, e também saber o que fazer caso alguma delas caia nas nossas mãos."

Admirando uma lâmina que parecia uma ceifadeira, Lindsay olhou para ele por cima dos ombros. "Não sei como os outros Sentinelas vão reagir se eu aparecer para treinar com eles."

Adrian se aproximou e a observou com uma expressão de orgulho no rosto. "Isso é problema meu."

"Eu não quero causar problemas para você, Adrian. Mas é exatamente isso que estou fazendo. E não estou gostando nem um pouco."

"Hoje de manhã eu estava rezando para que o fim chegasse logo. Agora que tenho você, isso é a última coisa que quero."

Lindsay não conseguiu segurar a lágrima que escorreu pelo seu rosto. Ela conseguia ser forte com relação a muitas coisas, mas a ternura de Adrian sempre a deixava abalada. Ela sentia que era preciosa para ele. Era muito sofrimento saber que ele a ofereceria tudo de si, mas ela só poderia aceitar uma parte. Não havia nada que ela pudesse fazer a esse respeito, a não ser proporcionar todo o consolo de que fosse capaz, e sem pedir nada em troca. "Fale comigo. Me diga por que estava pensando em desistir."

Ele flexionou as asas, inquieto. Emoldurada por aquele brilho perolado, sua beleza morena se tornava mais atordoante do que nunca.

Depois da morte da mãe, ela ficou revoltada, voltou-se contra a entidade em que as outras pessoas acreditavam, o Deus que elas diziam ser tão generoso e amoroso. Durante esse tempo todo, não encontrou nada que pudesse restabelecer sua fé numa força superior benevolente, mas a existência de Adrian amenizava um pouco seu ceticismo. Se o mesmo ser que permitiu que sua mãe fosse brutalmente assassinada era o responsável pela criação de Adrian, então certamente havia alguma coisa mágica e louvável no mundo, apesar de nunca ter se mostrado voluntariamente a ela.

"A Sentinela que eu perdi era uma boa amiga", ele disse baixinho, magoando-a involuntariamente com seu sofrimento. "Só que, mais do que isso, ela era o exemplo perfeito do que deveria ser um serafim. Era pura de espírito e propósito, concentrada apenas em nossa missão."

Ela foi até ele e agarrou sua mão. Tantas mortes. Ele havia presenciado mortes demais. "Outro ataque de vampiros?"

"Isso teria sido melhor."

Ela chegou mais perto, e ele a abraçou, descansando o queixo sobre a cabeça dela. A intimidade que os dois demonstravam naquele momento mexeu com Lindsay. Num galpão na encosta de um morro, distante de tudo, em meio aos instrumentos de destruição e às armas de um anjo, ela sentiu uma paz que nunca havia experimentado antes. "Você disse que foi obrigado a magoar alguém de quem gostava."

"Ela se apaixonou", ele murmurou. "Por um licano."

"Isso é ruim?"

"É impossível."

"Por quê? Os licanos não são mortais."

Ele soltou uma risada amarga. "Helena disse a mesma coisa, mas os serafins não foram feitos para amar como os mortais. Nós não podemos ter parceiros. Ela queria minha permissão. Ela imaginou que eu daria, por causa de você. Mas essa decisão não cabe a mim. É responsabilidade minha manter os Sentinelas no caminho certo."

Lindsay sentiu todo seu progresso recente no sentido de recuperar sua fé ir por água abaixo. Como o amor, fosse qual fosse a forma, poderia ser considerado errado? "E o que ela fez?"

Quando ele narrou as atitudes tomadas por Helena, o sangue de Lindsay gelou, e sua pele ficou toda arrepiada. Ela reviveu o horror e a agonia daquela noite com ele, e sentiu seus ombros cederem ao peso do desespero que ele sentia. Não havia prova maior da impossibilidade de seu amor por Adrian do que o suicídio de Helena e seu amado licano.

"Meu Deus", ela sussurrou quando ele terminou. "Não consigo nem imaginar."

"Eu consigo." O peito dele se expandiu num suspiro profundo. "Tanto que já imaginei."

Ela sentiu seu coração parar, e depois se acelerar brutalmente. Lindsay se afastou para encará-lo.

"Juro para você..." A voz dela falhou, forçando-a a limpar a garganta antes de continuar. "Se você tentar alguma coisa desse tipo, vai se ver comigo."

Ele a beijou na testa. "Você se preocupa demais comigo."

"Estou falando sério." Ela apertou a cintura dele com os dedos.

"Qualquer que seja a punição que nos imponham por ficarmos juntos, é algo que está fora do nosso controle. Não precisamos de mais complicações além disso."

"E não vamos ter." Por um momento, ele pareceu resoluto e sombrio, dando a impressão de que tinha algo importante a dizer. Mas, em vez disso, limitou-se a falar: "Vamos voltar. Amanhã precisamos começar cedo, e eu tenho que descobrir como o sangue de Elijah foi parar na Louisiana".

"Algum palpite?"

"Nós colhemos e guardamos amostras de sangue de todos os licanos, para fins genéticos e de identificação. Se a amostra de Elijah tiver desaparecido, eu tenho um traidor nas minhas fileiras. Uma alternativa a isso seria alguém ter coletado seu sangue numa caçada e guardado, o que seria sinal de uma premeditação cuidadosa. Nenhuma das duas opções é uma boa notícia. Alguém fez isso por um motivo bem específico, e que para mim só pode significar problemas." Ele passou os polegares pelas bochechas dela. "Eu sei como você se sente com relação aos licanos, e não discordo, mas é impossível cento e sessenta e um Sentinelas monitorarem milhares de vampiros espalhados pelo mundo sem a ajuda deles."

"Me deixe ajudar, tentar dar alguma ideia. Eu quero colaborar com você..."

"Sim, *neshama*. É isso que eu quero também." Ele a conduziu até a porta. "Mas antes você precisa dormir um pouco."

"Isso não vai ser muito difícil." Ela foi a primeira a sair. "Não consigo dormir direito desde Vegas, e hoje o dia foi bem cansativo."

Ele abriu um meio sorriso que a deixou encantada. "Sua definição de dia cansativo pode mudar depois do treinamento de amanhã."

Lindsay o olhou através da mecha de cabelo que o vento da noite jogou sobre seu rosto. "Você não me assusta."

Ele apagou as luzes e saiu. O vento o beijou também, sussurrando por entre suas asas. "Você é destemida. Esse é um dos muitos motivos do meu desejo por você."

Um tremor de excitação percorreu o corpo dela, fazendo seu sangue ferver.

Quando voltaram para a casa, ela preferiu não entrar, pois sabia que era melhor se manter o mais distante possível da tentação. "Vou voltar lá para o hotel. Minhas coisas ainda estão lá fora?"

Adrian parou diante da porta de vidro que levava a seu quarto. "Eu quero que você fique."

"Não é uma boa ideia", ela se apressou em dizer quando viu um brilho de determinação se acender nos olhos dele. "Além disso, preciso cumprir o aviso prévio antes de me demitir, e quanto antes eu fizer isso, melhor."

Ele refletiu um instante a respeito. "Assim que você estiver livre, vai vir morar aqui."

"Adrian..."

Ele deu um passo na direção dela.

Ela sabia o que aconteceria caso ele a tocasse. "Podemos conversar sobre isso depois? Estou acabada."

Depois de hesitar por um instante, ele confirmou com a cabeça. "Amanhã. Deixe sua mala aqui."

"Eu preciso..."

"... você não faz ideia do que eu senti quando a vi pondo aquela mala no carro." Ele a pegou pela mão e a acariciou com o polegar. "Deixe sua mala aqui."

"Tudo bem." Ela apertou os dedos dele, uma forma de expressar o aperto que sentia no coração.

Não havia como dizer aquilo em palavras, mas ela podia mostrar. Eles teriam que se contentar com isso por ora.

19

"Eu sabia que eles não iam gostar nada disso", Lindsay murmurou para Elijah enquanto via mais e mais Sentinelas aterrissarem no descampado ao lado do galpão de treinamento.

O sol havia acabado de nascer. Adrian havia insistido para que Elijah levasse Lindsay de volta ao hotel na noite anterior, sob o argumento de que ela estava cansada demais para dirigir. Como o Prius dela era pequeno demais para ser guiado por um licano, eles foram num dos jipes da Morada. Ela imaginou que deixar seu carro por lá era mais uma forma de acalmar Adrian, de ter certeza de que ela voltaria, então resolveu não discutir.

"A rotina dos Sentinelas é a mesma há muito tempo", disse Elijah. "Faz um bom tempo que eles não encaram uma novidade dessas."

Ela se virou para encará-lo. "Você vai ficar bem, El? Com toda essa história de alfa e do seu sangue... Eu posso fazer alguma coisa para ajudar?"

Ele olhou para ela. Com os olhos verdes do licano escondidos atrás dos óculos escuros, Lindsay não tinha a menor pista sobre o que ele poderia estar pensando. "Não suma da minha vista. Minha função é proteger você. Se acontecer alguma merda, estou fodido."

"Não imagino que você vá deixar alguma merda acontecer."

Ele soltou um riso de deboche.

"Você não quer conversar sobre essa possibilidade?", ela sugeriu.

"Não quero nem pensar nessa possibilidade."

"Certo. Precisando de mim é só falar."

Damien chegou. Apesar de a manhã estar fria e o morro, coberto de neblina, ele estava vestido como todos os outros Sentinelas: calças largas e sandálias de couro. As mulheres usavam top de ginástica para não ficar com o peito nu. Só de olhar para elas, Lindsay estremeceu.

233

Ela usava um agasalho de ginástica completo, e mesmo assim estava quase batendo os dentes.

"Já vi você em ação com facas e uma escopeta." O Sentinela a mediu dos pés à cabeça com um olho clínico. "E demonstrou uma habilidade razoável em ambos os casos. Como você se sai no combate corpo a corpo?"

Ela ergueu as sobrancelhas. "Está falando sério? Eu sou humana. É para isso que servem as facas e as armas de fogo, não deixar os inumanos chegar nem perto de mim e me picar em pedacinhos. Além disso, o arremesso de facas e o tiro ao alvo são atividades solitárias, então sempre treinei sozinha e... Ei!"

Lindsay arqueou as costas para tentar se esquivar do punho de Damien, que se dirigia diretamente para sua cara. O ruído do impacto de osso contra osso preencheu o ar. Ela caiu de bunda no chão e arregalou os olhos.

Elijah havia bloqueado o soco de Damien com a palma da mão. Os dois frente a frente, com o braço tremendo pela força exercida por ambos em sentido contrário.

"Que porra é essa?", ela gritou.

Os dois se afastaram, dando um passo atrás cada um. E se viraram ao mesmo tempo, ambos estendendo a mão para ajudá-la a se levantar. Ela usou as mãos dos dois para se pôr de pé.

"Adrian disse que você era rápida", Damien falou sem se alterar, como se não tivesse acabado de desferir um soco capaz de arrebentar sua cara inteira. "Não pude ver você em ação lá em Hurricane, então tive que medir sua velocidade eu mesmo."

Lindsay o encarou com incredulidade por um tempo, depois olhou para Elijah. Um músculo de seu maxilar estava pulsando. Talvez o teste não tenha sido só para ela. O licano podia estar sendo avaliado também.

Os demais Sentinelas, cerca de dez, divididos igualmente entre homens e mulheres, tomavam conta do descampado ao redor, observando-a. Ela se sentiu um pedaço de carne crua lançado para um bando de répteis famintos.

Ela remexeu os ombros.

"Se você me deixar pronta para a luta", ela falou para Damien, "Adrian vai se preocupar menos comigo e mais com toda a merda com que vocês estão sendo obrigados a lidar. Vai ser melhor para todo mundo."

O Sentinela ficou imóvel por um instante, encarando-a. Ela nem piscou.

Por fim, ele acenou com a cabeça. Todos eles queriam dificultar o máximo a vida dela, mas Damien saberia manter as coisas em perspectiva. Era o que ela esperava, pelo menos.

Elijah se aproximou dela. "Eu vou ficar por aqui o tempo todo", ele prometeu, e de tal maneira que parecia até uma ameaça. Um alerta para os demais.

Damien fez um sinal para que ela se juntasse aos demais Sentinelas no descampado. "Vamos lá."

Ela percebeu que Adrian não estava brincando quando sugeriu que ela revisse sua noção de dia cansativo. Aquele seria um teste tremendo à sua capacidade física e psicológica, ela sabia. E não tinha nem começado.

"O sangue de Elijah foi retirado do banco de amostras da matilha do lago Navajo."

Adrian desviou os olhos da paisagem em movimento que se descortinava pela janela do banco traseiro do Maybach e encarou seu tenente. "Puta que pariu."

"Pois é." Jason guardou o celular no bolso. "Não a amostra inteira, só uma parte. Precisaram pesar a bolsa para confirmar o roubo."

O sol iluminava os cabelos loiros do Sentinela através do teto solar, criando a ilusão de que havia um halo em torno de sua cabeça. Por um momento, a saudade de casa comprimiu o peito de Adrian.

O período máximo que eles podiam estocar o sangue sem que a qualidade da amostra fosse comprometida pela criopreservação era de dez anos. Alguém havia tido acesso ao sangue de Elijah, retirado o que queria e devolvido a amostra.

"Assim que chegarmos ao campo de aviação", falou Adrian, "quero que você vá até o lago Navajo e encontre o responsável. Somente os Sentinelas têm autorização para entrar no depósito criogênico."

"Você acha que foi um de nós?"

"Depois de Helena... nada mais é impossível. Preciso ter certeza do que está acontecendo."

Jason suspirou. "Eu nunca imaginei. Nunca consegui entender o que Syre e os Vigias fizeram. Mas parece que, quanto mais ficamos aqui, mais humanos nos tornamos. Começamos a querer certas coisas... a sentir certas coisas... Bom, você sabe como é."

Adrian ficou observando seu tenente por um bom tempo, olhando para Jason com uma atenção que não lhe dedicava fazia um longo período. Pelo jeito ele andava deixando muita coisa passar despercebida. Estava imerso demais em sua apatia, provocada pela tristeza e pelo sentimento de culpa.

"Você sente algum desejo, Jason?"

"Não tanto quanto você, e não por sexo. Minha inquietação é provocada pela frustração. Estou cansado de continuar me dedicando a uma missão que nunca vai acabar."

"Eu aliviaria esse seu fardo se pudesse."

"Bom, enfim." Jason ergueu um dos ombros. "Eu sigo vivendo. E espero que essa doença vampiresca seja o início do fim da nossa missão. Se Deus quiser, vai aniquilar todos eles, e assim podemos ir para casa."

Adrian voltou a olhar pela janela.

Voltar para casa. Para ele, sua casa era onde Lindsay estivesse.

Chegaram a Ontario, ao hangar que a Mitchell Aeronáutica mantinha no local. Esperaram um tempo até que as enormes portas de metais se abrissem antes de entrarem com o Maybach. Jason saiu para providenciar sua viagem a Utah. Adrian se dirigiu aos armazéns subterrâneos da construção. Quanto mais descia, com mais facilidade ouvia os grunhidos e os sussurros. Sons ininteligíveis se misturavam às ameaças e obscenidades gritadas pelos prisioneiros que ainda não haviam sido infectados.

Era como penetrar as entranhas do inferno.

"Capitão."

Uma morena bonita se aproximou com seu ritmo de passada constante e precisa. Com seu visual urbano e moderno e seus cabelos curtinhos e espetados, Siobhán parecia delicada demais para ser perigosa, o que a ajudava imensamente no campo de batalha. Seus oponentes sempre a subestimavam. Essa era uma das razões por que ela tinha sido encarregada de ir atrás dos vampiros infectados. A outra era seu fascínio pela ciência. Aquela caçada exigia alguém que soubesse que a captura dos vampiros era só o início da jornada.

Com as mãos enluvadas, ela removeu a máscara cirúrgica que cobria seu rosto. "Já perdemos dois dos seis que capturei. Quatro é uma amostra estatística muito pequena, então vou ter que sair para caçar de novo em breve."

"Algum dos não infectados tem informações úteis sobre como a doença surgiu? Ou como se espalhou?"

"Um deles está disposto a falar." Ela enfiou a mão num dos bolsos da calça cargo e tirou de lá uma máscara e um par de luvas, que entregou a ele.

"Isso é mesmo necessário?" Os Sentinelas eram imunes a doenças.

"Não sei." Ela fez um gesto para que ele a acompanhasse, conduzindo-o por uma sala ocupada por uma dúzia de jaulas revestidas de prata. "Mas você não vai querer os dejetos dele na sua mão ou na sua boca, o que seria bem nojento."

Ele vestiu o equipamento de proteção sem mais questionamentos. "O que já descobrimos?"

"A doença apareceu pela primeira vez há uma semana. É infecciosa em níveis variados. Alguns sucumbem imediatamente e morrem em questão de dias. Outros demoram mais para apresentar sintomas e sobrevivem até duas semanas. Este grupo específico não tem informações sobre eventuais infecções em outras localidades, o que me leva a pensar que Syre talvez não saiba de muita coisa."

Adrian passeou na frente das jaulas, examinando os vampiros infectados com um mórbido fascínio. Olhos vermelhos, bocas espumantes, aparente inconsciência. Eles se arremessavam contra as implacáveis barras de metal e esticavam os dedos e as garras para fora, tentando alcançar Adrian ou Siobhán com um desespero malévolo.

237

Seus olhares eram enlouquecidos, apesar de parecerem sem vida. "Eles demonstram algum sinal de inteligência?"

"Não. São como zumbis de filmes de terror vagabundos. Além da sede de sangue, não demonstram mais nenhum sinal de vida."

Ele soltou o ar com força. "Já testamos o sangue deles?"

"Colhemos amostras dos infectados e não infectados enquanto ainda estavam sob o efeito de tranquilizantes no avião. Porém..."

Aquela pausa chamou sua atenção e o fez desviar os olhos daquele macabro show de horrores para olhá-la. "Continue."

Ela cruzou os braços. "O metabolismo deles está extremamente acelerado. Os não infectados permaneceram sob o efeito da anestesia durante todo o voo, mas os doentes acordaram logo depois da decolagem. Malachai foi mordido por um deles enquanto colhia o sangue."

"Está tudo bem com ele?"

"Por enquanto, sim. Mas eu o pus em quarentena até termos certeza. O vampiro que o mordeu foi a primeira baixa. Tive que sacrificá-lo para tirá-lo de cima de Malachai."

Siobhán voltou a caminhar e parou diante de uma jaula na qual um vampiro estava sentado num canto, abraçando os joelhos. "Esse é o conversador."

"Então você é o famoso Adrian", disse o vampiro com a voz trêmula. "Não parece muito assustador com essa máscara. Parece assustado, isso sim."

Adrian se agachou e perguntou: "Isso interessa?".

"Para mim, sim."

O vampiro levantou uma das mãos trêmulas para afastar uma mecha de cabelo escuro que havia caído sobre o rosto. "Singe."

"E o que você costuma usar?", Adrian quis saber, reconhecendo os sinais da crise de abstinência.

"Cristal."

Adrian olhou para Siobhán e perguntou: "Existe a possibilidade de a droga ter alguma interação com a infecção? De proporcionar certo nível de imunidade, talvez?".

"A essa altura, não descartamos nenhuma possibilidade."

"Obrigado pela sua ajuda, Singe." Adrian se levantou e encarou Siobhán. "Me leve até Malachai."

Eles saíram da sala e seguiram pelo corredor.

"Tenho uma pergunta para você", Adrian disse baixinho.

"Sim, capitão?"

"Lindsay Gibson mencionou que o sangue dela tem efeito negativo em determinadas criaturas que caça. Como ela costuma ir atrás tanto de vampiros como de demônios, suponho que o segundo grupo seja o mais suscetível." Ele se lembrou da vampira que tinha interrogado em Hurricane. Ele estava com o sangue de Lindsay nas mãos, mas não houve nenhum tipo de reação, nem adversa nem favorável. "Você sabe me explicar por que o sangue dela seria capaz de fazer uma faca atravessar a carapaça de um dragão?"

Ela franziu a testa. "Que interessante. Preciso pensar um pouco a respeito. E adoraria ter uma amostra para examinar."

"O fato de haver duas almas dentro dela poderia ser a causa?"

Siobhán diminuiu o passo diante de uma porta de metal com janela. "Sim, é possível. Você sabe o poder que têm as almas. A presença de duas delas no mesmo receptáculo pode resultar num poder de caráter único, que provavelmente nunca poderemos compreender por inteiro."

Olhando através do vidro, Adrian viu Malachai se remexendo numa cama com o celular na mão. Ele bateu. Malachai ergueu a cabeça e abriu um sorriso ao reconhecer seu visitante.

"Estou bem, capitão", gritou o Sentinela.

"Fico feliz em saber." Adrian estava prestes a dar prosseguimento na conversa quando o som de um impacto fortíssimo foi ouvido do outro lado do corredor. Ele olhou para trás. "O que foi isso?"

Siobhán franziu a testa. "Não sei. E não estou gostando nada."

Alguns outros Sentinelas apareceram no corredor ao perceber que o som das pancadas persistia. Voltaram-se todos para Adrian, que logo se dirigiu para o lugar de onde parecia vir o som.

Quando a localização do ruído tornou-se identificável, Siobhán informou: "Aí é onde fica o necrotério".

"Quem está lá dentro?"

"Além dos cadáveres dos dois vampiros infectados? Ninguém."

Ouviu-se o barulho de vidro se partindo, e depois um grito. "*Me tirem daqui!*"

Eles entraram num pequeno corredor que terminava numa porta. Um rosto masculino os olhava através da janela quebrada, com os olhos cor de âmbar faiscando de fúria. "Vão se foder, Sentinelas", ele grunhiu. "Ou me tirem daqui, ou me matem de uma vez. Não me deixem aqui com um cadáver apodrecendo, caralho!"

"Ele *era* um cadáver", sussurrou Siobhán. "Dei um tiro nele depois que mordeu Malachai."

Adrian não tirou os olhos do vampiro. "E ele conseguiu se recuperar milagrosamente."

"Mas o outro ainda está morto...?"

"Assim como o que eu capturei. Virou um punhado de óleo queimado, segundo me disseram." Ele observou o aparentemente curado vampiro e estreitou os olhos, sentindo seu coração se acelerar à medida que considerava diferentes possibilidades. "Uma dessas criaturas não é como as outras", ele murmurou. "E a única diferença é... qual? A ingestão do sangue de um Sentinela?"

Siobhán prendeu a respiração. "Puta merda."

Puta merda mesmo.

"Está melhor?", perguntou Elijah ao ver Lindsay passar pela porta que ligava os dois quartos.

O licano estava sentado na escrivaninha de sua suíte, mexendo no laptop e tentando esquecer que o cerco estava se fechando sobre ele. O que não era nada fácil, considerando a desconfiança com que os Sentinelas o vigiavam e a expectativa nos olhos de cada licano que cruzava seu caminho. Estavam todos à espera de que ele fizesse alguma coisa, algo que destruiria o sistema quase perfeito que mantinha os mortais numa benéfica ignorância da real situação do mundo. Uma parte dele desejava se livrar de uma vez desse poder, enquanto a outra parecia querer explodir como um barril de pólvora. Ambos os casos seriam catastróficos para ele.

"Cara." Lindsay sacudiu os cachos molhados com as mãos. "Você pegou aquele isotônico que eu pedi?"

"Está no seu frigobar, alteza."

"Minha nossa." Ela o encarou, fingindo estar em choque. "Você fez uma piada?"

Ele teve que segurar o riso. "Não."

"Acho que fez, sim."

Elijah voltou a olhar para a tela do computador. Ele gostava dela. E, depois das várias vezes em que ela fez questão de se arriscar para salvar a pele dele, passou a vê-la como uma amiga. Ele não era de muitas amizades, por isso não soube o que dizer quando ela falou que eles eram amigos. Em algum momento nos dias em que estava atuando como seu segurança, ele parou de vê-la como um alvo a ser protegido e começou a encará-la apenas como Lindsay. Ao lado dela conseguia relaxar completamente, o que para ele era raríssimo, porque a amizade entre eles tinha surgido sem nenhuma cobrança ou expectativa. Ela era maluca e divertida, e sem nenhum freio na língua. Não demonstrou o menor pudor ao dizer que tinha sido uma menina meio reclusa. Assim como ele, devia conviver apenas com um grupo reduzido de pessoas, em que confiava plenamente. Ele se perguntou se ela já havia revelado seus dons para alguém. E por que ela possuía aqueles dons, para começo de conversa? Ela era um enorme ponto de interrogação, e parecia despertar o interesse de muita gente. A função dele era garantir que apenas o de Adrian fosse correspondido.

Ela reapareceu logo depois, com uma garrafa com algum líquido fluorescente colorido que aparentemente tinha propriedades nutricionais. "Imagina só... Parece que eu fui atropelada por um trem enquanto estava de ressaca."

Os Sentinelas pegaram pesado com ela a manhã toda, o que obrigou Elijah a intervir algumas vezes. Eles não gostaram nem um pouco, mas Adrian com certeza o apoiaria. Quanto a Lindsay, suportou o ritmo brutal das atividades sem reclamar, e quando caía logo levantava e sacudia a poeira.

Os Sentinelas claramente não tinham entendido a demarcação de território que Adrian havia feito no dia anterior, caso contrário pegariam mais leve com ela. Talvez nem mesmo o próprio Adrian compreendesse direito a necessidade que sentia de demonstrar a todos que ela era sua, uma necessidade que foi agravada pela tentativa de fuga de Lindsay. As fêmeas licanas sabiam que não adiantava fugir. E despertar o lado selvagem de um indivíduo afastando-o de sua parceira não era uma boa ideia. Elijah sempre pensou que fosse o sangue de demônio na linhagem dos licanos que tornava sua ligação com seus parceiros tão carnal, mas mesmo assim resolveu ser cuidadoso com relação a Lindsay desde o início. E não se arrependia disso. Estava na cara que os anjos eram capazes das mesmas demonstrações de possessividade e irracionalidade. Talvez a contribuição genética dos anjos para a formatação genética dos licanos fosse mais forte na sua impetuosidade desmedida e quase violenta com relação ao sexo oposto.

Fosse como fosse, os licanos haviam entendido muito bem o recado de Adrian. Infelizmente. Elijah temia que a importância de Lindsay para o líder dos Sentinelas a transformasse num alvo fácil. Aqueles que cochichavam pelos cantos tramando uma rebelião estavam sempre à procura do ponto fraco de Adrian, segundo Elijah tinha percebido, e ele havia acabado de se materializar em Lindsay.

Caralho. Ele esfregou o rosto com as duas mãos. Como ele tinha demorado tanto tempo para perceber que os demais haviam se transformado num bando de fanáticos? Por quanto tempo Micah havia enchido a cabeça dos outros com aquele sonho maluco de liberdade?

"Estou ouvindo as engrenagens funcionando dentro da sua cabeça", brincou Lindsay, deixando a garrafa vazia sobre a penteadeira para que a camareira a encaminhasse para a reciclagem. Ela era meio obcecada por ecologia, ele percebeu.

Elijah precisava encontrar quem havia tramado contra ele, mas não podia deixar Lindsay sozinha, e não confiava em mais ninguém para a tarefa de protegê-la.

Ela foi até o armário e apanhou sua bolsa de lona, a peça ideal para sair por aí armada de um arsenal de lâminas cortantes junto ao corpo. "Eu preciso sair."

Ele se levantou da mesa. "Para quê?"

"Para comprar lembranças turísticas ridículas da Disney e da Califórnia. Chapéus, camisetas, copos etc."

A falta de ânimo dele deve ter ficado visível em seu rosto, porque ela caiu na risada.

"Preciso comprar umas coisinhas para agradar o meu pai", ela explicou. "Mas, para sua sorte, não vamos demorar muito. Tenho que entrevistar uma pessoa às três horas."

Elijah olhou para o relógio e viu que já passava da uma. Ele precisava dar o braço a torcer — ela tinha dado duro a manhã toda e ainda queria mais. "Você tem planos para hoje à noite?"

"Preciso ir buscar meu carro na Morada, mas de resto você está liberado."

Ele balançou a cabeça. "Ótimo. Obrigado."

Quando a levasse para o hotel à noite, ele poderia ligar para Rachel. Elijah precisava saber da extensão dos planos de rebelião de Micah. Ele sabia que era necessário cortar aquele mal pela raiz o quanto antes — uma tarefa quase impossível ficando afastado da matilha a maior parte do tempo.

"Por que você não tem namorada?", Lindsay perguntou quando saíram do elevador no térreo. Geralmente desciam de escada — todos os dezessete andares —, mas ela já tinha se exercitado mais do que o suficiente naquele dia.

"Complicação demais, dor de cabeça demais e tempo de menos."

"Mas você gosta de mulher, né? Ou não?"

Ele a encarou, mas então percebeu que ela estava rindo.

"Assustou, hein?", ela provocou.

Ele bufou em vez de rir, mas isso não significava que não tinha achado graça.

Lindsay parou de repente do lado de fora da porta giratória que levava à área em que ficavam os porteiros e manobristas. Os porteiros estavam sendo treinados ali em frente, enquanto os jardineiros davam os retoques finais no canteiro de flores que ornamentava a entrada para carros. A vida dos mortais parecia seguir como sempre, mas a postura de Lindsay e seus olhos vidrados como os de um cão de caça assinalavam a proximidade de um predador.

Os sentidos de Elijah entraram em alerta. Ele percorreu com os olhos o perímetro ao redor, assim como havia feito de maneira quase automática antes de saírem do saguão. O inexplicável vento que parecia seguir Lindsay soprou sobre ele, carregando o odor forte de sangue de um vampiro. Seu lado selvagem se pôs em prontidão, fazendo-o rosnar baixinho à espera da ordem para atacar.

A criatura responsável por atiçar o instinto de ambos apareceu pouco depois, caminhando pela calçada e depois atravessando o estacionamento, sem saber que estava monopolizando as atenções de dois caçadores.

O visual dela causou um impacto tremendo sobre Elijah. Era alta e voluptuosa, com quadris curvilíneos e seios grandes e firmes. Os cabelos iam até a cintura, lisos e vermelhos como sangue. Estava vestida como uma *dominatrix*, com botas com tachas afiadas, calças pretas bem justas e um colete de couro com um decote bem profundo.

Elijah ficou enlouquecido de vontade de deitá-la sobre o capô do Mercedes pelo qual estava passando, enrolar os cabelos dela em seu antebraço e penetrar seu corpo luxurioso até gozar com vontade.

Ele detestava vampiros, principalmente as fêmeas, que eram ainda mais ferozes que os machos. Ainda assim, sentiu seu pau inchar e pulsar de desejo ao vê-la.

A vampira fez um movimento súbito, que o trouxe de volta à realidade. Ela se encolheu violentamente, como se tivesse recebido um golpe, e quando se mostrou de novo estava com as presas à mostra.

Só quando viu o brilho metálico de algo encravado em seu ombro e refletindo a luz do sol ele se deu conta do que havia acontecido.

"Puta merda", ele murmurou, conseguindo agarrar Lindsay pelo ombro por muito pouco antes que ela continuasse avançando.

"Me larga, El", ela gritou, sacudindo o corpo para se desvencilhar dele.

"O que você está fazendo, porra?", ele rosnou. "Estamos em plena luz do dia. Ela é um dos Caídos."

Lindsay cortou o antebraço dele com a lâmina, fazendo-o soltar um rugido e dor e obrigando-o a soltá-la.

Ela já estava a meio caminho da vampira quando respondeu:

"Essa vadia matou a minha mãe."

20

Vash olhou para o ombro dolorido e percebeu que tinha sido atingida por uma faca banhada em prata. Ela arrancou a lâmina e conseguiu se desviar por muito pouco de um segundo projétil, que quase a atingiu no bíceps.

"Caralho!", ela sussurrou, pega de surpresa por um ataque em plena luz do dia.

Uma loira estava correndo na direção dela e arremessando outra faca. Vash mais uma vez escapou por pouco, e o cheiro do próprio sangue despertou seu apetite.

Uma *humana*. O que estava acontecendo ali?

Vash partiu para o ataque, e estava prestes a acabar com aquela maluca quando sentiu o cheiro do licano. Ele surgiu da sombra da marquise da fachada do hotel, correndo desesperadamente atrás da loira.

Foi quando ela se deu conta: *Shadoe*. E logo depois conseguiu identificar o cheiro de seu cão de guarda...

O filho da puta que tinha sequestrado Nikki.

Absolutamente perplexa, Vash ficou parada, sem reação, e com isso ganhou uma lâmina na coxa.

As duas criaturas que ela havia ido até lá capturar estavam indo até ela, e não havia nada que pudesse fazer a respeito. Não enquanto estivesse sozinha. Não sem suas armas. Não na presença de testemunhas.

Ela foi atingida por outra lâmina no ombro, bem perto de onde a primeira havia acertado.

Foi ela quem ensinou Shadoe a arremessar facas daquele jeito. Ela a ensinou a caçar, a matar. As coisas ficaram bem claras para Vash logo de cara: Shadoe estava evitando deliberadamente os órgãos vitais. Aquela loirinha maluca estava achando que iria capturar uma vampira.

Vash arrancou a lâmina do ombro e atirou na direção do licano, depois jogou de lado a que estava na perna e foi à luta, acertando Shadoe bem no meio do peito com as palmas da mão e a arremessando a vários metros de distância, fazendo-a cair sobre seu segurança licano. Os dois foram para o chão, e Vash fugiu, saltando sobre o capô de um Jaguar estacionado ali perto e depois sobre o teto do carro. Ela pulou o muro de pedra que dividia o estacionamento do Belladonna da casa de espetáculos logo ao lado, tão enfurecida que mal conseguia enxergar.

Ela nunca tinha fugido. Nunca tinha sido ferida daquela maneira. Nunca deixava alguém que derramou seu sangue viver para contar a história. Mas ela não podia matar a filha de Syre. Não podia ser a assassina de Shadoe.

"Puta que pariu! Porra! Caralho!", ela gritou.

Suas botas aterrissaram sobre o teto de um Chevrolet Suburbian do outro lado do muro, disparando o alarme do carro. O salto do pé direito quebrou e fez com que ela se desequilibrasse e caísse rolando sobre o para-brisa e o capô até atingir o asfalto.

Ela mal havia se posto em pé quando ouviu o som de outro corpo atingir o mesmo carro. Olhando por sobre o ombro, viu que a loirinha ainda estava em seu encalço. Vash levou outra facada no ombro, e o contato com a prata fez com que uma onda de agonia percorresse suas veias. Incapaz de retirar a lâmina, que a atingiu pelas costas, tudo o que ela podia fazer era correr e torcer para encontrar uma rota de fuga. A rua logo em frente era bem movimentada, mas isso não seria suficiente para deter Shadoe. Qualquer que fosse o motivo para o ataque da filha de Syre, com certeza era uma coisa bem séria.

Uma picape branca entrou em alta velocidade no estacionamento, e bem na direção dela. Vash já havia começado a calcular a trajetória necessária para saltá-la quando de repente o veículo deu um cavalo de pau. Salem esticou a cabeça para fora da janela do lado do motorista. "Sobe aí!"

Ela pulou na caçamba e ele acelerou, lançando detritos de asfalto e deixando atrás de si um rastro de borracha queimada. Uma faca acertou a parte traseira da cabine, produzindo um ruído agudo de metal contra metal. Vash se agachou e soltou um palavrão.

A picape entrou cantando pneu em meio ao tráfego pesado, provocando um coro de buzinas e o som do impacto de metal e fibra de vidro se chocando. Apenas depois de percorrerem uns bons três quilômetros, Vash teve coragem de levantar a cabeça de novo.

"Você pediu que apurássemos relatos de sequestros."

Syre desviou os olhos das planilhas abertas no monitor diante dele e olhou para a vampira que estava em pé na porta de seu escritório. "Sim, Raven."

A beldade de cabelos escuros foi entrando, com seus passos inconscientemente sensuais. Estava usando saltos altíssimos, uma saia justa até os joelhos e uma camisa de abotoar que comprimia seus seios enormes. Ao que tudo parecia, estava representando o papel da secretária safadinha, uma das várias brincadeiras que costumava fazer para manter vivo o interesse de Syre.

"Houve um ataque ontem à noite em Oregon", ela contou. "Um grupo de Sentinelas invadiu um ninho e capturou um monte de lacaios."

Recostando-se na cadeira, Syre pensou que Adrian estivesse ficando cada vez mais ousado. Mas infectar os lacaios com uma doença não parecia ser de seu feitio. Ele era um guerreiro, e sua especialidade era o combate corpo a corpo. O uso de armas biológicas não era uma tática que Syre pudesse associar ao líder dos Sentinelas. Alguma coisa tinha mudado, ou então estava em vias de mudar.

Pela primeira vez em muitos, muitos anos, Syre sentiu que o tempo estava contra ele. Torque vinha incitando-o a agir, em vez de reagir, fazia tempo. Parecia que enfim esse momento havia chegado.

"Obrigado", ele murmurou. "Mande uma equipe para Oregon. Quero informações sobre esse ataque nos mínimos detalhes. E me avise imediatamente caso apareçam outros relatos."

"Sim, Syre."

Raven saiu da sala. Ele tentou voltar sua atenção para a tela do computador, mas em vão. Quando o telefone tocou, ele encarou a interrupção como um alívio, pois não conseguia ocupar a cabeça com outra coisa que não fosse a ofensiva de Adrian.

Você não tem ideia do que eu tenho autorização para fazer, havia dito o líder dos Sentinelas apenas algumas semanas antes. Talvez houvesse uma ameaça implícita nessas palavras, que Syre tinha deixado passar.

O tom de voz exaltado do outro lado da linha se fez ouvir antes mesmo de ele levar o aparelho ao ouvido.

"Acalme-se, Vash", ele sugeriu. "Mais devagar. Eu não estou..."

Ele ficou completamente tenso à medida que ela continuou cuspindo as palavras, e todos os pensamentos se dissiparam de sua mente, menos um: "Agir, em vez de reagir".

Havia mesmo chegado a hora.

"Como foi que você pôde fazer uma coisa dessas, porra?", Adrian perguntou naquele tom de voz frio e modulado que sempre fazia Lindsay cerrar os dentes.

Por mais tensa que ela estivesse, mesmo assim preferiria que ele gritasse, levantasse a voz, ficasse andando nervosamente de um lado para o outro — *qualquer coisa*. Em vez disso, ele estava lá, de pé atrás da escrivaninha, e conversando com a maior tranquilidade, como se estivesse falando sobre o tempo ou algum outro assunto banal. Apenas o retumbar distante de um trovão lhe dizia que a notícia de seu ataque irresponsável a um dos Caídos havia sido recebido com algo além de pura empáfia.

"Eu passei a vida inteira procurando aquela vampira", ela soltou por entre os dentes, "e ela apareceu do nada, andando na minha direção. Eu tinha que fazer alguma coisa."

"Em plena luz do dia. E no meio de dezenas de turistas."

Ela cruzou os braços. "Eu não tenho vida eterna. Não posso esperar mais vinte anos para encontrá-la de novo, eu posso não ser mais fisicamente capaz de fazer alguma coisa contra ela. Posso nem estar mais *viva*. Era uma situação do tipo agora ou nunca."

Os olhos azuis flamejantes de Adrian pousaram nela, queimando-a por dentro com seu calor. "Agora os Caídos já sabem da sua existência. E vão vir atrás de você."

"Tomara que a escolhida para isso seja *ela*", Lindsay respondeu, desafiadora. "Da próxima vez, não vai ter moleza. Ela vai morrer."

Damien fez um ruído que chamou sua atenção. "Se você teve a chance de matá-la, por que não fez isso?"

"Por que eu preciso saber onde estão os outros dois filhos da puta. Pensei que ela estivesse sozinha. Só vi que estava com alguém quando ela foi resgatada. E, por falar nisso, o cara que estava dirigindo era o mesmo maluco de cabelo colorido que estava com ela no dia em que atacaram a minha mãe. Se ela ainda anda com um, imagino que o outro não esteja muito longe."

"Nós é que vamos sofrer as consequências pelo que você fez. Não temos permissão para caçar os Caídos. Não podemos fazer isso. A punição deles é viver desse jeito."

"Ela não demonstrou um pingo de sofrimento quando aterrorizou a minha mãe. Estava se divertindo um bocado, isso sim. Aquela vagabunda chupadora de sangue não merece viver." Ela olhou para Adrian, cujo rosto impassível não dava pista do que estava pensando. Ela sentiu um nó no estômago. Não queria mesmo causar mais problemas. Mas o que poderia ter feito? Durante a vida inteira ela se preparou para o momento de vingar sua mãe. "Ela me deixou viver, e é por causa disso que estou indo atrás dela agora. Ela deve ter achado que, por ser humana, eu nunca iria representar uma ameaça. E isso absolve vocês de toda e qualquer culpa. Eu não sou uma Sentinela. Não preciso seguir as suas regras. O que eu faço não afeta vocês."

"Você estava com um licano", lembrou Adrian. "Isso nos afeta, sim."

"Então corte relações comigo." Ela detestou o tom apelativo em sua voz. "Eu sou sinônimo de encrenca para você. Isso está acabando comigo, Adrian. Está me magoando demais."

Soltando o ar com força, Adrian apoiou o quadril na escrivaninha e agarrou a beirada da superfície de madeira. "Quando Vash empurrou você para cima de Elijah, ela poderia ter facilmente quebrado suas costelas e arrancado o seu coração. Você só está viva e respirando agora porque ela deixou."

"E por que ela faria isso? *Outra vez?* Eu quase acabei com ela. Posso voltar a atacá-la a qualquer momento."

"Aquela era Vash?" O rugido de Elijah reverberou pela sala. "Eu quero participar dessa caçada."

Lindsay olhou para ele e fez que sim com a cabeça. Vash havia matado quem eles amavam, e tinha chegado a hora de pagar por isso.

Lindsay olhou de novo para Adrian. "Você disse que me ajudaria a caçá-la. E fuçou dentro do meu cérebro. Você sabia quem era ela. Estava mentindo para mim?"

"Não. Mas precisamos que eles nos ataquem primeiro, não podemos provocar uma guerra. Temos autorização para nos defender, mas não para atacar. Existem regras, e essas regras não podem ser ignoradas..." O celular dele tocou, atraindo sua atenção para a escrivaninha. Ele franziu a testa e pediu licença.

"Mitchell", ele atendeu secamente.

Sob as vistas dela, o rosto de Adrian foi ganhando contornos de uma frieza glacial. Ela ouviu que do outro lado alguém falava depressa, mas não conseguiu decifrar as palavras. Elijah soltou um suspiro e foi até ela, como se quisesse marcar posição a seu lado. Apoiá-la. Lindsay teve um mau pressentimento quanto àquilo.

Um longo momento se passou. Por fim, Adrian balançou a cabeça. "Sim. Permaneçam a postos. Vou tomar as devidas providências."

Adrian pôs o BlackBerry sobre a mesa com todo o cuidado, e depois olhou para Damien e para Elijah. Uma comunicação silenciosa se deu entre eles, e os dois saíram da sala. O aperto de leve de Elijah em seu ombro e o olhar de lamento de Damien só fizeram agravar o nó que ela sentia no estômago.

"O que foi?", ela perguntou quando se viu sozinha com Adrian no escritório.

Ele foi até ela e pôs as mãos de leve sobre seus braços. "É o seu pai, Lindsay. Ele..."

"Não." Ela sentiu o chão desaparecer sob seus pés e cambaleou. Era como se seu peito estivesse sendo esmagado, a dor era tão devastadora que ela teria ido ao chão caso Adrian não a estivesse segurando.

"Ele estava dirigindo e acabou saindo da estrada. Bateu numa árvore."

"De jeito nenhum." As lágrimas escorriam pelo rosto dela. "Não acredito nisso nem fodendo. Meu pai dirige muito bem. Isso é culpa dessa Vash. Ela é o braço direito de Syre. Poderia muito bem dar essa ordem."

O que tornava o acontecido em parte culpa dela.

As asas de Adrian se abriram e a envolveram. Ele a puxou para perto, agarrando-a pela nuca e o quadril. "Não dá para descartar essa hipótese mesmo. Vou continuar investigando até descobrirmos a verdade."

Um ruído sufocado e áspero preenchia a sala. Lindsay percebeu que estava chorando entre soluços, seu corpo inteiro tremia.

Adrian a abraçou, e seu calor a penetrou e se instalou dentro dela. Na verdade... quem estava dentro dela era *ele*. Dentro de sua mente, assim como já havia feito antes, imiscuindo-se a seus pensamentos como uma lufada de fumaça. Sua angústia aos poucos começou a dar lugar a uma estranha sensação de conforto.

Lindsay se afastou dele, cambaleando para trás antes de ir ao chão. "O que você está fazendo, caralho?"

Ele se agachou a seu lado e estendeu a mão para tirar os cabelos de cima de seu rosto. Os olhos deles brilhavam de lágrimas. "Estou aliviando a sua dor. Não consigo ver você sofrer."

"Q-quê? Como...?"

"Eu posso apagar as suas lembranças dolorosas, *neshama*. Posso deixar com você só as boas recordações."

"Não ouse fazer isso!" Ela se pôs de pé, e empurrou a mão dele quando tentou ajudá-la a se levantar. "Se algum dia você roubar uma lembrança minha, seja boa ou ruim, eu nunca mais vou perdoar você."

"Você não pode ficar ressentida pela perda de uma coisa que nem lembra que tinha."

O fato de ela ter conseguido permanecer de pé apesar da dor que sentia no peito era um milagre. "Se você gosta mesmo de mim, não vai querer apagar as coisas que me tornaram o que eu sou hoje... Minha nossa..." Ela agarrou a cabeça latejante entre as mãos, e seus pensamentos se confundiam em meio a um turbilhão em sua mente. Ela estava ofegante, fazendo força para respirar, com os soluços afogados pelas próprias lágrimas. "Preciso ir embora. Não posso mais ficar aqui."

"Fique pelo menos esta noite", ele disse baixinho. "Você pode fazer isso por mim? Você não está em condições de ficar sozinha no momento."

"Adrian..." Ela não conseguia nem vê-lo em meio à nuvem de lágrimas que cobria seus olhos e comprimia sua garganta. Eles tinham feito amor naquela sala, durante horas. Não era por acaso que o castigo para sua transgressão começasse ali. "Estamos acabando um com o outro. Cada momento que passamos juntos significa mais dor e sofrimento para aqueles que amamos. Precisamos manter distância entre nós."

"Sim", ele concordou. "Vou deixar você ir. Mas não hoje. Nem assim. Uma noite na minha casa, onde eu sei que você vai estar segura. É só isso o que eu peço. Você pode fazer isso por mim?"

"Você promete que vai me deixar ir embora?"

"Sim, *neshama sheli*. Eu prometo."

Ela não estava mais interessada em saber o significado daquelas palavras. Tudo aquilo era doloroso demais, a tão doce e acalorada intimidade que existia entre eles. Ela respondeu ao pedido dele com um aceno de cabeça, sua boca estava seca, era difícil falar.

Ele inclinou a cabeça um pouco para o lado. "Obrigado."

Havia algo na austeridade severa na expressão do rosto dele que a preocupou. Um resquício de uma determinação implacável. Mas ela não podia se preocupar com mais nada naquele momento. Ela estava devastada, destruída por um golpe do qual jamais se recuperaria.

Papai...

Sem dizer mais nada, Lindsay saiu do escritório e fechou a porta. Estava sem rumo. Sua vida estava sem rumo. E, para completar, ela estava arruinando a vida de todos a seu redor.

Ela se recolheu a seu quarto, afundou na cama e chorou até cair num sono tenebroso e inquieto.

Adrian fez as malas com um plano silencioso em mente. Separou roupas suficientes para uma semana, mas não pretendia usá-las todas. Se Deus quisesse, Syre estaria morto em questão de quarenta e oito horas.

Não havia tempo a perder. Vash sabia que Lindsay era Shadoe — não havia outra explicação para tê-la deixado viver. Naquele exato momento, Syre sabia que sua filha tinha voltado. O líder dos Caídos devia estar analisando suas opções. Estava consultando aqueles em quem confiava, reunindo informações, decidindo o que fazer. Adrian precisava chegar até ele antes que a decisão fosse tomada.

E depois cuidaria de Vashti. O ataque à mãe de Lindsay era algo tão alheio à natureza da tenente de Syre que só podia se tratar de um recado para Adrian. Vash devia saber que Lindsay era Shadoe, e estava esperando para ver como ele reagiria a esse assassinato quando enfim se encontrasse com a filha. As poucas décadas entre um evento e outro nada significavam para uma imortal, era uma espera irrisória.

A grande pergunta era: por quê? Se ela sabia quem era Lindsay fazia tanto tempo, por que não dizer nada para Syre? Adrian pretendia obter essa informação diretamente da fonte.

Droga. Ele detestava caçar assim — sem planejamento, com pressa. Foi por isso que, em todas as encarnações anteriores de Shadoe, ele esperou que Syre fosse até ele. Era melhor encarar o rival em seu próprio território, onde a vantagem era toda de Adrian. Mas às vezes um ataque repentino e inesperado era o melhor a fazer para superar a defesa dos inimigos. Ele rezou para que fosse esse o caso, porque era isso que iria fazer. Porque dessa vez as circunstâncias eram diferentes, Lindsay era diferente. *Ele mesmo* ficava diferente perto dela. E era isso que fazia tudo valer a pena.

Ele bateu os olhos no relógio do criado-mudo. Faltava pouco para a meia-noite. Felizmente, Lindsay tinha parado de chorar às dez, e caído no sono. Cada soluço vindo de seu quarto era um corte a mais em seu coração já tão ferido. As coisas nunca tinham sido assim entre eles. No passado, ela sempre ia até a cama dele e não saía mais de lá. Em outra encarnação, ele estaria com ela nos braços naquele momento. Abraçando-a, fazendo amor com ela, fazendo de tudo para adiar o inevitável confronto com Syre, para que pudesse desfrutar de mais um dia ao lado da mulher que amava.

Mas naquele momento ele tinha um voo marcado para Raceport dali algumas horas. Ia viajar sozinho, por uma empresa aérea comercial, e chegaria logo depois de amanhecer. A hora do dia não fazia nenhuma diferença para Syre, mas limitaria o número de lacaios que Adrian precisaria enfrentar.

Estava guardando mais uma polo de manga comprida quando a ouviu gemer. Ficou paralisado, com os sentidos todos voltados para a mulher que dormia no quarto ao lado. O colchão rangeu sob um movimento, depois um resmungo baixinho entrou pelos ouvidos dele.

Um arrepio percorreu a pele de Adrian. Ele saiu de perto da cama e foi até a parede, apesar de não precisar se aproximar para ouvir melhor. Ele podia ouvir a respiração dela até do acampamento dos licanos como se estivesse com o ouvido colado em seu peito.

Ela começou a respirar fundo, e depois a se remexer. Depois soltou outro gemido, que o fez estremecer.

Incapaz de resistir a ela, pois sabia que seu tempo juntos estava quase no fim, Adrian saiu do quarto e percorreu a curta distância até a porta dela. Virou a maçaneta com um pensamento impaciente e entrou.

O quarto estava todo escuro. As cortinas estavam fechadas para esconder a vista panorâmica da cidade. Ele fechou a porta e caminhou em silêncio até a cama, conseguindo vê-la como se as luzes estivessem acesas.

Lindsay se livrou das cobertas com os pés. Ela se virou na cama, perdida em meio aos estímulos sensuais, e o cheiro do desejo dela subiu até a cabeça dele e o intoxicou. Agarrou os próprios seios com as mãos, espremendo-os por sobre a blusa de cetim, que combinava com a calcinha.

Ela arqueou as costas, empinando os lindos seios e oferecendo-os como se fossem um presente.

"Adrian..."

Ele prendeu a respiração ao ouvir a sugestão erótica na voz dela. Estendeu o braço e acariciou toda a extensão de sua ereção sob as calças, sentindo o sangue fluir, quente e espesso, pelas veias. A disposição que ela mostrava enquanto dormia o excitou tremendamente, um desejo que ela fazia questão de esconder quando estava acordada, porque se importava com ele. Adrian entendia o sentimento que a motivava.

Caso ela não o amasse, não se furtaria a ceder à necessidade que a tentava até mesmo em seus sonhos.

Mesmo sabendo que não deveria, fez com que as próprias roupas se acumulassem numa pilha no chão. O ar frio da noite criou um contraste agradável contra sua pele quente, quase como uma carícia. Lindsay soltou outro gemido baixinho. Ele pôs o joelho na cama.

O colchão cedeu sob seu peso, e os olhos dela se abriram.

"Adrian", ela sussurrou, e rolou para seus braços.

Ele grunhiu quando a boca dela se juntou à sua. Os movimentos que ela fazia com a língua atiçaram ainda mais seu desejo. Ela o empurrou na cama, enlaçou-o pelo quadril com uma das pernas e agarrou seu pau com a mão. Ele jogou a cabeça para trás ao sentir o prazer daquele toque, daquele desejo, daquela luxúria que transbordava sem nenhuma hesitação pela primeira vez.

Ela se esfregou nele, fazendo-o sentir o calor úmido do sexo sob o cetim da calcinha e estimulando a sensibilidade de sua ereção. Entregue à necessidade de sentir sua pele contra a dela, ele agarrou a peça de roupa que se punha entre eles e a rasgou com um puxão. Adrian estremeceu ao sentir como ela estava molhada. O toque aveludado dos lábios depilados de Lindsay percorrendo toda a extensão de seu pau duro quase o levou ao clímax.

"*Ani rotza otha*, Adrian", ela gemeu enquanto se esfregava nele, toda molhada.

Eu quero você.

Adrian ficou paralisado, sentiu seu coração parar de bater dentro do peito. Ele conhecia muito bem aquele tom sedutor. "Shadoe?"

Ela jogou o tronco para trás, passando as mãos pelos cabelos de Lindsay, fazendo o corpo de Lindsay ondular como se estivesse sob seu comando perversamente sensual.

No entanto, ao ver a alma de Shadoe refletida no lindo rosto de Lindsay, o tesão se perdeu.

Ele soltou um suspiro trêmulo.

Tinha sido assim que ela o seduzira pela primeira vez. Tudo começou com um beijo roubado. Depois uma chupada nos seios, oferecidos com ambas as mãos, com os mamilos escuros duros e pontudos ex-

255

postos a céu aberto. Ele implorou para que ela o deixasse em paz, para que respeitasse a lei que havia determinado a punição de seu próprio pai. Ele implorou para Shadoe ser forte, porque ele tinha uma fraqueza por ela.

Em vez disso, ela foi se tornando cada vez mais ousada. Brincava com o próprio corpo na frente dele, aparecia nos lugares que ele frequentava, provocava-o com a visão de seus dedos melados entrando e saindo do corpo enquanto chegava ao orgasmo dizendo o nome dele. Ela ameaçou ir para a cama com outro, e o arrebatou de vez em suas garras acariciando o pau de um homem por cima das roupas na frente dele. Furioso, enlouquecido de ciúme e submetido a uma tentação brutal, Adrian cedeu e fez o que ela queria: deitou-a no chão e a possuiu como um animal no cio. E, uma vez caído, não havia como voltar atrás.

"*Ani rotza otha*", ela repetiu, remexendo os quadris de maneira quase violenta sobre ele, querendo forçá-lo ao orgasmo.

"Não, *tzel*."

Ele a agarrou pelos quadris e a tirou de cima de seu corpo. Desceu da cama, ficou de pé, e passou a mão pelos cabelos, dolorosamente excitado por sentir o cheiro de Lindsay, ouvir sua voz.

Mas não era Lindsay quem o chamava em cima daquela cama.

"*Ani ohevet otchah*", sussurrou Shadoe, agitando os lençóis com seus movimentos sinuosos.

Eu amo você.

Adrian fechou e apertou os olhos. Suas asas se abriram e se agitaram de raiva. Ele deveria saber. Lindsay jamais tentaria seduzi-lo. Ela teria tentado rechaçá-lo, como havia feito desde o começo. Para o bem dele. Porque ela o amava.

Ele se vestiu com a força do pensamento, depois passou a mão de novo pelos cabelos. Quando Shadoe pôs a mão sobre seu ombro nu, ele se virou para encará-la.

"Venha me possuir", ela murmurou, ficando de pé diante dele, sem roupa, mostrando aquele corpo perfeito, que se encaixava perfeitamente com o seu, que lhe proporcionava tanto prazer que ele até chorou diante de seu poder.

Mas aquele corpo era apenas uma carcaça sem sua mulher amada dentro dele.

Adrian pegou o rosto de Lindsay entre as mãos e a olhou bem nos olhos, as janelas de uma alma que não era a dela. Inclinou a cabeça e a beijou, de leve, com carinho, com o coração partido por causa da mulher que um dia havia amado. Uma mulher tão linda, determinada e sedutora que provocou a queda de um anjo. Ele a amou desesperadamente.

Mas o tempo de Shadoe havia passado, e ele estava apaixonado por outra. Uma mortal cujo amor era puramente altruísta. Uma mulher que o aceitava como ele era, inclusive as regras que o impediam de ficar com ela.

Ele a acariciou com os polegares e juntou a testa à dela. "Eu vou libertar você, Shadoe. Vou deixar você ir."

"Eu quero você", ela falou, chegando mais perto para sentir sua ereção.

Adrian se esquivou do toque dela com os quadris e sentiu que o corpo de Lindsay perdeu a vitalidade. Ele a apanhou quando ela desmaiou, pegou-a no colo e a deitou na cama. A calcinha destruída num momento de explosão de desejo não tinha como ser recuperada, então ele a cobriu com o lençol. Afastando os cabelos caídos sobre o rosto dela, ele a beijou na testa.

"Lindsay." Ele roçou os lábios na pele suada dela. "Logo isso tudo vai acabar."

Ele se endireitou e saiu do quarto com passadas resolutas. Seu coração estava acelerado e apertado, mas seu raciocínio parecia límpido e cristalino pela primeira vez em muito tempo.

O peso do passado se dissipou juntamente com suas asas.

Enquanto tirava a roupa de novo e entrava no chuveiro para um banho gelado, ele foi se despindo de tudo — da culpa, da mágoa, do sofrimento e do remorso.

Por que você não me deixa salvá-lo?, Lindsay perguntou, sem saber que já o tinha salvado, e da melhor maneira possível. Ela havia lhe dado a força de que ele tanto necessitava, além de seu doce e precioso amor. Ela tinha muito a ensinar a ele sobre como colocar o amor acima de qualquer coisa. Ele só se arrependia de não ter seguido o conselho dela desde o início.

O mínimo que ele podia fazer era livrá-la do peso do passado. Todo o medo e a indecisão que o atormentaram durante séculos não existiam mais. Ele não tinha mais dúvidas quanto a atacar primeiro, e em território inimigo. Lindsay estava infeliz, e isso Adrian não conseguia suportar. Ele não suportava ser motivo de sofrimento para ela. Se acabar com esse sofrimento era algo que estava a seu alcance, era sua obrigação tentar fazer isso.

Durante todos aqueles anos, ele havia feito de tudo para não encarar as consequências dos próprios atos. Em vez de permitir que Shadoe tivesse uma morte honrosa no campo de batalha, só pensou em si mesmo e tentou fazer dela uma imortal. Não era papel dele tentar interferir na decisão do Criador de decretar o fim dos dias de alguém, e seu castigo por isso foi longo e doloroso. Ele estava decidido a encerrar esse ciclo, e não apenas em benefício de si mesmo ou de Shadoe.

Ele faria aquilo por Lindsay. Restituiria a vida que ela deveria ter vivido. Uma vida normal. Uma chance de ser feliz. A oportunidade de encontrar um homem que pudesse amá-la sem nenhuma restrição.

Era um presente que só ele poderia oferecer a ela. Não era como o presente que ela havia dado a ele, mas seria um gesto altruísta, um gesto de amor profundo, algo que Adrian jamais imaginou que fosse capaz de fazer.

21

Desde o momento em que abriu os olhos, Lindsay sabia que Adrian não estava mais lá. O vazio que sentia dentro de si era absoluto, e permanente. Ela se mexeu para levantar da cama e percebeu que estava nua. Por um instante, ficou se perguntando por quê. Foi quando as lembranças vieram à tona.

Eu vou libertar você.

Logo isso tudo vai acabar...

Prendendo a respiração, ela sentiu seu peito ser comprimido por uma dor terrível. Seu pai estava morto. *Papai.*

E, como só uma mulher apaixonada seria capaz de saber, ela tinha certeza de que Adrian estava decidido a nunca mais vê-la.

Lindsay fechou os olhos, mas as lágrimas continuavam a cair. Ela havia perdido seus dois maiores amores ao mesmo tempo. Abalada pela dor, ela percebeu que os ecos de seus sonhos estavam voltando para assombrá-la. Ela havia sido dominada por um desejo ardente, poderoso, fervoroso, impossível de resistir. Em vez disso, entregou-se a essa sensação, deixou que ela se amplificasse, sentiu um prazer feroz ao ver Adrian se render a ela. O poder que ela notou possuir quando presenciou sua capitulação era de virar a cabeça. Viciante. E repulsivo. Era como se ela tivesse visto a si mesma de fora do corpo, incapaz de controlar os próprios impulsos. Quando Adrian lhe virou as costas, ela sentiu um grande alívio pelos dois. Sentiu-se grata por ele ter sido forte, ao contrário dela.

Mas ele não havia lhe virado as costas momentaneamente. Era uma decisão definitiva. A voz dele em seus sonhos não tinha a mesma ternura à qual ela havia se acostumado.

Ela soltou uma risadinha quase histérica.

Lindsay se pôs de pé, se endireitou e resolveu que precisava pôr a cabeça de volta no lugar. Ela ia voltar para Raleigh, e esperava ficar um bom tempo por lá. Precisava se recompor, decidir o que fazer depois de tudo aquilo. Precisava reunir forças e planejar como seria sua caçada a Vash. O desejo de vingança era tão intenso que ocupava sua mente quase por inteiro. O que até certo ponto era bom. A vingança era uma chance de se concentrar em outra coisa que não fosse o sofrimento avassalador que sentia.

Ela tomou banho e se vestiu. Ao arrumar a cama, encontrou a calcinha rasgada. Lindsay não sabia se havia feito aquilo ela mesma em seus sonhos eróticos ou se Adrian tinha estado com ela, mas no fim o resultado era o mesmo — estava tudo acabado entre eles.

"Tome cuidado com o que deseja", ela murmurou, perguntando--se por que não conseguia se livrar de seus desejos todos de uma vez.

Ela saiu para a varanda e notou pela posição do sol que já devia ser tarde. Não havia anjos no céu, nem nuvens. Era um lindo dia, algo nada incomum no sul da Califórnia.

Perdida em seu sofrimento, Lindsay desceu pela encosta do morro até um deque localizado logo abaixo. De lá, a vista da cidade se perdia, deixando a impressão de que estava isolada em meio à natureza.

Ela apoiou os cotovelos no gradil e abriu a agenda de telefones do celular. Havia tantas ligações a fazer, e tantas providências a tomar. Ela se obrigou a seguir em frente, apesar de se sentir absolutamente vazia por dentro. Como se estivesse morta.

Uma sombra com asas enormes se impôs sobre ela.

A sombra de um anjo, seguida do farfalhar das penas provocado pela aterrissagem do Sentinela a seu lado. Tomada por uma inútil esperança de que pudesse ser Adrian, e agarrando-se a ela, Lindsay hesitou um pouco antes de se virar para encarar o recém-chegado.

Sentiu o toque de uma mão em seu ombro.

"Bom di...", ela começou, mas caiu desmaiada antes de concluir a saudação.

Adrian entrou na cidade de Raceport montado numa Harley que havia comprado apenas uma hora antes. Era início da tarde. A maioria dos lacaios estava dormindo enclausurada em algum lugar escuro. Infelizmente, Raceport tinha uma das maiores populações de Caídos do país. Mesmo depois de tanto tempo, eles continuavam rondando Syre como mariposas em volta de uma fogueira, apesar de já terem se queimado e se desfigurado muitas vezes por isso.

Se ele estivesse com um batalhão de Sentinelas ou uma matilha de licanos, estaria numa posição muito melhor. No entanto, mesmo diante da necessidade imperativa de ser bem-sucedido em sua ação, Adrian se recusou a envolver quem quer que fosse em sua vingança pessoal. Aquela batalha era dele. A responsabilidade sobre o que aconteceria ali não deveria recair sobre mais ninguém.

Ele estacionou a moto bem em frente à principal loja da cidade. O escritório de Syre ficava no andar de cima, como Adrian bem sabia depois de monitorar tantas vezes aquela área — assim como a Morada dos Anjos era constantemente vigiada. Era tudo parte de uma dança cuidadosamente encenada entre eles, da necessidade de manter um equilíbrio enquanto tudo mudava a seu redor.

Ele desceu da moto e tirou uma escopeta do bagageiro. Levava uma pistola e uma adaga presas a cada perna, e sentiu as costas pinicando de vontade de empregar a mais poderosa de suas armas. A fúria dos anjos pulsava em suas veias.

Antes mesmo de começar a subir a escadaria externa que levava ao escritório do líder dos Caídos, Adrian sentiu que havia alguma coisa errada. Raceport estava movimentada como sempre, graças a sua fama de principal ponto de encontro de motociclistas do país, mas sua presença não havia despertado grande alarme — mesmo depois de um grupo de mulheres ter assobiado e mexido com ele do outro lado da rua. Caso Syre estivesse por perto, a segurança seria reforçada, da mesma forma como acontecia quando Adrian estava na Morada dos Anjos.

Sério e determinado, ele subiu as escadas sem dificuldades e entrou no corredor de acesso aos escritórios.

Dois vultos vieram correndo em sua direção. Ele os derrubou a bala, já que não era possível abrir as asas num espaço tão pequeno. Mais dois apareceram atrás dele pouco antes de chegar à sala de Syre.

Ele abriu a porta e foi entrando, ouvindo o grito de um de seus perseguidores quando a luz do dia iluminou o corredor atrás de si.

Adrian fechou a porta com um pontapé e bloqueou a maçaneta com uma cadeira, tudo isso sem desviar os olhos e o cano da pistola da vampira que estava sentada à mesa de Syre.

"Olá, Adrian", ela murmurou, abrindo um meio sorriso. A luz do sol banhava a pele clara de seus braços nus e seus cabelos castanho-escuros. Os olhos cor de âmbar brilhavam como os de um tigre, mas ele se lembrou do dia em que eram azuis como os dele.

"Raven."

"Ele não está."

"Estou vendo."

"Não está nem na Virginia."

Ele caminhou até o armário, abriu a porta e olhou lá para dentro.

"Só você e eu", ela garantiu. "E eu tenho ordens para não matá-lo."

"Ah. Então estamos jogando de acordo com as regras."

Ela se levantou com um movimento gracioso, revelando a minissaia de brim que não servia para cobrir muita coisa. A blusinha que ela usava era amarrada na frente dos seios, dando-lhe um aspecto de menina do interior que devia agradar aos homens que visitavam a região.

Ela saiu de trás da mesa, passou a ponta dos dedos da mão direita pelo braço esquerdo e o encarou por trás dos cílios longos e espessos. "Você está ótimo, Adrian. Ótimo mesmo. O sexo anda lhe fazendo bem."

Ele sorriu, acostumado àquele tipo de joguinho. Os Caídos gostavam de provocar os Sentinelas usando a sensualidade. Como se quisessem se caracterizar pelo motivo que os fez cair, assim como os bem-comportados se caracterizavam pela abstinência. "Onde ele está?"

"Por que a pressa?" Ela foi chegando mais perto, passando a língua pelos lábios.

Ele abriu as asas, obrigando-a a se afastar para não ser partida ao meio. Ela acabou caindo de bruços sobre a mesa, mas com os pés ainda no chão. Ele segurou suas mãos acima da cabeça contra a mesa antes que ela pudesse reagir.

Adrian se inclinou sobre ela e sussurrou em sua orelha: "Onde ele está?".

"Não precisa me torturar", ela gritou, tentando se soltar. "Ele mesmo pediu para eu contar."

E Adrian sabia por quê. Sentiu um frio na barriga. "Ele está indo para a Califórnia."

"Na verdade", ela murmurou, abrindo um sorriso malicioso, "ele já está lá."

Syre se afastou da cama em que a filha dormia e foi até a sala de estar da suíte de dois quartos em que estava hospedado num hotel de Irvine. Torque estava sentado no sofá, com os cotovelos apoiados nos joelhos, segurando o queixo com os dedos. Vash caminhava de um lado para o outro.

"Ela sofreu uma lavagem cerebral", Vash soltou por entre os dentes. "Não sei quanto tempo Adrian ficou com ela, mas o treinamento foi bem-feito. Ela tentou me matar!"

Torque olhou para ela e encolheu os ombros. "Eu não a vi em ação, mas ajudei a cuidar dos ferimentos de Vash. E não eram poucos, Shadoe pegou pesado."

Os cabelos longos de Vash esvoaçavam sobre seus quadris a cada movimento brusco. "Acho que conversar com ela não vai adiantar. Seriam necessários muitos anos para desprogramá-la, e o licano que estava com ela era o responsável pelo sequestro de Nikki."

Torque grunhiu.

Syre passou a mão pelos cabelos. Uma hora antes, ele havia recebido uma mensagem de texto no celular, informando que Adrian havia aparecido em Raceport. A essa altura, o líder dos Sentinelas na certa sabia que Lindsay Gibson não estava mais sob sua guarda, e as buscas já deviam ter começado. Em pouco tempo, seria impossível para eles sair da Califórnia sem que Adrian ficasse sabendo. Se Syre não Transformasse Shadoe até então, nada seria capaz de salvá-los.

"Pode ser melhor Transformá-la primeiro", comentou Torque, "e explicar tudo depois. Quando ela voltar a ser Shadoe, não vai ter por que nos odiar. Ela vai se lembrar de quem somos."

Syre se dirigiu ao quarto ao lado e fez um sinal para que saíssem. "Saiam. Os dois. Me deixem sozinho com ela."

"Isso não é muito prudente", contestou Vash. "Ela pode tentar matar você."

"Sem o licano por perto para dizer quem eu sou, como ela vai saber?"

"Você está deduzindo que ela não sabe nos identificar. Mas eu a vi em ação... ela pulou um muro de quase três metros. Ela não é uma simples mortal, por mais que o cheiro dela diga isso."

Na verdade, o cheiro dela era o de Adrian, o que virou o estômago de Syre. Ele estava pronto para revelar a ela o porquê de tanto sofrimento. Estava prestes a fazê-la se lembrar do preço que o desejo de Adrian a havia feito pagar.

"Então Shadoe está preparada para assumir o controle sobre Lindsay Gibson", ele afirmou. "E eu estou mais seguro do que você imagina. Agora vá. Ajude Torque a encontrar o licano. Vamos tentar amarrar todas as pontas soltas enquanto ainda estamos aqui."

Eles foram para o quarto ao lado, e Vash ainda olhou feio para Syre por cima dos ombros. Ele trancou a porta, sorrindo. Vash era extremamente competitiva. O fato de ter sido superada por uma aluna sua estava acabando com ela. Caso Lindsay Gibson não carregasse dentro de si a alma da filha dele, já estaria morta a essa altura.

Ele ouviu o colchão ranger de leve dentro do outro quarto e se virou para a porta que levava para lá, com o coração batendo forte no peito. Ele nunca havia chegado tão perto de recuperá-la para si. Adrian sempre a mantinha por perto, esperando que Syre perdesse a cabeça e fosse atrás dela. O Sentinela não fazia ideia de quantas tentativas Syre tinha feito ao longo dos anos. Adrian era preciso, metódico... uma máquina. Era quase impossível decifrar seu código. Mas, dessa vez, estava tudo diferente. Alguma coisa havia motivado Adrian a agir de forma atarantada, a deixá-la se expor, ficar sozinha... Isso devia ser obra da própria Lindsay Gibson, já que Shadoe estava prestes a assumir o controle sobre ela. Talvez fosse isso que Adrian estava esperando durante todo esse tempo.

Ela apareceu na porta, com o olhar afiado como o de um falcão.

O olhar de um predador. De uma caçadora. Foi lançado primeiro para ele, e depois para o ambiente relativamente confinado ao redor. "O que você é?"

"Você quer que eu entre em detalhes?"

Ele notou certa confusão no rosto dela. Não se parecia em nada com ela, nem com a mãe e o irmão, em quem a origem asiática ficava evidente na cor da pele e nos olhos puxados. Mas alguma coisa dentro dela o reconheceu, e a deixou perplexa.

"Todos os detalhes", ela respondeu.

"Meu nome é Syre. Sou um vampiro", ele abriu um sorriso sincero de afeição, "e sou o seu pai."

Lindsay encarou aquele homem bonito que estava a poucos metros diante dela...

... e soltou uma gargalhada que resumia o turbilhão de sentimentos que havia dentro de si. Ela gargalhou até as lágrimas escorrerem pelo seu rosto. Ela riu até perder o fôlego e começar a tossir e soluçar.

Syre, que parecia preocupado, arriscou um passo em sua direção. Ela fez um gesto com a mão, pedindo que ele mantivesse a distância.

Ele se deteve. O líder dos vampiros, que de alguma forma a havia raptado da Morada dos Anjos, obedeceu a um comando dela.

Ele capitulou diante dela. E ela o *conhecia*.

Havia uma certeza dentro dela. Lindsay reconhecia que o anjo caído do outro lado do quarto era jovem demais para ser seu pai. Ele era lindo. Alto e elegante como um Sentinela, só que muito mais sinistro. Perigosíssimo, com certeza. E não só por causa do visual, apesar de sua aparência contribuir bastante para tanto. Os cabelos escuros e a pele morena eram acompanhados de um par de olhos cor de caramelo, uma combinação que o tornava ao mesmo tempo deslumbrante e exótico.

O pensamento de que aquele era o inimigo de Adrian era enlouquecedor. Os dois pareciam ter o mesmo poder.

"Onde estamos?", reconhecia a rede de hotéis pela decoração do quarto, mas não sabia a localidade em que se encontrava.

"Irvine."

"Por quê?"

Ele fez um sinal para que ela se sentasse. Assim como havia acontecido com Adrian, ela sentiu uma inexplicável identificação com o líder dos vampiros. Mas naquele instinto ela não confiava — nem nele. Os vampiros enganavam suas vítimas usando como arma a sedução e uma falsa sensação de segurança.

Em vez disso foi até a pia da suíte e pegou um saca-rolha de uma gaveta. Era uma arma patética, mas pessoas desesperadas não podem se dar ao luxo de ser exigentes.

"Você não precisa se defender de mim, *tzel*", ele murmurou e se sentou despreocupadamente à mesa de jantar.

"Não me chame assim", ela rebateu, irritada por ouvir o apelido carinhoso que Adrian usava com ela na boca de outro homem.

"Por que não? É o seu nome."

Engolindo em seco, ela teve um estonteante e intenso déjà-vu, algo nada estranho depois das últimas semanas, mas nem por isso menos desconcertante. "Meu nome é Lindsay Gibson. O nome do meu pai é... era... Eddie Gibson."

"Isso é verdade... em relação ao seu corpo mortal." Os olhos dele a encaravam com uma inegável intensidade. "Mas você carrega a alma da minha filha Shadoe dentro de si."

Lindsay ficou pálida.

"Você achava que era um apelido que Adrian inventou para você?" A voz um tanto rouca de Syre era hipnotizante. "Um nome carinhoso, talvez?"

Ela sentiu o golpe.

"Ah, acho que entendi." Ele abriu um sorriso presunçoso. "Aposto que ele bateu os olhos em você e já não havia mais como escapar. Ele encarou você com aquela intensidade atordoante, não foi? Foi atrás de você com uma determinação irresistível. Tratou você como se fosse a coisa mais preciosa deste mundo. E, quando um serafim como Adrian põe uma coisa na cabeça, ele sempre consegue."

Apoiada no balcão, ela pôs uma das mãos no estômago revirado e tentou controlar a respiração acelerada.

"Você é uma mulher muito bonita, Lindsay. Com certeza a atração dele era sincera. Mas a mulher que ele deseja está dentro de você, é a minha filha, e ele vem me mantendo distante dela desde a aurora dos tempos."

"Não é possível", ela suspirou por entre os lábios ressecados. "Eu não estou possuída pelo espírito de ninguém."

Ele ergueu o queixo. "Então como você explica sua velocidade? Como explica a primeira pergunta que fez quando saiu do quarto? Você perguntou *o que* eu sou, não *quem*. Você captou o meu poder com sentidos que vão além dos cinco de que o seu corpo mortal é dotado."

Ela o encarou e foi se sentindo cada vez mais inquieta, sua perna direita começou a se sacudir e tremer.

"Você está se perguntando como isso é possível", ele falou num tom de voz grave e cativante. "Shadoe foi mortalmente ferida. Você já era uma caçadora desde aquele tempo. Adrian amava tanto você que não era capaz de suportar a ideia de perdê-la. Eu já tinha descoberto que podia compartilhar minha imortalidade, e ele trouxe você até mim à beira da morte, implorando para que eu a salvasse."

Lindsay só notou que estava chorando quando sentiu as lágrimas caindo sobre o peito.

"Eu não pensei duas vezes", ele continuou. "Comecei seu processo de Transformação."

"Numa vampira?" Só de pensar nisso já ficou enojada.

Ele riu baixinho, e sem muito gosto. "A reação de Adrian foi a mesma. Ele achou que eu poderia curar você sem fazer a Transformação. Você estava ferida demais para ele conseguir ajudá-la, mas, como tinha ouvido dizer que a Transformação tirava as pessoas da beira da morte, pensou que eu poderia trazê-la de volta. E eu podia, mas como uma vampira. Quando ele se deu conta disso, liquidou você com uma punhalada no coração."

Ela estremeceu ao imaginar o quanto aquilo deve ter sido difícil para Adrian — matar a mulher que amava para poder salvá-la. Mas ela era capaz de entender também. Todos os infortúnios que ele havia tido na vida se deviam aos vampiros. Claro que ele iria preferir perder sua amada a vê-la transformada numa sanguessuga desalmada.

"Mas já era tarde demais. Você era uma nefil, filha de uma mortal como um anjo. A alma dos nefilins é mais poderosa que a dos meros mortais. Tinha a mesma força da alma de um anjo, mas sem a vulnerabilidade representada pelas asas. Você já havia recebido sangue suficiente para imortalizar sua porção inumana quando Adrian matou seu corpo. E por isso você voltou tantas vezes, sempre em corpos diferentes, mas sempre sendo minha filha."

E a mulher que Adrian amava. Uma mulher que não era ela.

Ela se endireitou. "Q-que história bonitinha. Mas eu não acredito em você."

"Por que eu iria mentir?"

"Para me colocar contra Adrian."

Ele estalou a língua. "Tsc. Muito pelo contrário. Eu posso devolvê-lo a você. Sem restrições. Sei que é isso que você quer. Dá para ver o quanto você o ama."

"O que você está dizendo?"

Ele se levantou e chegou mais perto. "Eu posso concluir a Transformação, Lindsay. Posso dar a você a imortalidade, e despertar a alma que Adrian ama e que vive dentro de você. Posso acabar com a imortalidade que a torna proibida para ele. Tudo pode ser como sempre deveria ter sido."

Ela deu risada, mas seu riso se assemelhou mais a um choro de dor. "Claro. Capturar a mulher de Adrian e torná-la uma vampira. A vingança suprema pela perda das suas asas. Você deve querer morrer toda vez que vê aquelas manchas vermelhas nas asas dele. Deve ser uma lembrança dolorosa da sua mutilação."

Syre não se deixou abalar pela provocação. "Eu não esperava mesmo que você acreditasse em mim. E nele, você acreditaria?"

Ela sentiu seu coração parar. "O que você está dizendo?"

"Ligue para ele." Os olhos dele brilharam como pedras preciosas. "Pergunte você mesma."

22

Elijah viu o portão de entrada da matilha do lago Navajo ficar para trás pela janela do Suburban preto em que estava sentado. Não conseguia disfarçar a apreensão que sentia. Embora Damien tenha garantido que ele não seria responsabilizado pelo sequestro de Lindsay — que tecnicamente aconteceu sob a vigília dos Sentinelas —, ele foi logo mandado de volta para o lago Navajo em vez de participar das buscas por ela. A matilha inteira de Adrian estava sendo mandada para o lago, e uma nova estava sendo formada.

O caráter extremo daquela medida despertou uma desconfiança profunda. Lindsay havia sido levada de dentro da Morada, o que significava que alguém dali certamente estava envolvido no rapto. A quarentena dos licanos locais parecia ser um primeiro passo na tentativa de encontrar os culpados.

Apesar de compreender a fragilidade de sua própria situação, Elijah temia sobretudo por Lindsay. Quando ficou sabendo quem era a vampira que ela atacou, seu estômago foi parar na boca. Vash já estava atrás dele por causa da presença de seu sangue em Shreveport, e depois disso Lindsay foi vista com ele, e em meio a um ataque contra a vampira. Sua amiga estava em sério perigo, isso era inegável. Muito sério mesmo. Ele duvidava que Lindsay passasse daquele dia, isso se já não estivesse morta.

Enquanto isso, ele estava a centenas de quilômetros de distância, incapaz de fazer alguma coisa para ajudar. Seu lado selvagem estava inquieto, grunhindo seu desejo de escapar da coleira. Caso ele não fosse um alfa, teria perdido o controle fazia tempo. Como ele era, estava refletindo sobre a possibilidade de um motim pela primeira vez na vida. Ele não tinha tantos amigos assim para perder uma daquela maneira, e Lindsay era especial — ela já tinha arriscado a própria vida para salvar sua pele. Era hora de retribuir o favor.

O Suburban parou diante do centro de operações. Elijah desceu. Meia dúzia de vans parou logo atrás do carro em que ele estava, e o restante da matilha de Adrian foi conduzida até o pátio.

Jason foi até ele. "Você chegou bem rápido. Ótimo. Consegui reduzir a lista de suspeitos a seis indivíduos. Um deles é o responsável pelo roubo do seu sangue. Imaginei que você fosse querer participar do interrogatório."

Elijah encarou o Sentinela por trás dos óculos escuros, e imediatamente se pôs na defensiva depois daquela demonstração de camaradagem. Jason não dava muito valor aos licanos. Até os considerava úteis em certas situações, mas sempre descartáveis — merecedores de um tratamento ainda pior que o dispensado aos cães.

O Sentinela deu um tapinha em suas costas e sorriu. "Pensei que você fosse gostar. Em vez disso, está olhando feio para mim."

Elijah contorceu o corpo para evitar o toque do Sentinela. Ele percebeu que a intenção daquilo era fazer parecer que ele tinha mais intimidade com os anjos do que com sua própria espécie. Era por isso que tinha ido até ali no Suburban. Era por isso que Jason estava conversando com ele daquela maneira. Elijah imaginou que a aproximação dos Sentinelas era o primeiro indício de sua punição.

E ele estava certo, mas não da maneira como havia imaginado.

Quando voltou para junto dos outros membros da matilha de Adrian, notou que os outros o encaravam com ressentimento.

Rachel deu um passo à frente e sussurrou: "Você está pensando que é um deles?".

"Rach, você é esperta demais para não saber que eles estão querendo manipular nós dois. Eles estão manipulando todo mundo."

Jonas se aproximou. "Você é um alfa, Elijah. O que vai fazer a respeito?"

O jovem e impetuoso licano apontou para a cerca de madeira de nove metros de altura ao redor. "Se eu fosse um alfa, viraria isto aqui de pernas para o ar."

"E iria para onde?", questionou Elijah.

Os olhos de Rachel brilharam. "Não sei do que você tem medo,

El, mas precisa se decidir logo de que lado está. Não deixe que a morte de Micah seja em vão."

"Você não pode jogar esse peso sobre mim."

"Ele está *todo* sobre você", ela afirmou friamente. "E mais do que você imagina."

Ele abriu a boca para responder, mas ela se transformou e uivou. O resto da matilha fez o mesmo, e se posicionou a seu redor num claro sinal de submissão. Os Sentinelas ao redor abriram as asas, todos eles com os olhos inflamados.

Jason se aproximou, com as asas protegendo o corpo em posição de batalha. "Elijah..."

A matilha respondeu à ameaça implícita a seu alfa — uma ameaça instigada por eles mesmos — partindo para o ataque, formando um mar ouriçado de pelagens multicoloridas.

Os gritos abalaram a tranquilidade da montanha. Os anjos levantaram voo. Os licanos em sua forma lupina apareciam de todos os lados, derrubando portas e arrebentando janelas. Os berros e os uivos preenchiam o ar.

Elijah estava ali parado em meio ao caos, vendo o mundo que sempre conheceu se desfazer em meio a poças de sangue, pelos e penas. Os berros reverberavam dentro dele, ecoando os gritos de sua mente horrorizada.

Uma bala perfurou seu ombro, e a pequena porção de prata dentro dela começou a queimar sua carne como ácido. Sem escolha, Elijah mudou de forma e entrou na briga, com a esperança de salvar tantas vidas quanto fosse possível.

Adrian olhou pela janela do escritório de Syre, para a cidade logo abaixo. Seu sangue estava gelado. A cada segundo que se passava, sentia-se mais arrebatado por um espiral de raiva primitiva.

Seu celular vibrou em cima da mesa. Ele sentiu os olhos preocupados de Raven sobre si quando atendeu. "Mitchell."

"Adrian."

Ele quase perdeu o fôlego. "Lindsay! Onde você está? Está tudo bem?"

"Ou será que você não prefere me chamar de *tzel*?", ela perguntou baixinho.

Ele afundou na cadeira de Syre. "O que foi que ele contou pra você?"

"Uma longa história, mas a parte principal é que eu carrego a mulher que você ama dentro de mim. Isso é verdade?"

Ele hesitou por um momento, assimilando toda a mágoa que havia na voz dela. "Você carrega a alma de Shadoe dentro do seu corpo, é verdade."

Raven o observava ansiosamente da poltrona no canto da sala, com um brilho maligno nos olhos.

"Foi por isso que você foi falar comigo no aeroporto."

"A princípio foi por causa dela", ele admitiu. "Mas isso mudou. Tudo o que surgiu entre nós depois disso se deve a você, Lindsay."

"Então em poucas semanas você esqueceu a mulher que amou durante séculos e se apaixonou por mim?" Um ruído abafado escapou de sua garganta, um som que transmitia tanto sofrimento que ele sentiu seu coração sangrar ao ouvi-lo. "Você vai me desculpar, mas eu não caio nessa, não."

"Eu posso provar. Me diga onde você está, como eu posso encontrá-la. Se eu matar Syre, a alma de Shadoe ficará livre. Seremos só eu e você."

"Você se despediu de mim ontem, Adrian. Não assim com todas as letras, mas no fim dá no mesmo. Foi por isso?"

"Não, droga." Ele agarrou uma caneta sobre a mesa. "É porque, quando eu matar Syre, o seu corpo e a sua alma serão só seus. Você não vai mais sentir a presença do mal. Não vai mais notar a presença de criaturas não humanas. Não vai ter mais os atributos físicos que sempre precisou esconder. Você pode ser normal. Levar uma vida normal. Desfrutar das melhores coisas da vida dos mortais, às quais você nunca teve tempo para se dedicar."

Houve uma longa pausa, preenchida apenas pela respiração acelerada dos dois. Ele ouviu uma porta se fechar do outro lado da linha. "Syre falou que pode resolver tudo. Que ele pode corrigir isso."

Adrian se inclinou para a frente. "Não dê ouvidos a ele. Syre é capaz de dizer qualquer coisa para obrigá-la a fazer o que ele quer."

"Ele disse que, se a Transformação for concluída, você pode ter Shadoe de volta. Dessa vez para sempre. Como uma imortal."

"Não, porra." A sala começou a girar diante dele. "Não é isso que eu quero."

"Não mesmo? Durante todos esses séculos... em todas essas encarnações... Você a encontrou e a amou. E a perdeu... vez após vez. Agora tem a chance de acabar com isso."

"Ele está errado, Lindsay." Adrian ouviu sua própria voz embargada pelo desespero brutal, e se perguntou por que ela não conseguia perceber a mesma coisa. "Ele acha que a alma de nefil de Shadoe, uma alma que em parte é de anjo, é mais forte que a sua. Quando ela estava viva, talvez isso fosse verdade. Mas não é. Ela é uma presença clandestina no *seu* corpo. A sua alma tem mais poder sobre seu corpo físico que a dela. Você não é como as demais encarnações de Shadoe. Você sente os impulsos dela, mas é capaz de resistir. Sempre foi *você mesma* desde o momento em que nos conhecemos. Se deixar que Syre conclua a Transformação, a alma dela vai ser libertada, a sua vai morrer e só o que vai restar é uma vampira sanguessuga. Não é isso o que você quer, nem o que eu quero para você."

Ele ouviu um soluço contido.

"Lindsay." Seus olhos queimavam. Seus pulmões estavam em chamas. "Por favor. Por favor, não faça isso. Me deixe ir até aí falar com você. As últimas vinte e quatro horas foram difíceis demais. Você está sofrendo pela morte do seu pai, o que é plenamente justificável. Precisa de um tempo para pensar. Para curar as feridas. Me deixe ajudar você, assim como você me ajudou."

"Eu não preciso pensar sobre isso. Aconteça o que acontecer depois da Transformação, você enfim vai estar livre. Com ou sem ela, esse ciclo terrível finalmente vai acabar."

Ele quebrou a caneta na mão. A tinta preta escorreu pela mesa. "Eu posso fazer a mesma coisa matando Syre. Foi ele que começou a Transformação, e é o único que pode pôr um fim nessa história. Me deixe fazer as coisas do meu jeito. Deixe que eu mesmo cuide disso."

"Adrian..."

"Eu amo você, Lindsay. *Você*. Não Shadoe. Eu a amava, mas agora não mais. Não mais como antes. E já faz tempo, mas só me dei conta disso ontem à noite. E meu amor por você é diferente. Estou implorando... por mim, e por tudo o que você pode ser... Não faça isso."

"Eu acredito que você me ama", ela sussurrou tão baixinho que ele quase não conseguiu ouvir, "na medida do possível. Mas isso é só mais uma razão para acabar de uma vez com tudo isso. Enquanto eu estiver viva, você nunca vai conseguir abrir mão de mim... a sua voz está me dizendo isso. Você vai continuar dando murro em ponta de faca até se destruir. Eu não posso permitir que você faça isso. Pelo menos, quando eu for Transformada, você vai desistir de mim. Não vai querer uma vampira."

Adrian ficou de pé num pulo, e seu BlackBerry estalou sob a força de sua mão. "Lindsay!"

"Eu amo você, Adrian. Adeus."

Lindsay tomou um banho e saiu do quarto se sentindo limpa por dentro e por fora. Syre a esperou pacientemente à mesa de jantar. Ela teve a sensação de que ele era o tipo de sujeito capaz de ficar imóvel durante horas, demonstrando uma paciência infinita e inabalável. Tanto controle e tanto poder — nesse sentido se parecia com Adrian. Adrian, cuja linda voz parecia abalada e desfigurada pela força dos próprios sentimentos. Ela o estava tornando mais humano a cada dia, enfraquecendo-o, quando o que ele precisava era se fortalecer. Encontrar Syre cara a cara comprovou isso para ela de maneira definitiva. O líder dos vampiros era um adversário formidável, e sua tenente era uma maníaca homicida. Nos dias que viriam, Adrian precisaria estar no auge da forma se quisesse sobreviver.

"Está pronta?" Ele se levantou com um movimento fluido e gracioso.

Ela confirmou com a cabeça. "Sim, estou."

Ele fez um sinal para que ela voltasse para o quarto.

"Você pode me dizer o que vai acontecer?", ela perguntou, deitando-se na cama conforme ele ordenou. Seu coração batia tão forte que ela imaginou que fosse sofrer um infarto.

O líder dos vampiros sentou-se a seu lado na cama e pegou sua mão. Ele a encarou com uma expressão afetuosa. Só de olhar para ele dava para imaginar como Shadoe devia ser linda. Uma beleza exótica cujo amor havia escravizado Adrian para sempre.

"Eu vou beber seu sangue." Sua voz era morna e inebriante como um gole de conhaque. "Vou drená-la até a beira da morte. Depois vou preencher seu corpo com meu próprio sangue, e assim você vai se Transformar."

"Minha alma vai morrer."

Ele a olhou por um momento como se estivesse prestes a contar uma mentira. Depois sacudiu a cabeça. "A alma dos mortais não resiste à Transformação. Mas, se isso serve de consolo, acho que Shadoe absorveu alguma coisa de você enquanto estiveram juntas. Você vai continuar a existir dessa maneira. Não acho que vá desaparecer sem vestígios."

"Mas não tem certeza."

"Não", ele admitiu. "Você é uma criatura única."

Ela soltou um suspiro trêmulo. "Certo. Entendi."

Syre tirou os cabelos que caíram sobre sua testa. "Você o ama de verdade. Queria entender por quê. Toda vez que você volta, acaba se apaixonando por ele de novo."

Ela fechou os olhos. "Por favor. Vamos acabar logo com isso."

Ela sentiu a umidade do hálito de tempero dele contra seu pulso, e depois a pontada da mordida.

Lindsay se sentia como se estivesse boiando e, apesar de não conseguir respirar, não era uma sensação desesperadora. Ela ia nadando sem pressa, e enquanto isso todo o sentido de tempo e de urgência se perdia.

Ao seu redor, ondas de memórias se elevavam e arrebentavam. Algumas eram dela, mas a maioria não. Ela navegava fascinada por aquelas lembranças, assistindo aos acontecimentos como um espectador acompanha um filme. Inúmeras versões de si mesma, como se ela fosse a única atriz de uma peça infindável com múltiplos personagens, cenários e períodos de tempo.

No fundo de sua mente, ela registrou uma queimação distante. O fogo e a fumaça consumiam as praias de suas lembranças, fazendo a água ferver até se tornar incômodo o toque contra sua pele. Ela tentou se debater, depois mergulhar, mas não havia nada sob a superfície. Apenas um vazio e a sensação de estar sendo puxada para o abismo pelos pés, descendo cada vez mais.

Ela subiu à tona e recolocou o corpo na vertical, mantendo as pernas a salvo daquele impulso sedutor de descer.

Não havia como escapar do calor cada vez maior.

"*Isso logo passa.*"

Virando a cabeça para procurar quem estava falando, Lindsay descobriu uma mulher boiando ali por perto. Uma mulher de uma beleza exótica, de tirar o fôlego. Uma mulher cuja beleza faria um par perfeito com a magnificência de Adrian.

"Shadoe."

Shadoe sorriu. "Olá, Lindsay."

Ela se aproximou e as duas deram as mãos. Uma onda fria de alívio percorreu o braço de Lindsay a partir do toque. Sua mente estava repleta de imagens de Syre e de uma linda mulher asiática. Eles riam. Brincavam. Corriam atrás de duas crianças risonhas num campo todo gramado. Syre tinha asas. Grandes e magníficas, de um tom de azul que combinava perfeitamente com o dos olhos dele. Estavam abertas e esticadas, numa visível demonstração de alegria. Ele ergueu a menininha e a beijou na testa. Lindsay sentiu a pressão daqueles lábios contra sua própria pele, e a onda de amor paternal que acompanhava o gesto.

Syre sentou Shadoe e foi atrás do filho, um garotinho adorável com perninhas e bracinhos gorduchos. Shadoe foi até onde sua mãe estava fazendo um piquenique. Sentou na beira de um cobertor e jogou pedacinhos de algum tipo de vegetal na beira do descampado, onde a grama dava lugar à vegetação nativa.

Uma pequena criatura apareceu, fofinha e branquinha como um coelho. Foi seguindo a trilha de vegetais até Shadoe, que acariciou sua cabeça com a ponta dos dedos. Quando a criatura criou coragem e apoiou as patas dianteiras em sua coxa, Shadoe riu com gosto e a pegou no colo assim como Syre havia feito com ela poucos momentos antes. Ela roçou seu nariz no focinho frágil do animal depois enterrou o rosto em seu pescoço.

O grito da criatura assustou Lindsay de tal forma que ela se debateu e afundou sob as ondas. A lembrança lhe escapou e foi levada por uma onda até a praia em chamas, mas não sem antes deixar para atrás um odor de sangue e a beleza de seu toque vermelho se misturando a uma brancura perfeita. Assim como nas asas de Adrian.

Ela nadou de volta para a superfície, sentindo uma mistura de medo, fascínio e um apetite cada vez maior. O cheiro do sangue do animal a atiçou tremendamente. Ela salivou de desejo de bebê-lo com a mesma vontade demonstrada por Shadoe.

Shadoe sorriu ao ver Lindsay lutando para respirar. A nefil boiava graciosamente de costas, com as mãos entrelaçadas sob a cabeça. Os cabelos pretos flutuavam ao redor, assim como a saia transparente de seu vestido. Parecia uma ninfa, linda e sedutora.

"Você já era uma vampira", acusou Lindsay.

"Não. A sede de sangue dos nefilins vinha desde antes da queda dos Vigias. Nosso lado anjo precisava da energia vital que havia nos demais." Não havia terror nem remorso na voz dela. Nem vergonha ou embaraço.

Lindsay lutou para compreender tudo aquilo. O calor furioso aos poucos ia se aplacando, e uma espécie de languidez voltava a tomar conta dela. Parecia que estava tirando um cochilo, envolvida pelo toque sedoso das lembranças ao seu redor.

"Ele me amou desde sempre", Shadoe falou como quem não queria nada. "Obsessivamente."

"Eu sei."

Novas recordações chegaram até ela. Ela reconheceu algumas a partir de seus sonhos. Tudo passava a fazer sentido. Cada imagem e cena revelavam Adrian em momentos de luxúria e paixão. Lindsay observou tudo em meio a um ciúme dolorido e feroz. Fechou os olhos, mas isso não trouxe nenhum alívio. Aquelas lembranças estavam em sua cabeça. Sussurrando. Cantarolando. Expondo. Ela estava prestes a mergulhar sob as ondas para se afastar daquilo quando viu a si mesma. Deixou de lado a inquietação e absorveu tudo, relembrando os momentos que tinha vivido com Adrian.

Preciso de você, tzel.

Uma dor se fez sentir dentro dela quando percebeu o que aquilo significava: ele estava pensando em outra enquanto fazia amor com ela.

E as reminiscências continuavam a atormentá-la.

Fique comigo, neshama sheli.

Ela chorou ao sentir a emoção que irradiava de Adrian quando ele pediu para que ela aceitasse tudo o que ele tinha a oferecer.

"O que isso significa?", ela perguntou a Shadoe com a voz embargada de mágoa e saudade. "*Neshama sheli?*"

"Significa 'minha alma'. É um apelido carinhoso."

Lindsay compreendeu tudo aquilo. À medida que as lembranças se desenrolavam diante dela, girando cada vez mais rápido até que se formasse uma espiral, ela notou que os apelidos carinhosos dele iam mudando. Perto do fim, ele se referia a ela apenas como sua alma. Não a Shadoe. A ela.

Não, tzel. *Eu vou libertar você. Vou deixar você ir...*

Ele estava se despedindo de Shadoe, não dela.

Lindsay começou a bater as pernas, lutando contra a força voraz do redemoinho. Ela estava berrando, gritando socorro, horrorizada ao se dar conta subitamente de que havia interpretado mal os sonhos da noite anterior.

Adrian a amava. E ela era louca por ele a ponto de aceitar morrer para fazer sua felicidade. O que pelo jeito só dependia dela — ela era a mulher que o faria feliz.

Ela não iria desistir. Ela se recusava. Ela o conhecia por dentro e por fora. Desde o início, ele havia permitido que ela escolhesse o caminho a seguir — o hotel ou as caçadas, uma vida com ou sem ele —, e havia tomado as providências para que ela desfrutasse de sua liberdade com segurança. Lindsay podia ser ela mesma com Adrian, e ele a amaria mesmo assim. Cuidaria dela.

Com todas as suas forças, Lindsay lutava contra o abismo que brilhava sob seus pés, mas as recordações se erguiam ao seu redor como um ciclone cada vez mais alto, e as imagens projetadas no céu pareciam cada vez mais distantes.

"Shadoe!", ela gritou. "Você nunca mais vai tê-lo por inteiro. Nunca mais."

Um braço apareceu e a agarrou pelo pulso. Shadoe se inclinou sobre a beirada da espiral, com seus longos cabelos pendendo como uma cortina sobre seu lindo rosto.

"Uma parte dele agora pertence a mim." Lindsay gemeu, sentindo os braços se separarem dos ombros ao ser puxada em duas direções opostas. "Você não parece ser o tipo de mulher que aceita dividir."

"E você aceita?"

Lindsay cerrou o maxilar para suportar a dor. "O que for preciso para ficar com ele", ela soltou entre os dentes. "Se ele pensar em você de vez em quando, tudo bem. E você, vai conseguir aceitar que é o meu corpo que ele vai tocar quando estiver com você?"

Shadoe estreitou os olhos. Depois abriu um sorriso com seus lábios vermelhos e sensuais. Ela soltou o braço que estava agarrando, e Lindsay despencou na direção da luz radiante logo abaixo.

"*Shadoe.*"

Sua rival mergulhou na espiral, passando por Lindsay com os braços esticados e as mãos unidas como uma lâmina afiada. Ela abriu uma fenda na luz e desapareceu dentro dela. Instantaneamente a direção do redemoinho mudou, indo para cima. Enquanto se aproximava das imagens em movimento projetadas acima dela, Lindsay prendeu a respiração e fechou os olhos.

Ela foi expelida da tempestade e tentou respirar fundo para recuperar a consciência.

Lindsay sentou num pulo, e se viu acordada numa cama desconhecida. Ela piscou os olhos e viu Kent Magus sentado numa poltrona a seu lado.

"Kent?", ela perguntou, e notou que estava encharcada de suor.

Tanto suor que havia encharcado as cobertas e os lençóis. Ela sentiu algo duro em sua boca. Ela cuspiu uma vez, e depois outra. Franziu a testa ao ver dois dentes caninos humanos na palma da mão. "O que você está fazendo no meu sonho?"

Kent a encarou e fez uma careta. "Lindsay? Onde está Shadoe?"

"Você também é apaixonado por ela?" Ela estreitou os olhos. Os contornos bonitos do rosto de Kent lembravam o da mulher de quem ela havia acabado de se despedir em sua mente... ou alma — fosse o que fosse. "Ela se foi. Não vai mais voltar. Partiu desta para melhor e coisa e tal."

"Puta merda", ele murmurou, passando a mãos pelos cabelos, que se espetaram com o movimento de seus dedos inquietos.

"O que você está fazendo aqui?"

Ele esfregou os olhos vermelhos, cheios de lágrimas. "Eu sou o seu... Sou o irmão da Shadoe. Torque."

"Ah. Pensei que fosse o meu funcionário." Ela se deitou de volta na cama suada soltando um gemido, e com a certeza de que estava enlouquecendo, e morrendo. Não dava para se sentir tão mal como ela se sentia e ainda sobreviver. Tremores violentos sacudiam seu corpo como se ela estivesse congelando, mas ela estava fervendo. Sua boca parecia estar cheia de algodão e tinha o gosto de um cinzeiro. O estômago se contorcia como se estivesse a ponto de expelir seu conteúdo, e a cabeça latejava com tanta violência que parecia que algo lá dentro tentava forçar sua saída através do crânio dela.

Mas a realidade na qual ela havia acordado era ainda pior.

Ela ainda era Lindsay, ainda era louca por Adrian e tinha se tornado uma coisa que odiava e sentia vontade de matar — uma vampira.

23

Adrian viu a fumaça dos escombros da matilha do lago Navajo quilômetros antes de chegar lá. Quando Damien atravessou o portão com o Suburban, eles entraram numa verdadeira zona de guerra. Pouca coisa ainda permanecia intacta. O fogo queimava à vontade. O que costumava ser o depósito criogênico havia virado um buraco carbonizado no chão com vários metros de profundidade. Todas as janelas estavam quebradas. As penas espalhadas pelo chão estavam cercadas de dezenas de corpos nus e sem vida.

Pela primeira vez em dois dias, um sentimento foi capaz de penetrar a nuvem de tristeza que envolvia a mente e o coração de Adrian.

Ele desceu do carro para examinar a devastação. Passou a mão sobre o peito para amenizar a dor e perguntou: "Quantas baixas entre os Sentinelas?".

"Cinco, incluindo Jason."

Mais perdas em questão de horas do que haviam tido em séculos, além de dois tenentes perdidos em um único mês. "Quantos licanos foram mortos?"

"Quase trinta." Damien parecia pálido e abalado. "Mas é provável que alguns feridos tenham conseguido fugir e morrido em outro lugar. Alguns permanecem leais a nós, mas não sei se podem ser muito úteis. Os outros licanos vão matá-los assim que os encontrarem."

Adrian percorreu o centro de operações devastado. Aquele era o pior golpe que já tinham sofrido, aquele que provavelmente levaria à destruição de todos os Sentinelas.

E ele não estava em sua melhor forma. Tudo parecia turvo, como se ele estivesse enxergando as coisas através de um vidro sujo e quebrado.

Onde estava Lindsay? Como estava? A Transformação tinha sido concluída? Syre estaria naquele exato momento curtindo o retorno da filha depois de séculos de separação?

A ideia de cruzar o caminho de Shadoe no corpo de Lindsay era devastadora para Adrian, embora ele soubesse que esse dia iria chegar caso a Transformação seguisse o rumo previsto por Syre. Ele não conseguia nem imaginar se sobreviveria a esse encontro. Só o que podia fazer era implorar ao Criador que o poupasse de tamanha agonia.

Ele forçou sua mente em frangalhos a se concentrar no horror que se impunha diante deles naquele momento. "A notícia já chegou às outras matilhas?"

"Não exatamente", Damien respondeu, desanimado. "Mas não conseguimos entrar em contato com as matilhas de Andover e Forest River desde ontem."

Adrian foi até o carro buscar as ferramentas guardadas no porta-malas. "Segundo o protocolo, vamos queimar os corpos e demolir tudo. Não podemos deixar para trás nada que os curiosos possam achar."

"Sim, capitão."

Ao pensar em suas fileiras, ele estremeceu. "Quando voltarmos à Morada, quero que você e Oliver se reúnam e pensem em sugestões sobre o que fazer daqui para a frente. No máximo até depois de amanhã, meu substituto precisa estar definido."

"Adrian."

Ele sentiu o peso do olhar de Damien sobre si. Os outros Sentinelas que os acompanhavam, Malachai e Geoffrey, chegaram mais perto.

"Sinto muito", ele disse com a voz embargada, com um nó na garganta. Era sua obrigação dar apoio, incentivo e motivações a seus homens quando o moral estivesse baixo. Adrian, porém, estava perdido, sem saber o que fazer. "Eu falhei com todos vocês. Deveria ter abandonado a missão no momento da minha queda. Talvez tudo isso pudesse ter sido evitado."

Lindsay. Onde está você?

"Eu sempre achei que a sua capacidade de se sentir humano era um ponto forte para nós", comentou Damien.

Atrás dele, Malachai confirmou com a cabeça.

Geoffrey, um serafim de poucas palavras, encolheu os ombros. "Eu estaria mentindo se dissesse que nunca senti atração por uma mortal."

Com as asas se flexionando inquietas, Adrian demorou um bom tempo para decidir o que dizer. "Talvez seja melhor reunir todos os Sentinelas lá na Morada. Se pensarmos todos juntos, poderemos encontrar as respostas e a fortaleza de que precisamos."

"Nossa fortaleza é você, capitão", Malachai afirmou, tranquilo e convicto.

Como isso seria possível, Adrian se perguntou, se ele estava se sentindo totalmente sem forças? Ele não sabia se ainda tinha alguma coisa guardada dentro de si, estava se sentindo liquidado.

Lindsay. Onde está você?

A veia pulsava e latejava, transportando o sangue cheio de nutrientes pelo corpo vigoroso da camareira. Lindsay era capaz de ouvir cada batida do coração da mulher, como se estivesse com um estetoscópio no ouvido. Seus caninos se alongaram e sua boca salivou. Suas mãos se fecharam diante da necessidade urgente de se alimentar.

Não muito longe dela, Syre estava sentado numa namoradeira com os cotovelos sobre os joelhos, segurando a cabeça com as mãos. Seu rosto estava virado para baixo, mas Lindsay sabia que sua expressão era de desânimo. Ele estava sofrendo, sua dor era a coisa mais real que havia naquele quarto de hotel.

Torque estava de pé diante do frigobar, vigiando as bolsas de sangue vazias que eles usaram enquanto observavam a Transformação. Ele a observava com toda a atenção, como se estivesse atrás de indícios de sua irmã dentro dela, ou algum outro milagre.

Quanto a Lindsay, estava sentada à mesa de jantar, à espera que a assassina ruiva aparecesse. Impaciente e ansiosa, girava o celular com os dedos em cima da mesa. A luz vermelha piscando na parte superior da tela dizia que havia mensagens de Adrian e de Elijah, mas ela não estava com pressa de ouvir. Estava desesperada de fome, como um viciado em drogas que só consegue pensar na próxima dose. Estava trêmula e nauseada. Seu corpo implorava por alimento, mas seu estômago se embrulhava só de pensar em beber sangue.

"Isso é tudo coisa da sua cabeça", Torque tinha dito para ela de manhã. "É só experimentar que você vai ver."

Ele estava sendo gentil e atencioso com ela, assim como Syre, mas mesmo assim Lindsay se sentia uma impostora. Da mesma forma como se sentia à vontade com Adrian, ela se sentia desconfortável entre os vampiros. Eles não sabiam que ela havia passado a maior parte da vida caçando seus semelhantes. Não sabiam que ela não ia parar enquanto não matasse Vashti.

Essa última caçada representaria o fim de sua vida, ela estava certa disso. Eles a matariam, o que seria uma bênção. Lindsay não via mais motivos para seguir vivendo. Seus pais estavam mortos, ela precisava beber sangue para sobreviver, e Adrian a odiaria caso voltasse a vê-la. Ela havia matado Shadoe — a mulher que ele amava obsessivamente e tinha provocado sua queda — em vez de deixá-la se transformar numa vampira.

Do lado de fora do quarto, o vento gemia ao longo do corredor espaçoso, circulando o pátio interno. Aquele som melancólico cortou o coração dela — Adrian também estava sofrendo.

A camareira saiu apressada da suíte, como se todos os demônios do inferno estivessem em seu encalço. Era impossível não sentir a tensão que tomava conta do quarto. Lindsay se perguntou o que a mulher teria feito se soubesse que chegou a ser cogitada como um lanchinho da tarde.

Quando a porta começou a se fechar, logo foi aberta de volta. Vash entrou com suas botas de salto agulha, como se fosse a dona do mundo.

Lindsay sentiu a sede de sangue e a agressividade tomarem conta de seu corpo. Ela respirou fundo e cravou os olhos sobre a mulher que estava esperando para matar desde sempre. Seus sentidos estavam tão atiçados que a deixavam perplexa, mas ela não esperava ter a oportunidade de se acostumar com isso. Estaria definitivamente fora de circulação dentro de uns trinta minutos.

Vash jogou os longos cabelos sobre os ombros e olhou para Lindsay. Ficou paralisada quando se encararam, com um olhar de desânimo e resignação.

"Ai, caralho", ela murmurou um instante antes de Lindsay atravessar o quarto a toda velocidade.

Ela se atracou com a vampira e caíram ambas na namoradeira, por pouco não acertando Syre, que saiu do caminho com uma velocidade assustadora. O sofá quebrou no meio, se fechando sobre as duas. Imobilizada como estava, Vash pouca coisa podia fazer para proteger a jugular. Com os caninos estendidos, Lindsay mordeu fundo. Seus punhos perfuraram o revestimento da namoradeira, e suas mãos procuraram por um pedaço de madeira quebrada da estrutura do móvel. Vash estremecia debaixo dela, dizendo palavrões com uma voz gorgolejante.

As memórias da vampira atingiram Lindsay com a força de um tsunami — as histórias de Vash, transmitidas em seu sangue de Caída. A força vital de que tanto os Sentinelas como os Caídos precisavam para sobreviver.

Lindsay a libertou às pressas, cambaleando para trás até cair sentada sobre a mesinha de centro. Ela limpou a boca ensanguentada com as costas da mãos e sentiu o quarto girar ao seu redor depois da surpreendente descoberta da inocência de Vash.

"Não foi você!" Ela pôs as mãos sobre a cabeça latejante, sentindo-se tonta e desorientada pelas lembranças de infinitos anos de matança, mas que não contemplavam a morte de sua mãe.

Vash se pôs de pé e pressionou a garganta ferida com a mão. "É a segunda vez que você me ataca, sua vadia maluca. Da próxima vez vai ter."

"Dane-se", murmurou Lindsay, aturdida pela percepção de que mais uma vez seria obrigada a encontrar uma agulha num palheiro. Tendo que viver de sangue enquanto isso. Ela havia se transformado em um dos monstros que caçava, e enquanto procurasse a assassina de sua mãe teria que cometer a absurda hipocrisia de fazer com outros o mesmo que aqueles vampiros tinham feito com ela. "Me faz um favor e acaba comigo de uma vez por todas."

"Porra, com certeza", disse Vash antes de acertar um chute na cabeça de Lindsay.

285

Quando Lindsay se deu conta, já estava caída de cara no chão acarpetado.

Adrian jogou a mala sobre a cama e abriu as asas, num esforço para aliviar a tensão debilitante que comprimia seus ombros. Estava indo para o banheiro tomar banho quando ouviu uma batida na porta aberta.

Ele parou e se virou para Oliver, que parecia soturno como todos os demais com quem havia se encontrado nos últimos três dias. "Sim."

"Você vai querer saber disto, capitão."

A seriedade no tom de voz de Oliver intensificou ainda mais a dolorosa tensão instalada nas costas de Adrian. "O que foi?"

"Tem uns vampiros lá no portão."

Adrian correu até a varanda e foi voando até a entrada da propriedade, aterrissando bem atrás do portão de ferro. A guarita estava vazia, já que os licanos haviam sido evacuados. Sua aparição solitária era um ato tolo e desesperado, que demonstrava o pouco valor que ele atribuía a sua própria vida naquele momento.

Um sedã com vidros escuros estava à espera na estrada, com a frente já embicada para o morro onde ficava a casa. Torque estava em pé do outro lado do portão, juntamente com Raze.

"Onde estão seus cães, Adrian?", grunhiu Raze. O vampiro gigantesco contorceu a boca enquanto olhava ao redor por trás dos óculos escuros.

"Não preciso deles para lidar com você."

Torque inclinou o corpo para trás. "Trouxe um presente para você."

Um pressentimento súbito percorreu a pele de Adrian, mas ele fingiu desinteresse e respondeu sem alterar a voz: "A não ser que seja Lindsay Gibson, estou pouco me fodendo".

"É ela mesma. E está morrendo."

Adrian sentiu a vida pulsar em suas veias pela primeira vez em muitos dias. Torque não teria levado Shadoe até lá. A não ser que continuasse sendo Lindsay — uma mulher com quem Syre não tinha nenhuma ligação. Ainda assim, Adrian precisava ter certeza. "Shadoe?"

Torque sacudiu a cabeça negativamente. "Ela se foi. E Lindsay se recusa a se alimentar. A não ser pelo que arrancou de Vash, ela não bebeu uma gota. Os batimentos estão tão fracos que pensei que ela fosse morrer antes de chegar aqui."

Adrian atravessou o portão e abriu a porta do carro antes que Torque tivesse a chance de dizer qualquer coisa. Lindsay estava deitada no banco traseiro, pálida como gesso. Ele a protegeu do sol com as asas, ignorando completamente que assim suas costas se tornavam um alvo fácil para os outros dois vampiros. Ela estava quase morta, seu peito mal se movia.

"Syre mandou devolvê-la a você em homenagem a Shadoe", Torque disse num tom de voz solene. "Ela carregava a alma de Shadoe. Nós devemos isso a ela, e foi você quem ficou com a recompensa."

Adrian a envolveu num cobertor que havia dentro do carro e a retirou de lá. Apertou-a com força junto a si e passou voando pelo portão.

"De nada!", gritou Raze atrás dele, mas Adrian já estava entrando na casa.

Ele a levou até o quarto e a deitou na cama, fechando as cortinas com o pensamento para bloquear a luz do sol. Lindsay estava fria como mármore, e tão sem vida quanto. Ele a despiu com o pensamento e se deitou ao lado dela, puxando-a mais para perto a fim de que absorvesse o calor de seu corpo. Um tremor violento tomou conta dele ao sentir a testa gelada dela contra a sua.

"Lindsay", ele murmurou, beijando a testa dela. O cheiro dela era maravilhoso, e ele respirou fundo para senti-lo. As lágrimas banharam seu rosto e os cabelos dela, e o silêncio do quarto foi quebrado pelos sons irrefreáveis que escapavam de sua garganta.

Ele se afastou um pouco para olhá-la, e tirou os cachos caídos sobre o rosto dela com a mão trêmula. Os lábios sem vida estavam ligeiramente abertos, revelando a pontinha de uma presa. Seu coração se apertou dentro do peito. "*Neshama*, não me deixe."

Adrian enfiou o dedo na boca dela, cortando a ponta em um dos caninos afiados. Ele deslizou o dedo sangrando pela língua dela. "Beba", ele murmurou. "Alimente-se ou vai morrer, e me matarei com você."

Ele esperou por um bom tempo. Percebendo que ela não se movia, Adrian cortou outro dedo, e enfiou ambos na boca dela.

Os lábios de Lindsay tremeram de leve.

"Sim, *neshama sheli*. Beba. Volte para mim."

Ela deixou escapar um gemido fraco, e sua garganta se contraiu para engolir.

"Alimente-se de mim", ele pediu. "O quanto for preciso."

Outro leve movimento com a garganta. As pálpebras tremeram, e a pele estava tão pálida que era possível ver a rede de finíssimas veias azuis que as atravessavam. Elas se abriram, revelando as íris cor de âmbar de uma vampira. Eles não conseguiam se concentrar em nada, e a respiração dela ainda parecia muito fraca.

Ele fez menção de retirar os dedos, mas a língua dela se moveu, prendendo-os ao céu da boca. Ela estava fraca demais para conseguir segurá-lo, e ele os puxou de volta, abrindo um sorriso ao ouvir um gemido de protesto.

Adrian virou a cabeça e passou os dedos sangrando pela grossa artéria de seu pescoço. A boca dela os seguiu instintivamente, abrindo-se e escancarando-se como a de um animal faminto. Ele a pegou pela nuca e a direcionou até o lugar certo.

Ela passou a língua em sua veia pulsante, deixando-o excitado. Quando as presas dela perfuraram sua pele, seu pau ficou duro imediatamente. A boca dela o sugava com movimentos ritmados, fazendo com que a luxúria e o desejo o invadissem a partir do lugar onde ela se alimentava. A pele dela começou a esquentar, o corpo parecia ganhar força a cada gole. Ela gemeu, ainda colada a ele, e Adrian estremeceu ao sentir aquela sensação.

Lindsay começou a se esfregar nele, gemendo, sucumbindo ao prazer sensual que os vampiros vivenciavam ao se alimentar. Pondo uma das pernas sobre a dele, ela comprimiu seu sexo contra a coxa dele, deixando para trás um rastro escorregadio de umidade.

Ele a pegou pelo quadril, ainda mais excitado ao imaginar os anos que viriam, os incontáveis dias ao lado da mulher que amava. "Me deixe penetrar você, Linds. Cavalgue em cima de mim até gozar."

Ela removeu as presas da pele de Adrian. "Até *você* gozar", ela gemeu, e montou nele.

Ela passou a língua pelos dois furos feitos pelas presas, fechando-os. Depois agarrou o pau de Adrian com suas mãos quentes e o posicionou na entrada de seu corpo. Ela se deixou cair sobre ele com um movimento súbito dos quadris que o fez arquear as costas e gemer de prazer.

"Minha nossa... Adrian." Ela esfregou o rosto contra o seu, soltando o hálito quente perto de sua orelha. "Senti tanto a sua falta..."

Depois ficou paralisada.

Ao sentir que ela não se movia e mal estava respirando, Adrian a empurrou-a para cima a fim de olhá-la nos olhos. "Lindsay? O que foi?"

Ela cobriu a boca com a mão, e seus olhos escureceram de perplexidade e horror. "Oh! Me desculpa, Adrian, eu..."

Ele pôs as duas mãos sobre o rosto dela. "Pelo quê?"

Lindsay sacudiu a cabeça, e seus olhos se encheram de lágrimas rosadas. Ela cobriu os seios com os braços, uma demonstração de pudor insuportável para ele. Adrian sentiu aquele sexo apertado e molhado deslizando ao redor de seu pau enquanto ela saía de cima dele. "Eu mudei. Eu não..."

Adrian rolou para o lado e a prendeu sob seu corpo. "Eu quero você mais do que nunca."

"Você não pode..."

"Ah, posso, sim." Ele ergueu os braços dela acima da cabeça e a abriu as pernas dela com os joelhos. Tirou o pau de dentro dela com uma lentidão magistral, provocando um prazer torturante para ambos. Depois a penetrou de novo em um movimento rápido e seco.

Ela prendeu a respiração, e seus lindos olhos se arregalaram. Olhos de vampiro, mas com a alma pura e altruísta de Lindsay reluzindo dentro deles. Olhos que o enxergavam perfeitamente na escuridão, assim como ele era capaz de vê-la.

Ele saiu e entrou mais uma vez. "Sentir você chupando meu sangue me deixou louco de tesão. Está sentindo como o meu pau está duro? Como você me deixou? Você me deixa maluco."

Ela comprimiu as coxas contra os quadris dele, apertando-o deliciosamente.

Ele fechou os olhos de gratidão àquela aceitação. O desejo subia por sua coluna como ferro quente, e ele grunhiu. Sentir seu corpo junto ao dela provocava uma queimação dentro de seu corpo e o revivia, da mesma forma como seu sangue havia feito com ela. "*O que* você é não faz diferença. E nunca vai fazer. É a sua *essência* que eu amo."

Ela cravou os dedos nas costas de suas mãos, provocando uma pontada de dor ao rasgar sua pele com aquelas recém-adquiridas garras. Mas isso também o deixou com tesão. Seu pau ficou ainda mais duro, fazendo-a estremecer. Ele estava em casa, sua alma se sentia completa com a proximidade dela — a sua Lindsay, corajosa e altruísta como sempre.

Arrebatado pela sensação de senti-la sob seu corpo, ele avançou sobre ela com movimentos poderosos. Viu as pálpebras dela se fecharem de prazer, e a boca se abrir. Suas asas pairavam sobre a cama, estremecendo de desejo a cada estocada profunda.

"Não consigo viver sem você", ele grunhiu. "E não vou deixar que você faça isso."

Ela se arqueou na direção de seus quadris, com seu corpo mais forte do que nunca. Resistente o bastante para receber tudo o que ele tinha a oferecer e ainda pedir mais. "Eu amo você."

Adrian inclinou o corpo para trás e a puxou. Sentou-se sobre os calcanhares e a fez rebolar sobre ele. "Vem foder comigo, Linds. Me faz gozar."

Ela envolveu seu pescoço com os braços sedosos e apoiou os joelhos ao seu lado. Balançando os quadris, ela começou a cavalgá-lo, conduzindo-o com ondulações fluidas e graciosas.

Ela estava ainda mais formidável, e quase o matando de prazer. O impacto ritmado da pélvis dela contra a sua era absurdamente erótico, e ele teve que morder o lábio para segurar o orgasmo. Ainda não... Era cedo demais... Aquilo precisava durar mais...

"Não precisa segurar", ela gemeu. "Estou só esperando você."

Ele a agarrou pela nuca e a aproximou de sua boca. Seus lábios se tocaram, suas respirações ofegantes se misturaram e eles gozaram juntos. E estremeceram de prazer, abalados pela ligação entre eles, que permanecia pura e inalterada. E agora sem barreiras.

Finalmente.

"Elijah também?", perguntou Lindsay, percorrendo o peito de Adrian com os dedos. "Ele foi com eles?"

"O corpo dele não estava entre o dos mortos, então acho que sim."

Aquilo a magoou. As atitudes de Elijah podiam ser fatais para o homem que ela amava. Ela se lembrou da mensagem que o licano deixou em seu celular, com uma data *posterior* à da rebelião. Ele queria vê-la, pediu sua ajuda. E, como era amiga dele, ela lhe devia isso. Estava dividida, condenada a prejudicar todos a seu redor por ter salvado sua pele em algum momento. "O que vamos fazer?"

Adrian virou a cabeça e a beijou na testa. "Vamos nos recuperar e nos reagrupar. E, depois de avaliar os danos, começar a reconstruir tudo."

"Mas vocês agora são tão poucos..."

"Nós vamos conseguir." Ele parecia convicto.

"Você confia nos seus Sentinelas?"

"Plenamente."

Ela soltou o ar com força. "A pessoa que me raptou na Morada e me levou até Syre..."

"Sim?"

"... tinha asas."

Adrian estremeceu de surpresa.

"Sinto muito." Ela tentou acalmá-lo com as carícias que fazia no peito dela. "Eu não consegui ver quem era. Eu acabei desmaiando ao ser pega por trás com um apertão no pescoço."

Ele ficou em silêncio por um bom tempo, mas a turbulência dentro dele se refletiu nos ventos uivantes ao redor da casa.

"Você esconde suas emoções muito bem", ela disse baixinho. "Mas o vento te entrega."

Ele a encarou com os olhos arregalados. "Como é que você sabe disso?"

"Eu percebo isso dentro de você. Tenho sensibilidade para esse tipo de coisa. Sinto as suas emoções através do vento. É como se ele falasse comigo. Ele também me avisava sobre a presença dos inumanos, mas agora já sei identificá-los sozinha. Acho que o radar meteorológico era uma coisa minha, e não um eco dos poderes de Shadoe."

Ele abriu um de seus raríssimos sorrisos.

"Que foi?" Lindsay ficou encantada com aquele sorriso, e mais do que curiosa sobre o motivo.

"Eu rezei por um sinal, qualquer sinal, que indicasse que o Criador tinha me absolvido por ter me apaixonado. Quando o clima começou a reagir aos meus estados de humor, pensei que fosse um lembrete das minhas fraquezas. Mas talvez tenha sido o sinal que eu pedi, uma coisa que traria você para mim."

"Que lindo."

"E tomara que seja verdade, porque é exatamente do que eu preciso agora. Não só eu como todos nós."

Ela o abraçou. "Quando eu era mais nova, achava que o meu sexto sentido era uma aberração."

"Não. É o que faz com que você seja minha."

Ficaram deitados em silêncio por um instante. Lindsay quase caiu no sono, embalada pela cadência da respiração de Adrian e pelo calor do corpo dele junto ao seu.

"Você sente falta dela?", ela perguntou depois de um tempo.

Ele respirou fundo. Não queria ser mal interpretado. "Deveria sentir, para ser justo com ela, mas faz tanto tempo, e eu estou envolvido demais com você. Não consigo pensar em outra coisa que não seja você. E, para ser sincero, não estou fazendo muita força para isso. Estou adorando."

"Tudo bem se você pensar nela. Eu disse para ela que não iria me incomodar."

"Você falou com ela?"

Lindsay pôs as mãos sobre os músculos que se desenhavam sobre o abdome de Adrian, depois apoiou o queixo sobre eles. "Ela ia ficar com você. Sabia muito bem como lidar com todas aquelas lembranças e vidas passadas, enquanto eu estava me afogando nelas. Eu precisava lutar por você."

Os olhos dele brilhavam à medida que as emoções se exaltavam. "E você fez isso?"

"Pois é! Depois de passar o tempo todo tentando fugir, finalmente me dei conta de que não conseguia viver, nem morrer, sem você. Então falei que, se ela ficasse com você, teria que aceitar que uma parte sua sempre seria minha, que você nunca iria me esquecer. Pelo jeito, ela achou melhor você ficar comigo pensando nela do que ficar com ela pensando em mim."

Adrian abriu um sorriso que fez seus dedos dos pés se curvarem. "Isso é a cara dela."

"Ainda bem", ela admitiu. "Ela abriu mão de continuar vivendo para que a minha alma não morresse."

"E sempre vai ter o meu amor por isso. Mas você é o meu corpo e minha alma, Lindsay."

"Eu sei."

Depois de refletir por um momento, ele suspirou. "Talvez essa... experiência tenha sido boa pra ela também. Shadoe não era má pessoa, mas não estava disposta a abrir mão de suas vontades em benefício de ninguém."

"Você acha que ela amadureceu depois de ter vivido um monte de vezes?"

"Espero que sim. Para o bem dela."

Lindsay olhou para os dedos enquanto eles percorriam a fina linha de cabelos escuros que dividia o abdome dele e conduzia a lugares deliciosos logo abaixo. Depois de tudo por que tinha passado, e tudo que havia perdido, Adrian ainda era capaz de tentar encontrar o lado bom das coisas. Ela o amava por isso, e por incontáveis outras coisas. "Eu disse a ela que faria o que fosse preciso para ficar com você."

Ele se virou rapidamente, agarrando-a sob seu corpo. Com aquelas asas abertas, ele era sinistramente lindo. De tirar o fôlego. "Então é melhor estar preparada para me ter por inteiro."

"Sim, *neshama*." Ela lançou os braços sobre o pescoço dele. "Quero você por inteiro. Sempre."

24

"Como eu temia", disse Damien, "perdemos as matilhas de Andover e Forest River. Estamos de olho nas restantes, mas se formos atacados no meio de um motim, vamos ter ainda mais perdas."

Adrian subiu no gradil da varanda e olhou para os Sentinelas que exercitavam as asas acima dele. O céu rosado e cinzento da manhã começava a dar lugar a um azul bem claro. "Vamos ter que arrumar um jeito de fortalecer nossas fileiras. Enquanto isso, a doença se espalha entre os vampiros como fogo em mato seco. Talvez o melhor a fazer seja sentar e esperar. Eu não contaria com isso, mas é uma possibilidade."

"Você está melhor hoje", observou Damien.

"Mais forte", ele concordou. "Mais feliz. Pronto para encarar o mundo."

"O que o sexo não faz?"

Adrian se virou ao ouvir a voz de Lindsay, e a encontrou ali de pé, a poucos metros de distância. Ela se espreguiçou e ficou na ponta dos pés, esticando seu corpinho por inteiro — para deleite dele.

Ela se endireitou e franziu o nariz para Damien. "Desculpa. Não quis desafiar as regras nem parecer desrespeitosa. Mas esse é o tipo de coisa que os caras costumam dizer depois de passar uma noite inteira em claro com a namorada."

A manhã seguinte...

Adrian olhou para o sol brilhando no céu, e depois para Damien, que estava de queixo caído. Lindsay parecia nem perceber que estava exposta à luz do dia.

"Eu gostaria de voltar a treinar", ela continuou. "Vou precisar disso para poder salvar a *sua* pele nas caçadas *e* para encontrar os vampiros que mataram a minha mãe. Ainda não desisti de achar aqueles filhos da puta. E ainda tenho que descobrir o que aconteceu com o meu pai. Preciso saber se tem alguém por trás disso."

"Como quiser, *neshama*", garantiu Adrian, escondendo sua perplexidade.

Damien foi até ele e sussurrou: "Ela devia estar em chamas depois de tanta exposição à luz. Como isso é possível?".

Adrian sentou no gradil enquanto via Lindsay fazer exercícios elaborados e involuntariamente sensuais de alongamento e aquecimento muscular. "Não sei, mas acho que o meu sangue tem alguma coisa a ver com isso. Assim como o sangue dos Caídos proporciona uma imunidade temporária."

"Outros vampiros já morderam Sentinelas antes. E não conseguiam praticar ioga numa varanda sem cobertura."

"Mas Lindsay bebeu apenas sangue de Sentinela, e depois de ter sido Transformada por um Caído. Todas as células de seu corpo estão sendo alimentadas por um sangue que a protege. Enquanto ela continuar se alimentando só de mim, pode continuar mantendo todos os benefícios."

"Uma lacaia com os mesmos dons que os Caídos." Damien levou uma das mãos à testa, como se estivesse sentindo dor. "Se o sangue dos Sentinelas cura a doença dos vampiros e imuniza os não infectados, quando os outros ficarem sabendo disso..."

"... vamos ser caçados até a extinção. Eu sei."

"Sem os licanos, somos alvos fáceis."

"Siobhán está fazendo alguns testes para ver se o sangue dos licanos também pode ser uma alternativa. Eles também já foram serafins um dia."

Damien ficou em silêncio por um momento. "Vou rezar por um milagre."

"Reze por todos nós." Adrian apoiou as mãos no gradil e deixou o sol bater em seu rosto. A brisa da manhã agitou suas penas, uma gentil saudação do novo dia que nascia. "Nós vamos precisar."

Agradecimentos

Meus agradecimentos a Danielle Perez, Claire Zion, Kara Welsh, Leslie Gelbman e todo mundo da NAL pelo entusiasmo com a minha série Renegade Angels, desde a assinatura do contrato até a publicação do livro.

E meus cumprimentos a Beth Miller, por todas as pequenas coisas que fez.

E um muito obrigada a Erin Galloway, por ter as ideias que tem e por ser quem ela é.

Agradeço ao departamento de arte por ter escalado Tony Mauro para fazer a capa do livro. Fiquei apaixonada por Tony Mauro e pela arte deslumbrante que ele criou para retratar Adrian. Agradeço muitíssimo por ter permitido que eu usasse suas imagens das mais diferentes maneiras na divulgação da história de Adrian.

Obrigada a Monique Patterson, por estimular minha criatividade.

E um agradecimento muito especial a Shayla Black e Cynthia D'Alba, por terem lido as primeiras versões desta história e me ajudado a chegar à versão definitiva.

Aproveito para expressar o meu amor pela minha amiga Lora Leigh, a quem Lindsay/Shadoe são uma homenagem.

Lara Adrian, Larissa Ione, Angela Knight e Cheyenne McCray são mulheres muito ocupadas, mas mesmo assim generosamente arrumaram um tempinho para ler a história de Adrian e Lindsay. Muito obrigada mesmo, meninas!

Leia um trecho do segundo livro
da série Renegade angels,
Um desejo selvagem,
que será lançado em breve
pela editora Paralela.

Foram os dedos que acariciavam a curvatura de suas costas que despertaram Vashti de seu sono. Ela se arqueou na direção daquele toque tão familiar com um gemido de deleite, abrindo um sorriso antes mesmo de recuperar plenamente a consciência.

"*Neshama*", murmurou seu companheiro.

Minha alma. E o mesmo valia para ele no caso dela.

Com os olhos ainda fechados, ela se deitou de costas e se espreguiçou, erguendo os seios desnudos na direção de Charron em uma provocação deliberada.

O toque aveludado da língua dele em seu mamilo a despertou, provocando um suspiro que a fez largar de novo o corpo sobre o colchão. Ela abriu os olhos a tempo de ver os belos lábios de seu parceiro abocanharem o bico enrijecido e produzirem uma sucção longa e profunda. Ela gemeu, sentindo o corpo inteiro responder à atenção do homem a quem devia cada batida de seu coração.

Ela se moveu para agarrar os cabelos loiros e trazê-lo ainda mais próximo de seu peito, mas ele resistiu, o que a fez perceber que ele estava de pé ao lado da cama, e não deitado nela. Quando notou que ele estava totalmente vestido, entendeu que a verdadeira intenção por trás daquilo tudo era acordá-la.

Ele observava com olhos desejosos o corpo nu de Vashti espalhado sobre a cama. As presas que se faziam visíveis em seu sorriso perverso revelavam que ele também tinha ficado excitado com a maneira como decidiu acordá-la.

O coração dela disparou quando viu aquele sorriso. Seu peito começou a ofegar, tamanha a reação que ele despertava nela. Vash havia sofrido uma perda terrível, e ainda sentia pontadas de dor no lugar onde costumavam ficar suas asas, agora decepadas, mas Char tinha sido capaz de preencher o vazio que se instalou nela depois disso. Ele era tudo para ela, a razão por que se levantava da cama todos os dias.

"Guarde essa disposição para mais tarde", ele falou com sua voz tremendamente expressiva. "Faço questão de saciar esse apetite quando voltar."

Vash se apoiou sobre os cotovelos. "Aonde você vai?"

Ele ajeitou as espadas *katana* idênticas que carregava embainhadas nas costas, formando um x. "Uma de nossas patrulhas ainda não voltou."

"A de Ice?"

"Não comece."

Ela suspirou, pois sabia que, por mais que Char tivesse investido no treinamento do combatente desaparecido, aquele garoto simplesmente não sabia acatar ordens.

Char deu uma olhada para ela antes de pôr o coldre com a arma na coxa. "Eu sei que você acha que ele não é confiável."

Jogando as pernas para a lateral da cama, ela falou: "Não é uma questão de *achar*. Isso já ficou provado. E várias vezes".

"Ele só quer agradar você, Vash. Ice é ambicioso. Não abandona o posto por pirraça, e sim por considerar que pode ser mais útil fazendo outra coisa. Sempre que surge uma oportunidade de impressionar você, ele tenta aproveitar. Provavelmente deve estar indo atrás de um nômade, ou então espionando os licanos."

"Se quisesse mesmo me impressionar, ele seguiria suas ordens sem insubordinação." Ficando de pé, Vash se espreguiçou e suspirou quando seu companheiro foi até ela e acariciou as laterais de seu corpo com as mãos. "E ele está tirando você da nossa cama. De novo."

"*Neshama*, uma hora alguém ia precisar fazer isso. Caso contrário, eu não sairia da cama nunca."

Ela o envolveu nos braços e colou seu rosto contra o colete de couro que agasalhava o peito bem torneado do companheiro. Sentindo seu cheiro, ela pensou mais uma vez no quanto ele era precioso. Se pudesse escolher de novo entre suas asas e seu amor por Charron, ela não pensaria duas vezes antes de repetir seu "erro". A maldição do vampirismo era um preço que ela estava mais do que disposta a pagar para poder tê-lo. "Eu vou com você."

Ele apoiou o rosto sobre a cabeça dela. "Torque acha melhor que você não venha."

"Essa decisão não é dele." Ela se afastou e estreitou os olhos. Torque era o filho de Syre, mas a líder dos lugares-tenentes dos Caídos era ela. Quando se tratava dos Caídos e seus lacaios — ou seja, a coletividade dos vampiros — apenas Syre tinha voz de comando sobre ela. Até mesmo Char era obrigado a acatar suas ordens, o que ele fazia com uma dignidade surpreendente para alguém talhado para liderar, e não para obedecer.

"Ele está tendo um problema com os demônios."

"Droga. É o tipo de coisa que ele também deveria saber resolver." Sim, caçar demônios que vitimavam vampiros era função dela. Ninguém era capaz de fazer isso tão bem, mas por outro lado ela não tinha como estar em todos os lugares ao mesmo tempo.

"É mais uma das enviadas por Asmodeus."

"Para variar. Droga. Três ataques em duas semanas? Isso é provocação." Aquilo mudava tudo. Matar um demônio diretamente ligado a um rei do inferno implicava consequências políticas mais sérias. Vash tinha uma reputação que sugeria certa independência — ela poderia agir sem desencadear uma reação semelhante à que viria caso Syre ou seus filhos agissem pessoalmente. E, irritada como estava, o que não faltava era disposição para resolver ela mesma a situação. Eles podiam ter perdido as asas, mas isso não significava que deveriam ser vistos como alvos fáceis ou preferenciais.

Char deu um beijo em sua testa e se desvencilhou de seu abraço. "Antes de escurecer eu já vou estar de volta."

"Antes de escurecer...?" Uma rápida olhada para a janela do quarto esclareceu tudo. "Já amanheceu."

"Pois é." A preocupação no rosto dele era a mesma que devia estar estampada no dela.

TIPOLOGIA Adriane por Marconi Lima
DIAGRAMAÇÃO Verba Editorial
PAPEL Pólen Soft
IMPRESSÃO RR Donnelley, agosto de 2013